光荣在党50年
北京百名党员风采录（上册）

中共北京市委组织部
中共北京市委老干部局
中共北京市委前线杂志社
北京市党的建设研究会　编

北京出版集团
北京人民出版社

图书在版编目（CIP）数据

光荣在党50年：北京百名党员风采录.上下册 / 中共北京市委组织部等编. — 北京：北京人民出版社，2021.6
ISBN 978-7-5300-0528-6

Ⅰ.①光… Ⅱ.①中… Ⅲ.①通讯—作品集—中国—当代 Ⅳ.①I253

中国版本图书馆CIP数据核字(2021)第101972号

光荣在党50年
北京百名党员风采录
GUANGRONG ZAIDANG 50 NIAN

中共北京市委组织部
中共北京市委老干部局　编
中共北京市委前线杂志社
北京市党的建设研究会

*

北　京　出　版　集　团
北　京　人　民　出　版　社　出版
（北京北三环中路6号）
邮政编码：100120

网　　址：www.bph.com.cn
北京出版集团总发行
新　华　书　店　经　销
河北环京美印刷有限公司印刷

*

787毫米×1092毫米　16开本　39印张　359千字
2021年6月第1版　2021年6月第1次印刷
ISBN 978-7-5300-0528-6
定价：150.00元（上下册）
如有印装质量问题，由本社负责调换
质量监督电话：010-58572393

前　言

2021年是中国共产党成立100周年。100年栉风沐雨，100年奋斗如歌。我们党从成立之日起，就坚持把为中国人民谋幸福、为中华民族谋复兴作为初心使命，团结带领全国各族人民进行了持续不断的伟大奋斗，创造了一个又一个彪炳史册的人间奇迹，谱写了一曲又一曲气壮山河的壮丽史诗，涌现出一批又一批走在时代前列的先锋模范。

在建党100周年之际，党中央决定为党龄达到50年、一贯表现良好的健在老党员颁发"光荣在党50年"纪念章。这些老党员是我们党百年辉煌历史的亲历者、参与者、见证者，他们用"听党话、跟党走"的实际行动，践行初心使命、铮铮誓言，书写责任奉献、风骨担当，形成了宝贵的精神财富。这些精神财富跨越时空、历久弥新，深深融入我们党的血脉，持久提供着丰厚滋养。

据统计，北京市目前健在的党龄50年以上的老党员有18万余人，他们中年龄最小的近70岁，高龄的已超过100岁，是全国优秀老党员群体的代表，是百年党史在首都北京的生动缩影。为庆祝建党100周年，中共北京市委组织部决定从全市老党员中遴选100名优秀代表，把他们参与革命、建设和改革的光荣历程、先进事迹和人生感悟结集成册、编辑出版，以激励全市广大党员干部不忘初心、牢记使命，传承红色基因、继承优良传统，凝聚团结奋进新时代的磅礴力量。

本书分上下两册，共5个篇章，即：《信念坚定 对党忠诚》《心系群众 为民服务》《爱岗敬业 务实进取》《开拓创新 攻坚克难》《淡泊名利 无私奉献》。希望通过对他们过往奋斗历程的真实、生动记录，全面、立体地呈现我们党团结带领人民不懈奋斗的光辉历程、伟大成就和宝贵经验。

习近平总书记在党史学习教育动员大会的讲话中深刻指出："我们党历来重视党史学习教育，注重用党的奋斗历程和伟大成就鼓舞斗志、明确方向，用党的光荣传统和优良作风坚定信念、凝聚力量，用党的实践创造和历史经验启迪智慧、砥砺品格。"我们希望本书能够成为全市党史学习教育的生动教材。

奋斗百年路，启航新征程。让我们赓续红色基因，传承伟大精神，努力把革命前辈开创的伟大事业继续推向前进，更加奋发有为地推动首都高质量发展，为实现新时代党的历史使命而接续奋斗！

本书编写组

2021年6月

目录
Contents

★ **信念坚定　对党忠诚** ……………………………………… 001

蓝天野	党让我走上了戏剧道路	003
张　彤	信仰照亮前行路	009
张占林	我必须干在前头	015
邓传福	一声"到"　一生到	021
闫　颖	"革命人永远是年轻"	027
许淑芳	誓以"三心"践初心	033
张守信	党员就要经得住考验	039
张东升	这辈子跟党走，特别值	045
鲁桂兰	豪情万丈跟党走	051
王　浒	献身党的教育事业的改革者	057
杜成起	一生奋斗写忠诚	063
谭有为	牢记入党誓词　生命之树常青	069
方道中	追随旗帜踏征程	075
姜善智	是党指引我走上了光明道路	081
王述唐	共产党员就要勇敢冲在最前面	087
王登弟	为党奋斗，义无反顾	093
司洪波	在战火洗礼中成长	099
周一晴	一生追随党的光	105
郭存凯	炮火硝烟炼忠诚	111
陈　祉	用一辈子兑现对党的承诺	117

★ 心系群众　为民服务 ……………………………………… 123

张金哲　永远跟患儿在一起 ……………………………………… 125
王砚香　山路上的"背篓商店" …………………………………… 131
马　玙　在结核病患者心里洒下一片阳光 ……………………… 137
曾玉泉　永葆服务群众的热情 …………………………………… 143
张殿鸿　司法为民追梦人 ………………………………………… 149
孟秀珍　职工的问题就得有所回应 ……………………………… 155
杨万俊　爱在石板路上延伸 ……………………………………… 161
李宝善　用妙手仁心守护百姓健康 ……………………………… 167
陈淑萍　挺身而出　无怨无悔 …………………………………… 173
王淑贤　带领职工过上好日子 …………………………………… 179
潘永祯　忠实履行"公安姓党"誓言 …………………………… 185
张大学　我为荒山披绿装 ………………………………………… 191
徐桂一　村民幸福生活是最好的口碑 …………………………… 197
韩瑞芬　大爱无疆"兵妈妈" …………………………………… 203
李书田　心里装着党　感恩永不忘 ……………………………… 209
皮兆泉　一步一个脚印为村民谋实惠 …………………………… 215
曲永泰　救死扶伤就是我的初心 ………………………………… 221
李瑞鑫　最爱那一抹母婴的颜色 ………………………………… 227
张献坤　青春芳华献给党 ………………………………………… 233
高松岭　一副干净的手铐 ………………………………………… 239

★ 爱岗敬业　务实进取 ……………………………………… 245

王友彭　党和国家的需要就是我的事业方向 …………………… 247
吴光驰　孩子的健康成长是我最大的成就 ……………………… 253

金淑兰	"九兰"花开别样红	259
董鑑沅	组织需要我，我就应该顶上去	265
王维新	工作了"两辈子"	271
希光第	北京公交，你是我的全部	277
郭应禄	当一名了不起的医生	283
赵景勃	为热爱的事业奋斗是我最大的幸福	289
王建华	不修好水库决不回家	295
崔光川	车听我的话，我听党的话	301
刘迎建	汉王科技领头人	307
苗晓红	一辈子做蓝天的女儿	313
谢　飞	初心本色，光影人生	319
李清扬	做守卫祖国的雄鹰	325
黄腾适	做一辈子党务工作，是我的光荣	331
方友春	防疫防病做尖兵	337
朱冬生	做宣传中国共产党历史的忠实传人	343
张　玮	从天山脚下走入革命洪流	349
乔长煜	永远心系那个光荣的岗位	355
李景芳	牢记使命　桃李满园	361

★ 开拓创新　攻坚克难……367

潘际銮	让我们的焊接机器人走向世界	369
刘隆亨	为建设社会主义法治国家贡献力量	375
祖　毅	为党工作，我有用不完的劲儿	381
张绍彦	把一所农村薄弱校建成京南名校	387
徐安德	让师生远方有灯，脚下有路，眼里有光	393
韩臣子	医者为民在路上	399

边俊相	任何时刻，我都要用实际行动履行承诺	405
高伯聪	首钢是我生命中不可或缺的一部分	411
刘锦春	用爱深耕工读教育	417
赵圻坦	我把一生献给党	423
李晓月	只要党需要，没有克服不了的困难	429
李祥舒	这里有我毕生热爱的事业	435
顾宝华	笃学勤思　与时俱进	441
龚士俊	一颗红心永向党	447
张凤祥	迎难而上才能取得好成绩	453
张俊山	坚守本色映风骨	459
姜永丰	我要为党守住回民营村这块阵地	465
马富春	64年无愧党员称号	471
王丽瑛	为儿童保健事业奉献终身	477
李守义	教育战线的"拓荒牛"	483

★ 淡泊名利　无私奉献 ······ 489

郑福来	卢沟桥畔讲史人	491
方玄初	一名共产党员应当是一滴纯净水	497
闫志国	40余年守护爱情之花	503
傅贵江	拳拳赤子心　浓浓爱党情	509
周大川	我把一生献给党	515
马恩波	共产党员就要多做有益于人民的事	521
宋怀茂	赤诚之心永不老	527
许　秀	红色人生　一路芬芳	533
王佩英	共产党员走到哪里都是一束光	539

陈素卿	做一块闪光的"砖"	545
田玉生	我要替牺牲的战友继续为党奉献	551
代明武	做永不生锈的螺丝钉	557
武翠英	点绿荒山的"铁娘子"	563
卢书芹	跟党走的信念已经生了根	569
张凤臣	用洪亮的声音坚持服务村民	575
郁仁存	医德就是永怀为人民服务之心	581
陈德斌	举起地铁人精神家园一盏灯	587
张文宗	党员就要有党员的样子	593
顾长和	燃烧人生　奉献必荣	599
薛荫棠	第一身份是共产党员	605

后　记 ……… 611

信念坚定
对党忠诚

蓝天野
党让我走上了戏剧道路

蓝天野，男，汉族，河北人，1927年5月出生，1944年起从事话剧工作，1945年9月加入中国共产党。北京人民艺术剧院离休干部，著名表演艺术家、导演。先后在《茶馆》《北京人》等话剧中塑造人物形象，执导话剧《贵妇还乡》《家》等。曾获中国话剧金狮奖、中国戏剧奖·终身成就奖、全国德艺双馨奖·终身成就奖。曾被评为全国优秀共产党员、北京市优秀共产党员。

初春的夜晚，透着浓浓凉意，首都剧场内座无虚席。舞台上正在上演话剧《吴王金戈越王剑》，观众们沉浸在这部诗意化与民族美感交融的历史剧中。

幕布后，一位精神矍铄的银发老者正凝视着观众席，关注着他们对演出的反应，他就是这部剧的导演、94岁高龄的蓝天野。

满腔热忱只为党

1944年，不到18岁的蓝天野在国立北平艺专油画系潜心学习绘画。同年，他在同学的邀请下参加了沙龙剧团，开始演出话剧。这时，蓝天野在解放区文工团晋察冀挺进剧社的三姐石梅被党组织派回北平，开展党的地下工作。

在石梅的影响下,蓝天野1945年6月正式参加革命工作。最初主要是做宣传,"上级党组织交给三姐一部短波收音机,每天晚上到了固定时间,我们要收听解放区的广播,记录下来,然后由我刻到蜡版上,进行油印,再由她拿出去散发。"蓝天野回忆道。

后来,蓝天野成为北平地下党的一名交通员,经常背着装满物资和文件的小布包,骑着自行车到西山脚下的联络点与解放区的人见面。"我送去的是解放区需要的各种物资、生活用品,还有书,有些还是大部头的,每次能带多少就带多少。我还制作过一些演戏用的化装油彩,送给解放区文工团用。"谈及这些工作,蓝天野说,"当时真没想过危险。我就觉得其他的事情做不了,做这些就是为党尽自己的一点力量。"

蓝天野对党交给的工作满腔热忱。1945年9月,他加入了中国共产党。

一颗红心向戏剧

94岁高龄仍活跃在话剧舞台上的蓝天野,用一生耕耘为中国话剧事业的蓬勃发展做出了贡献。2020年,他登台出演话剧《家》中的冯乐山,精湛的演技获得了观众的热烈掌声。蓝天野说:"感谢党对我的培养,是党让我走上了戏剧道路。"

蓝天野入党后,在沙龙剧团参演《日出》《沉渊》等话剧,成为剧团的骨干。按照党组织的安排,蓝天野在沙龙剧团一边从事革命工作，秘密发展党员，一边参加戏剧演出，配合学生运动。

1946年年初，北平地下党在文艺战线的工作已经打开了局面。为

1958年3月，蓝天野（左二）在《茶馆》中饰演秦仲义

进一步加强对戏剧战线的领导，党组织决定筹备成立北平市戏剧团体联合会（以下简称"北平剧联"），将北平所有的职业剧团、半职业剧团及学生剧团都组织起来，并成立北平剧联党支部，蓝天野成为党支部的一员。

在北平剧联筹备期间，大家决定用一场话剧公演来扩大影响力，选择的剧目是剧作家李健吾的代表作《青春》。在这部喜剧中，蓝天野饰演一个绰号叫作"红鼻子"的老更夫。导演石岚要求蓝天野将这个角色演绎成一个真实生动、富有生活气息的老农民。然而，从小在北平城长大的蓝天野当时只有19岁，从没有体验过农村生活。为了演好角色，他跑到城外郊区村子里，与农民交朋友。"我去的次数多了，跟村民就熟了，临走时他们还会去地里割上一把新鲜的韭菜给我带着。"通过深入体验生活，蓝天野塑造了一个活生生的更夫形象。此后，他开始潜心学习探索表演艺术，强烈的创作欲望被激发出来。

随着形势的变化，北平剧联和祖国剧团引起了国民党当局的注意。为保存实力，上级党组织指示两个团体

的骨干成员暂时分散隐蔽。蓝天野被派到演剧二队，从此走上了专业话剧表演之路。

回首这段经历，蓝天野感慨地说："当时真没有想到我会一辈子从事戏剧事业。但我坚定跟党走，党怎么决定，我就怎么做。党让我干什么，我就干什么。"

1983年，蓝天野第一次导演历史剧《吴王金戈越王剑》，便以新颖的风格和艺术个性赢得赞誉。2014年复排时，又有了创新与突破。2021年3月4日，该剧再登首都剧场舞台，蓝天野重回导演席。在每次排练和演出中，蓝天野对话剧民族化的探索与实践从未停止。

作为专职导演，蓝天野在他导演的剧目中起用了一批年轻演员，帮助他们显著提升了表演艺术水平，取得了出色成绩。从1957年起，蓝天野多次主持或参与人艺学员班的表演教学，他培养的学生有很多成为北京人艺的艺术骨干，有的还成为卓有成就的表演艺术家。

洒下光热耀舞台

2011年，为纪念建党90周年，北京人艺党委决定重排献礼剧目《家》。从1984年蓝天野导演这部经典话剧后，《家》已经27年没有与广大观众见面了。为重现经典风采，实现人艺舞台上的"四代同堂"，更为了"人艺精神"的传承，院党委决定邀请已经阔别话剧舞台24年、当时已是84岁高龄的蓝天野加盟剧组。

蓝天野深感重任在肩。"我是老党员，只要组织需要,我就要发好光和热,"他向院党委表示,"如果演不好,请导演随时把我换下来。"蓝天野在剧中饰演反派角色冯乐山。为了演好这个角色,他不顾年事已高,始终保持着高昂的创作激情,每天一早就赶到剧院参加排练,直到晚上10点多全体排练结束后才走。

有一天,蓝天野在排练中不慎摔倒,手指骨折,吓坏了周围的人。他起身后的第一句话却是:"对不住大家,让各位担心了。"第二天,他又准时出现在排练场。蓝天野用身体力行感染着剧组里每一名年轻演员。他塑造的表面儒雅、实则阴狠的冯乐山也成为话剧舞台上又一个经典人物形象。

2012年,为迎接党的十八大胜利召开暨纪念建院60周年,人艺创排了现实题材大戏《甲子园》。蓝天野受邀担任该剧艺术总监,并与朱琳、郑榕、朱旭、吕

2012年,蓝天野(右)在《甲子园》中饰演黄仿吾

中等老艺术家和一批优秀中青年演员共同参演。在紧张的排练演出中,蓝天野的言传身教让年轻演员懂得了"人艺人"应当具备的艺德和品性,明白了在社会生活历练中提高人格修养和艺术水准、静心塑造人物角色的真谛。一部大戏《甲子园》,印证了"戏比天大"的艺术追求在几代"人艺人"中的薪火传承。

2015年，88岁高龄的蓝天野再次执导瑞士剧作家迪伦马特的代表作《贵妇还乡》。在两个多月的排练中，他每天早来晚走，对每一位演员的台词、动作仔细推敲，认真讲解，并亲自示范。在一次排演中，有位年轻演员的肢体动作始终不到位，站在一边的蓝天野突然扔掉手里的拐棍，准备为其做示范。"您这么大岁数了，这样做很危险。"旁边的人一边说，一边赶紧扶住老爷子。蓝天野却说："为人艺培养人才，是我分内的事，没什么豁不出去的。"

蓝天野割舍不下为之奋斗了一辈子的话剧事业。他心系北京人艺的传承与发展，想为那群可爱的年轻演员再排排戏、讲讲课。蓝天野说："我的人生很精彩，也很快乐。作为一名老党员，我愿意继续为国家的文艺事业奉献我的微薄之力。"

2019年7月，蓝天野为北京人民艺术剧院在职党员讲党课

2019年，北京人艺面向社会招收表演专业学员班，受聘传艺的蓝天野为学员授课。2020年，北京人艺68年院庆当天，94岁的蓝天野带领后辈们用"云演出"的方式为观众献上经典话剧片段。"如果我不参加，北京人艺院庆的舞台上就少了一代人，我必须来！"蓝天野说。

（执笔：杨琳　金蕾蕾）

张 彤
信仰照亮前行路

张彤，女，汉族，江苏人，1924年12月出生，1940年10月参加工作，1941年3月加入中国共产党。北京友谊医院原党委书记。曾任新四军三师政治部鲁工团分队长，北京市委组织部审干办公室干部，北京积水潭医院党委副书记、书记。曾被评为北京市离退休干部先进个人。

"前阵子我在新闻中看到习近平总书记给上海市新四军研究会的百岁老同志回信，十分感动。有的同志还是我在新四军时的战友，70多年前的情景历历在目啊……"回想起当年参加新四军的峥嵘岁月，张彤思绪万千。

张彤是一名新四军老战士，经历过革命战争年代的烽火岁月，也经历过共和国建设的高光时刻。在她的娓娓讲述中，我们深深感受到，坚定的信仰给了她勇敢前行的无限力量。

在华中鲁艺学习成长

1937年淞沪抗战时，张彤正在上海读高中。上海沦陷后，学校迁到农村。10多岁的张彤在语文老师、中共地下党员吴天石的影响下，萌生了参加新四军的想法。"1940年10月，我16岁。为了参加新四军，我一个人冒着生命危险，几经辗转，从上海到南通，之后到盐城找到了新四军。参军后，我被分配到正在筹备中的华中鲁迅艺术学院（以下简称"华中鲁艺"）美术系学习。"张彤回忆道。

1940年深秋，张彤到华中鲁艺报到时，学院还未开学。"我们从沦陷区来到新四军，就像漂泊的孩子找到了家。指导员斯曼发军装时，一面帮我们缝上臂章，一面讲述它的含义；教我们打绑腿时，她耐心讲解绑腿在行军中的重要性；给我们示范立正、敬礼的标准动作时，她一再嘱咐我们，做一个革命军人必须要遵守军风军纪。在教唱军歌时，中队长陈友仁边讲解歌词，边对大家进行军事教育。"80年过去了，张彤对这些细节依然记忆犹新。

1946年1月，张彤（前排左三）和战友的合照

1941年2月8日，是华中鲁艺的诞生日，刘少奇同志是政委兼第一任校长。那天，学校在盐城举行了隆重的成立大会和开学典礼。张彤还记得当天的情景："师生们布置会场时，突然有几架日寇的飞机轰鸣而过，但这丝毫没有影

响大家的情绪。在开学典礼上，陈毅军长、刘少奇校长作了讲话，鼓励师生们把华中鲁艺办成抗日根据地的艺术堡垒。他们的讲话为华中鲁艺指明了办学宗旨和方向，博得全场热烈的掌声。"

在学习过程中，张彤和同学们注重学用结合，用文艺创作为抗战服务。文学系到街头办《大众报》，写墙头诗；美术系办《大众画廊》，画壁画、刻蜡版；戏剧系成立实验剧团，演出了不少抗战题材的舞台剧；音乐系排练了《太行山上》《勇敢队之歌》《怒吼吧黄河》等气势磅礴的大合唱。这不仅大大活跃了盐城地区的文化生活，鼓舞了军民斗志，也使张彤和同学们得到了锻炼和提高。

在日寇飞机盘旋下，听了第一堂党课

1941年1月，皖南事变发生，新四军军长叶挺被俘，很多同志牺牲，只有少数同志突围出来。"1941年2月，在江苏盐城一个旧剧场，我们聆听了中央军委发出的命令，要重建新四军军部。在那个剧场，我内心受到了很大的触动。我明白了，只有共产党才是真正抗日的，只有共产党才能把中国的革命进行到底。开完大会，我就向党组织提交了入党申请。"张彤回忆说。

1941年3月，张彤光荣地加入了中国共产党，成为华中鲁艺第一批党员之一。"3月下旬，指导员斯曼通知我，党总支批准接收我为中国共产党党员，候补期为3

1979年，张彤参加新四军老战士歌咏队活动合影

个月。入党介绍人是斯曼和陈友仁。"

入党后，张彤的第一堂党课是在华中鲁艺驻地——兜率寺外坟场进行的。"之所以选在那里，是因为那里松柏环抱，利于防空。那时，日寇的飞机常常在上空盘旋，寻找轰炸目标。在这样的环境下，教导员孙湘为我们几名新党员讲了三个问题：什么人可以加入中国共产党、共产党当前的任务和最终目标、共产党员的标准。每名共产党员都要认识到，建设共产主义要经历长期、复杂、艰难的过程。为实现共产主义这个目标，共产党员必须树立坚定的信念和决心，不怕苦、不怕死、前仆后继、奋勇向前。"张彤回忆道。

教导员的党课还没讲完，日寇飞机又轰鸣而来，接着大家就听到城内响起爆炸声。第一次党课在张彤心里打下了深深的烙印，激励她努力学习、报效祖国。她说："1945年日本投降的时候，我正在苏北党校学习。我们敲锣打鼓，举着火把游行了一晚上，大家都激动得手舞足蹈、热泪盈眶！"

"只有离退休的干部，没有离退休的党员"

新中国成立后，张彤服从组织安排南下，辗转几个地方，于1955年来到北京市工作。1957年，张彤从市委组织部调任北京积水潭医院党委副书记，后任书记。在积水潭医院工作的13年间，张彤经历和见证了这所全国最强骨科医院的建立与成长。

1971年9月，张彤调任北京友谊医院党委副书记，后任党委书记。在张彤看来，北京友谊医院是当时北京最好的医院，设备好、专家教授多、治疗疑难病症的效果好。她认为，一流医院必须要培养配备一流人才。为此，她不但重视引进医护人才，还不断加大对本院人才的培养。

1978年全国科学大会后，"科学的春天"到来了。一天，张彤听说国家卫生部要挑选一家医院组团去阿根廷学习心外科技术。她立即请求领导选派北京友谊医院的医生去进修。得到批准后，医院党委马上选拔出心外科、心内科、麻醉科等科室7名临床经验丰富的医生组队前往。进修期间，团队医生在阿根廷首都布宜诺斯艾利斯意大利医院学习了心脏生物瓣膜置换等先进医疗技术。与此同时，北京友谊医院专门成立了心外科实验室和瓣膜研制室，为进修团队回来开展心外科手术做好准备。

1986年，北京友谊医院离休干部党支部成立，从医

2010年1月9日,张彤参加北京市第二十三次老干部座谈会暨离退休干部"双先"表彰大会

院党委书记岗位退下来的张彤被推选为党支部书记,一干就是4届,近12年。在此期间,她离而不休、以身作则,带领北京友谊医院老卫协分会成员开展了到农村厂矿义诊、登门健康体检等服务。离休干部党支部多次被评为院级先进党支部,并在第五次、第九次市老干部工作会议上交流经验。

张彤虽然已96岁高龄,仍不忘每天读书看报,认真学习。党的十八大以来,党和国家各项事业取得历史性成就,发生历史性变革。对此,张彤深有感触:"如今,在以习近平同志为核心的党中央领导下,我国打赢了脱贫攻坚战,取得了抗击新冠肺炎疫情重大战略成果。作为一名老党员,我感到非常自豪。只有离退休的干部,没有离退休的党员。我会始终牢记党对我的教育,为实现共产主义理想奋斗终身。"

(执笔:海昕园　汪颖　丁兆丹)

张占林
我必须干在前头

张占林，男，汉族，北京人，1936年1月出生，1960年10月加入中国共产党。北京市大兴区长子营镇留民营村原党支部书记，第六、七、八、九届全国人大代表。曾被评为全国劳动模范、北京市劳动模范、全球环境保护先进个人、全国优秀党务工作者、全国环保先进工作者，曾参与的科研成果获国家科技进步奖一等奖。

"赵县留民窦，生产最落后""春熬硝，夏打草，冬天还是破棉袄""吃粮靠返销，花钱靠贷款"……1968年，张占林就是在这种情况下当上留民营村党支部书记的。

几十年过去，如今留民营村已享有诸多美誉："中国生态农业第一村""北京最美乡村""首都绿色村庄""中国绿色村庄""国家AAA级旅游景区""首批全国农业旅游示范点""中国幸福村""全国文明村"……

小村何以旧貌换新颜？村民们都说：多亏了咱占林书记！村民们口中的"占林书记"，就是1968年至2004年担任留民营村党支部书记、如今已经85岁的张占林。

率先垂范，苦干实干拼命干

20世纪60年代，留民营村自然条件恶劣，土地低洼易涝、盐碱化严重，种旱田粮食产量难以保证，人均一天收入6分钱，村民连饭都吃不饱。后来，大家伙儿一商量，推选有想法、有闯劲、敢干事的年轻人张占林当留民营村的党支部书记，希望他带着大家填饱肚子、发家致富。

面对亟待解决的温饱问题，张占林带领村干部下到田间地头，商讨解决办法，最终决定用"以水压碱种水田"的方法提高粮食产量。

插秧种水稻需要平坦的地势，而留民营村的土地高低不平，地势高度最大相差近两米，平整土地成了当务之急。张占林与村干部商定了振兴留民营村的第一个三年计划，提出了"大干一千天，苦战七〇年；干部要带头，思想要领先；粮食要翻番，经济要改变"的响亮口号。

百说不如一干，张占林把铺盖搬进大队部，几乎整天"长"在地里。当时村里缺少机械，为了平整土地，他带着大家用铁锹挖、用土筐提、用扁担挑，没日没夜地干活。村民们都喊他"拼命三郎"。

张占林常对村干部们说："想让村民跟着你干，很简单。社员看党员，党员看干部，干部看支部，你必须干在前头，要比别人干得多才行。"

1970年，村里遭遇

1993年3月，张占林（前排右一）在第八届全国人代会北京代表团讨论中发言

大旱。为保证水稻收成,张占林组织村民用借来的"大锅锥"打井。"大锅锥"直径1米多,圆锥形,有几百千克重。打井时,8个壮劳力要像推磨一样不停地推动"大锅锥"向下旋转,还需要不断地将旋出的土提到地面上来。那时,村里地下水位较高,常打到地下五六米就开始渗水,打到20米深才可以下管。打一口井需要六七天时间,这期间"大锅锥"必须24小时一刻不停地转,否则渗出的水就会将松软的井壁泡塌,前功尽弃。两个"大锅锥"同时不间断作业。张占林更是七天七夜没回家,饿了就吃口干粮,渴了就喝口渠边水,困了就在地头树下打个瞌睡,醒了继续干活。他心里就一个念头:我必须干在前头,要比村民干得多,这样大伙才更有干劲儿!

经过连续奋战,水井终于打好,村里的旱情大大缓解。

在大家的共同努力下,留民营村的粮食产量越来越高。到1975年,村里的粮食产量就"过黄河跨长江",亩(1亩约等于666.7平方米)产超400公斤(1公斤等于1千克),达到了长江以南的水平。当年,留民营村上缴国家粮食50万公斤。

超前谋划,创下多个"第一"

第一个三年计划让留民营村家家从"糠菜半年粮"变成了吃喝不愁。村民们在张占林的带领下越干越起劲儿。

这时，张占林觉得村民们不仅要吃得饱，还要住得好，便带领着村干部开始对全村进行"新村规划"。张占林提出了"田成方，树成行，渠成网，家家住上排子房，还有澡堂大食堂"的口号。按照规划，张占林带领村民修路挖渠，植树造林，进行新村建设。村里负责烧砖、出料、出工，为村民盖起了成排的砖瓦房，村民们喝上了自来水。这种条件在当时的北京农村地区也是少有的。

然而，锅上不愁锅下愁，新的问题又出现了。村民们煮饭缺柴烧，厕所环境差，粪堆到处是……尤其是夏天，苍蝇蚊虫到处乱飞乱爬。为了解决燃料问题，整治环境卫生，张占林多方求教。后来，他听人介绍说，搞沼气池是个好办法，既可以用沼气烧水煮饭点灯，又能改变环境卫生。于是，张占林带着村干部到北京农展馆参观学习，又请来市、县沼气办技术人员到村里实际指导。为打消村民顾虑，村干部们率先自费在家中建沼气池搞试验。他们用人畜粪便和农作物秸秆做原料，在沼气池上面建鸡舍和猪圈，用产出的沼气烧水煮饭点灯，沼渣作为农田有机肥料和

2003年，张占林在留民营村参加北京市妇联组织的植树节活动

鱼饲料。这样，一个绿色无污染的有机小循环系统就形成了。

1982年，村里168户家家都建了一个8立方米的沼气池，都有了一个"家庭生态小循环系统"。村民们烧水煮饭点灯全用沼气，还装上了太阳能热水器。村里还发放补助，为每家买了一台电视机和一台电风扇。

在张占林的带领下，留民营村率先成为北京市"新能源村""电视机村""电风扇村""洗衣机村""柏油路村"……村民过上了"点灯不用油，做饭不发愁，洗澡不出院儿，看戏在炕头"的幸福生活。

敢为人先，生态兴农誉全球

20世纪80年代初，留民营村迎来了北京市环保所的研究员，他们希望与村里合作，开展国家生态农业试验课题研究。当时村领导班子有些顾虑，不知道这生态农业试验到底能不能为村民带来实际利益。张占林觉得，搞创新就要有一股子敢做敢当的精神。

冒着前路未知的各种风险，张占林带领村领导班子毅然选择与研究人员合作，走一条创新的路子。在市、县、乡各级政府和环保等部门的支持下，1987年，全国第一个生态农场——留民营生态农场建成了。

20世纪90年代，在以家庭为单位进行沼气利用的基础上，留民营村又探索出了新模式：由生态养殖场统一生产沼气供应全村各户。当时，村里建设了鸡粪高温

2004年10月12日，张占林（左二）向到留民营村参观访问的时任联合国秘书长安南介绍情况

发酵大型沼气工程，所产沼气用来供全村各户及村招待所餐厅使用。从沼气池清理出来的沼渣、沼液经过生物处理后，被输送到有机蔬菜大棚、田间和果园，用以浇灌施肥。以沼气站为纽带，把农田、菜园、果园和养鸡场、养猪场、鱼塘以及工厂、农户都串联起来，形成了一个良性循环系统。就这样，留民营村一步步变成为"中国生态农业第一村"。

2004年10月12日，时任联合国秘书长安南到留民营村参观访问。张占林向安南详细介绍了村里对沼气、太阳能等清洁能源的利用情况和发展生态农业的经验。安南听后对村里搞的生态农业给予了高度评价，他动情地说："你们探索出了一条兼顾社会效益、生态效益和经济效益的生态致富之路，对整个世界都十分有益。"

那一刻，张占林很自豪！

（执笔：田遥　靖薇　马春梅）

邓传福

一声"到" 一生到

邓传福，男，汉族，湖北人，1949年12月出生，1969年12月参军入伍，1971年3月加入中国共产党。曾任解放军原309医院普外科医生、院务部部长、医务部主任、副院长，原北京小汤山医院副院长。曾立二等功1次，被评为北京军休榜样。

2020年1月25日，大年初一。年过七旬的邓传福匆匆踏上了南下武汉的列车。路上，儿子给他打来电话："爸，武汉封城了，您不知道吗？武汉人出都出不来，您怎么还往里跑？您都70岁的人了，腰椎间盘突出那么严重，血压也高，睡眠又差，挺得住吗？……"电话这头，邓传福停顿了一下说："现在的疫情你们都知道了。火神山、雷神山医院建设要参考小汤山医院的经验，一分一秒都耽误不得。我是去救命的。不管多大年纪，我还是个医生吧，还是党员，是军人吧？你放心，你老爸身经百战，没问题！"

危急关头，不计报酬、无论生死、挺身而出，在邓传福的人生中，这样的出征已经不是第一次了。回忆起军旅生涯中的一次次临危受命，邓传福说："我不是英雄，我只是一名战士。一朝入伍,终生为兵,只要党和人民召唤,我一定会第一个出列,响亮地答一声'到'!"

"那七天七夜我终生难忘"

"临行前,我告诉妻子,会保护好自己。其实我心里明白,这一去,有可能回不来……"邓传福的思绪回到了18年前。

2003年春,一场突如其来的"非典"疫情席卷全国大部分地区。"非典"传染性强、死亡率高,病例不断增加,多名医护人员被感染,北京的医护力量和医疗资源严重透支。4月22日,北京市紧急筹建小汤山医院,收治"非典"患者。中央军委从全军抽调医护人员,负责小汤山医院的医疗救治工作。54岁的邓传福临危受命,担任小汤山医院副院长。

4月25日,邓传福来到小汤山。放眼望去,医院工地上到处是建筑垃圾和生活垃圾。"这些垃圾如果不及时处理,会引起肠道传染病,我第一时间提出了这个问题。指挥部立刻组建了临时保洁队伍,每天处理垃圾,避免工地环境的二次污染。"

当时,小汤山医院是在既无施工图纸,又无施工经验,既不知道

2003年"非典"期间,邓传福(中)在北京小汤山医院与战友合影

疾病的传染源和传播途径，又不清楚疫情走向和持续时间的情况下动工的。至今，邓传福对小汤山医院初建时期的困难情形记忆犹新。他说："没有施工图纸，我们和设计院的专家就在现场设计。所有材料都是从全市各个单位或建筑工地调用的。只要是小汤山医院需要，没有人提要求、讲价钱。"为了抢建小汤山医院，北京市调动全市六大建筑集团公司的4000多名施工人员，24小时三班倒，昼夜施工。

七天七夜后，一所治疗"非典"患者的专科医院在小汤山火速建成。4月29日晚，小汤山医院做好了接收"非典"患者的所有准备。广大部队官兵和建筑工人以令人难以想象的毅力和速度，赢得了救治患者的宝贵时间。

"那七天七夜我终生难忘。从领导干部到普通工人，从部队首长到战士，没有人叫苦喊累。大家都憋着一股劲，一定要保质保量按时完成党中央交给的任务。"邓传福说。那些日子，他和大家一起争分夺秒，与病魔赛跑。每天在工地巡视，与各方领导和专家沟通医院建设方案，一天只能休息两三个小时……到小汤山第二天，邓传福的嗓子就哑了，晚上要靠吃安眠药才能入睡。对于这些经历，邓传福终生难忘。

创造医护人员"零感染"奇迹

实现患者的高治愈率、低死亡率和医护人员的"零感染"，这是中央军委给小汤山医院下达的命令。考虑到预防院内感染至关重要，医院党委把预防督导这副重担交给了邓传福。"接到任务的时候，我心里就在打鼓。保证高治愈率和低死亡率我们可以尽全力去做，但是保证医护人员的'零感染'率，这可是一个硬指标。"邓传福回忆道。

每当"非典"患者入院或有危重患者需要抢救时，邓传福都会在现场严格按照操作规程督查指导，穿着厚重的防护服连续工作十几个小时。"我们制定了130多条细之又细的预防措施和近乎严苛的管理规定，对医护人员的洗手脱衣、行走路线、室内通风等每一个环节，都坚持用最严格的制度进行规范和管理。"邓传福说。

为了防止医院内部感染，邓传福带队成立了25人的专职防感染督导队。从接收患者的第一天起，他每天都带着督导队队员严格监督检查医院的每个角落、每个工作环节，做到严防死守。邓传福回忆说："当时，我们提出了一个口号：只有保护好自己，才能更好地为患者服务。"

小汤山医院投入使用后，50天完成了医院所有患者的救治任务，治愈率高达98.8%，1383名医护人员实现了"零感染"，被世界卫生组织专家称为"世界医疗史上的奇迹"。

回忆往事，邓传福说："在小汤山的60个日日夜夜，是我人生中难以忘怀的一段经历。1000多名医护人员兢兢业业、无私奉献，守护着患者的生命安全，他们是真正的英雄！"

老兵再战火神山

2020年年初，新冠肺炎疫情肆虐，武汉告急。已是古稀之年的邓传福再次临危受命，担任火神山医院建设指挥部顾问。接到命令，他迅速收拾行装，奔赴武汉。

2020年大年初一，邓传福（左二）一行出发逆行武汉

"火神山医院究竟设置多少张床位合适？每个中心模块负责几个护理单元？ICU床位数量是否合理？需要设置多少个手术间？放射科、检验科、超声科应该放在清洁区，还是收治重症患者的'红区'？"一下火车，邓传福就赶到了火神山医院建设指挥部。看着一张张焦急的面孔，听着一个个亟待解决的问题，他顾不上休息，立刻投入紧张的工作。"您来了，我们就有'主心骨'了！"建设指挥部负责人握着邓传福的手说。

不设门诊部，只接收确诊病例；检验科必须配备大型生化仪器，确保实时监测患者的动态病情……当邓传福解答完大家提出的所有问题时，已是深夜。

拖着疲惫的身体，邓传福又连夜赶到火神山医院建设工地。"我们现在的基础条件比17年前的小汤山医院好太多了。但是，将集装箱改建成重症病房和手术室，在组合过程中必须严格按照标准施工，确保工程质量。

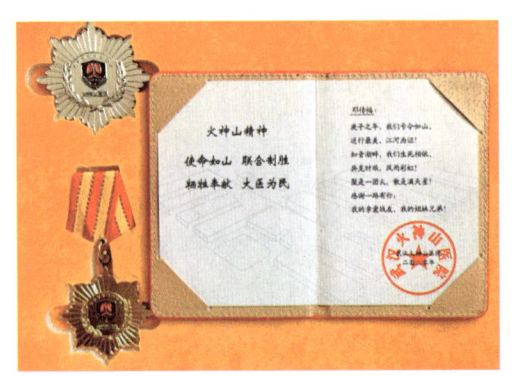

2020年,武汉火神山医院对邓传福同志的感谢

我们要对医护人员和患者负责。"邓传福说。

时间就是生命,邓传福心里只有一个念头——尽快把医院建起来。接下来的几天里,他每天泡在工地上,指导施工方严格按照呼吸道传染病病房"三区两廊一带"的要求划分科室功能。他还对施工质量、通风条件、办公区域和医护人员通道等细节进行具体指导。邓传福忙得像个陀螺,一天只能睡四五个小时,但看着火神山医院在眼前拔地而起,他觉得再累都值得。

2020年4月8日,武汉解除封城措施。邓传福在北京听到这个消息,抑制不住内心的激动,挥笔写下一首诗:"新冠无情袭武汉,举国抗疫排万难。老兵披挂再出征,献策降魔火神山。"朴实无华的字里行间,流露着一名老兵不畏艰险、勇担使命的胆识与豪情。

(执笔:江宏 宋丽群)

闫 颖
"革命人永远是年轻"

闫颖，女，汉族，辽宁人，1931年7月出生，1947年参军入伍，1949年5月加入中国共产党。北京市原昌平县城区镇副镇长、党委副书记。曾在辽宁省丹东市、陕西省西安市、新疆生产建设兵团、北京市昌平县工作。曾被评为全国和北京市离退休干部先进个人。

2021年，闫颖已经90岁高龄了，体会过日寇铁蹄下悲惨的"亡国奴"生活，在革命军队大熔炉里摸爬滚打过，上过抗美援朝战场，建设过边疆，做过领导干部，当过社区管家……她始终保持着革命乐观主义精神，坚持活到老、学到老、干到老，无愧全国和北京市离退休干部先进个人、全国关心下一代先进工作者等荣誉称号。

从"亡国奴"到党的坚强战士

闫颖出生在东北的一个县城——辽宁省岫岩县。她尚在襁褓时，日本发动了九一八事变，占领了她的家乡。童年的闫颖最怕听到三种声音：空袭警报声、狼狗的叫声和宪兵队的皮靴声。无论是哪一种，只要听到就意味着要见血、要死人……乡亲们每天都提心吊胆过日子，一不小心就可能看不见明天的太阳。

在日本人的严酷统治下，闫颖的父亲躲在乡下不能回家，母亲也不敢抛头露面，家里只能依靠年迈的奶奶和年仅8岁的闫颖苦苦支撑。为了解决一家人的生计，闫颖来到工厂做童工，每天在高浓度碱水中撕茧扣，手指被烧得见血丝，疼得晚上睡不着觉。

闫颖10岁那年，热心肠的奶奶给即将揭不开锅的邻居送"三合面"，被一对日本夫妻看中了装面的青花碗。奶奶不肯卖，那对日本夫妻便拳打脚踢，把年迈的奶奶打倒在地，硬生生夺走了碗。不久，奶奶含恨去世，毫无尊严的"亡国奴"生活使年幼的闫颖早早成长，担负起家庭重担。1945年8月15日，日本无条件投降，东北解放，闫颖结束了"亡国奴"的苦日子。

东北解放后，16岁的闫颖果断参加了中国人民解放军，后来被分配到部队政治部宣传队，为战士普及文化知识。她随军参加了鞍海战役和辽沈战役。战斗期间，宣传队的同志不分男女都要到连队参战，闫颖负责在战场上抢救和转送伤员。"战场上刀枪无眼啊，我们手上没枪，但也要做到心中不慌，这样才能尽可能减少伤亡，保存我方力量。"闫颖在抢救伤员中一不怕苦、二不怕死，先后获得两次军功。

1949年3月，闫颖随部队南下，为渡江战役、解放全中国做准备。5月，在南下途中，18岁的闫颖光荣地加入了中国共产党。闫颖说："从此我跟着党，一路南征北战，打国民党军队、剿土匪，直到解放全中国，实现了自己长期努力的愿望。"

从战争亲历者到社会主义建设者

1950年6月，朝鲜战争爆发。1950年10月，闫颖所在的部队紧急转战至朝鲜战场，由于部队是从湖北紧急转移，入朝时已经进入冬季，战士们没有棉服抵御低温，携带的口粮也仅够支撑几天时间，很多战士在饥寒交迫中献出了年轻的生命。

朝鲜战争情况与国内不同，部队地形不熟、语言不通，战斗阻力极大。她所在中国人民解放军第五十军先后参加4次战役，进行大小战斗95次，是一支英勇而悲壮的队伍。闫颖就是这支经历了严酷斗争的队伍中的一员。

"那年是真冷啊，我们每天行军脚不停，等到行军休息时，冻得鞋袜都脱不下来。一看，原来是袜子冻在了鞋上，脚又冻在了袜子上。"回忆起抗美援朝的艰苦日子，闫颖无怨无悔。那时她主要负责入坑道了解战情，编写战报，提升士气。闫颖说："我们能在那么艰苦的条件下战胜帝国主义的飞机大炮，靠的就是永不言败的革命乐观主义精神。"

1951年，闫颖在朝鲜留影

美军撤退后,闫颖随军转移至朝鲜西海岸,直至1955年3月回国。战场上的硝烟和艰苦的环境练就了闫颖坚如磐石、韧如蒲苇的品格,她也将这些优良品格带到了社会主义建设当中。

1956年转业后,闫颖先后到丹东、南京部队第一工程兵学校、西安市妇联和新疆生产建设兵团工作,不论在什么岗位上,她都认真做好工作。

谈到家人,尤其是小儿子,闫颖眼中充满了愧疚。在丹东烧焦炭期间,闫颖的小儿子出麻疹,由于孩子身体较弱,且没有第一时间进行诊治,已发展至肺部感染,情况很紧急,需要家长配合治疗。经过再三考虑,闫颖毅然选择了先攻克烧焦炭技术难题,再回去看护孩子。正是由于闫颖的执拗,工作任务虽如期完成,小儿子却落下了"肺门结核"的病根。

1979年年底,闫颖调到昌平县城区镇担任党委副书记。来到昌平后,她主动熟悉情况、学习业务,积极开展工作。1986年,闫颖身患癌症,短期休息后又继续投入工作中,但由于身体实在吃不消,经组织和家人劝说,闫颖于同年6月离休。

1976年,闫颖(前排左二)任西安三桥公社副书记期间留影

从社区管家到"抗癌斗士"

离休后,闫颖在当地社区党支部书记和居委会主任的岗位上一干就是30余年,千方百计地为居民排忧解难。

闫颖在亢山前路社区担任党支部书记、居委会主任期间,居委会经费紧缺,开展活动更要到处"化缘"。"后来,政策允许了,我带着社区干部群众找来35000多块旧砖头,徒手盖起了4间房。两间开了小卖部,两间办了理发店,既满足了群众需要,又解决了社区活动经费问题。"闫颖说。

当时社区"两劳"释放人员较多,如何让他们过上新生活,别再"二进宫",是闫颖心头的一件大事。闫颖组织一些有威望的社区老同志成立帮扶小组,主动登门访问,尽力帮助"两劳"释放人员解决就业问题。对他们中有意愿上学的,协调联系学校;对有技术能自谋职业的,帮助跑腿办理营业执照;对生活有困难的,想尽办法安置工作。通过闫颖的努力,社区先后帮扶"两劳"释放人员17人,为他们过上和谐安定的生活办了一件大实事。

2004年,社区开始选拔年轻干部,闫颖主动从居委会领导岗位上退下来。她继续发挥人熟、事熟的优势,积极参与社区服务工作。她先后担任了昌平区关工委副主任、政风行风监督员、二街社区离退休干部党支部书记等,为青少年讲革命故事、开展爱国主义宣讲达200

余场，被大家亲切地称为"宣讲奶奶"。她总说："揽了这些事儿，干了这些活儿，我没有觉得累，反倒觉得越来越年轻了。"

2009年，闫颖又患了乳腺癌。同年，相濡以沫半个多世纪的老伴因肺癌去世。面对一连串的打击，当时78岁的闫颖没有垮、没有怕，靠着顽强的信念和革命乐观主义精神挺过了痛苦磨难。癌症手术后没多久，她向党组织提出申请并反复恳求参加庆祝新中国成立60周年活动的服务保障工作。

2013年全国两会期间，闫颖（前排中）与亢山前路社区志愿者一同参加社区治安巡逻

回忆离休这些年的经历，闫颖感慨道："与疾病抗争，坚持工作，为社会做一些力所能及的贡献，为的是践行初心和使命，回报党恩、回报人民。我虽然90岁了，但'革命人永远是年轻'，我还有许多可做的事情，还要看'十四五'的丰硕成果，看到更加繁荣昌盛的祖国！"

（执笔：许丽丽　许海）

许淑芳
誓以"三心"践初心

许淑芳，女，汉族，河北人，1942年11月出生，1962年10月参加工作，1966年4月加入中国共产党。原北京电焊条厂退休干部。曾任原北京高温仪表厂、北京无线电零件二厂、北京电焊条厂厂级领导。曾被评为北京市先进治保积极分子标兵、北京市一级人民调解员。

在东城区天坛街道泰元社区服务站，我们见到了年近80的许淑芳。她思路清晰，眼神坚定。言谈中，她多次说，自己这辈子坚持的人生信条就是：对党有红心、对社会有热心、对群众有诚心。

一颗红心，永远跟党走

旧社会的苦，新社会的甜，父辈的革命史，浸润了许淑芳的思想底色。

许淑芳的老家在河北省饶阳县。"1942年5月，日本军队包围了南岩村，把全村的老百姓都赶到村场院，对每个人严加盘查。饶阳县久吉村的汉奸骆养廉指认我父亲许立根是八路军，父亲被日本兵抓走，带到饶阳县城里关押起来，后被日军杀害。"

信念坚定　对党忠诚

许淑芳的父亲许立根曾在八路军吕正操部队从事隐蔽战线工作。许淑芳的叔父许立树也是那时牺牲的。回忆起父亲和叔父壮烈牺牲的那段经历，许淑芳的声音颤抖起来，眼眶也红了。许淑芳的父亲牺牲时，许淑芳尚在母亲腹中。后来，许淑芳的母亲带着几个孩子外出讨饭，艰难度日。

"在中国共产党和毛主席的领导下，我们打败了日本帝国主义，我们翻了身，劳苦大众得到解放，人们过上幸福生活，所以，我很早就立下了永远跟党走的坚定信念。我坚信，没有共产党就没有新中国！"许淑芳动情地说。

作为烈士子女，许淑芳为父亲骄傲，坚定追随父辈脚步。多年来，许淑芳非常注重红色基因的传承，十分关注年轻人的思想教育。访谈中，许淑芳坚定地说："我加入了中国共产党，就一定要把优良的革命传统传下去，在任何时候都要严格要求自己。红色基因只有代代相传，社会发展才能生生不息。"

许淑芳是这么说的，也是这么做的，她一直坚持播撒红色信仰的种子。

不久前，应天坛街道的邀请，年逾七旬的许淑芳以"缅怀先烈 报效祖国"为题，生动讲述了父辈为中华民族独立和人民解放不屈不挠、英勇献身的故事。许淑芳鼓励在场的年轻人："中国共产党的伟大，就在于革命理想高于天，历经挫折而不断奋起，历尽苦难而淬火成钢。我们今天的美好生活是无数革命先烈用牺牲奉献换来的。中华民族伟大复兴的接力棒将交到你们手中，你们应该刻苦学习，努力成长为社会的栋梁之材，才能不辜负前辈的流血牺牲，不辜负这个美好的时代。"

一片热心，为社会发展添砖加瓦

"共产党员就像钉子一样，组织把你安排在任何岗位上，都必须永不生锈、闪闪发光。"许淑芳说。

19岁，许淑芳进入北京高温仪表厂工作，她积极努力、勤奋踏实，得到了领导和工友们的认可。

23岁，许淑芳在工作中高质量地完成了厂领导交办的各项任务。业余时间，她给自己加压充电，不断提高综合素质。1966年，许淑芳光荣地加入了中国共产党。

27岁，许淑芳成为一名年轻的领导干部。她深知肩上的责任，更加努力，工作兢兢业业。许淑芳注意到厂里的一些年轻职工在业务学习上积极性很高，在要求进步上有明确的态度，但是容易在遇到困难和挫折时退缩，放弃努力。许淑芳与他们打成一片，主动引导，帮助他们保持可贵的上进心，营造乐观向上的团队氛围。在工作中积极发挥先锋模范作用，许淑芳获得了"北京高温仪表厂先进工作者"荣誉称号。

许淑芳担任北京高温仪表厂革委会副主任后，着重抓好职工思想教育，努力打造一支思想过硬、战斗力强的职工队伍。许淑芳和厂领导班子一起在产品更新换代、提升产量质量、改善职工生活等方面做了大量工作。

1969年，北京东方红炼油厂成立。当时，厂里急需大量炼油测温的热电偶测温仪。高温仪表厂接到任务后，许淑芳迅速组织职工加班加点加油干，保质保量按期完成了任务。

在北京东方红炼油厂表彰典礼上，许淑芳作为北京高温仪表厂的代表应邀参会。面对荣誉，许淑芳清醒地认识到，这只是一个起点。她说："在岗位上一天，我就要做到对于成绩永不自满，对于困难永不屈服，对于工作永不懈怠，时刻以饱满的工作热情迎接每一天，迎接每一次挑战。"

在担任厂级领导干部期间，许淑芳时刻用党员标准严格要求自己，一身正气、两袖清风，践行党的宗旨，处处起模范带头作用。

永怀诚心，"群众的事就是我的事"

许淑芳曾在企业厂级领导岗位上工作近30年。1976年至1985年，许淑芳调到北京无线电零件二厂工作，担任副厂长。1985年至1993年，许淑芳调到北京电焊条厂工作，担任厂党支部副书记兼副厂长。

1981年，许淑芳（前排左三）被评为先进工作者留影

1993年,许淑芳从企业退休。"身为一名党员,就是要为社会做贡献,我入党的宗旨就是为人民服务。尽管我退休了,但退休不退志,离岗不离党。"许淑芳笃定地说。她没有在家享受安逸的退休生活,而是又挑起了重担,担任泰元社区党委书记、居委会主任。在抓好社区全面工作的同时,许淑芳还兼任了社区综治、调解主任,帮助居民解决实际困难,千方百计帮助下岗职工再就业。

2004年,一些分流后在家待业的企业职工,因经济收入减少,有的家庭产生了家庭矛盾和纠纷。"群众的事就是我的事。作为分内之事,我不仅要主动去管,还要尽力管好。"许淑芳深入下岗职工家庭了解情况,细致了解矛盾产生的原因,以及下岗职工掌握技能的情况等,帮助下岗职工解决再就业问题。

"当时,为了帮助社区下岗职工尽快上岗再就业,我几乎跑遍了社区附近的所有单位。天坛体育场食堂和大东海美食城两家单位先后为社区解决了40多名下岗职工再就业问题。"

当了13年泰元社区党委书记、居委会主任后,许淑芳又被推选为社区第三党支部书记、楼门长。她带头参加社区的治安值班、社会公

2015年10月,许淑芳介绍社区工作经验

益活动等,继续发挥一名老党员的作用。

新冠肺炎疫情发生后,许淑芳第一时间加入社区防疫宣传和值守当中。"不聚集,保持距离,出门戴口罩"是她每天说得最多的话。许淑芳每天提前上岗,查证、测温、提示戴口罩,工作尽职尽责。她说:"社区是联防联控的第一防线,守住这里就能有效切断疫情蔓延的渠道。作为疫情防控的一分子,我必须守好这道防线。"

2020年5月1日,新修订的《北京市生活垃圾管理条例》正式实施。许淑芳成为一名"桶前值守"志愿者,她每天早上两小时、晚上两小时坚持桶前值守,从未间断。许淑芳说:"垃圾分类是利国利民的大事,凡是对社会有利的事情,我都会努力地做好!"在许淑芳的带动下,越来越多的社区居民自觉加入"桶前值守"志愿者队伍当中来。

2020年8月,许淑芳参加"桶前值守"志愿服务活动

一日入党,终身奉献。入党50多年来,许淑芳不忘初心,牢记使命,始终以"三心"践行着共产党员的初心。

(执笔:张笑今 张蕾磊)

张守信
党员就要经得住考验

张守信，男，汉族，河北人，1929年6月出生，1945年8月参军入伍，1948年9月加入中国共产党。中国运载火箭技术研究院十五所原党委书记兼政治部主任。曾在解放军总参三部、国防部第五研究院一分院、航天工业部第一研究院工作。曾被评为全国优秀党务工作者，获庆祝中华人民共和国成立70周年纪念章。

在张守信家里，一堂不寻常的"党课"正在进行中。这位"讲课人"出生在一个动荡的年代，今年92岁，是一位有着近73年党龄的老党员。先后参加抗日战争大反攻、解放张家口和大同等战役。他向记者讲述了自己曾经亲历的激荡岁月——参加过儿童团，当过兵，打过仗，见证中国航天事业的艰辛起步与飞速发展……一个个鲜活的故事所承载的历史记忆跃然纸上。

跟着部队打炮楼

张守信出生在河北省保定市顺平县。1937年8月，中国共产党领导的人民军队来到他的家乡。不久，这里创建了抗日敌后根据地。张守信的哥哥姐姐响应号召入伍，他也参加了儿童团。他回忆道："那会儿村里的百姓纷纷加入抗日先锋队、妇女救国会等抗日组织，我就和伙伴们一起在村口站岗，为部队送鸡毛信。"

1945年，16岁的张守信参加了八路军，被分配到晋察冀军区八路军第二支队三营，在河北涞源和山西灵丘与日军作战。一次，分区司令部命令他所在的部队攻打灵丘县大作村的敌人炮楼。

日军炮楼坐落在一块被围成大院的高地上，大院周围是4米多宽、2米多深的壕沟，只有一座吊桥通往炮楼。炮楼位于院内正中央。院内驻有38名伪军，一名日军小队长带着15名日本兵守在炮楼上。行动当天的夜里两点，潜伏在敌军内部的地下工作者李老栓捆了吊桥上的哨兵，放下吊桥，张守信所在的连队迅速通过后冲入院内的伪军宿舍，正在睡觉的敌人来不及反抗，八路军一枪未发就俘获了30多名伪军。

俘虏伪军后，八路军开始攻打敌人炮楼。当炮楼上的日本哨兵发现他们并开枪反击时，战士们用机枪和手榴弹向敌人进攻，很快就打死了十几个敌人，还俘获了两名日本兵，圆满完成了攻打炮楼的任务。

秘密加入党组织

1946年8月，在参加解放大同战役中，张守信的右腿被手榴弹炸伤了十几处，战友把他抬到了战地医院。战场形势瞬息万变，国民党军队进行反扑，我军战地医院需要紧急撤离。当时医院没有车，担架也很紧缺。张守信和另一名负伤的战友拄着棍子连夜走了10多公里。行军途中，他们遇到阜平革命老区的担架队，才被扶上担架，送到河北白求恩国际和平医院进行治疗。张守信动情地说："担架队抬着我们走了200多里地，那可都是山路呀，是老百姓救了我这条命。"

著名的清风店战役打响时，张守信已经成为部队的副指导员。在杨得志的带领下，部队仅用8天时间就完成了从围点打援到运动歼敌的作战任务，歼敌17000余人，还俘获了化装成士兵的国民党第三军军长罗历戎。

由于战斗英勇，表现突出，党组织决定发展张守信为党员。1948年9月，年仅19岁的张守信光荣入党。"当时在一间空房子里挂上党旗，我面向党旗庄严宣誓。那个场景我永远难忘。"说到这里，张守信抚摸着胸前的党员徽章说："在战场上，共产党员是要发挥带头作用的。从此，我无论在什么岗位上，都要求自己带头工作。"

为航天事业聚人才

新中国成立后，张守信在解放军总参三部工作。

1956年，张守信调入国防部第五研究院干部处工作。一天，处长史成章把张守信找去，告诉他组织上决定调他到一分院做干部选调管理工作。

"发展国防科技，最缺的是人才。尽管当时各单位都有困难，但他们还是顾全大局，以发展尖端技术

1964年6月，张守信任国防部第五研究院一分院七〇二室政治指导员时留影

为重，给予我们大力支援。"张守信说。

张守信在一分院干部处任技术干部组组长，参与接收归国专家的工作。

一分院成立后，群贤毕至。全国科研机构、军工单位等的30多名高水平科技专家先后到来，成为中国导弹和火箭事业的第一批骨干力量。150多名来自全国各地的大学毕业生也接踵而至，对即将投身的事业充满了热情。

从1958年至1963年，在党中央关怀下，70多名从海外归来的技术专家、留学生被抽调到一分院。"前不久在电视上看到孙家栋院士，我很激动、很自豪，他就是我们当时开着大卡车接回来的，"张守信说，"我们接回来的还有从德国回来的材料专家姚桐斌。我告诉他，组织安排他就任材料研究室主任。他说，坚决服从组织分配，会尽全力搞好导弹材料的研究。"

张守信过去长期在部队工作，对预测科技人才需求、规划各级各类人才选调比例结构等业务工作还不太熟悉。为了做好科技人员选调工作，张守信不会就学、不懂就问，虚心向专家请教。为了能够根据整体任务需求做好科技人员的选调工作，张守信一节不落地去听专家授课。他到现在还记得，钱学森讲的课总共分导弹原理、推进系统、空气动力和结构、制导4讲。经过学习钻研，张守信很快提出了较为准确的1958年至1960年各级各类科技人员需求计划。

1958年，一分院搬至丰台南苑。院机关的办公场所是爱国将领冯玉祥在南苑练兵时盖的小平房，第三设计部的几百名工作人员则在国民党军队留下的飞机库里办公。飞机库通风采光不好，而且冬冷夏热，条件十分艰苦。

1960年4月底，近百名技术骨干、4000余名大学生齐聚国防部第五研究院，其中半数以上分配给了一分院。当时，许多调来的人员住在院内搭的帐篷和走廊里。张守信说："尽管当时条件艰苦，但没有一个叫苦的。同志们都认为自己能到国防科研单位工作，是党和人民的信任，是无上光荣的。"

20世纪八九十年代，在社会主义市场经济发展过程中，一部分科研人员离开了航天战线。张守信看在眼里，急在心里。他秉承"用信念留人、用事业留人、用关爱留人"的工作理念，加强科研队伍理想信念教育，用航天精神和祖国建设的远景目标激励人心，提高科研人员为国铸剑的觉悟；

1985年4月，张守信在航天一院十五所质量验收达标会上讲话

加强人才培养，把经过锻炼、年富力强的科技骨干提拔到领导岗位上。此外，他还注重关爱职工，为职工解决个人问题，特别是青年职工，如帮助他们解决两地分居、子女入托和工作等问题。同时，在政策允许的范围内，提高职工福利待遇，解决生活困难。

1988年1月，张守信在西昌卫星发射中心担任某型号发射实验队党委书记时留影

回忆起创业发展的艰难历程，张守信万分感慨："当党员就要经得住考验，不管遇到多大困难，都要坚定不移地为党的事业奋斗。没有一代代航天人的无私奉献、艰苦奋斗，就没有如今国家航天事业的飞速发展。"

（执笔：司雨　林苗苗）

张东升
这辈子跟党走，特别值

张东升，男，汉族，北京人，1950年7月出生，1969年2月参加工作，1971年6月加入中国共产党。北京汽车集团有限公司原党委常委、工会主席。曾任北京第二汽车制造厂、北京轻型汽车有限公司党委书记，北京旅行车股份有限公司总经济师，北京汽车工业总公司、北京汽车工业集团总公司、北京汽车工业控股有限责任公司党委常委、工会主席。曾被评为中国汽车改革开放30周年杰出人物。

初见张东升，他穿着银灰色的北汽工作服，精神矍铄、笑容可掬。谈起在北汽集团工作几十年的经历，张东升感慨万千。他说："我这辈子都放不下汽车事业！"

"入党一辈子，为党奋斗一辈子"

1969年，19岁的张东升从北京工业学院附属高中毕业后，报名参军，成为一名海军战士。他所在的部队是一支英雄部队，在抗美援朝和抗美援越的战场上都立下过赫赫战功。在这样的部队里锻炼成长，张东升更加严格要求自己。1971年6月1日，他正式加入党组织，成为一名光荣的共产党员。

"入党一辈子，为党奋斗一辈子。"这是张东升入党时，他的入党介绍人老连长对他的谆谆叮嘱。张东升

1970年，张东升在部队留影

说："这句话我记了一辈子，让我受益终身。"

1973年4月，张东升从部队复员，到北京二里沟汽车制造厂工作，被分配到热处理车间产品组当工人。因为工作条件差、体力劳动强度大，很多人都不愿意去。张东升说："我是一名共产党员，经过部队的锻炼，服从组织安排已经成了习惯，我同意去热处理车间。"

热处理车间是真的"热"。箱式炉、井式炉、盐浴炉，每一个都是上千摄氏度，淬火时油烟四起，让人喘不过气来。而且，由于生产设备落后，加工汽车后桥差速器被动齿轮时，淬火工序全靠手工，造成大量产品变形超差，严重影响生产。

"车间东半部码放的次品有几百个，没法儿再加工，又舍不得报废。"张东升说。为了解决这个问题，工厂本想从瑞士进口一台自动淬火机床，但是由于需要几十万美元，几年也没批下来。

张东升听说了这件事，一直记在心上。他凭着不怕吃苦、虚心好学的精神，半年后终于摸索出一些门道。他主动请战，提出自己动手研制设备。厂里组成了"三结合"攻关组，用了两个月的时间，制造出一台三联装液压淬火机床。投入使用后，产品合格率接近100%。车间还用这台机床对几百件不良产品二次淬火加工，全部达到了合格标准。热处理车间翻了身，一跃成为全厂先进车间。

"共产党员有为才能有位"

1976年1月，北京二里沟汽车制造厂更名为北京第二汽车制造厂（以下简称"北二汽"）。

1983年10月，张东升被任命为厂党委副书记。改革开放初期，厂里生产的BJ130型号货车在全国供不应求。地处首体南路的厂子占地面积不足20万平方米，无法扩大生产能力。经过多方努力，北京市政府批准位于顺义区的北京内燃机配件厂并入北二汽，北二汽获得十几万平方米新厂区。同时，顺义区还为北二汽预留了1000亩发展用地，这对北二汽的发展是一个重大的历史机遇。

1984年两厂合并后，厂级干部安排成了一个难题。张东升主动提出改任行政管理岗位。他回忆说："这次主动'下'，'下'得很光彩。"

20世纪80年代后期，为消化吸收日本五十铃N系列轻型载重汽车技术，实现BJ130型号汽车更新换代，为年产10万辆汽车制造基地创造条件，北二汽与中国国际信托投资公司、香港肖特吉有限公司三方共同组建合资企业，成立北京轻型汽车有限公司，即"北轻汽"。

合资之初，由于中外双方对发挥党组织作用的重要性认识不一致，企业的生产秩序和职工生产积极性受到影响。具有丰富党团工作经验的张东升临危受命，担任北二汽和北轻汽联合党委的党委书记。他利用自身有良好群众基础的优势，一方面积极团结中方员工，从思想上纠正职工对合资企业的认识偏差；另一方面积极争取外方领导的理解和支持，不仅使生产重新走上了正轨，还使外方领导认识到，合资企业抓党建对企业经营只有好处没有坏处。

1993年、1994年，北轻汽连续被评为北京市"十佳"外商投资企业。

在纪念北轻汽公司合资5周年时，张东升在厂报上发表文章，谈到自己的两个重要体会：一是全面坚持党的基本路线，坚持改革开放，找到一条大中型企业振兴之路；二是坚持全心全意依靠工人阶级的指导思想，坚持加强和改进党的工作，找到合资企业生存发展和振兴之本。

张东升说："共产党员，有为才能有位。你只有在岗位上做出成绩和贡献，才能为人所认可。"1994年9月，张东升调任北京汽车工业总公司工会主席。上任后，他主持建立了特困职工帮扶、金秋助学、送温暖、结对帮扶、技工培训和技能大赛等系列新制度，有效维护了一线员工的权益。

1997年，张东升（右二）参加香港回归庆祝活动交通车辆保障工作

把北汽优秀文化传下去

"北京汽车集团成立多年来,没有系统总结过历史发展脉络。随着当年亲身见证北汽集团创立发展的职工逐渐老去,挖掘整理历史资料,再现北汽集团发展脉络就成为一项非常紧迫的工作。我们必须争分夺秒抢救整理北汽集团的历史,一定要让北汽人知道自己的根在哪儿。"张东升说。

2011年7月,临近退休的张东升根据集团党委决定,组织协调成立相关经济研究组织并承担了北汽集团历史展厅的筹建任务。

为收集更多见证北汽集团发展的资料和老照片,张东升带领同志们一一走访老领导、老员工。由于很多老同志已经离世,挖掘总结北汽集团历史的工作并不轻松。经过近一年的努力,他们出色完成任务。2014年至今,北汽集团历史展厅已接待数十万人次参观,成为传承北汽集团历史文化的重要平台。

"工作可以退休,思想不能退休,要永远跟着党走。一线同志在拼搏,老同志也应该出点力!"张东升这样说,也是这样做的。按照北汽集团党委的要求,他从行业发展角度向市政府提出建议和企业动态分析,向市经济和信息化局提出了北京汽车产业适应京津冀协同发展的调整建议,为政府决策提供了支持。他以抢救北汽集团历史为使命,先后组织编辑了《北汽集团史话》《北

2017年，张东升为北汽集团青年授课

汽摩史话》《北内史话》《北京吉普史话》《北二汽·北轻汽史话》《北灯厂史话》《北齿史话》等著作，累计超过500万字。

人老心不老，夕阳更灿烂。张东升积极参加老党员先锋队，当好北京汽车优秀传统文化的宣传员。在面对面和新一代员工交流时，他感受到年轻职工蓬勃向上的活力，自己也觉得又年轻了。

"这辈子跟党走，特别值！作为一名有50年党龄的老党员，我十分庆幸赶上了新时代。我坚信，在党的领导下，北京汽车一定能够在高质量发展的道路上再创辉煌！"张东升说。

（执笔：于洪洋　曹晶）

鲁桂兰
豪情万丈跟党走

鲁桂兰，女，汉族，北京人，1939年4月出生，1959年7月加入中国共产党。北京市怀柔区龙山街道西园社区居民。参加密云水库建设，带领的花木兰团"猛虎突击队"曾先后8次被密云水库修建总指挥部评为"红旗突击队"，6次被评为特等先进生产者，5次被评为一等先进生产者。曾获共青团中央颁发的"五四"银质纪念章，被评为北京市社会主义建设积极分子、全国三八红旗手。

2020年是密云水库建成60周年。在一个阳光明媚的日子里，82岁的鲁桂兰登上密云水库白河大坝。在这个她挥洒过青春汗水的地方，看着水库万顷碧波，老人的思绪又回到了那段激情燃烧的岁月……

"干活永远争第一"

为根治潮白河水患，解决京津冀地区的城市和工农业用水，1958年6月，党中央、国务院决定修建密云水库，动员北京、河北地区的民工参加水库建设。

鲁桂兰的父母闻讯后，鼓励她说："去吧！这是国家大事，咱们不能落后！"那一年，鲁桂兰19岁。

"那时候特别艰苦，吃的是窝头就咸汤，住的是工棚，一个工棚住100人，没有床，大家就睡在地上。"鲁桂兰说。

"当时,参加修建水库的有20万建设大军。大家都憋着一股劲,一定要按照党中央的要求,一年拦洪,两年建成。"鲁桂兰说。她和姐妹们在决心书上写下铿锵誓言:"不修好水库不回家,不修好水库不结婚!"

初生牛犊不怕虎,鲁桂兰带着32名20岁左右的姐妹组建了"猛虎突击队"。她说:"咱们得像猛虎一样玩命干,干活永远争第一。"鲁桂兰回忆说,那时候她们都没用过独轮推车,更别说用它推土推料了。姐妹们担心完不成任务,就夜里起来练推车。一个人推,一个人坐车上,一来二去就学会了。劳动中,独轮车装满100多公斤的沙土,她们一路小跑推着车往前冲,经常把许多小伙子都甩在后面。

1959年6月下旬,汛期提前到来,潮河上游水位由原来的119.5公尺(1公尺等于1米)猛涨到121.8公尺,严重威胁围堰的安全。这时,鲁桂兰与30多名先进生产者一起,向全体水库建设者提出了"开展劳动竞赛,确保汛期拦洪"的倡议。广大建设者纷纷响应,掀起了劳动高潮,最终提前6天完成了任务。

有一次,鲁桂兰的头上长了一个脓包,疼得实在忍不住了,她才

1960年,鲁桂兰(前排右一)等特等劳模参加北京团市委组织的水利观摩团

跑到工地医务室进行治疗。医生给她开了3天假条，她把假条往兜里一掖，推上独轮车，又加入到了队伍中。头上裹着纱布、坚持带病劳动的鲁桂兰，成了水库工地上大家学习的榜样。

1959年7月1日，因为在修建水库中表现突出，鲁桂兰被批准火线入党。"每当想起面对党旗宣誓的情景，我心里都会涌起一股自豪感。"鲁桂兰说。当时，工地每月都要评选先进，授予流动红旗，"猛虎突击队"每个月都超额完成任务，每次都被评为先进，流动红旗稳稳地插在"猛虎突击队"的工地上。

鲁桂兰至今难忘的是，在工地上见到了周总理。那天傍晚，她正在加班，突然听到工地大喇叭传出声音："我们敬爱的周恩来总理来到了潮河主坝，和我们一起参加劳动！"鲁桂兰远远地看到周总理，顿时觉得浑身充满了力量。

从1958年8月26日进驻，到1959年10月6日撤离，鲁桂兰和姐妹们在密云水库工地上战斗了406天。

鲁桂兰带领"猛虎突击队"8次被评为"红旗突击队"，获得密云水库修建总指挥部8面奖旗。鲁桂兰6次被评为特等先进生产者，5次被评为一等先进生产者，并出席北京市和全国妇女社会主义建设积极分子大会，荣获金质奖章。1959年4月，鲁桂兰被评为青年红旗手，荣获共青团中央颁发的"五四"银质纪念章。1959年，北京市人民政府授予她北京市社会主义建设积极分子称号。1960年，全国妇联授予她全国三八红旗手称号。在北京参加表彰大会时，鲁桂兰受到周恩来、刘少奇、邓小平等党和国家领导人的亲切接见。

"做人做事要实在"

密云水库建成后，鲁桂兰回到了村里。成家后，丈夫在外上班，她在家操持家务。大闺女考上大学后，家里开销大了。1983年，鲁桂兰在村里开了一个小卖部，经营烟酒茶糖、日用百货。每逢村里人问她开办小卖部的手续、上货渠道、经营秘诀，鲁桂兰都会一五一十告诉他们。靠着诚信经营，生意一天比一天好，她也在乡工商所评比中多次获得"遵纪守法经商户"称号。

在农村，鲁桂兰学会了理发这门手艺。孩子大学毕业后，鲁桂兰从农村搬到了怀柔县城（今怀柔区）。她发现居住的小区里很多老年人日子过得节俭，加之年龄大了外出不方便，理发成了一个难题。于是，她开始为社区老年人义务理发，一坚持就是30年。

同小区的孙大妈因病卧床无法下楼，鲁桂兰知道后，决定上门义务帮她理发，这件事一做就是20多年。2021年4月初的一天，已经82岁的鲁桂兰带上理发工具，照常到西园9号楼为孙大妈理发。老人家属说："老太

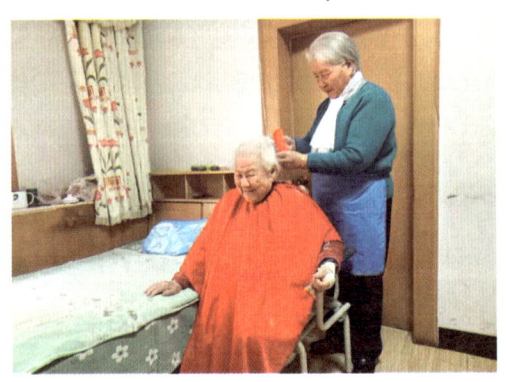

2021年4月，鲁桂兰为瘫痪在家的邻居理发

太今年都85岁了,有点糊涂,有时连家人都不认识。"但由于鲁桂兰多年的坚持,老人和她有了特殊的感情。鲁桂兰理完发,从包里掏出早晨刚蒸的发糕递给老人:"还温乎着呢,快吃两口吧。"老人一边吃着发糕,一边说:"桂兰,你这发糕好吃。"老人家属说:"我妈虽然糊涂,但您每次来,她都能记得清清楚楚。"

作为一名党员,鲁桂兰是社区"让幸福来敲门"活动的主力。在龙山街道西园"枫叶红"党支部的带领下,她和服务团队成员一道,走进孤寡老人家中,与他们一起开展"喜迎百年华诞,唱响红歌嘹亮"红歌演唱、"重温红色经典,传承红色基因"红色故事宣讲和诗歌诵读等活动。在这个过程中,鲁桂兰还利用自己的特长,辅导居民使用抖音、全民K歌等应用程序。鲁桂兰用自己的热情感染身边老人,用老有所学成就最美夕阳红。

鲁桂兰说:"我没啥文化,但心里就是认准一条道:做人做事要实在,真正为老百姓解决实际问题。"

心若年轻,岁月不老

2011年10月,相濡以沫的老伴儿去世了。鲁桂兰一下子垮了,身体瘦了很多,头发大把大把地往下掉。在家人的陪伴劝慰下,鲁桂兰重拾心情,决定活出自己的新生活。她没上过学,只在村夜校上过7天"识字速成班"。"不会就学,活到老必须学到老。"鲁桂兰说。这些年持续的学习让鲁桂兰像是换了个人:练习书法,她的作品登上了社区印刷的图书；参加朗诵，她跟随团队走进多地演出……2017年和2018年，她连续参加中央人民广播电台第五届"夏青杯"朗诵大赛（北京赛区）暨

2018年，鲁桂兰参加第五届"夏青杯"朗诵大赛（北京赛区）暨第四届"放飞梦想"北京诗歌朗诵大赛

第四届"放飞梦想"北京诗歌朗诵大赛；2018年，鲁桂兰一家还被评为北京市"书香家庭"；2020年，鲁桂兰获得怀柔区文化和旅游委原创作品朗诵类二等奖。

2021年3月14日农历"二月二"龙抬头这天，怀柔区诗联学会与怀柔响水湖景区在景区梅花展厅举办了"'梅开呈傲骨　诗书颂党恩'——喜迎建党百年华诞诗词诵读活动"。

"我们豪情万丈跟党走，复兴路上再出发！"在诗歌诵读环节，鲁桂兰的诗朗诵吸引了众人的目光。她倾情诵读原创诗歌《最美年华》时，意气风发、精神饱满，像是迎来了生命的第二个春天。

"心若年轻，岁月不老，你若坚强则时光倒流！春天的气息徜徉在跃动的心中，美的给予流动在开放的手中……"鲁桂兰用最美诗歌书写了自己的最美人生画卷。

（执笔：耿潇　宋明晏）

王 浒
献身党的教育事业的改革者

王浒，男，汉族，甘肃人，1928年12月出生，1947年5月参加工作，1948年1月加入中国共产党。北京工业大学原校长。曾任北京工业大学科研生产处副处长、副校长。曾被评为北京市劳动模范。

"我们这些人大多生于20世纪20年代后期，度过了一个充满忧患的童年和少年时期，深感国家分裂之痛、贫弱之苦。我们对祖国的爱，对共产党、对社会主义的信念，是经过一生经历、对比，经过反复学习、反复思考树立起来的。"聊起过往，92岁高龄的王浒声音洪亮。他说，回想一生，他和青年工作有缘，和党的事业有缘。

难忘的一次学习

1946年，王浒考入清华大学。当时，全面内战已经爆发，王浒深感自己再也无法"两耳不闻窗外事"。经同学介绍，他参加了"反饥饿、反内战、反迫害"运动。

由于表现突出，王浒被介绍加入中国共产党的外围组织——民主青年同盟。"我参加'民青'后接受的第一项任务就是创办识字班和医疗队,为清华大学周边的农家子弟上课,为农民看病,为学生和家长种牛痘。"王浒说。他和其他"民青"成员一起自编油印教材,把小黑板挂在树上为孩子们上课。他们募捐购置常用药品、医疗器械等,先后为1500多名农民看病。

王浒积极工作的干劲被老大哥程法毅看在眼里。1948年1月,程法毅找王浒谈话。"他秘密地给我看了手抄的党章,问我愿不愿意参加地下党,我当时已经把自己的命运和共产党领导的解放斗争结合在一起,就递交了入党申请书。"很快,王浒加入了中国共产党。

1948年暑假期间发生的一件事,让王浒终生难忘。当时,党组织选派他去解放区河北泊镇学习。王浒化名丁大山,一路穿越国民党统治区的封锁,来到泊镇大庞家村。尽管泊镇属于解放区,但因为距离国统区不远,斗争形势依旧十分严峻。参加学习的都是北平天津两地的地下党员,为保证安全,不能暴露个人身份,所以在一个多月的时间里,学员们都是包着头巾、戴着口罩,彼此拉开距离坐在小马扎上听课。王浒说:"泊镇的这次学习,是一次生动、深刻的阶

1947年,王浒(前排右一)在清华大学参加"反饥饿、反内战、反迫害"运动宣传活动

级教育、方针政策教育和党的观念的教育，是我难忘的一次学习。"

闯出校办企业发展新路

1978年9月，王浒调入北京工业大学。1986年，王浒担任了校长。在北工大担任校领导的12年间，王浒全力以赴改善学校的办学条件，推动学校深化管理体制改革，闯出校办企业发展新路。

在他的推动下，学校恢复、整顿被"文化大革命"破坏的实验室，按照教学大纲要求开足全部实验；引进当时水平较高的IBM4381大型计算机，建成微型计算机实验室；通过向世界银行贷款，购置了进口仪器设备。

为了调动教职工积极性，王浒在学校推行深化管理体制改革，实行岗位责任、岗位考核、浮动岗位津贴三位一体责任制。这项改革措施得到教育部的支持，在面向全国推广的过程中，吸引了400多所高校前来观摩交流。

说起创办校办企业工作，王浒非常自豪。1979年年底，北工大获赠一台美国SD公司生产的Z-80单板机，但美中不足的是这台机器有点小毛病。当时，自动化系老师希望使用单板机进行教学，还表示如果能进口元器件，可以尝试研制性能更好、更先进的单板机。王浒听后决定大力支持。1981年3月，具有自主知识产权的新型单板机在北工大诞生，被命名为TP801。英文字母"P"代表北工大。TP801比美国Z-80单板机内存增加4倍，性能得

1989年，王浒在北京工业大学内部改革动员大会上讲话

到大大提高。

有了这项科研成果，王浒决定开办产学研、技工贸结合的校办企业。改造无线电系的电子厂，将原来生产稳压电源改为生产TP801单板机。在国外单板机基础上，研发、制造、销售具有自主产权的TP系列单板机。

当时，国内计算机刚起步，进口计算机很贵。单板计算机物美价廉，用于教学很直观。1000多个高校和企业购买了北工大生产的单板机。在大力进行市场营销的同时，王浒组织力量举办学习班，为用户讲解计算机原理和使用常识，仅1983年一年就培训了3000多人次。为了满足市场需要，他还组织教师和科研人员编写技术资料和教材，到1983年一共出版了17种。

在王浒带领下，北工大在香港注册设立广元公司，负责采购元器件，搞外销；在蛇口设广华公司搞研发；在校内设电子厂做生产基地。三点一线，形成了北京工业大学产学研、技工贸相结合的发展格局。

王浒带领校办产业闯出的这条发展新路，在20世纪80年代初具有示范意义。"校办企业的成功发展，对于全国计算机的推广、教学和技术应用，起到了引领和普及作用，也提高了北工大的声誉。企业产生的经济效益，为学校解决了资金方面的后顾之忧。学校实施管理体制改革，每年所需支付的岗位津贴,都从这里支出。"王浒说。

为教育事业鼓与呼

退休后,王浒仍在为党的教育事业鞠躬尽瘁。1993年,65岁的王浒被选为全国政协委员,连续履职两届。10年中,他和教育界委员一起干了两件大事:呼吁增加教育经费,支持地方政府和社会大力发展高等教育和高等职业教育。

"文化大革命"结束后,我国教育事业快速发展,但教育经费却非常少。王浒通过调研发现,1993年,我国用占世界1.18%的教育经费培养着占世界18.45%的学生,教育经费怎么能不紧张呢!为此,他多次在全国政协联组会上呼吁,参考国际惯例制定国家教育经费占GDP4%的目标。"由于我老呼吁增加教育投入,委员们给我起了个绰号叫'王投入'。"王浒笑着说。

值得欣慰的是,2012年这一目标终于得以实现。

20世纪八九十年代,随着乡镇企业的崛起和沿海经济的发展,社会上急需大量技术人才。王浒深入各地开展调研,提交了《大力发展高等职业技术教育》《高等教育要重视"乡土人才"的培养》等报告,得到时任国务院副总理李岚清的批示。

在获悉清华大学傅正泰教授创办的海淀走读大学办学遇到困难时,王浒联合多名全国政协委员出面,向上级反映此事。"海淀走读大学创办的许多专业,比如秘书、实验员、餐饮管理、导游等，学生就业情况比普通高校还好。只因生均建筑面积不达标、没有400米跑道等原因，就要被停办，我们都感到遗憾。我写信给李岚清副总理，汇报了学校情况，请他去视察。"经过调研，李岚清副总理认为海淀走读大学闯出了利用社会资源办学的好路子，指示继续办好这所大学。如今，海淀走读大学已正式更名为北京城市学院，学生规模超过万人，成为全国民办高校的一面旗帜。

1995年3月，王浒参加全国政协八届三次会议

在担任全国政协委员期间，王浒还牵头组织北京、上海、江苏、陕西等省市教委的老同志，共同承担国家教委"九五"规划研究重点课题，出版了《社会主义市场经济条件下高等教育的改革和发展》一书。作为课题组组长，王浒撰写了结题报告，并发表9篇论文。他还与北京市教委、市属高校的老同志一起承担了北京市哲学社会科学重点课题"面向21世纪北京高等职业教育发展战略研究"。

老骥伏枥，壮心不已。如今，92岁高龄的王浒仍然关注着国家各项事业的发展，为高等教育事业做着平凡而又伟大的工作。

（执笔：左玥　陈思）

杜成起
一生奋斗写忠诚

杜成起，男，汉族，北京人，1929年12月出生，1947年1月参军入伍，1949年3月加入中国共产党。北京市门头沟区原青白口乡（今雁翅镇）党委办公室副主任。曾获庆祝中华人民共和国成立70周年、中国人民志愿军抗美援朝出国作战70周年等纪念章。

初春的门头沟，寒意尚未退去。我们叩开杜成起的家门，见他身着戎装，胸前戴满军功章，笑意盈盈地站在那里，顿时觉得这个不起眼的农家小院充满了暖意。

这位曾经参加过解放战争、抗美援朝战争的老英雄，一边向我们展示他胸前的每一枚军功章，一边用缓慢的语速追忆起那段枪林弹雨的峥嵘岁月。虽然年事已高，但谈起当年的战斗经历，杜成起依然激情满怀、话语铿锵。

"这也是一枚军功章"

1947年1月，杜成起参军，加入华北独立七团，主要在房山、良乡、易县一带活动。很快，部队接到上级命令，参加解放张家口的战斗。在这场战斗里，杜成起

1947年1月,杜成起参军留念

与战友们冲锋在第一线,并肩作战,一起打到了张家口大境门、张北县。战斗结束后,他们的部队分成两股力量,一股合并参加解放北平战斗,一股参加解放大同、太原战斗。

革命战士是块砖,哪里需要哪里搬。杜成起跟着部队来到了山西战场。1949年3月,在攻打大同的前夕,组织上考虑到杜成起平时表现突出,批准他火线入党。

回忆起这段经历,杜成起非常激动:"当时我所在的班负责扛云梯、夺城楼,是最需要冲在前面的。当我得知,自己将成为一名光荣的共产党员时,非常自豪。同时,我也知道,当共产党员就意味着要承担更多的责任,在战场上冲锋在前、迎难而上,随时做好牺牲准备。"

入党后,杜成起觉得浑身充满了力量。在一次战斗中,他的右耳被弹片炸伤,耳根后面留下了一道深深的疤痕。杜成起摸着这道疤痕,笑了笑说:"这也是一枚军功章。"

"只要能够保家卫国,我决不后退一步"

北平和平解放后,杜成起所在的部队主要负责看守包头的飞机场。后来,他们的部队与驻在天津的六十八军合并。在那段时间里,他积极参加部队组织的各项学习、训练,表现出色、成绩优异,特别是他的刺杀技能得到了迅速的提高。他说:"我常想着,如果再上战场,一定能凭着这身本事再立新功!"

朝鲜战争爆发后,为保家卫国,部队决定从每个团抽一个连参加抗美援朝战争。报名的时候大家都争先恐后。杜成起想:"我作为一名共产党员更应该自觉报名上前线。"于是他踊跃地向党组织提交了申请。当得知自己被选上后,他开心极了。后来,他被编入高射机枪连,专门负责打敌人的飞机。为了更好地完成任务,高射机枪连训练得非常辛苦,但一想到"保家卫国"4个字,杜成起就觉得一切的付出都是值得的。

1951年春,杜成起和战友们坐着火车出发,来到了丹东,从那儿过了鸭绿江。对于这段峥嵘岁月,他记忆深刻:"当时车厢里都配备了机枪、步枪、冲锋枪,下了火车大家就背着80多斤重的物资前行。"杜成起说:"在朝鲜的时候,我们白天扎营休息,晚上趁着天黑行军,一路翻山越岭,这一走就走了40个黑夜才到前线。大家脚上都磨出了大血泡,但是同志们都不怕苦,咬紧牙关向前走。有时候水泡严重了,大伙儿就用同一根针传递着把脚上的泡挑破了,继续往前走。"部队到达指定地点后,杜成起和战友们就开始挖战壕原地待命,准备参加战斗。

杜成起印象最深的是参援上甘岭战役。杜成起说:"1952年10月,上甘岭战场上部队伤亡严重,上级需要我们奔赴上甘岭支援。为了能够尽快赶到上甘岭,我们

1956年5月，杜成起授衔后在部队留影

放下了物资，从东线急行军，用两三个时辰就走了三四十里地，支援了中线的战友。我们团争分夺秒地抢占山头，奇袭敌方，重挫了敌方主要兵力，打退了敌人一次次的进攻。经过反复抢夺阵地，志愿军最终取得了上甘岭战役的胜利，我们和大部队一起将战线向前推进了30多里。"

"战场上很危险，我身边也有不少战友牺牲。看着他们一个个倒在战场上，我悲痛万分。但是，一想到后方的祖国和人民，我的心中便重新燃起熊熊烈火，勇往直前、毫无畏惧。"说到此处，杜成起的目光无比坚定。他说："哪怕前方是刀山火海、枪林弹雨，只要能够保家卫国，我决不后退一步，因为我是共产党员。"

信仰在战火中淬炼成钢。杜成起深切地知道，每一名党员都要在战场上用自己的鲜血和生命写下对党和人民的忠诚。

"《没有共产党就没有新中国》这首歌我会一直唱下去"

1963年，杜成起从部队转业。1981年，杜成起调回家乡门头沟工作，担任青白口公社（后改为乡，现为雁翅镇）党委办公室副主任。

在职期间，杜成起时刻铭记自己的党员身份，高标准、严要求，工作起来认真细致、一丝不苟。作为一名老同志，他从不摆架子，时常帮助年轻的同志，受到了大家的一致好评和认可。

1986年离休后，杜成起将党组织关系转到了下马岭村，把自己当成了村里的一分子。作为一名老党员，他心系家乡建设，经常帮助村干部出主意、想办法。为了把党的声音传达给每一位村民，他主动承担起给村里送信送报的工作。风风雨雨，他每天如约出现在山村的小路上，往返于各家之间。这一送就是好多年，直到后来村里有了邮政工作人员专门负责送报送信，他才停下了奔波的脚步。

2016年，已经87岁的杜成起还想再为村里做点什么。他和村"两委"干部商量，由他个人出资4万元，村里投资一点，把村里的古道开发起来，建成一个旅游项目吸引游客，帮助村里百姓增收。如今，村里的旅游产业逐渐发展起来。看到自产的苹果越来越受欢迎，村集体收入不断增加，村民的生活越来越幸福，杜成起感到很欣慰。

有一分光，就要发一分热。如今，杜成起这位有着72年党龄的老党员，又当上了村里的义务宣讲员。每当村里组织党员学习教育，只要身体允许，他都积极参加。

杜成起近照

他为村里的年轻人讲述那一个个无法忘怀的战斗故事，还原那一段段刻骨铭心的烽火岁月，唱起那一首首斗志昂扬的革命歌曲，唤起更多人铭记过去、珍惜现在、展望未来。他说："我的床头摆着毛泽东主席塑像，《没有共产党就没有新中国》这首歌我会一直唱下去。"

作为一名从战火硝烟中走来的老兵，看着家乡越来越富裕，人民生活越来越幸福，杜成起十分高兴和欣慰。他说："中国共产党一直秉持为人民服务的宗旨，努力为老百姓谋幸福、谋发展。我作为一名老党员，感到光荣和自豪。我相信，今后会有更多的党员把党的光荣传统传承下去，一代接着一代，撸起袖子加油干，把我们的国家建设得更加富强。"

（执笔：鉴保江　金蕾蕾）

谭有为
牢记入党誓词　生命之树常青

谭有为，男，汉族，北京人，1941年10月出生，1967年9月参加工作，1968年6月加入中国共产党。北京市原密云县政协副主席。曾任密云县十里堡镇党委副书记，密云县委常委、宣传部部长。曾被评为中组部党员教育先进个人、北京市优秀党务工作者、全国关心下一代工作先进工作者。

"毛泽东主席说过，农村是广阔天地，青年人在那里大有作为。我叫谭有为，我觉得这就是冲我说的，所以我要到农村去，到密云来。"开口就是浓郁的京腔京韵，衬托出谭有为乐观开朗的性格。

"我这一辈子没有什么闪光点，干的都是些平凡的事——在学校当老师，在宣传部当部长，在关工委当主任。"年近八旬的谭有为谦虚地将自己的人生经历总结为三个阶段。

"就扎根密云了"

在门头沟出生，在通州上学，在密云工作，谭有为一辈子都在围着北京城转。他笑呵呵地说："这件事儿，可以用一句俏皮话来说，叫小孩儿没娘——说来话长。"

谭有为的老家在门头沟，到了该上小学的时候，当过八路军的父亲因为工作调动，全家搬到了通州。谭有为在这里接受了中小学教育，考上了北京政法学院（现中国政法大学）。

谭有为的大学同学中有密云人，从他们那里，谭有为了解到了密云生活条件的艰苦。大学毕业分配时，谭有为主动申请到密云工作，从此和这里结下了不解之缘。

当时，谭有为被分到统军庄中学教书。统军庄地处平原，和密云其他地方相比，各方面条件算是好的。即便如此，还是让初来乍到的谭有为心凉了半截。"那时风沙很大，两个人走对面，相互都看不清人影。教室四处漏风，老师和学生一个个灰头土脸，跟兵马俑似的。"生活条件同样艰苦，谭有为回忆说："师生一年四季吃的都是窝头、白薯和咸菜。"

尽管条件艰苦，但谭有为从来没有动摇过："正是因为这样，才需要有人来改变。我不怕艰苦，越干越带劲，还加入了党组织。"当时学校只有6名老师，需要教5个班。谭有为一人教政治、语文、物理、化学4门课，从星期一上到星期六，从不觉得累。即便是有个头疼脑热，只要学生一来，他也立刻打起精神带病上课。

谭有为曾有机会回到北京政法学院任教，却被他拒绝了。他说："我打心眼里喜欢农家子弟，这地儿不赖，人也挺好，我不走，哪儿也不去，就扎根密云了。"谭有为说到了，也做到了。

顾问就要真顾真问

党的十一届三中全会后，中国大地掀起了改革开放的热潮。此时，谭有为已经调到密云县机关工作，他深切感受到农村发生的巨大变化，也为自己亲身参与了这场伟大的变革而自豪。

谭有为在十里堡镇任党委副书记时，正赶上农村向家庭联产承包责任制转变。很多农民包括村干部思想上一时转不过弯，有的甚至激烈反对。谭有为就用老百姓能听得懂的语言做思想工作："不懂不要紧，可以慢慢想，但是大家要明白，党从来都是为了人民利益的，党不会给大家瞎指道。"当时，有一个村支书十分犹豫要不要承包200亩地做家庭农场。谭有为全力支持他："你这样做符合政策，出了问题我负责，要处分就处分我。"后来，谭有为还在市委党校培训班上，介绍过这个家庭农场的成功经验。

在谭有为看来，宣传党的政策主张是他的责任。担任县委宣传部部长时，他主动把个体工商户召集在一起，给他们讲解政策，告诉他们党鼓励一部分人先富起来，让他们先行先试

1996年9月，谭有为（右一）陪同政协委员视察乡镇企业

大胆干。谭有为亲自带队,组织个体工商户到温州考察,还请来先进典型介绍经验,个体工商户们受益匪浅。有人提议:"谭部长,有您带着我们往前闯,我们什么也不怕。您就当我们的顾问吧,您千万不要推辞。"面对大家的真情期盼,谭有为没有推辞,兼任了个体工商户协会顾问。回顾这段经历时,谭有为自豪地说:"我这个顾问是真顾真问,无薪但用心。"

因为工作扎实、成绩突出,《北京支部生活》杂志以《敢问路在何方》为题,刊发密云县委宣传部积极为经济建设服务的报道。《北京日报》也专题介绍密云县委宣传部的工作经验。谭有为获得了中央组织部党员教育先进个人、北京市优秀党务工作者称号。

播种爱心,收获快乐

2002年1月,谭有为光荣退休。就在他退休的前一年,赶上密云县创建全国文明县活动。县委领导找到谭有为,希望他担任文明县创建工作总督导。谭有为二话没说,走马上任。他召集退休干部组成督导员队伍,下乡镇进社区了解情况、搜集意见,检查各项措施落实情况,推介典型经验,纠正不当做法,推动了文明县创建工作有效开展。这项工作,谭有为一直干到2004年创建活动结束。密云县委领导多次称赞督导工作是"真督""真导"。

虽然离开教育系统多年,谭有为依然心系着孩子们。他深情地说:"我原来当过老师,见到孩子格外亲切,我觉得能为孩子们做点事儿是快乐的。"从2006年起,谭有为开始担任密云县关心下一代工作协会主席。后来成立关心下一代工作委员会时,谭有为担任主任,直到2020年9月关工委换届才退下来。

14年里,谭有为带领关工委"五老"(老干部、老战士、老专家、老教师、老模范)积极发挥余热,探索出一套切实可行的工作程序和方法,"积极不越位,帮忙不添乱"。每年新学年开学时,他坚持配合学校开展思想政治教育。学校开展爱国主义教育,他请来抗战老英雄讲打日军的故事;学校进行法治教育,他请来当过法官、警官或检察官的老同志普及法律法规;学校组织青春期教育,他请来退休医生讲解生理卫生常识。

寒暑假时,谭有为带领"五老"们深入社区开展教育活动:退休警官讲解交通法规、开展禁毒教育;退休医生普及卫生保健知识;擅长打快板的老同志教孩子们打快板;会剪纸的老同志给孩子们上剪纸课……谭有为说,这是"哪壶开了提哪壶"。"就是要发挥老同志的优势和特长,做到既量力而行,又尽力而为。老同志干轻车熟路的事,才能收到事半功倍的效果。"

2019年,谭有为参加密云区关心下一代工作委员会活动

谭有为近照

谭有为说。

关工委办公室的墙上悬挂着一块"播种爱心,收获快乐"的牌匾,这是谭有为投身青少年教育的生动写照。谭有为和"五老"们努力工作14年,收获满满,先后获得了三个国家级和两个市级奖项。

牢记入党誓词,生命之树常青。2017年,谭有为将自己对几十年革命工作的思考整理成《生命之树常青》一书,并以《退休不敢忘初心》开篇。他在书中写道:"初心就是初衷,就是一个人最初的心愿。党要我们不忘初心,继续前进,我们就要不忘建党之初确立的党的信仰、理想、宗旨,不忘入党誓词,永远忠于党。"

(执笔:任征 胡月平)

方道中
追随旗帜踏征程

方道中，女，汉族，湖北人，1932年4月出生，1949年6月参军入伍，1954年7月加入中国共产党。北京农业职业学院离休干部，原北京市农业管理干部学院党委书记、院长。在抗美援朝战争中立三等功，曾被评为北京市成人高校名校长、北京市优秀教育工作者。

解放战争时，她在海南岛战役中担任民运队员，历经战火的洗礼；抗美援朝战争中，她作为战地摄影记者，在枪林弹雨中记录下志愿军的铮铮铁骨。此后，她又为培养农业管理干部呕心沥血、执着半生。"我一生追随党，无怨无悔！"有着66年党龄的方道中说。

"那面旗、那块碑，在我心里都是有生命的"

1949年，还在武汉上中学的方道中最喜欢读的书就是《钢铁是怎样炼成的》。书里许多经典名句，一直萦绕在她的脑海里。1949年5月16日，武汉解放，市民们欢欣鼓舞。17岁的方道中更是对解放军心生向往，她当即找到部队要求参军。6月3日，方道中如愿成为一名解放军战士，随中国人民解放军第四十军南下行军作战。

"从此,开启了我一生追随党的征程,已经整整72年。"方道中自豪地说。

解放战争中,方道中当过民运队员,做过战地救护,先后参加了解放湖北、湖南、江西、广西、广东和海南岛的战役。每场战役都让方道中印象深刻,"要说最刻骨铭心的,当数海南岛战役……"

1950年三四月间,解放军冒着海南岛上国民党军队的炮火,突击登岛。在部队担任民运队员的方道中,跟随战地救护员一起动员渔民船只和船工参战,协助部队渡海、运输。民运队虽然不是冲锋陷阵的战斗连队,但也一样艰苦行军。那时,方道中和队友们挨家挨户地做动员,很多渔民都把自家的渔船借给解放军,还教战士们划船、升帆。

战斗打响后,方道中又参与战地救护,护理受伤的战士。她看到,战士们背着炸药包、驾着小帆船拼命划到敌人军舰边上,爬上去,拉下导火索,把炸药包投到军舰的轮机舱里。由于离爆炸中心太近,不少战士还没来得及撤离,就壮烈牺牲了。

"战士们的鲜血染红了海水,他们用生命换来了海南岛的解放。70多年过去了,每当我仰望天安门广场上飘扬

1950年,在海南岛战役中,担任民运队员的方道中(前排右一)与战友合影

的五星红旗,都会记起琼州海峡那红色的波涛;每当我注目人民英雄纪念碑,都会想起牺牲的战友。那面旗、那块碑,在我心里都是有生命的……"方道中动情地说。

"坑道外是隆隆的炮声,那一晚我却睡得特别香甜"

"为什么战旗美如画,英雄的鲜血染红了它……"曾在抗美援朝战争中担任战地摄影记者的方道中,每当听到这首歌,都会不由得跟着哼唱。

1950年10月,中国人民志愿军赴朝作战,拉开了抗美援朝战争的序幕。方道中随首批入朝部队参战。

作为战地摄影记者,方道中背着从敌人那里缴获的相机,采访拍摄前线战士。山坡上、坑道口、雪地里,和战士们在一起的一个个瞬间,都成为她脑海里永远不会磨灭的记忆。她拍摄的照片为那些"最可爱的人"和那场震古烁今的战争留下珍贵的历史印迹。

"在朝鲜战场,我采访了参加全军英模大会的战士,与摄影组的同志一起为英雄们每人拍了一张半身照。照片既是战士们的荣誉照、纪念照,有的也成了他们的遗像,因为不少战士的照片还没寄回家,他们就在战斗中牺牲了。"说到这里,方道中神情悲伤。

入朝时,方道中还不满20岁,但她没有丝毫畏惧,娇小的身躯穿行在炮火中,亲历了无数流血牺牲,也见证了胜利与荣光。一天,她和同事来到前线采访。"那是一个冒着敌人炮火为前线运送枪炮弹药的英雄连队。白天我们在坑道里采访拍摄,晚上跟随战士们运送弹药。"夜里,方道中住在一位朝鲜大妈家里。她刚要睡下,突然敌人的飞机一阵狂轰滥炸。"战士们听到敌机的轰炸声赶紧跑来,把我拉进坑道里躲避。他们见我是女同志,就把炕头挤出来让给我。躺在战士们身旁,坑道外是隆隆的炮声,那一晚我却睡得特别香甜。"

在朝鲜,方道中拍摄过被硝烟熏黑的战场、被美军炸毁的村庄,但更多的是那些英勇奋战的志愿军战士,上至军长,下至士兵,都被她定格在照片里。这些照片,有很多被《人民日报》《解放军画报》《志愿军》刊登,让全国人民了解了朝鲜战场上一幕幕感人至深的场景。"看着报纸上自己拍的照片,我觉得无比骄傲。战场上遇到再大的危险,我都无所畏惧!"

1953年10月8日,方道中被志愿军司令部授予三等功。第二年7月,她光荣地加入了中国共产党。

"组织委派我,就是来啃硬骨头的"

抗美援朝战争胜利后,方道中被党组织选送考取了中国人民大学农业经济系,成为一名新中国的大学生。毕业后,她担任过资料员、技术员、高级农艺师、公务员等。

一次谈话,让她走上了教育岗位。

1984年的一天,担任北京市委农工委科教处副处长的方道中接到一个新任务。领导对她说:"组织上准备派人筹建一所农业管理干部学院,我们集体研究了,认为你是合适的人选。"方道中

1953年,方道中在训练中

一听愣住了,自己没有教育工作经历,怎么完成得了这么重要的任务呢?她犹豫片刻后,说:"如果组织上决定了,我服从命令。"

上任后,方道中来到香山脚下。当时,这里只有几排平房和一个礼堂。看着简陋的校舍,她犯难了——办学校要有教学楼,要有学生宿舍,要有食堂……怎么办?"组织委派我,就是来啃硬骨头的!"方道中横下一条心,着手解决一个个难题。

"首先是盖房子。这个过程很艰难,要找钱、找施工队,要办各种手续,我就硬着头皮上。好在市里领导特别支持,给我出主意,帮我想办法,一点点地解决了办学基础设施缺乏的问题。"

那段时间,方道中像个陀螺一样不停忙碌,满脑子想的都是办学的事。有了教学楼,到哪儿去请专业教师呢?"我一想,农大、农科院都有我的同学和校友啊!我就请他们从全国各地介绍合适的人选,我一趟趟地去找人事部门,把这些教师一个一个从外地调到北京,建起了一支骨干教师队伍。"方道中还组建了一个校外

1991年，方道中审阅评估资料

教授团，负责教授专业课，给学生们开讲座，深受学生的欢迎。

凭着吃苦耐劳和敢打硬仗的作风，方道中啃下了一个又一个硬骨头。仅仅一年后，学院就通过了北京市教委的验收，成为当时培养全市乡镇干部的第一所高等学府。

作为院长，方道中始终把培养高素质乡镇干部放在重要位置，带领教职工为京郊培养了一批又一批管理干部和优秀人才。从建院起，到2001年与北京市农业学校合并时，学院共培养乡镇干部5100多人，接受短期培训的突破两万人次。学院还与中国人民大学和首都经济贸易大学合作开办了在职研究生班，为北京市培养高素质的农业管理干部。

"为了农业管理干部学院的创建和发展，全院职工都付出了心血和努力。"方道中说。

（执笔：李秀华　谭梦）

姜善智
是党指引我走上了光明道路

姜善智，男，汉族，山东人，1926年5月出生，1945年8月加入中国共产党并参加革命工作。原北京市交通局党委副书记、局长。曾任八路军黄山军区政治干事，济南铁路局青年团直属团委书记，京石高速、京津塘高速公路建设指挥部常务副总指挥。曾被评为北京市优秀思想政治工作者、北京市离退休干部先进个人。

今年95岁的姜善智已经有75年党龄了。他种过地、做过工，当过兵、打过仗，炼过钢、干过铁路，后来又搞交通修高速。回顾自己的一生，他说："是党指引我走上了光明道路。"

奔向光明

1944年，孤身闯关东的姜善智回到家乡山东掖县（今莱州市）。当时，他的家乡属于边缘拉锯区，已经有共产党八路军活动。

本村村民、地下党员任宝欣平时经常找姜善智聊天，向他宣传党的抗日救国主张。一天中午，他把姜善智叫到家里，开口就问："你知道共产党吗？你知道共产党是干什么的吗？"姜善智回答："常听你说起。共产党是打日本侵略者的，是向着咱穷人的。"任宝欣又问："你想不想加入共产党？"姜善智急切地回答："想！可是上哪儿去参加？"任宝欣说："这可是要掉脑袋的事情，你可要想好了。"姜善智斩钉截铁地说："我不怕！我早就盼着这一天呢！"

在任宝欣的带领下，姜善智举起右拳，面向鲜红的党旗，庄严宣誓。那一天是1945年8月12日，是姜善智终生难忘的日子。

1946年6月，国民党军队向解放区发动全面进攻。作为党员的姜善智，动员了十几名青年一起参了军，并且当了区中队的政治干事。

1948年8月，中央团校在河北省平山县西柏坡正式成立，姜善智被选派为第一期学员。从山东莱州到西柏坡，800多公里路程充满了艰难险阻。姜善智清楚地记得，有一次遇到敌机轰炸，他躲在一个坟堆旁。敌机向下俯冲扫射，他觉得背后有响声，摸摸身上各处好好的。原来是一颗子弹将他喝水的缸子钻了个洞，差一点就打到他身上。就这样，姜善智和同伴走了近一个月，才到达目的地。当时团校没有校舍，更没有课桌椅。

1948年，姜善智（后排左六）在西柏坡第一期中央团校

学员都分散住在老百姓家里，几个人挤在一个地铺上。学员们在露天场地坐着小马扎听课、开会，弯起腿就是书桌。他们吃的是小米、窝头和大锅煮白菜萝卜。紧张的团校生活虽然不到一年，但让姜善智大开眼界、大长见识，受到了革命思想的教育和洗礼。更让姜善智难忘的是，他不仅直接听到了周恩来、朱德、任弼时和邓颖超等老一辈无产阶级革命家的报告，而且还在中南海怀仁堂举行的毕业典礼上见到了毛主席。

与路结缘

1949年秋，姜善智被派到济南铁路局，任直属团委书记，不久又调到徐州铁路分局任团委书记。此后，他先后在北京丰台车站、首钢运输部、北京铁路局、市经委交通处等单位任职。

"文化大革命"中，姜善智也受到了冲击。但他不忘入党初心，始终以饱满的热情工作。1980年8月，姜善智调任北京市交通运输局代局长、代书记。

1984年，随着改革开放的不断深入，快速大幅增长的客货运量和当时等级很低的公路通行能力形成巨大反差，混合行驶经常造成北京全城堵车的局面。针对这种情况，市委市政府决定：打通两厢，缓解中央。打通北京东西南北四扇大门，缓解城乡结合部的几条道路拥挤堵塞问题。为此，市委市政府派姜善智担任工程建设指挥部常务副总指挥。姜善智在职期间，先后修建昌平公路，打通京城北大门；修建京石高速公路，打通京城西南大门；修建京津塘高速公路，打通京城东南大门……

修建每条路都有难度。比如昌平公路，要在不间断交通的情况下，把原来只有9~13米宽的土路、砂石混合路加宽成40~60米的高标准超一级公路，地下要敷设5种管线，地上还有拆迁、占地等，涉及单位多、协调工作量大。姜善智和指挥部成员吃住在工地，每天晚上开调度协调会，把矛盾和问题拿到会上研究，解决问题不超过24小时。他提出"一盘棋、一条心、一股劲"三个一的要求，并处处以身作则。经过大干苦干，他们圆满完成了任务。

京石高速公路要分4期修建，当时国家没有明确方针，交通部没有具体规划，修高速是修路理念上的一种大胆创新。姜善智和广大干部群众战严寒、斗酷暑，日夜拼搏在工地上。京石高速北京段一、二期工程原计划4年完成，实际只用了19个月。他们在修建京石高速公路中展现出来的雷厉风行的工作作风被市领导称为"京石精神"。

京津塘高速公路是世界银行贷款的跨省市项目，采用菲迪克条款和国际招标。姜善智力荐的以北京公路建设队伍为主的团队在招标中

1987年，姜善智（左三）在京石高速施工现场

胜出，这支队伍不负众望，高质量圆满完成了修建任务，得到世界银行和专家的好评。

说起这些，姜善智从不谈自己的功劳，他说："客观上讲，只不过是要有一点精神、一点胆略，心里有一点底罢了。我一直不靠天、不靠地，靠的是相信党，依靠群众。"

筑路育人

市场经济的浪潮，对于每个从事经济建设的人来说，都是一场严峻的考验。作为北京交通工作的领头人，姜善智展现出了廉洁自律、淡泊名利的优秀品格。他说："我是共产党员，'自我约束'4个字是我保持共产党员本色的基本做法。"

担任北京市交通局局长期间，姜善智上下班不坐专车，不是骑自行车，就是坐公交车。在工地食堂，他和群众一起排队买饭。担任常务副总指挥的几年间，他从未在指挥部拿奖金和补贴……

姜善智不无骄傲地说："北京的几条高速公路耗资近百亿元人民币，没有出现贪腐案件。这证明，我们这支队伍是纯洁、清廉、经得起考验的，我们筑路育人建队伍的方针是有效的，我们的各级管理制度是严谨的。我为北京的筑路大军感到骄傲和自豪。"

1994年离休后，姜善智又担任了8年的中国交通企业管理协会厂长经理工作委员会会长，继续为我国的交

2019年，姜善智佩戴中华人民共和国成立70周年纪念章留影

通建设做贡献。

2009年，姜善智被推选为北京市交通委机关离休干部党支部书记。有的离休干部行动不便，参加不了集体学习活动，姜善智就通过家访或打电话给他们补课；对因病住院的同志，他都前去看望，送去安慰和鼓励。他还热心公益事业，无论哪里受灾遇难，他都积极捐钱捐物……2009年，姜善智被评为北京市离退休干部先进个人。

回顾90多年的人生路，姜善智深情地说："我从走上革命道路至今整整75个年头了。虽然没什么丰功伟绩，但我自认为是勤勤恳恳、兢兢业业的，是清正廉洁的，是为党的事业奋斗一生的。"

（执笔：韩志洲　王晓方）

王述唐
共产党员就要勇敢冲在最前面

王述唐，男，汉族，河北人，1928年11月出生，1947年4月参加工作，1948年4月加入中国共产党。北京市原通县煤炭公司副经理。曾任原河北省三河县干事、通县银行副行长、渠头乡乡长、大杜社公社党委副书记、通县小楼饭店党支部书记。曾被密云水库修建总指挥部评为先进个人。

王述唐家不大，却十分温馨。客厅的一面墙上挂满了他一生中重要时刻的照片，桌子上整整齐齐排列着他的奖章和书籍，窗外的阳光洒进来，照在一旁的报纸上。92岁的王述唐动情地向我们讲起了自己的故事。

向往成为一名战士

青年时期，王述唐最爱听家人讲革命故事。他叔叔是一名八路军，经常给他讲部队在艰苦条件下不怕困难和敌人战斗的故事。王述唐听得聚精会神，越来越向往能够成为一名战士。

在入党之前，王述唐先是参加革命，编入革命区小队，任三河县二区区小队队员。作为地方部队，区小队共有30多人，武器装备非常简陋，弹药严重不足，面临着较大的生死考验，但他却没有因为条件的不足而退缩。

加入区小队不久，他就经历了一次战斗。那是1947年的一天，区直机关在陈家府村召开会议，研究对敌斗争问题。王述唐所在的区小队在村东负责安全保卫工作。敌人得知消息后，派出40多人偷袭。因为离敌人据点比较近，区小队和区直机关干部们面临被敌人包围的危险。危急关头，王述唐只有一个念头：保护好参会人员。他和队友们一边与敌人战斗，一边掩护参会人员迅速撤离。经过激烈的战斗，他们以较小的伤亡将参会人员护送到了安全地带。

此后的战斗中，王述唐与队友们英勇作战，取得了一次次胜利。由于在战斗中表现出色，1948年4月，经党组织批准，王述唐成为一名光荣的共产党员。他说："战斗的洗礼让我懂得，共产党员就要不怕苦、不怕难、不怕牺牲，勇敢冲在最前面。"

"以最优质量、最快进度完成党交给的光荣任务"

新中国成立初期，王述唐多次带队参与国家重点工程施工。"国家需要建设，不管我身在哪里，都是投身于祖国的建设，都是为党做事情。"回想那段历史，王述唐向记者讲述了印象深刻的两次水库建设经历。

1958年3月，王述唐响应党和国家号召，投身怀柔水库建设。时间短、任务重，他和7万多名工友不分白天黑夜，不顾日晒雨淋，吃住在工棚、战斗在一线。同年7月20日,怀柔水库正式落成。为了纪念怀柔水库建设,王述唐给刚出生的孩子取名"怀柔",将这段难忘的经历铭刻于心。

1959年,王述唐参与了密云水库的修建。他作为通县支队4团的团政委,带领700多人投入到水库建设中。那时没有先进的机械设备和施工工具,从清基、运料,到开山、打夯,王述唐和大家靠着肩扛手推,完成了村落搬迁、建设重力坝和水电站等重点任务。

令王述唐最骄傲的是,他带领的团队在密云水库建设过程中不怕累、不怕难,一次次圆满完成了急难险重的建设任务,被大家称为"红四团"。

1959年9月10日,毛主席来到密云水库建设工地视察。参加这次视察活动的大多是先进团代表、工程骨干和党员代表,王述唐也在其中。那天,他就站在距离毛主席几米远的地方。"领袖就在我身边,我心里格外激动。毛主席亲自视察建设工地,这充分说明党中央对水库建设工程的高度重视。作为党员干部,我们必须加倍努力,以最优质量、最快进度完成党交给的光荣任务。"

毛主席视察结束后,王述唐立即组织"红四团"召开动

2000年6月底,王述唐在公司老干部党支部纪念建党79周年会议上发言

员会。他说:"咱们要把最大的热情和干劲拿出来,投入到施工中去!"王述唐甩开膀子,与队友们赛着施工。"今天你推了5方土,我就得推6方,大家把这份荣誉看得比什么都重要。"王述唐说。

在建设潮河大坝时,大坝海拔高度足足有160米,王述唐和施工队员们负责砂石料外坝、黏土内坝和石头外贴面的建设工程。大家采取铺一层轧一层的方法施工,还自制了简易火车轨道用来运输土石料。为了确保安全施工,他们还设定了火车停留时间。这种流水线作业极大提高了工程质量和进度。王述唐和队员们发扬连续作战精神,经常24小时不离工地。在全体施工人员的奋力拼搏下,密云水库创造了一年拦洪、两年建成的奇迹。

1968年,王述唐响应毛主席的号召,主动提出下乡,带着家人到农村安家落户。他对孩子说:"干部子女不能搞特殊,党号召咱们到农村广阔天地去,咱们就要听党的话。"

回忆当时在农村的工作经历,王述唐很是感慨:"既然到了农村,就得踏踏实实干。在农村劳动,我们不仅仅是奉献,也收获了很多,锤炼了自己艰苦奋斗、坚韧不拔的品格。下乡是熟悉基层、提升能力的机会,我很珍惜这样的机会。"

在王述唐看来,幸福生活都是干出来的,为了党和国家的事业,党员干部就应该发挥带头作用,不怕苦、不怕难、不怕累,为祖国建设添砖加瓦。

2020年10月,习近平总书记庄严宣告,我们党领导的脱贫攻坚战取得了全面胜利。王述唐说:"能够取得这个胜利,是因为有无数的党员干部深入基层、冲在一线,带着老百姓一起奋斗。我很高兴,我也有过这样一段激情燃烧的岁月。"

"跟党走是我一生最正确的选择"

"为党干点儿力所能及的事",是王述唐常说的一句话。离休多年,他一直没有闲下来,总想多做点有意义的事,继续为社会发光发热。

王述唐是通州区关心下一代协会的首批会员。协会成立初期,会员人数较少,王述唐就积极帮助协会发展会员。他动员身边的离退休老同志走出家门,一起参与协会工作,为下一代的健康成长多做实事。

10多年来,王述唐坚持以爱国主义教育为主线,给青少年们讲述革命历史和党的光荣传统。他还把协会工作纳入离休党支部的工作议程,发挥老党员优势,动员老同志给孩子们讲述革命故事。从抗日战争,讲到解放战争,再讲到抗美援朝,"上仓惨案""不死的周永贵""广西剿匪记""空军战

1996年6月,王述唐(右一)在公司关协召开的庆祝六一儿童节大会上

斗英雄杜凤瑞"……一个个感人的革命故事，在王述唐和老同志们绘声绘色的讲述中，浸润着孩子们的心。每次宣讲活动结束后，孩子们都会围在老党员身边兴致勃勃地聊个不停："他们的故事太感人了，再给我们多讲讲吧！""我也要向英雄们学习，做勇敢的人！""我们要珍惜现在的美好生活，长大也为祖国做贡献！"

每年寒暑假和六一儿童节，王述唐都会组织青少年开展形式多样的文体活动，陶冶孩子们的情操，培养他们的集体主义观念和进取精神。每年的清明节，他还带领着孩子们参观革命先烈纪念地，开展祭扫活动。李大钊烈士陵园、盘山烈士陵园、焦庄户地道战遗址、马驹桥烈士墓……很多红色教育基地都留下了他们的身影。

2021年4月，王述唐接受记者采访

说到这里，王述唐脸上洋溢着温暖的笑容，说："没有共产党就没有我们如今的好日子，跟党走是我一生最正确的选择。如今我虽然年纪大了，可是一有机会，我还是想对下一代多说几句，多嘱咐几句，希望他们坚定信念，继承老一辈的革命传统，更好地成长。"

（执笔：崔希悦　袁瑛）

王登弟
为党奋斗，义无反顾

王登弟，男，汉族，河北人，1930年10月出生，1946年8月参加工作，1948年9月加入中国共产党。北京安贞医院原党委书记。曾任积水潭医院护士长、党支部书记、党委副书记兼副院长。曾获解放华北纪念章、解放战争立功纪念章、志愿军战士荣誉勋章、庆祝中华人民共和国成立70周年纪念章、中国人民志愿军抗美援朝出国作战70周年纪念章。

精心制作的木质相框里，一枚枚军功章整齐排列，熠熠生辉。从解放华北纪念章、解放战争立功纪念章到志愿军战士荣誉勋章……王登弟的手指轻轻滑过勋章，停在一张泛黄的照片上：一身戎装、目光坚毅的年轻人，正是王登弟。交谈中，一段段尘封的往事涌上他的心头，老人的讲述将我们带回战火纷飞的年代。

"我在战场上加入了党组织"

王登弟出生在河北深县（今深州市），那里是革命老区。抗战时期，八路军战士经常在晚上到村里宣传抗日。"八路军战士对老百姓很好，知道我们日子过得苦，他们每次自带口粮，在乡亲们家做完饭后，总会留一些给孩子们吃。"王登弟说。

在年少的王登弟心中，八路军是共产党，是给老百姓做主的队伍。他从小就立志参军，上小学时当了村里的儿童团团长，经常给八路军站岗、放哨、送信……

1946年，王登弟16岁，在河北安平县参军入伍，被编入华北军区野战军第三纵队八旅二十四团三营，在营部担任通讯员。部队打仗全靠通讯员传递消息，王登弟经常要冒着炮火穿梭在战场上。

1947年10月，王登弟参加了解放石家庄战役。他和战友们进入石家庄时，驻扎在中山路，一街之隔就是国民党的部队，每天枪炮声不绝于耳。一次，营长让王登弟通知街东头的一连战士守住阵地。回来复命时，王登弟刚走上营部驻地的台阶，一发炮弹就落在他身后。"当时我感觉身上像被石头砸了几下，回头一看，才发现身后有3名战士倒在了血泊中……"王登弟回忆道。这时，一名战士冲他喊："小不点，你受伤了！"他心里一惊，立刻伸手去摸，发现胳膊和腿上全是血，腿一软，"咕咚"一声坐在地上。

那天，老百姓用担架抬着王登弟和其他几名伤员，赶了一夜的路，把他们送到位于张家口蔚县的解放军白求恩国际和平医院。休养了一个多月后，王登弟伤愈，急着回部队。医院领导觉得王登弟挺机灵，提出留他在医院工作。王登弟开始没有同意："我出来当兵是为了打国民党反动派的，不能待在后方医院里，我要回部队。""在医院救护伤员也是革命工作的一部分……"经过医院领导反复做工作，王登弟想通了，留在医院成了一名看护员。

1948年，王登弟重上战场，在察绥战役中，不满18岁的王登弟表现英勇，连立战功。同年9月，王登弟在蔚县加入党组织，成为一名光荣的中国共产党党员。

"我在战场上加入了党组织。那时候年纪小，不懂得太多的革命道理，但我心里明白，共产党是为人民服务的，一定能带领大家走上一条光明的道路。"说到当年入党的情景，这位满头银丝的老人眼眸闪亮。

"从没想过自己还有活着回到祖国的那一天"

1950年，朝鲜战争爆发。作为中国人民解放军十九兵团六十五军野战医院的护士长，王登弟随部队跨过鸭绿江，踏上朝鲜战场。

六十五军一路势如破竹，从开城打到仁川。当部队打进汉城（今韩国首尔市）时，那里已被敌机炸成一片焦土。"敌人的战斗机、轰炸机不停地在我们头顶盘旋轰炸，凝固汽油弹一扔下来，到处是火海。"伤员越来越多，野战医院的绷带很快就用光了。怎么办？王登弟急得团团转。情急之下，他决定把用过一次的绷带洗涤干净，晒干之后再次使用。他趁敌人飞机轰炸的短暂间

1953年11月，王登弟在部队时留影

歇，带着几名同志，拿上用过的绷带跑到河边洗。谁知，敌人的几架战斗机突然从山后钻出来。王登弟发现后，迅速带领大家隐蔽，躲过了敌机的疯狂扫射。

在一次战斗中，野战医院接收了150多名头部、胸部、腹部受伤的重伤员，可当时连一间病房都没有。怎么安置伤员呢？"我们迫不得已，只能把伤员们安置在战壕里，在他们身上盖上树枝做隐蔽。"王登弟说。伤员们没有吃的，王登弟就和支前民工一起上山，四处寻找能吃的东西。他们在废墟里找到一罐尚未脱壳的稻米，拿回来后，自己动手砸米脱壳，赶快用混着稻壳的米熬粥。怕暴露目标，他们就躲在油布棚里生火。当把一碗碗混着稻壳的米粥端给伤员时，他们大口大口地吞了下去……

在战场上，部队紧急调动是家常便饭。每一次行军，野战医院的医护人员都要带着伤员们努力跟上大部队。对王登弟来说，这就是一场生死考验。一次激烈的战斗后，一股从仁川登陆的敌军截住了六十五军，部队只能从汉城往北撤。"部队行进的速度很快，敌人的坦克就在后面追着，坦克在沟里走，我们带着伤员在山坡上行进。当时我心里就一个想法：一个伤员都不能落下！"

在朝鲜两年多，王登弟参加了5次战役，在枪林弹雨中抢救伤员。"那时候，我随时准备着为国捐躯，从没想过自己还有活着回到祖国的那一天。"王登弟回忆道。

"党让干什么就干什么"

抗美援朝战争结束后，王登弟随部队回到祖国。1954年，他所在的部队接到上级指令，前往北京小汤山接管一所新建的北京军区疗养院。1958年，4所军地疗养院合并组建为北京小汤山疗养院，王登弟随部队留在了北京。同年9月，他转业到刚刚建院的北京积水潭医院。他在那里担任过护士长、副书记、副院长，一干就是25年。

1978年6月，王登弟担任我国援助非洲上沃尔特（今布基纳法索）医疗队队长，在非洲工作了两年多。他带领医疗队队员们为当地民众送医送药、诊治疾病。因表现突出，王登弟荣获了一枚由该国总统授予的"骑士勋章"。

1983年，市政府决定在原北京结核病医院原址组建一家全新的以治疗心肺血管疾病为主的综合性医院——北京安贞医院。王登弟作为工作组成员，被派去从事建院工作。当时王登弟已经53岁，要离开已经工作25年、人地两熟的积水潭医院，在缺人、缺房、缺钱的条件下建新院，任

1984年，时任安贞医院党委书记的王登弟（左三）与医院领导班子成员合影

1991年,王登弟在北京市心肺血管医疗研究中心成立10周年、北京安贞医院建院7周年纪念会上讲话

务之重可想而知。王登弟没有退缩,只对市卫生局领导说了一句话:"我服从组织安排,党让干什么就干什么。"

1984年4月,北京安贞医院成立,我国著名心血管专家吴英恺任院长,王登弟任党委书记。

医院成立之初,办公用房紧张,王登弟表态说:"我和党委办公室的同志不用安排固定房间。"此后的两年里,王登弟没有固定的办公室,病房里的空房间、夜班值班室……甭管在哪儿,他拎包就能进去办公。

在心外科大楼建设期间,为了缓解门诊用房紧张,医院在工地上搭起大棚,在里面隔出一间间简易房,分给每个科室一间房开门诊。为了尽快解决建楼经费难题,王登弟和吴英恺四处筹资,找来1000多万元资金。

离休后这些年,王登弟一直关注着北京安贞医院的发展。2020年,新冠肺炎疫情肆虐,医务人员奋战在抗疫一线,其中也有安贞人的身影。谈及这些,王登弟激动地说:"医院年轻党员中有很多优秀人才,他们用实际行动表达了对党和人民的忠诚,我对他们很有信心!"

(执笔:刘欢　方丹敏)

司洪波
在战火洗礼中成长

司洪波,男,汉族,江苏人,1927年11月出生,1941年8月参军入伍,1944年3月加入中国共产党。原北京第三光学仪器厂党总支书记兼厂长。曾任战士、文书、连队指导员、团政治处技术书记、空军二师司令部机要科副科长、空军政治部保密室主任。曾记吉林军区司令部大功1次,获三级独立自由勋章和三级解放勋章。

司洪波是一名抗战老兵,有着77年党龄。革命战争年代,浴血奋战给司洪波身上留下了不少伤疤。交谈中,他声音洪亮,依然保持着革命军人的气势。战火的洗礼,培养了司洪波顽强的意志,使他成长为一名有着坚定共产主义信仰的革命战士。抚摸着一枚枚军功章,司洪波仿佛看到了昔日的战友,战友们正带着只有13岁的他穿梭在枪林弹雨中……

牢记"为谁当兵、为谁打仗"

司洪波出生于江苏省丰县,父亲是一名八路军战士,母亲很早就去世了,留下他和两个弟弟相依为命。他们是"抗属",也就是抗日将士的家属,是日军的"眼中钉"。司洪波带着两个弟弟每天都过着提心吊胆的日子。

在司洪波的记忆中，日军进村"扫荡"，就像噩梦一样。日军进村必做三件事：一是找"抗属"，二是奸淫年轻妇女，三是抢老百姓东西，无恶不作。日军把老乡们集合起来，逼大家揭发"抗属"，许多老乡不愿告密，被日军当场打死。

1941年的一天，村子突然响起惊呼声："日军来了！"这喊声犹如警报，乡亲们四散奔逃。眼见着日军越逼越近，情急之下，13岁的司洪波决定带着大弟弟去部队找父亲，让小弟弟离开村子去投奔亲戚。

丰县地处苏、鲁、豫、皖4省交界，司洪波带着弟弟一路寻找，终于来到丰县附近的八路军冀鲁豫军区，部队收下了他们。

1944年年初，上级命令从丰县县大队中抽调两个中队补充到一军分区十二团主力部队，司洪波被分配到团部直属机炮连任文书。

1950年4月，司洪波（前排左一）南下留念

机炮连的连长叫王应山，是甘肃成县人，1937年参军，1940年加入中国共产党。王应山对党忠诚，执行命令坚决，作战英勇，不怕牺牲。他的一言一行深深影响了司洪波。

司洪波从县大队调

到正规部队后，许多事情都不太懂，对军事术语也不了解，更不清楚如何写报告、请示等。王应山连长一点点地帮助他、指导他，使他的业务水平不断提高。王连长经常对司洪波说："我们为谁当兵、为谁打仗，这个道理一定要明白，要记得清清楚楚。"王连长的教育让司洪波认识到，人民军队离不开人民，就像鱼儿离不开水一样。

1944年3月，在王连长和指导员的介绍下，司洪波光荣地加入了中国共产党。

斗智斗勇打日军

司洪波尽管参军时高小都没毕业，但在连队里绝对算得上"高学历"。他在战友们眼里是个"小鬼"，却担负着文书的职责。说是文书，其实战场上不分前方后方，开战了就要跟着部队一起打仗，战斗过后再做文书的工作。战士们大多是农村出来的，没几个识字的。司洪波就成了部队里的"小老师"，一边教大家识字，一边为那些叫"狗蛋""石头"的战友们起个正式名字，以便写进花名册。

别看司洪波岁数小，打起仗来可一点也不含糊。当时，从徐州到开封的铁路线是日军运送物资的一条交通要道，为了切断敌人的交通线，部队策划了一场"破坏战"：在黄口到杨楼的铁路线上，用大铁锤、大铁钳、撬杠将铁轨破坏掉，用晒后碾轧成饼状的麦秆画上铁轨图案，将其放到拆卸下铁轨的地方。部队埋伏在铁路两侧，眼看着敌军两辆铁路装甲巡逻车疾驰而来，掉进了他们提前设置的"陷阱"里，一声令下，战士们纷纷开火，将日军打得落花流水。

1943年秋天，部队接到一个任务：伏击抢粮归来的日军。漆黑的夜里，司洪波和战友们埋伏在路旁的坟头和树后，等着敌人经过。第二天上午9点多，200多名敌军押着抢来的20多车粮食，进入了我军的埋伏圈。经过激烈战斗，敌人被打得四散逃窜，司洪波和战友们不仅截下了所有的粮食，还缴获了敌人的马匹和武器。

这时，一名清理战场的战士告诉大家："连长牺牲了。"司洪波和战友们的心一下子沉到谷底。在这场伏击战中，除了连长，还有十几名战友也牺牲了。"我十分想念那些牺牲的战友。他们牺牲的时候才20多岁，但为了消灭日军，他们献出了宝贵的生命。每次想起他们，那一张张笑脸就闪现在我的眼前。"司洪波说。

难忘军民鱼水情

在部队时，一位领导告诉司洪波："小鬼，一定要记住，老百姓是咱们的亲人，遇到紧急情况向老百姓求助，他们一定会帮助你。"这句叮嘱在关键时刻救了司洪波一命。

1944年11月，部队行军到河北省大名县，刚刚布置好岗哨，就遭到了日军的"围剿"，部队被围在村里。司洪波和战友们分成3个小组突围。在这场惨烈的战斗中，大多数战友牺牲了。由于敌我实力悬殊，成功突围几乎不可能,司洪波感觉这次要"光荣"了。他和两个战友急中生智,跑到村里的一户大妈家,大妈把他的两个战友藏在白薯窖里,这个窖里最多只能容两人藏身。眼看日军就要破门而入,大妈伸手到炉灶里抓了一把灰,抹到司洪波的脸上,让他赶紧躺在床上,蒙上被子装病。

1955年,司洪波被授予大尉军衔时的留影

日军冲进屋后,一把将司洪波从床上抓起,仔细看他的额头,准备抓走严刑拷打。大妈苦苦哀求说:"这是我的小儿子,生了传染病,下不了床啊!"气急败坏的日军用枪托在司洪波腰上狠狠砸了几下,骂骂咧咧出了门。

后来司洪波才知道,大妈给他脸上抹灰,是为了遮住他额头戴军帽留下的印儿。虽然自那以后腰上留下了老伤,但司洪波幸运地逃过一劫,在这次日军"围剿"中活了下来。

新中国成立后,司洪波回到大名县找那位大妈,结果打听到大妈早就去世了。"我连一句感谢的话都没来得及说,只记得她姓胡。多亏了老百姓呀,要不我这条命也扔在70年前了。"司洪波感慨地说,"像这位大妈一样,救过八路军战士的老百姓还有很多,没有他们的支持,就不会有我们最终的胜利。"

在战争年代,司洪波为国家奋勇杀敌,无怨无悔。70年后的今天,一直有一件事情让他无法释怀,那是一句没有送达的口信。刚参加八路军时，司洪波就跟着连长王应山一起出生入死，那是一段一起睡炕、共同战斗的感情。在一次战斗中，王应山胸口中枪。在送往卫生队的途中，卫生员小刘通知司洪波："连长负伤了，有话对你说。"当司洪波赶到连长面前时，连长用微弱的声音对司洪波说："小司，我身上还有一块银圆，你替我交给组织，就算我最后一次党费了，还有请你帮我告诉我媳妇，让她改嫁吧……"连长牺牲后，司洪波将银圆交给了党组织。但上哪儿去找嫂子呢？司洪波只知道连长是甘肃成县人。新中国成立后，司洪波一直没忘连长的嘱托，四处打听寻找……但时至今日，仍杳无音信。

2015年，司洪波于抗战胜利70周年时留影

每当谈及牺牲的战友，司洪波总是激动地说："我们今天的幸福生活是无数先烈用鲜血和生命换来的，我们永远不能忘记他们啊！"

（执笔：孙美岭　李爽）

周一晴
一生追随党的光

周一晴，女，汉族，江苏人，1928年12月出生，1945年3月参军入伍，1948年11月加入中国共产党。北京市西城区大栅栏街道办事处离休干部。曾任大连三兵团后勤部修船厂党总支干事、总后装备研究院机械试验厂组织干事、北京市宣武区大栅栏街道办事处干部。曾获中国人民志愿军抗美援朝出国作战70周年、中国人民抗日战争胜利70周年等纪念章。

3月春意盎然，几张褪色木桌和旧式沙发组成的朴素客厅里，92岁的周一晴鹤发银丝、笑容亲切。提到入党的情景时，她眼睛顿时明亮起来："我一直记得入党那一天的两位介绍人，一个叫汪家应，一个叫熊应山。"

老人的记忆穿梭于过往的艰难困苦、风浪起伏之中，最终在这间屋子里归于平静，有着72年党龄的周一晴眼里依然留存着她一直追逐的光。

第一道光："我抱着投向光明的想法入了党"

周一晴童年时期，日寇在苏中地区烧杀抢掠，"二鬼子"和地主经常压榨百姓，民不聊生。"我小时候经常吃不饱饭，高小毕业后，家里穷，就不上学了，开始帮家里种地，给地主家干活。"周一晴说。

信念坚定 对党忠诚

后来，周一晴听人说，"新四军是打日本侵略者的，跟着八路军们打走了敌人，将来穷人上学就能不要钱"。一番话在14岁的周一晴心里种下希望。"我们家附近常有新四军经过，每次晚上听到部队经过的声音，我就会扒着门缝那儿看他们。"周一晴说。

1945年3月的一天夜里，父亲对周一晴说："你跟他们一起去找新四军吧。"就这样，周一晴和几个年轻人一起，跟着招募士兵的新四军地下工作者辗转数天，来到了苏北革命根据地，成为新四军第二军分区地政工作队的一名队员。

1945年8月，周一晴成为新四军一师苏中军区苏中公学36队的学员，参加了为期5个月的时事政治学习和军事化生活训练。"学习是我生命的转折点。"周一晴感慨地说。在新四军部队里，周一晴圆了上学梦。她继续在第三野战军政治干部土木工程学校和会训队参加学习。1947年11月，周一晴被安排担任第三野战军卫生部会计。

1948年11月，因为工作表现出色、思想觉悟高，周一晴成为一名光荣的中国共产党党员。说起入党时的情景，她激动不已："我抱着投向光明的想法入了党，从此追随着党的光，一生未改。"

入党以后，周一晴跟着她的两位入党介绍人汪家应、熊应山一起工作，学到了很多知识，她的工作责任心更强了。由于当时下属单位一些工作人员文化水平不高，造成开支记账混乱。为了捋清账目，周一晴一笔笔核实更正，常常工作到深夜。

1946年至1949年，周一晴跟随部队从南方到北方，从北方又到南方，每天行军七八十里地，脚上的血泡破了好、好了破，但她一刻也没有叫苦叫累，工作毫不松懈。

1947年，周一晴在部队时留影

第二道光："不怕苦，不怕累，不怕死"

1949年1月，淮海战役胜利结束。在这次战役中，第三野战军付出了巨大的伤亡代价。由于战事紧张，部队还没来得及休整，又开始为渡江战役做准备工作。主力部队开展以强渡江河和水网稻田地作战为主要内容的战术、技术训练，周一晴所在的第三野战军第九兵团卫生部供给科虽然是后勤部门，同样要进行艰苦训练。

"1948年3月到4月，队长带着我们在安徽的稻田间和菜花地里训练。我们背着背包在小道上从早到晚不停地走路、跑步，一练就是几十天。人累得筋疲力尽，却一刻也不敢放松。"谈起当时的辛苦，周一晴十分感慨。那时身体虽累，但她心里充满胜利的光。"1949年4月22日，我们成功渡江，踏上江南的土地，激动的心情无以言表。"周一晴说。

1950年秋，周一晴所在的部队接到命令，参加抗美援朝战争。那时，赴朝作战要经过严格的审批。说到这里，周一晴特别兴奋："我从来不怕打仗，出国作战也一样，因为我是共产党员。"周一晴顺利通过审批，随着部队雄赳赳、气昂昂地跨过了鸭绿江。

1950年11月，周一晴隶属的志愿军第九兵团由辑安（今集安）、临江紧急入朝作战，参加抗美援朝第二次战役，承担东线作战任务（长津湖战役）。周一晴被组织安排和几名同志从辑安车站押送伤员的营养品等物资入朝。由于前方敌机疯狂轰炸，交通阻塞，原本一天就能完成运送任务的列车刚刚驶过鸭绿江，就只得开进山洞隐蔽，伺机而动。

山洞里狭窄逼仄，看守物资的周一晴和其他战士一样，承受着身心的双重煎熬。她第一次领教东北的寒冷，身上穿的薄棉军装早已冻透，即使在车厢里不停地跳，双手使劲地搓，也无济于事。这还不是最难熬的。山洞里通风困难，空气十分污浊，里面充满了煤烟的味道，周一晴被憋得喘不上气。"共产党员就要不怕苦，不怕累，不怕死！只要意志强大，任何困难都能挺过去！"这种乐观精神支撑着周一晴挨过了漫长的7天。

终于，道路被疏通了，部队继续向前挺进。

1953年，周一晴（右二）与战友在朝鲜留影

第三道光:"我还想给党添点光"

1950年冬至1951年春,周一晴担任志愿军第九兵团卫生部供给科审计员。按照要求,她每天要将做好的报表送到二三里地以外的财务部。为躲避敌机的侦察,她戴着用树枝编成的帽子,机敏地躲避敌人的飞机,冒着危险去送材料。

1951年1月18日晚,周一晴随部队向前线深入挺进。行军途中,天降大雪,道路湿滑。为了躲避敌机侦察,所有车辆都不能开灯,周围漆黑一片。

队伍行至山腰,突然,一辆朝鲜百姓运送公粮的车迎面驶来,周一晴乘坐的车辆在避让过程中,转向过度,瞬间翻下三四十米高的山坡。周一晴想:"这回我怕是活不成了。"

由于雪层极厚,加上救治及时,车上除一名同志牺牲外,其他人安然无恙。事后,周一晴向别人讲起这段经历,总是重复一句话:"我不怕死,要是没有共产党,我可能早就死了,我能以共产党员的身份牺牲在朝鲜战场上,这是莫大的光荣。"

1956年6月起,周一晴先后担任大连三兵团后勤部修船厂党总支干事、总后装备研究院机械试验厂组织干事等职务。1963年3月,她到北京

2016年,新四军研究会为佩戴纪念章的周一晴拍照留念

市宣武区大栅栏街道办事处工作，直到离休。

不忘初心为人民，不忘根本守家业。周一晴几十年如一日地过着简朴生活。

"这些都是我自己做的。"周一晴指着身上的衣服说。她上身穿一件带暗纹的手工针织毛衣，下身是灰色棉布裤子，朴素大方。"我不是没钱买，已经习惯自己动手做了。"

褪色木桌上摆着两个相框，一张是毛主席像，一张是自己的照片。周一晴看着毛主席像，眼里充满了深情。她又看看自己的照片，照片里的老人胸前戴着金光闪闪的军功章，表情无比骄傲。

周一晴眼里的光还是那么明亮："我没有遗憾，一生跟随共产党，值了！党给我的人生带来光明，我有幸成为党组织的一分子，以后还想用自己的余热继续给党添点光彩！"

（执笔：靳延英　宋莹）

郭存凯
炮火硝烟炼忠诚

郭存凯，男，汉族，北京人，1927年11月出生，1946年8月参军入伍，1947年5月加入中国共产党。北京市原延庆县食品工业公司医师。曾任原延庆县小鲁庄村村医、县造纸厂厂医。曾立三等功3次，曾获华北解放、中国人民志愿军抗美援朝出国作战70周年、庆祝中华人民共和国成立70周年等纪念章。

93岁的郭存凯一脸慈祥，当他把一枚枚军功章别在胸前时，眼神变得分外凝重。郭存凯参加过解放战争、抗美援朝、援越抗美，曾荣立三等功3次。1968年3月，郭存凯作为学习毛主席著作积极分子受到毛泽东等党和国家领导人接见。如今虽然年事已高，郭存凯仍然每天拿着放大镜读《毛泽东选集》等著作，一边读，一边写心得。他说："这是一名老党员向党表达忠诚的方式。"

小小少年的心愿

郭存凯出生在一个兵荒马乱的年代。他的家乡小鲁庄村所在的延庆，当时是3个日伪傀儡政权的接合部。兵匪祸乱下，老百姓们深受其苦。郭存凯幼小的心灵留下了深刻的烙印：当兵的和土匪是一家，都是坏人！

1938年4月的一天清晨，小鲁庄村一片静寂。突然，部队经过的声音将静寂打破。老百姓们吓得赶紧关窗闭户，大气儿也不敢出。还在睡梦中的郭存凯被奶奶摇醒，做好随时逃跑的准备。一阵不急不缓的敲门声传来，郭存凯父亲壮起胆子打开门，看到身着灰色军装的军人列队站在街上，见不到尾。敲门的军人30多岁，南方口音，和气地说："我们是工农红军，老百姓自己的队伍，现在叫八路军，是来打日本侵略者的。"躲在屋里的郭存凯有了疑惑：这些当兵的和以往那些兵怎么不一样呀？

　　接下来的日子，战士们的言行彻底改变了郭存凯的印象。他们把大街和各家的院子打扫得干干净净，把各家的水缸挑得满满当当。"大爷大娘不离嘴，搁下锄头就挑水。"说起这支人民子弟兵，村民们赞不绝口。郭存凯经常围着战士们，听他们讲打日本侵略者的故事。

　　因为汉奸告密，驻扎在小鲁庄村的八路军遭到敌人三面围攻。战士们英勇作战，打跑了敌人。看到能打仗又爱护老百姓的队伍，年仅11岁的郭存凯萌生了一个念头："八路军是爱护老百姓的军队，我也要参军。"

　　1946年，19岁的郭存凯报名参军，在八路军晋察冀二纵队五旅卫生处当了一名卫生员。他先后参加了新保安保卫战、阳泉战斗、清风店战斗和石家庄战役，在进军河北徐水、山西太原等战役中因战场救护成绩显著荣立战功。

1947年5月,郭存凯在前线光荣地加入了中国共产党。

"当我站在党旗下宣誓时,心情无比激动!这么多年来,每当我看到党旗、党徽或听到共产党员这个称呼时,就忍不住回想起当年在前线入党宣誓的情景,真是让我一生难忘啊。"郭存凯闭着眼睛,嘴唇微微颤抖地述说着,那一幕仿佛就在眼前。

白求恩式的战士

几十年的戎马生涯,给郭存凯的身上留下了大大小小的伤痕,但他从不愿意提及这些伤痛。在他看来,与牺牲的战友们相比,这些都算不了什么,他只是一名从战场上平安归来的老兵。然而,无言的伤痕就是刻在郭存凯身上的军功章。

1951年,郭存凯随部队雄赳赳跨过鸭绿江。在朝鲜战场,郭存凯在火线上抢救伤员,时刻面临生死考验。11月的顺川战役中,美军出动12架飞机对志愿军炮兵阵地进行轰炸,战士们奋力还击,数十人受伤。郭存凯与医疗队的

1952年,郭存凯在朝鲜战场留影

战友们一边躲避炸弹，一边争分夺秒救治伤员。一名战士腿部被炸伤，小腿骨裸露在外。郭存凯为他止血包扎处理后，抬着他飞快地向后方医院跑去。炸飞的弹片和石块，砸在郭存凯的脸上、身上，他浑然不觉。他只有一个念头，就是尽快把伤员送到医院。

郭存凯不仅全力救治战友，对当地生病的老百姓也是有求必应。援越抗美时期，一位五十来岁的当地老大娘找到郭存凯所在部队。原来，她听说中国军医技术好，是来求医的。经首长批准，郭存凯和一名翻译随老大娘来到她家。她的女儿和儿媳连续高烧好几天，经当地神汉"治疗"后病情愈发严重。郭存凯了解病情后开了药，还详细讲解了药物服用方法和注意事项。几天后，郭存凯去复诊，两位病人已基本康复。老大娘热情地挽留郭存凯吃饭，他说了一句"我们是有纪律的"，就匆忙离开了。几周后，老大娘和女儿把一背篓当地特产和一只母鸡送到部队。郭存凯和首长再三解释这些礼物不能收。有些生气的老大娘回过身，一刀把带来的活鸡砍死了，说："你们看着办吧，带回去也没法儿养了。"万般无奈，部队只能把这只鸡收下了。郭存凯说："百姓是水，我们是鱼。我小时候第一次看到红军，他们就是这样教我的。现在轮到我了，我也必须这么做！"

作为一名共产党员、白衣战士，郭存凯冒着危险救治了无数战士和群众的生命。在他的立功证书中有这样一段文字："树立了全心全意为人民服务的思想，对革命工作兢兢业业……有时为了掌握病号的病情，常常通宵不眠。由于对病号极端负责任，因此干战通赞，真不愧为毛泽东思想武装起来的白求恩式的战士，我们学习的好榜样。"

一次次义不容辞

在郭存凯看来，对党忠诚不是空洞的口号，而是党在需要他冲锋陷阵时的一次次义不容辞。1967年，入伍21年的郭存凯在中国人民解放军济南军区工程兵三一四团三营任军医。一天，团政委把郭存凯叫过去，对他说："军区要组建一个团去援越，师党委想派你去，征求一下你的意见。"郭存凯一听，挺胸敬了一个军礼，毫不犹豫地说："我是共产党员，一切听从组织安排。"政委叮嘱道："一旦出发可能几年后才回来，你要把家里人安顿好。"

郭存凯从团部出来，朝家走去。他在几年前成了家，妻子随军，孩子刚刚5岁。郭存凯对幸福平静的生活十分珍惜。回家后，他与妻子彻夜长谈。妻子虽然不舍，但也支持他的决定。郭存凯一遍遍叮嘱着，仿佛要把未来有可能遇到的困难都替妻子想一遍。根据部队政策，家属可以留在山东。郭存凯为了不给部队添麻烦，还是把妻子和孩子送回老家。他的父母年近古稀，母亲患

郭存凯与爱人合影

2010年,郭存凯在参加纪念中国人民抗日战争胜利65周年活动时留影

有严重的肾病。郭存凯不敢告诉父母实情,只说自己要去云南执行任务。很快,他随部队奔赴云南边陲。

郭存凯把难舍的亲情埋在心底,战场上的他表现依旧勇猛。1967年10月6日上午10点左右,突然飞来40多架美国战斗机,向我军阵地俯冲扫射。我高炮部队立即进行还击。郭存凯原本已躲进山洞里,这时,他发现一辆崭新的解放牌卡车停在空地上。郭存凯大叫一声"糟了",就冲进了弹雨中。他叫来司机,把卡车开进两米多高的草丛中。20多分钟的激战结束,卡车丝毫无损。郭存凯听说8架敌机被击落的消息,心里乐开了花。

第二年,郭存凯的母亲病逝。当时,他正在战场上救治伤员。每次提起此事,郭存凯都无限伤感:"我是一名军医,却没能好好给自己的母亲治病,甚至在她临终前都没能见上最后一面。"

这是他心中永远的遗憾。

(执笔:魏晔玲 郭利华 张浩博)

陈　祉
用一辈子兑现对党的承诺

陈祉，男，汉族，北京人，1937年1月出生，1954年8月参加工作，1956年3月加入中国共产党。北京市原劳改局清河农场政委，原清河劳改总队党委书记。曾在北京市公安局五处、北京市劳改局第一劳改支队工作。曾被评为北京市优秀思想政治工作者。

初见陈祉，是在老人家中。一口中气十足的北京话，很难让人相信，眼前这位老人已是耄耋之年，并且3次罹患癌症。翻看着珍贵的相册，老人娓娓道来的讲述把我们带回了他奋斗一生的地方——北京市清河农场。

清河农场在天津市，是北京的一块飞地，距离北京市约150公里，是新中国第一个大型劳改农场。从青春年华直至退休，陈祉在这里工作了近40年。回首过去，他说："一路走来并不觉得苦，因为对党承诺了，就要用一辈子兑现。"

"党要我做什么，我就做什么"

1953年，16岁的陈祉考入北京市公安学校，成为第八期学员。1954年8月，陈祉毕业后被分配到北京市公安局五处审干办公室工作，负责为民警书写档案结论。

那时，陈祉翻看了大量的民警档案，阅读了大量优秀民警的事迹，他们中有很多人参加过抗日战争、解放战争和抗美援朝战争，做出过突出贡献。他发现，这些优秀民警有一个共同的特点——都是共产党员。从那时起，他心中萌发了成为一名共产党员的愿望。

因为工作踏实，书写的结论准确得当，陈祉很快就引起了党组织的注意。办公室的两位大姐都是共产党员，她们找到陈祉说："你工作很努力，愿意加入党组织吗？我们可以做你的入党联系人。"陈祉听了万分激动。在同志们的帮助下，陈祉以出色的工作经受了党组织的考验。1956年3月，他光荣地在党旗下宣誓，加入了中国共产党。

不久，陈祉迎来了一次考验。市公安局决定调他到清河农场工作。这意味着陈祉将离开熟悉的工作环境，远离家人。"党要我做什么，我就做什么。"陈祉二话不说，简单收拾行李，来到了清河农场。

20世纪50年代，清河农场自然环境恶劣，当地流传着一个顺口溜："清河三件'宝'——苍蝇、蚊子、泥沾脚。"工作和生活条件更是艰苦，陈祉和同事们喝的是咸水，吃的是高粱米、窝头、咸菜，住的是席棚子。

为了帮助犯人改造并开垦农场，清河农场决定，对于有文化的犯人"能用的就都用上"，宣布"改造态度、表现好坏，出勤与劳动工效高低，是决定将来对其量刑轻重的条件之一"。"清河农场里有一条设计得非常科学的中心干渠和若干条纵横农场的渠道，有的是请苏联专家设计的，还有的就是学过水利的犯人设计的。"

1988年，陈祉（左一）与同事研讨工作

当时，在清河农场的8000多名犯人中，每天出工干活的有7000余人。"地里又干又热，蚊虫叮咬得厉害，但我们就是在这种条件下日复一日坚守岗位，带着犯人一起垦荒。"那时，每天回家，陈祉的身上都是密密麻麻一片蚊虫叮咬的大包。

除了辛苦，陈祉更在意的是要完成党交给的任务。"17万亩土地上，到处都有犯人干活，稍有不慎就会发生犯人脱逃情况。一到下半年，玉米、高粱等高秆农作物长起来，农场如同'青纱帐'，犯人逃跑的风险更大。"陈祉和同事们一边垦荒，一边监督犯人，不敢有丝毫懈怠。

日出而作，日落而息。经过几年的辛勤努力，清河农场17万亩荒滩逐渐变成良田，绿野平畴稻花香，水渠纵横鱼虾肥。"那会儿一到夏天，满农场都是葡萄的香气。咱们现在吃的玫瑰香葡萄，就是清河农场培育出来的。"回忆起那段时光，陈祉笑了。

"组织交给的工作，要摆在第一位"

清河农场的建设逐渐走上正轨之时，一场突如其来的自然灾害，让这里几乎遭到了毁灭性破坏。1976年7月28日，唐山发生7.8级大地震，距离唐山仅60公里的清河农场房屋建筑毁坏严重，全场伤亡1500多人。

对于陈祉来说，这更是一段难言的痛。此前，为不耽误工作，陈祉将母亲和妻儿都接到清河农场，方便互相照看。然而，地震中母亲和他的大女儿不幸遇难，妻子和儿子因为一根房梁做支撑，侥幸逃过一劫，但也不同程度地受了伤。

那时，陈祉正在外面开会。听闻噩耗，他流着泪把家人送到附近的医院治疗，简单处理了母亲和大女儿的后事。接着，他冒着余震危险赶赴工作岗位，组织抢救，安抚犯人和劳教人员。"清河农场遇难370多人，只有3人是犯人——我们把主要的救援精力都投入到抢救犯人和劳教人员上，"陈祉感慨地说，"组织交给的工作，要摆在第一位。"

陈祉记得，分场二中队的一名小队干部在组织抢救时，突然想到禁闭室还关着3名犯人，他立即冒着生命危险返回禁闭室，把3名犯人

1987年，陈祉（中）在清河农场工作时留影

放出来。他们刚一出来，房子就塌了。3名犯人哭着说："政府干部又救了我们一条命，我们今生今世都不会忘记，一定好好改造，重新做人。"陈祉说，正是这种潜移默化的教育，让犯人内心受到了触动，沉下心来接受改造。

在震后重建的过程中，陈祉一次又一次地舍弃小家利益，和同事们一起加固监舍、重盖办公用房，重新建设家园。这期间，陈祉的家人一直住在临时的草棚里。3年后，一家人才搬进新盖的房子。

党的干部要对党的事业负责

1985年，陈祉已经是负责农场管教工作的副政委，他在调研中发现了一个亟须解决的问题。他了解到，表现较好的服刑人员韩某被释放后回到北京，原单位却不肯接收。在当地街道推荐下，韩某参加了招工考试，成绩名列前茅。当他拿着录用通知去报到时，却再次被拒绝，原因不言而喻。

韩某的遭遇是个案，还是具有普遍性？陈祉认为必须搞清楚，因为这不仅影响犯人在狱内的改造，也影响着劳改机关的改造成果，马虎不得。他带人对1985年至1986年间北京两个城区近千名刑满释放人员的情况进行调查，发现有15%的刑满释放人员由于种种原因成为无业游民。他们有的闲居家中消沉度日，有的甚至重操旧业，再次走上违法犯罪的道路。

2019年，陈祉参加学习先进事迹报告会

"市委、市政府很关怀、很支持我们改造罪犯的工作。我们必须要站得高些、看得远些，创造性开展工作。"陈祉提出了一个在当时看来非常大胆的设想——与各区县政府协商签订帮教安置协议，发动社会力量共同改造犯人。

经过多次磋商，1987年7月，清河农场与门头沟区政协签订了帮教安置协议；同年10月，又与东城区综合治理领导小组签订了协议。协议内容对各自责任、教育管理、帮教流程以及安置就业等多方面进行了明确规定。

帮教安置协议得到了市劳改局领导的高度肯定。经过一年时间的努力，北京市当时所有区县都与市劳改局签订了帮教安置协议。这个帮教安置协议被司法部称为"北京模式"，并将其推广到全国。"这对劳改、劳教工作起到了很大推动作用，既鼓舞了广大干警，也极大地促进了犯人和劳教人员的改造。"提及这一往事，陈祉感到莫大的欣慰。

如今，陈祉依然在关心、支持清河农场的发展。"我愿意把一生都奉献给党的事业，奉献给清河农场。"他说。

（执笔：陈宁　张涵）

心系群众
为民服务

张金哲
永远跟患儿在一起

张金哲，男，满族，天津人，1920年9月出生，1945年9月参加工作，1956年12月加入中国共产党。中国工程院院士、北京儿童医院原副院长、首都医科大学小儿外科教授、我国小儿外科创始人之一。曾任北京儿童医院外科主任。

儿科医生、百岁院士张金哲有着传奇的一生和辉煌的成就。2000年，他被英国皇家学会授予国际小儿外科最高奖——丹尼斯·布朗金奖，2002年荣获印度小儿外科甘地金奖，2004年荣获中国香港外科医学院荣誉院士，2010年荣获世界小儿外科学会联合会终身成就奖和宋庆龄儿科医学终身成就奖……谈起自己取得的这些成绩，张金哲说："都是源于人民需要，源于对人民的爱。"

坚定开创新中国小儿外科的信念

出生于1920年的张金哲，童年在战火纷飞中度过。1931年九一八事变后，爱国救亡的思想在他幼小的心里埋下了种子。中学时代，他多次参加抗日游行活动，树立了报效国家的理想。目睹国民党政府的腐败无能，张

1953年，张金哲在朝鲜板门店留影

金哲选择了"宁为良医、不为良相"的道路。他报考了燕京大学医学预科，毕业后考入北平协和医学院。上学没过几个月，太平洋战争爆发，协和医学院关闭。无奈之下，张金哲前往上海，转入圣约翰大学学习。一年后，圣约翰大学也被日本人接管，张金哲又愤然转学至上海医学院。1945年日本投降后，张金哲完成学业回到北京。

1946年的一个夜晚，已是住院医生的张金哲正在天津中和医院值班，一位家长抱着患病的婴儿冲进急诊室。张金哲一看，来人是自己的中学老师。老师见到张金哲非常高兴，认为孩子有救了。张金哲立即检查，发现孩子得的是白喉，已经不能呼吸，面色紫黑，要救治就得立刻进行气管切开手术。但当时的医院还没有儿童专属的医疗器械，更没有医生能给周岁婴儿做手术，张金哲只能眼睁睁地看着孩子死去。老师一语未发，抱着孩子悲痛地走了。那一刻，张金哲内心受到极大震动。

1948年前后，医院产科病房多发新生儿皮下坏疽传染病。这种病传染性极强，患儿死亡率近100%。张金哲与病理科医生讨论治疗方法时提出，如果在患儿发生大面积感染前，及时切开患处放出脓血，就有可能救活孩子。然而，当时的外科治疗原则是化脓感染不局限就不能手术。因此，这个想法没能得到大家的支持。

1949年8月，张金哲刚出生3天的二女儿也染上了此病。情急之下，张金哲抛开种种顾虑，大胆为孩子进行了外科手术。"我拿自己的女儿当了第一个受试者，没想到就那么一划，女儿居然痊愈了！"张金哲回忆道。

这次手术的成功让张金哲有了治疗依据。他的手术治疗方案得到广泛推广，新生儿皮下坏疽的死亡率骤降到5%。张金哲也更坚定了开创小儿外科的信心。

新中国成立初期，我国没有一家正规的儿童医院，更不用说小儿外科。当时，患儿手术死亡率非常高，几乎每3个患儿中就有1个患儿死亡。1950年8月，新中国成立后的第一届全国卫生工作会议召开，会上提出要加强妇幼保健工作。同年8月，北大医院小儿外科正式挂牌成立。当时在北大医院工作的张金哲选择了小儿外科作为自己一生的事业追求。

看到战斗英雄们的坚韧与信念

北大医院小儿外科创立没多久，抗美援朝战争爆发了。张金哲3次参加抗美援朝医疗队，经受了战火的洗礼，坚定了入党的决心。

1950年医院组建抗美援朝手术队时，张金哲并没有报名。他说："那时候美国的力量太强大了，在日本丢了原子弹，当时我觉得根本不可能打赢它。"一年过去，

张金哲诊断中

抗美援朝取得的胜利让张金哲看到了中国共产党的伟大力量，他的思想开始转变。第二年，张金哲主动报名参加抗美援朝医疗队，后来一连去了3次，每次半年时间，立了两次大功。

当时，部队缴获了大量美国的麻醉机和气管插管，前方急需却无人会用。张金哲就地自编讲义，开办麻醉培训班，培养了第一代部队麻醉师。根据他的讲义改编的《实用麻醉学》一书，成为新中国最早的麻醉学专著。在救治战斗英雄的过程中，一位名叫蔡金同的英雄给张金哲留下了难以磨灭的记忆。蔡金同在战斗中腹部中弹，肠子流了出来，他就一手握着盘在腹前的肠子，以单臂持枪对敌射击，一人歼敌14人。战斗英雄们的事迹让张金哲看到了共产党员的坚韧与信念，更加坚定了他入党的决心。"经历了抗美援朝，我亲眼看到'纸老虎'不可怕，人心才是最重要的。共产党是依靠人民的，是得民心的！"张金哲说。

回国后，张金哲向党组织递交了入党申请书。1956年，他光荣地加入了中国共产党。回忆那一刻，张金哲说："那是很光荣的一件事，表示我得到了组织的认可。"

希望儿童医院是患儿的乐园

1955年，张金哲被调到北京儿童医院，正式创建小儿外科。当时由于西方国家的技术封锁，小儿外科医疗器械极度匮乏。张金哲便自己琢磨、自己制作。他在家里搞了一个"小作坊"，白天上班，晚上自己动手搞发明。指套刀、土制心电监护仪、巨结肠手术所需的环钳等，被一个个研制出来。

张金哲的各项发明达50余项。"张氏钳""张氏膜""张氏瓣"，这些以张金哲名字命名的治疗器材，饱含着他对患儿的深情。张金哲首创的"基加局"麻醉法、"摸肚皮"徒手体检法和潘少川教授发展的"扎头皮"固定穿刺法并称为"北京三绝"，为小儿外科事业发展发挥了重要作用。

在北京儿童医院院史图片展区，陈列着一个一尺来高的细长木头盒，里面嵌着"U"形玻璃管，这是张金哲50年前自制的汞柱调压灌肠器。在缺乏医疗设备的年代，这个"神器"为许多患儿解除了病痛。灌肠器是用来治疗小儿肠套叠的。肠套叠是小儿常见的急腹症之一，指肠管的一部分套入另一部分内，形成肠梗阻，严重时会危及孩子的生命。在医疗设备缺乏的20世纪60年代，治疗肠套叠用的是一种带电极的灌肠器。这种灌肠器的缺点是电极跟水银一接触，水银就挂在电极上，下次再用就不反应了。

为解决这个难题，张金哲开始琢磨设计新的灌肠器，发明了水银柱调压自动控制注气压力的空气灌肠器。这种灌肠器设计精巧，四周都有小门，里面是各种玻璃

2012年9月，张金哲获得中国医师协会颁发的终身成就奖

管，用软管连接。原来用的灌肠器管子细，容易导致肠穿孔，张金哲自制的灌肠器管子粗，就不会产生这个问题。这个灌肠器后来在北京儿童医院用了好多年。

在我国小儿外科事业发展过程中，张金哲和同事们共同努力，使小儿外科专业从无到有、快速发展，并由单一学科发展为泌尿、肿瘤、骨科、心脏外科等十几个学科，逐步走向微创化、分子化、数字化。2000年，英国皇家学会在授予张金哲丹尼斯·布朗金奖的颁奖词中写道，张金哲"所领导的小儿外科对世界有贡献，特别对发展中国家有特殊贡献"。

张金哲从医70多年，心里自始至终都装着孩子。为了让患儿不害怕医生，他的白大褂里装着各种新奇的小玩意儿，好玩的魔术随手就来。见到家长，他就从口袋里掏出提前准备好的科普小纸条。他常对年轻医生说，好的儿科大夫必然是爱孩子的。直到现在，他还每周去一次北京儿童医院，探望病房里的孩子们。

在张金哲心里，儿童医院应该是患儿的乐园。为了给孩子们建设一个无痛无恐的儿童乐园，如今百岁的张金哲还在忙碌着。他说："我要尽我所能，继续努力，绝不懈怠！"

（执笔：赵博文　丁兆丹）

王砚香
山路上的"背篓商店"

王砚香，男，汉族，北京人，1930年12月出生，1953年9月参加工作，1959年12月加入中国共产党。北京市原房山县供销合作社副主任、党委副书记。曾任原房山县周口店供销社娄子水和瓦井分销店售货员，黄山店分销社门店经理，周口店供销社理事会主任、党支部书记。曾被评为北京市劳动模范。

　　黄山店村地处群山环抱的房山山区。20世纪50年代，村民们分散居住在40多条山沟里，生活十分不便。曾有一首民谣这样描述这里的环境："有女不嫁黄山店，十年就有九年旱。吃水贵如油，买卖东西真发愁。"

　　1951年，周口店供销合作社在黄山店村设立了一家分销店。1958年，为方便群众，分销店负责人王砚香带领职工背着背篓上山卖货又收购，这种经营方式被当地群众亲切地称为"背篓商店"，由此形成的"背篓精神"被传承至今。

　　2021年3月，我们见到了年逾九旬的老党员王砚香，听他讲述了"背篓商店"的故事。

"我这供销员,一干就是一辈子"

我们一见面就问王砚香:"听说您年轻的时候,受到过毛主席的接见,您能给我们讲讲当时的情景吗?"

"这事,到现在还历历在目。那是1964年,我作为供销系统代表,参加国庆15周年观礼活动。那是我第一次进人民大会堂,毛主席、刘少奇、朱德、邓小平等领导人跟我们代表们合了影。1965年,周恩来总理还接见过我们,在中南海住了三天。"王砚香激动地说。

王砚香是土生土长的黄山店村人,小时候在村里读私塾。抗日战争爆发后,书念不成了,王砚香就跟着父亲干活,有时候到山外为八路军买盐。当时盐属于管控物资,每人只能买1千克,父子俩就轮着排队,争取多买一点。新中国成立后,王砚香去附近大韩继村小学上了学。1953年初中毕业后,王砚香主动回到沟里,在周口店供销社当了一名售货员。

1956年2月,王砚香被派到北京农民服务所干训班学习6个月。回来后,他当上了黄山店分销社门店的经理。1966年8月,王砚香调任周口店供销社理事会主任。此后,王砚香一直在供销系统工作,直到退休。他说:"我这供销员,一干就是一辈子。"

"这艰苦的路,我们不走群众就得走"

1958年,黄山店村大批社员到山上兴修水利,那一段，社员们没有时间下山买东西。王砚香看在眼里，急在心上："社员生产这样忙，我们为什么不把货送上山去？"他提议，将村民生活中所需的煤油、酱油、针线、成药等各类商品送上山。由于山路狭窄崎岖，有的地方还需要攀爬，售卖的商品只能用背篓装载。

大家一开始对送货这个想法持有不同意见。有人认为，山路难走，要背些价钱高的商品，这样才值得一趟来回。王砚香深知大家的辛苦，语重心长地说："我们背篓上山就是为了方便群众，只要是对生产建设有利的，哪怕是一分钱的东西，背上去也是值得的。这艰苦的路，我们不走群众就得走，我们一个人走一遍，就免得很多人都走一遍。"王砚香决定自己先尝试一下。

一天，他用背篓装上村民所需的货物上山了。他来到几千米外的长流水村，正赶上社员午休。村支部书记接待了他，帮他找好售货的地方；生产队队长搬来板凳、门板摆摊，帮着维持秩序。社员们惊喜地奔走相告："供销社送货来喽！"一会儿工夫，一篓商品全卖光了。社员贾祥拉着王砚香的手说："砚香呀，你跑这一趟，可太方便我们了。"

王砚香回到分销店讲了售货的经历。大伙听得入了迷，纷纷表示今后就按这个

1965年，王砚香带头背篓上山送货

办法办。从此,王砚香和同事们一改过去坐等客来的做法,轮流背篓上山,"背篓商店"这一称呼也在群众中流传开来。多年来,店里人员几经变动,送货的背篓却一直没有放下。在每天十几公里的送货路上,六七十斤的物品与他们同行,陡峭的山路与他们做伴。

1960年冬,黄山店山上的积雪有一尺多厚。王砚香说,大雪封山,此刻更应该上山送货。于是,他背上背篓,深一脚浅一脚地摸索上山。

说起送货过程中比较难的事儿,王砚香微笑着说:"有多难说不上,但难忘的事确实有很多。"1959年,有一回,涞沥水生产队一名为集体放羊的羊倌跟王砚香说,家里急需一口水缸。这名社员拖家带口,一家老小常年居住在偏远的锯齿山上,吃水很不方便。

王砚香便将这事记了下来,供销社很快购进一口大水缸。他跟店员杨守林商量,一起上山一趟。为了不赶夜路回来,一大早,他们俩将这口缸打结系牢,轮流背着上了山。爬到半路,杨守林脚下一个趔趄,背上的缸差点掉下来,幸亏王砚香及时接住,缸没破,他胳膊上却被蹭破了一层皮。也不知道两人倒了多少次手,直到太阳下山,才来到羊倌的家里。当这家人看着眼前的大缸,还有一旁气喘吁

2018年,王砚香在家中为少先队员讲"红色背篓"的故事

吁、汗流浃背的王砚香两人时，一个劲地道谢。

在供销社系统，王砚香他们送货上山的事，慢慢传开了。大伙儿都说，这叫"背篓精神"。谈到"背篓精神"，王砚香说："我认为，就是听党话，跟党走，全心全意为人民服务。"

"背篓精神"得传承

每次上山，王砚香和同事们都会拿出一个专门的记事本点检货物。售完货，再在记事本上将社员需要的货物一一记下。商品缺货，他们就千方百计通过供销社途径调货。只要群众需要，他们从不推辞。

为了方便群众，王砚香连理发的事也管。有一次，他背着背篓到离黄山店18里地的山村葫芦棚去送货。送到半路，看到几位社员空手向黄山店走来。临近了，他高声问："下山干啥去？""到黄山店理发去。"几人同声回答。

王砚香边走边想：黄山店那个小理发馆只有一位理发员，大伙儿一等就是大半天，不但不方便，还会影响生产。于是，他利用业余时间练习理发技术。后来每次上山，王砚香就在背篓里装上理发推子和剪刀，给社员们理发，向社员们传授理发技术。从此，社员们理发再也不用往山下跑了。

就这样，王砚香他们的背篓让地头儿变商店，让炕头儿变柜台，受到社员们的欢迎。分销店也多次被评为市供销社先进集体。1959年，王砚香被评为北京市劳动模

2018年，少先队员们参观"红色背篓"纪念馆

范，"背篓商店"的事迹被广泛传播。

1966年8月，王砚香担任周口店供销社理事会主任。上任数月，他就将"背篓商店"从"一点红"变成了整个供销社的"一片红"。1973年，王砚香从县供销社又转任到周口店供销社后，通过建立支农服务队，使"背篓精神"再次开花结果。

小小的背篓，沉淀了岁月的沧桑，更是黄山店人拼搏的见证。半个多世纪过去了，当年20多岁的小伙子们如今都已是耄耋老者，但他们当年所践行的艰苦奋斗、一心为民的"背篓精神"，却在岁月的长河中薪火相传、永葆芳华，成为铭刻在人们骨子里不可磨灭的红色基因。

如今，"背篓精神"在发源地黄山店村得以传承。在村"两委"一班人带领下，黄山店村坚持党建引领，走绿色发展之路，开发的坡峰岭成了京郊旅游的网红打卡地。站在黄山店村"红色背篓"纪念馆外，看着村里的巨大变化，王砚香的脸上洋溢着幸福的光彩。

（执笔：刘克龙　蔡庆悦）

马 玙

在结核病患者心里洒下一片阳光

马玙,女,汉族,江苏人,1932年2月出生,1955年9月参加工作,1960年5月加入中国共产党。北京市结核病胸部肿瘤研究所、首都医科大学附属北京胸科医院原内科主任。曾被评为全国卫生系统先进工作者、全国优秀科技工作者、北京市有突出贡献专家、北京市三八红旗手、首都优秀医务工作者和第三届首都十大健康卫士。

她年近90岁,依然坚持出诊,是患者眼中可亲可敬的"马老太太";她从医66年,把青春和热血奉献给了结核病防治事业;她以精湛医术解除病人的痛苦,用行动诠释"全心全意为病人服务"的初心……她就是中国结核病防治领域的大医——马玙。

"尽己所能,为民解疾"

"我从小就立志做一名济世救人的医生。上大学前,在我喜爱的外语和医学两个专业中,我选择了学医。我至今认为,当初的选择是非常正确的。"马玙说。

1932年,马玙出生于上海。小时候,看到百姓贫病交加看不起病,她就立志要当医生。1955年从江苏医学院医疗系(现南京医科大学)毕业后,马玙来到中央结核病研究所，成为一名医生。在结核病临床与科研教学岗位上，她一干就是一辈子。

"在那缺衣少粮的年代，设备老旧，药品短缺，虽然条件艰苦，但我从没想过改行。"马玙回忆说。那时候交通不便，下村做筛查，她和同事们常常要背着X光机跋山涉水。有一次，马玙带队去平谷土谷子村做结核病筛查。这个村在大山里，不通汽车，他们只能徒步前往。到了村里，村民吃惊地说："这座山，好汉爬也得出三身汗。你们带着这么重的机器赶过来，太不容易了！"

"那时候下乡很艰苦，生活条件又不好，所以我看上去很显老，于是就有了'马老太太'这个外号。如今我快90岁了，成了真正的马老太太！"马玙笑着说。

结核病患者中很多人家境贫寒，马玙就想方设法让他们少花钱，尽可能减轻他们的经济负担。给农民看病时，碰到家庭困难拿不出医药费的，她就自己垫上。马玙说："你知道老乡当时有多困难吗？有一次我们开完药，老乡说，您等一会儿，我出去一下，结果半个小时都没回来。后来我们才知道，他回家从鸡窝里捡了鸡蛋，要拿出去换钱给我们。这件事让我太难忘了。"当时，马玙的工资是56元，她每个月都拿出一部分钱给病人垫付

2003年6月，马玙（前排左一）在北京市"非典"医疗救治指挥中心参加专家会诊

医药费。"我的想法很简单，就是尽己所能，为民解疾。"

1960年5月，马玙光荣地加入了中国共产党。

"最有效的处方是爱"

一个放大镜、一支小教鞭，是马玙出诊必备。

马玙说，带上这两个工具，一是为了现场看胸片，二是为了方便给病人解答病情。她的学生说，马玙有很多细小却暖心的行医习惯，比如每次听诊前，她会用手把听诊器焐热；听完前胸听后背时，她会自己走到患者背后；给老年患者做完检查，她要扶着对方下了诊查床再去开处方，生怕患者摔倒……马玙说："别小看这些细节，它传达的是医患之间最重要的平等观念。患者是弱势群体，做医生的不能高高在上。医生平等待人，给患者以尊严，这样就会减少很多矛盾。"

不管什么人找马玙看病，她都特别认真。有一次，一位在体检时发现双上肺病灶的患者来院就诊，根据检查结果尚不能明确诊断，马玙就建议患者先随访。一听说随访，患者就以为没有什么事，也不过来看病了。两三个月过去，仍然没有见到患者的踪影。这位患者恰巧和本院一名职工认识，马玙着急地找到这名职工，问："这个患者我还没有给他诊断，还没有解决问题，怎么就不来了呢？"

患者知道后特别感动，没有想到这位满头白发的老教授还惦记他这样一个普通患者，马上赶到医院做CT等相关复查。马玙仔细查看各项检查指标，对近几次CT

2007年9月,马玙与爱人薛林福在北京胸科医院(北京市结核病胸部肿瘤研究所)更名庆典时合影

影像进行比对判断,发现病灶有所进展,考虑到恶性病灶的可能性大,建议手术治疗。患者先后两次进行手术,均证明两侧病灶都是低度恶性肿瘤。等到患者得到有效治疗后,马玙这才放下心来。

此后,这位患者随访近10年都没有复发,并且和马玙已经成为至交,她说:"有人说现在的医患关系不好,但我始终相信,只要对患者好,患者肯定能感觉到。"马玙对患者特别友善,与每一个患者都耐心交流,特别受患者欢迎,也让同行们感动!

不论认识与否,关系亲疏,她对患者都一视同仁,倾尽全力救治。还有一次,一名患者找马玙看完门诊后便离开了,马玙想通知他来复诊,却再也找不到人了。情急之下,马玙发动医生、护士一起想办法,总算把这名患者找到了。患者和家属感动地说:"只听说过患者找大夫,大夫找患者我们还是头一回见。"后来,这名患者被确诊为肺癌,因为治疗及时,几年后痊愈。

新冠肺炎疫情暴发后,马玙一直坚持出诊。为了尽快做出准确诊断,她常常到CT室查看电子影像,及时给患者打电话告知病情,让患者安心。她说:"医生最大的敌人是冷漠,最有效的处方是爱。医生的一点点关爱，就可能改变患者的一生；医生一个小小的亲近动作，都可能在患者心里洒下一片阳光。"

"做一名精湛医术的追求者"

曾有人问马玙："您快90岁了，应该颐养天年，为什么还一直这么孜孜不倦地学习？"她回答说："面对患者，我们除了要有仁爱之心，还必须具备精湛的医术，做到诊断正确、治疗有效。医无止境，要真正成为医者，就要不断学习。"

从医半个多世纪，马玙每天坚持学习。年轻时下乡劳动，她随身携带一本《实用内科学》，一有空儿就拿出来读。为了能阅读国外相关文献，她自学英文，攻克语言难关。马玙经常参加国内学术会议，每次都全程听课做笔记，回来后还要查阅结核病诊治的相关文献，了解前沿信息。她说："虽说我们是专科医生，但患者可能伴发其他疾病，所以要不断学习，不断提高医疗水平，才能更好地服务患者。"

坚持不懈地学习，使马玙始终站在世界结核病研究的前沿。66载春华秋实，她先后发表中英文论文130余篇，参加了17部专著相关篇章的撰写工作，主编了《实用肺癌防治指南》《结核病》等书籍。

在基础研究方面，每次发现新的课题、新的观点，马玙一定要刨根问底弄个明白。1980年至1982年，她以访问学者身份在美国进修。回国后，马玙开始进行结核

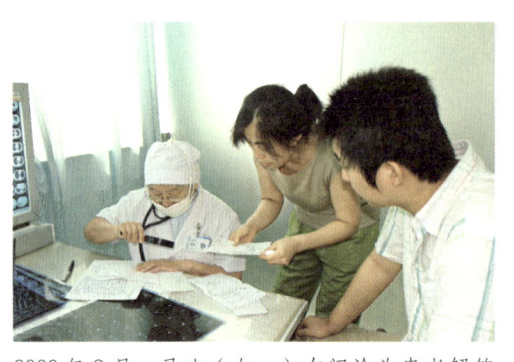

2009年8月，马玙（左一）在门诊为患者解答疑难问题

病的免疫学研究。1990年以来，随着分子生物学的发展，她又在结核病的分子生物学方面做了大量工作，并完成了北京市自然科学基金资助项目1项，获得北京市科委、北京市卫生局科技进步奖8项。

多年来，马玙培养了博士研究生4名、硕士研究生10名，还和其他导师联合培养了很多博士和硕士。现在，她仍坚持给研究生授课。她的很多学生已经成为全国各大医院结核病专业领域的学科带头人和骨干。

"在学习上是良师，在生活上是慈母。"说起马玙，一名学生动了感情。这名学生家境贫寒，读博士时生活拮据。当时马玙收入也不高，但她每月都拿出钱资助这名学生。当听说有学生遇到困难或挫折时，马玙就会主动找他们谈心，帮助他们渡过难关。学生们开玩笑说："我们都是幸福的小马，马老师一手拿着糖果，一手拿着小教鞭，我们就快乐地转个不停。"

老牛自知夕阳晚，不用扬鞭自奋蹄。"2021年是党的百岁华诞。作为一名共产党员、一名老卫生工作者，我永远不改初心，时刻听候党的召唤！"马玙说。

（执笔：丛林　丁兆丹）

曾玉泉
永葆服务群众的热情

曾玉泉，男，汉族，江苏人，1932年2月出生，1951年3月参军入伍，1953年12月加入中国共产党。原北京铁路分局东郊站材料室主任。曾立三等功、四等功，曾被评为北京市五好职工、北京铁路分局东郊站党委优秀共产党员。

2021年2月的一天，我们去拜访曾玉泉。没想到这位已届耄耋之年的志愿军老兵，竟然早早迎在门前。老人身姿挺拔、思路清晰，处处透着军人特有的气质。

"我在哪儿，就不能让哪儿出事儿！"交谈过程中，曾玉泉多次强调这句话。这句铮铮誓言，宣示了一名在党68年的老共产党员的笃定与坚毅。

跟着共产党走

曾玉泉家中兄弟4人，他是长子。因为家里贫困，曾玉泉十几岁就去做学徒、帮工。作为家中老大，他还要承担照顾弟弟的重任。

1951年，不到19岁的曾玉泉在街上听说毛主席号召"抗美援朝、保家卫国"，来不及跟家人商量，他就报名参军了。

"当时顾不上多想。小时候，我的家乡战火连绵，老百姓吃了这一顿，下一顿都不知道有没有。现在共产党、毛主席帮咱穷人打下了天下，让咱们过上了安稳日子，咱就要响应毛主席号召，跟着共产党走，报答毛主席，报答共产党，就这么简单。"曾玉泉平静地说。

刚入伍时，曾玉泉被分在二十四军七十二师直属侦察连，随部队到浙江训练整顿。

曾玉泉家人得知他参军的消息后，父亲曾去部队找过他。但因为保密纪律，他把私人物品该处理的都处理了，去朝鲜前，父子俩也没见上面。

1952年冬天，曾玉泉所在部队直接从浙江出发，乘火车到辽宁丹东集结，两天后步行通过鸭绿江大桥，入朝作战。

战火中成长

在朝鲜战场，曾玉泉被分配到工兵连，主要工作就是修马路、修桥、打坑道、建筑防御工事、为前线作战部队运输物资，随时可能遭受敌机轰炸和炮弹攻击。

在朝鲜战场上，曾玉泉和战友们经历了一次次生死考验，留下了难忘的记忆。一次，他带领战友去修理一段刚被美军飞机炸毁的马路。当时，有个刚入伍的新兵，敌机一来，这个新兵一下子愣在那里。情况危急之下，曾玉泉一把把他拽到路边隐蔽起来，所幸躲过了敌机的疯狂扫射，他们也顺利完成了修路任务。

还有一次，曾玉泉和战友往前线送炮弹、子弹。因为敌人在路上设了埋伏，即使是

1953年，曾玉泉在部队留影

晚上运送，对于曾玉泉他们来说，也很危险。曾玉泉说："朝鲜山多，行军多是爬山，山里总是下雪，气温最低时能达到零下30多摄氏度，我们深一脚浅一脚地在厚厚的积雪中行进。脚下稍微一滑，身上背的子弹、炮弹就滚下来了。我们只能摸黑把弹药一件一件找到重新背上，一步一步往前走。我当时心里想，一定得完成任务！弹药送上去，战友们就能少牺牲，就能打胜仗。"

1953年12月，因为表现突出，曾玉泉在朝鲜战场被批准火线入党。年轻的曾玉泉非常自豪，暗下决心，以后自己无论做什么，一言一行都要对得起"共产党员"这个称号，要起到党员的先锋模范作用。

由于在抗美援朝战场上的英勇表现，曾玉泉荣立三等功。

"我在哪儿，就不能让哪儿出事儿"

回国后，曾玉泉转业被分配到铁路系统工作，一直到退休。

入党68年，不管在部队还是转业到地方，曾玉泉始终不忘共产党员的初心。

"从战场上回来，我虽然不再是军人了，但还是一名共产党员，我心中就一个信念，到哪儿都要响应党的号召，积极工作。一句话，我在哪儿，就不能让哪儿出事儿！"曾玉泉坚定地说。

做扳道员时，曾玉泉的主要工作是检查铁轨线路，保证列车行车安全。一次，在例行检查中，曾玉泉发现有根钢轨断裂，立即向领导作了报告。车站迅速派出维修人员，及时修好了这根断裂的钢轨。20分钟后，一辆列车疾驰而来。看着列车安全通过，曾玉泉一颗悬着的心终于落了下来。曾玉泉及时发现险情，避免了一起重大事故的发生，得到铁路分局的通报表扬。回想那次经历，曾玉泉说："我的这种警觉性，是在战场实战中练就的。"

1992年，从北京铁路分局东郊火车站材料室主任岗位上退休后，曾玉泉也没闲着。他积极参加社区组织的各项志愿服务。每逢国庆、"两会"等重大活动，他都带头参加值勤、巡逻等服务保障工作。曾玉泉总说："我是一名老党员，事事处处要当表率。"

作为一名老兵，曾玉泉对部队有着深厚情感。2015年纪念抗日战争暨世界反法西斯战争胜利70周年及2019年庆祝新中国成立70周年的两次阅兵，让曾玉泉印象深刻。他居住的平房区，位于阅兵设备运输的铁路沿线，沿线社区负责部分保障任务。曾玉泉主动找到社区，积

2016年9月，曾玉泉（左）参与社区值守

极要求参加阅兵服务保障工作。加入志愿服务队后，年过八旬的曾玉泉按照社区安排，每次都牢牢钉在自己的点位上。他说："每次亲眼看着一列列运送现代化武器装备的列车顺利通过，我仿佛又回到了当初和战友们在战场上奋不顾身运送弹药的那段岁月。看着咱们的国家和军队越来越强大，作为一名老兵，我特别自豪！"

2020年年初，新冠肺炎疫情暴发后，当时因高血压住院的曾玉泉时刻关注着疫情的发展，总想为抗击疫情做点什么。2月1日一出院，他就立即到社区党委报到，申请加入到卡口值守的志愿者队伍中。社区党委考虑到他的身体状况，婉言谢绝了他的申请。天气转暖后，曾

2021年2月,曾玉泉接受采访

玉泉再次向社区申请加入卡口值勤和"两会"安保志愿服务队。这一次,他的愿望终于实现了。在社区卡口,居民们经常能看到曾玉泉认真值勤的身影。曾玉泉积极投身志愿服务的热情和甘于奉献的精神感动了很多人,街道党工委和社区党委授予他"优秀共产党员"的称号。面对荣誉,曾玉泉说:"我是党员,就要为党和国家做出力所能及的贡献。共产党员就要坚定跟党走,带头做好自己的本职工作,把我们的国家建设好、保卫好。"

"我这辈子最自豪的事,就是加入人民志愿军,雄赳赳气昂昂跨过鸭绿江,保家卫国,成为一名光荣的共产党员,最欣慰的就是见证了国家日新月异的发展。如今,祖国越来越强大,老百姓的生活越来越好,如果牺牲的革命前辈和我的战友们能看到这些,一定也会特别欣慰!"曾玉泉说。

(执笔:张茜 高斌)

张殿鸿
司法为民追梦人

张殿鸿，男，汉族，山东人，1933年9月出生，1949年2月参加工作，1950年8月加入中国共产党。北京市朝阳区人民法院申诉执行庭原庭长。曾任北京市朝阳区人民法院审判委员会委员、副处级审判员、民事审判庭副庭长。曾被评为天津市公安局学习模范、朝阳区优秀知识分子、朝阳区人民法院先进工作者、朝阳区精神文明先进个人。

见到88岁的张殿鸿时，他穿的那件40年前的法官服让我们一下子回到了20世纪80年代。张殿鸿坐在一张已用了60多年的一屉桌旁，挺胸昂首，像当年在法庭上开庭一样，神采奕奕。他说："我从小苦出身，家里很穷，是党培养了我，让我上了大学。我要一辈子跟党走！"

"是党给了我上学深造的机会"

1943年，张殿鸿的父亲带着他逃难到天津。父亲到天津一个港口当了搬运工人，母亲在地主家打工。10岁的张殿鸿上了学。15岁小学毕业后，张殿鸿开始挣钱养家。

1949年1月18日，天津解放后的第三天，张殿鸿在街上碰到天津市第6区26街街长巡视街道工作。街长问他："愿意到街政府当通信员吗？""愿意！"张殿鸿痛快

1949年10月，张殿鸿刚参加工作时留影

地回答道。

张殿鸿到街政府工作几个月后，天津市进行机构整合，所有街政府工作人员整建制转隶至军管会下设的公安局工作。张殿鸿被分配到大营门派出所当通信员。

单位里有很多老革命，他们吃苦在前、忘我工作的精神深深打动了张殿鸿。他利用业余时间学习党的理论，越学越明白，只有共产党的领导才能让穷苦人过上好日子。很快，他向党组织递交了入党申请书，希望尽快成为党组织的光荣一员。1950年8月，16岁的张殿鸿加入中国共产党。

张殿鸿文化程度不高，被党组织送进夜校继续学习，边干边学。1954年，张殿鸿在夜校读完中学课程，正好赶上中国人民大学法律系到天津各机关单位招生，他和其他15名同志被天津市公安局推荐参加了招生考试。经过笔试、面试等多个环节的筛选，张殿鸿是唯一一个通过考试的。他说："我是个穷孩子，10岁从家乡随父母逃难出来，做梦也没想过自己这辈子能上大学，是党给了我上学深造的机会。"

法律系是4年学制，前两年要集中学习苏联共产党历史、中共党史、辩证唯物主义与历史唯物主义和政治经济学等理论基础课程。两年中，张殿鸿系统学习了马克思主义理论，也更加坚定了对党的信念。

"我不能辜负党的信任"

1957年，正在读大三的张殿鸿被错划为"右派分子"，并被开除党籍。下乡劳动改造两年后，张殿鸿回校随1960届学生一起毕业。毕业后，他没能回到政法系统工作，而是被分配到京西大台煤矿当了一名矿工，一干就是近20年。

1979年，国家落实有关政策，为张殿鸿平反，恢复了他的党籍、学籍和政治名誉，并落实了他的工作安置和工资问题。

46岁的张殿鸿回到政法系统，来到朝阳区人民法院工作。到法院后，他承担的第一项工作就是平反冤假错案，需要把新中国成立后院里涉及的所有案件审查一遍，看其中是否有冤假错案。由于很多案件都是在任法官同事甚至领导审理的，有人劝他多一事不如少一事，免得日后与同事不好相处。张殿鸿坚定地说："组织上让我做平反冤假错案工作，是对我的信任，我不能徇私。我接受任务时就有了心理准备，干这项工作肯定是会得罪人的。如果所有案件都要顾忌同事情面，损害当事人的利益，那还做什么平反工作？我不能辜负党的信任。"

那个年代，家庭出身不好或被扣上"反革命分子"的帽子，不仅个人前途受影响，家庭成员也会因政审不合格，无法正常工作、生活。张殿鸿在审查中发现，很多被定为"反革命"的案件都是错误的。他及时将审查结果报送法院审判委员会，经集体讨论决定，撤销原错误判决，宣告当事人无罪。

在审核刑事案件中，张殿鸿也发现了一些案件存在问题。

一名16岁的被告是国企澡堂的清扫工，在闭店清扫时捡到客人遗忘的手表，没有及时上交，留在了自己手里。当公安机关讯问时，他交还了手表。但在法庭审判时，却给他定了盗窃罪。张殿鸿审核时认为，被告主观上没有偷盗的故意，只能说是没有做到拾金不昧。即使存在侵占行为，他在公安机关调查时能主动上交，也应当按侵占罪从轻或减轻处罚，再加上被告当时年龄较小，不应定为犯罪。张殿鸿提请审判委员会讨论撤销判决，宣告当事人无罪。最终，这个案子的判决被撤销，当事人被宣告无罪。

"要让这辈子没有遗憾"

平反工作结束后，张殿鸿被分配到民事审判庭工作。因为离开政法队伍太久，很多法律新知识他都不熟悉。张殿鸿又开始边干边学。他经常去新华书店，遇到新出的司法解释、指导案例、高校教材就买下来，回去反复读。他还从市高级人民法院研究室借来全市法官撰写的调研报告和论文仔细研读，开拓自己的审判思路，以最快速度充实自己的法律知识。

那些年，有很多案件需要法官"一竿子插到底"，到基层政府所在地或是田间地头去开庭。朝阳区面积很大，去首都机场开庭一次往返就得50多公里。夏天骑自行车过去，汗水湿透了张殿鸿身上的制服，后背全是汗碱，他却从不叫苦叫累。平均每年结案100多个，张殿鸿几乎年年都是庭里的结案冠军，而且结案中70%以上都是调解结案。

1981年，张殿鸿参观天安门城楼时留影

张殿鸿喜欢调解。他说，判决虽然一锤定音很简单，但效果不一定好。常常是一方服判、一方上诉，有时还有可能双方都不服，都提出上诉。调解就不一样了，只要双方当事人接受调解方案，对大家来说就是双赢。只有双方皆服，才能达到案结事了、维护社会稳定的效果。

为了做好调解工作，张殿鸿经常花费大量时间和精力，认真倾听各方当事人的陈述和意见，在倾听中寻找问题突破口，用晓之以理的法理解释、动之以情的利弊分析，合理降低各方当事人心理预期，找寻双方利益最大化的重合点，促使双方建立互信、达成互谅、促成互让，最终化解纠纷。

2019年10月，张殿鸿（中）离休后参加支部活动

张殿鸿有股爱钻研的倔劲，经常与疑难复杂案件"较劲"。有人对张殿鸿说："你是不是傻？这些案件别人躲还来不及，你怎么不懂得拒绝？"张殿鸿说："案件总要有人办，越是疑难复杂，越能激发我的斗志。我离开政法工作领域太久了，20年矿井生活把我憋坏了。虽然我已经不年轻了，但我司法为民的梦想还在，我想运用所学知识，尽自己所能多办些案件，不辜负党对我的培养，让这辈子没有遗憾。"

离休后，张殿鸿也闲不住，经常在社区开展普法活动，帮助居民解决法律问题，居民们都亲切地叫他"大法官"。八里庄东里是个老旧小区，住在这里的居民不少是上了岁数的老年人，继承、赡养等问题比较常见。张殿鸿就利用自己的审判、调解经验，义务为社区居民进行咨询、调解，提出法律意见。他说："我要把发挥余热、服务居民作为我人生的新起点。"

（执笔：郑磊　周莹莹）

孟秀珍
职工的问题就得有所回应

孟秀珍，女，汉族，山东人，1948年2月出生，1965年8月参加工作，1968年12月加入中国共产党。北京市大兴区供销社工会原主席。曾在原大兴县食品厂、大兴县商业局和大兴县供销社工作。曾被评为大兴县优秀纪检干部、大兴县优秀工会干部、北京市总工会先进女职工干部，曾获首都五一劳动奖章、全国五一劳动奖章。

孟秀珍1965年参加工作，在党组织的教育培养下，从一名普通售货员成长为一名领导干部。在基层供销社工作的20年间，她从人民需要的细微处着手，兢兢业业工作，踏踏实实奉献；担任领导干部后，尽己所能为职工群众办好事、解难题。她说："不论职务高低，我都是人民的勤务员。"

一把凳子暖人心

"因为有共产党，我们家才有了希望呀。"当孟秀珍老人用质朴的语言讲述她对党最初的认识时，激动之情溢于言表。

孟秀珍出生在济南山沟里的一个小村庄，那里土地贫瘠，老百姓日子过得很苦。为了活下去，父亲13岁就到北京大户人家扛长活。新中国成立后，父亲在北京分得了十几亩土地，一家人的衣食从此才有了着落。

上学后，心怀感恩的孟秀珍立志成为一名共产党员。1965年，初中毕业的孟秀珍到青云店供销社当了售货员。她手脚麻利，做事认真，取货、打包、开票样样在行。工作一段时间后，她发现了一个现象，店里常有气喘吁吁的老人光顾，细问后才知道，他们大都住在比较偏僻的农村，要赶很远的路来买生活用品。

"您先歇会儿，需要什么跟我说，我帮您拿。"每当遇到这样的情况，孟秀珍就会随手递上一把凳子，老人们总会连声道谢。

"岗前培训的时候，老师叮嘱我们一定要向雷锋同志学习，干一行爱一行，做一颗永不生锈的螺丝钉，在自己的岗位上发光发热。"孟秀珍心里时刻牢记着这些教诲，"我们的工作就是服务，做到让老百姓满意就是发光发热。"

从递凳子开始，孟秀珍兢兢业业、精益求精的热心服务得到了顾客的赞赏，获得了组织的认可。1968年，孟秀珍如愿成为一名光荣的中国共产党党员。

真诚为民解难事

1973年，孟秀珍担任大兴县商业局副局长。上任后，她第一时间深入基层调研，详细了解职工们的诉求。一次，孟秀珍在职工座谈会了解到，职工子女上幼儿园是个老大难问题。"当时县里只有一个幼儿园，不收企业职工的孩子。我们很多职工的孩子都上不了幼儿园，严重影响了他们的工作。"孟秀珍深知不

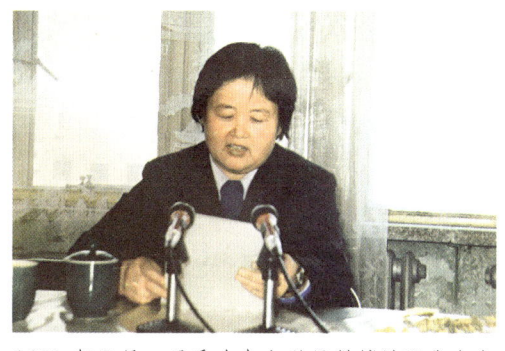

1991年3月，孟秀珍在大兴县供销社职代会上作工作报告

解决这些职工最关切、感受最直接的问题，就无法调动大家的生产积极性，也就搞不好企业。此后，帮100多名职工解决孩子入托难的问题成了孟秀珍心里一直惦记的头等大事。经过细致的走访调研，孟秀珍起草了汇报材料，向党委作了详尽报告，如实反映了职工们的诉求。同年，经商业局党委批准，孟秀珍牵头筹办大兴县供销社幼儿园。

可没想到的是，孟秀珍又犯了难：兴办幼儿园需要的场地、老师，还有幼儿园今后的管理等，都不是一时半刻能解决的。

"困难是困难，但是问题还是要解决。职工们都眼巴巴地盼着呢。"一向雷厉风行的孟秀珍全身心投入了这项工作。她四处联系协调解决园址和老师的问题，还多次往返各单位，详细说明情况，真诚地与各单位领导班子交流沟通……

"我当时想的就是赶紧把幼儿园建起来。园址选在哪里，是一个大难题。各单位都有困难，场地不好协

调。但是幼儿园必须要建,我就找他们领导沟通,一次不行就两次,两次不行就三次,最后总算是协调出了一块场地。"谈起这件事,孟秀珍脸上露出快乐的微笑。

有了建园的场地,还要有办园的人。孟秀珍又马不停蹄地找各科室选调幼儿园领导班子和幼儿教师,并联系大兴县幼儿园培训选调的老师。经过半年多的努力,大兴县供销社幼儿园正式开园了。100多名职工将孩子高高兴兴地送进了幼儿园。

"解决了后顾之忧,大家就有心气儿,有干劲儿。让群众能够沉下心来搞建设,这是领导干部必须重视的。"孟秀珍说。

20世纪90年代,随着社会经济发展和改革深化,企业出现了职工下岗潮。供销社系统受到市场经济冲击严重,大批职工下岗。当时,对于担任大兴县供销合作社工会主席的孟秀珍来说,帮助下岗职工实现再就业,成了她义不容辞的任务。

"孟主席,您帮帮我吧。"这天,正在办公桌前忙于梳理下岗职工情况资料的孟秀珍被一阵哭喊声打断,她连忙迎出来询问情况。

找孟秀珍哭诉的是帝园商城的一位下岗女职工。她下岗不久后,丈夫突然去世,留下了家里嗷嗷待哺的孩子。面对多重打击,她一筹莫展,于是便找到孟秀珍求助。

"当时县供销社系统离岗下岗人数多达1200多人,

每个人的情况都不一样，有的家境殷实，有的家庭贫困，有的家里还有地，有的什么生产资料都没有。"孟秀珍还清晰地记得当年职

1998年11月，孟秀珍（左三）参加大兴县妇代会合影

工的情况。她深知要做好这项工作，就要清楚考虑每个人、每个家庭的具体情况，解决他们的实际困难。

"职工来找我，我就必须有所回应。"随后几日，孟秀珍先是帮这位下岗女职工找了一份新工作，让她一家生计有着落。同时，她开始积极推进全系统的再就业工程，督促协助下属企业成立再就业服务中心，建立各项保障机制，组织转岗代表培训班，转变下岗职工的择业观念。她还主动与行政部门共同努力，兴办实体企业，为下岗职工尽快重新就业创造条件，进而为大兴县供销社进一步改革发展奠定了良好基础。

成就善举救患儿

"那是一个生命啊。"讲起往事，一个关乎孩子生命的故事总让孟秀珍动容。那是1999年，一名下属企业职工的孩子患了A型血友病。为了帮孩子找到医治途径，孟秀珍多次前往天津，最终通过中国医学科学院与加拿大一位血液疾病专家取得联系，得以推荐孩

孟秀珍与爱人合影

子前往加拿大进行免费治疗。

得知这一消息,病患一家人激动地流泪了,可没过两分钟,他们却又眉头紧锁起来。细心的孟秀珍看到了这一幕,便追问缘由。原来,之前治病几乎花光了家里的积蓄,这个家庭根本拿不出自费出国的钱。

怎么才能筹到这笔钱呢?往返跑腿儿联系专家,孟秀珍不怕累,可钱的事儿却不是靠一个人出点儿力气就能办成的。要放弃吗?孟秀珍说:"我也是一位母亲,深深理解患儿母亲的痛苦。由己及人,我想我得帮他们,况且我还是一名共产党员呢。"

后来,孟秀珍开始组织全系统3000多名职工捐款,筹集了4万余元。可还不够,她又主动争取上级工会和商委系统7000多名职工捐了2万余元,终于凑够了这笔钱。"孩子接受治疗后能正常生活了,后来还成了家,我挺欣慰的。"谈起自己千方百计帮助别人的那些过往,孟秀珍开心地笑了。

(执笔:柳阳阳 马春梅)

杨万俊
爱在石板路上延伸

杨万俊，男，汉族，北京人，1940年1月出生，1968年12月加入中国共产党。北京市房山区南窖乡水峪村村民。曾被评为北京市"第二届北京'三农'新闻人物"和"北京榜样"年度人物、"身边雷锋——最美北京人"。

房山区南窖乡水峪村有一位远近闻名的老人——"豆浆爷爷"杨万俊。2012年，杨万俊被评为北京市"第二届北京三农新闻人物"和"北京榜样"年度人物，2013年又获"身边雷锋——最美北京人"殊荣。他的先进事迹先后被《人民日报》、中央电视台、《北京日报》、北京电视台宣传报道。

"50多年里，我没有算错过一笔账"

1962年，22岁的杨万俊到生产队跟着老会计学算账。3年后，他成为大队的一名会计。在水峪村当了50多年会计，他觉得自己最重要的工作就是把账算明白，把钱管好。

工作上严谨认真的杨万俊，在思想上也积极向党组织靠拢。"共产党带领我们搞土改、斗地主、分田地，老百姓才有了新生活。所以我一心想入党，想为党做点事、为人民做点事。"杨万俊说。

抱着这样的初心，杨万俊认真地写下入党申请书。"我是大队的会计，天天和金钱数字打交道，容不得半点马虎。递交了入党申请书后，我工作比之前更加努力。除了仔细算好每一笔账，还积极参与大队的各种劳动，凡事都冲在最前面。最终我得到了组织的信任和肯定，光荣地成为一名中国共产党党员。"回想入党当天的场景，杨万俊激动不已，他说："共产党员不仅是一个称呼、一份荣誉，它更是一种责任、一辈子的坚守。"

有一年，村里的口粮吃紧，村党支部精打细算，好不容易让每位乡亲都有充足的口粮，留下了少量购粮证以备不时之需。"那个时候购粮证可金贵着呢，是全村人的命根子。"大队信任杨万俊，将剩下的购粮证交给他保管。购粮证是有时间期限的，过期作废。眼看着购粮证就快到期了，隔壁村缺粮，私底下找到他，希望杨万俊把村里的购粮证转给他们救救急。他们还给了杨万俊100块钱好处费。

那个年代100块钱可是一笔巨款。面对金钱的诱惑，杨万俊没有半分动摇，他立刻将情况向村党组织汇报。经党组织同意后，才把购粮证交给了隔壁村。100块钱的好处费，杨万俊也如数上交组织。杨万俊说："无论工作大小、时间长短，我对党'认认真真做事，清清白白做人'的承诺不能变。"

杨万俊年轻的时候，因为账记得好，南窑信用社两次指名要他去工作。村里的领导也同意他去信用社工作。"和领导谈完话，我从大队往家走，路上遇到好几个乡亲。他们都知道了南窑信用社要我去工作的事，都鼓励我去。"回到家里，杨万俊看着桌上的工作日记，上面记录的是他在村里工作的点滴体会。"我能有今天的工作能力，是因为村里信任我，让我做会计，我才有了学习成长的机会。现在我如果为了自己的利益就忘记组织的培养，离开父老乡亲，实在太对不起全村人对我的信任和期望了！"

最终，杨万俊选择了继续留在村里，没想到这一干就是一辈子。"50多年里，我没有算错过一笔账，没让集体受一分钱损失，也没让乡亲们吃过一分钱的亏。我也算圆满地完成党交给我的任务了！2020年我退休的时候，乡党委书记还给我写了退休证明，真的倍感光荣，这是组织对我的肯定！"

"只要还能动，我就一直坚持送下去"

杨万俊家里现在最多的电器是豆浆机。

为什么会是豆浆机呢？2005年年底，因为杨万俊在经济普查工作中表现突出，乡政府奖励给他一台豆浆机。

拿到奖励后，杨万俊就想："这豆浆机我自己用是不

杨万俊在制作豆浆

是太浪费了？可不可以做点豆浆给村里的老党员们送去？"

2006年1月20日，杨万俊开始给村里的老党员做豆浆、送豆浆。现在人们喝一碗豆浆似乎是再平常不过的事情，可在2006年，距离市区80公里的小山村，很多八九十岁的老人没有尝过豆浆的味道。

谈及送豆浆的初衷，杨万俊说："一开始就是想做点好事。一个人也是喝，大家一起喝多好。没想到能坚持这么多年。"第一天送豆浆时，漫天大雪，杨万俊提着一暖瓶热豆浆，来到80多岁的郑淑珍老人家。老太太看着满身是雪的杨万俊，愣住了。"豆浆，黄豆做的，有营养，送给您尝尝。"杨万俊一边说，一边赶紧给郑大妈倒上。

杨万俊刚开始送豆浆的时候，有人说他是"三分钟热乎气"，还有人说他自己花钱买黄豆、送豆浆这事干得有点傻。面对这些质疑，杨万俊从不在意。他说："做些力所能及的好事，方便大家，自己也觉得挺幸福，非常值得。作为一名共产党员，就应该以身作则，心里始终装着百姓，他们舒心我就安心。"在杨万俊的坚持下，他送豆浆的"客户"逐渐增多，从原来的老党员变成了村里所有的孤寡老人。

杨万俊连续16年为村内20余名孤寡老人送出近5万斤豆浆，用坏了9台豆浆机、十几个暖瓶。很多人都说他了不起，可是杨万俊觉得自己做的这点事，比起革命先烈们抛头颅、洒热血，根本不算什么。

每天一大早，杨万俊就提着两个大暖瓶，走七八里山路去送豆浆。山路不好走，遇到雨天要下坡时，杨万俊就得提着9斤重的暖瓶蹲下身，一步一步挪下陡坡。这让女儿杨丽十分担心。杨丽说："我父亲摔伤过一次。那天，父亲走山路送豆浆，脚下一滑，栽了个跟头，膝盖流血了，暖瓶也摔坏了一个，但他还是把另一壶豆浆坚持送完了。"

王庆月住在杨万俊家对门，他曾经做过木匠。听说杨万俊在送豆浆的路上把腿摔了，他马上给杨万俊做了根拐杖："喝您的豆浆这么久，我也帮您做件好事。"

社会各界听闻杨万俊送豆浆的事迹，备受感动，纷纷加入其中。2012年，杨万俊发起成立"杨万俊慈善义工服务队"，带领大家一起为村民提供志愿服务。水峪村党支部积极响应南窖乡党委开展的"寻红色榜样 树南窖楷模"主题活

杨万俊（前排左六）与村暖心瓶服务队队员合影

动，创建"红色暖心瓶"党员志愿服务队，30名志愿者中党员占80%。志愿服务活动包括理发、磨刀、磨剪子、量血压、测血糖、修理家电等10余项服务，每月开展一次。自2018年成立至今，志愿服务队开展的志愿服务活动受到了广大村民的好评。

2019年，杨万俊为青少年宣讲志愿服务

"没想到自己的一个举动，可以影响这么多人。我只要还能动，就会一直坚持送下去、坚持服务百姓！"加入中国共产党的50多年，杨万俊几十年如一日，将坚守体现在从没算错过的一笔笔账目上，将情怀凝聚到送出的一碗碗豆浆里，将共产党员的无疆大爱印刻到村里的一条条石板路上。

（执笔：陈金　王焕宇）

李宝善
用妙手仁心守护百姓健康

李宝善，男，汉族，湖南人，1950年10月出生，1969年2月参军入伍，1970年12月加入中国共产党。原北京市一商局交电公司医务室医生、离退休办公室主任。曾任正连级军医、医疗所正营级所长，部队医院党委委员、团委书记。曾被评为五好战士、师级五好干部、北京市总工会先进标兵。

元宵佳节，一位精神矍铄的老人背着小包、戴着军帽走进丰台区右安门街道永乐社区活动室。寒暄过后，老人给我们讲起了自己的往事。谈到共产党和毛主席，他几度哽咽；说起参军入伍和火线入党，他神采奕奕。老人叫李宝善，是参加过援老抗美的革命军人。虽已古稀之年，他依然坚定地走在为人民服务的道路上。

"我会把牺牲战友未完成的使命接过来"

李宝善从小就有参军入伍、保家卫国的梦想。19岁那年，当征兵的消息传遍大街小巷时，李宝善毫不犹豫地报了名。

1969年2月，李宝善怀着激动的心情踏上开往云南的火车。新兵训练结束后下到连队，李宝善才知道部队

1985年建军节，李宝善在部队留影

要进入老挝进行援老抗美。所有行动对外都是保密的，李宝善以工人的身份随部队前往老挝。"我感到无比自豪，因为自己已成为真正的国际主义战士，要为祖国争光，一种神圣的职责在心中油然而生。"李宝善这样描述出发前的心情。

初到老挝，李宝善被分到野战医院。迎接他的是湿热的气候、恶劣的环境。老挝一年只分旱季和雨季，雨季时常发生泥石流、山体塌方。营地周围是原始热带雨林，树木遮天蔽日，地下藤缠枝绕，长满一人多高的飞机草。由于气候原因，当地昆虫种类繁多，仅蚂蚁就有几十种，每种各有特点，有的无毒却叮人极痛，有的被叮后不肿不胀却奇痒难忍，给战士们处理伤口成了李宝善的日常工作之一。很长一段时间里，几乎没有新鲜蔬菜吃，天天花生米、罐头吃得满嘴长泡。那时，美军的轰炸机隔三岔五就出现，国民党军队残部败退到老挝后，残匪和特务隐蔽在各个角落，部队作战环境险象迭生。回忆起刚到老挝的那段经历，李宝善说："当时的老挝比我预想的还要艰苦和危险！在现实面前，我想的是，怎样才能生存下去？怎样才能完成我们的援老抗美医疗保障任务？"

凭借着顽强的精神和一股子韧劲儿，李宝善在部队中表现突出。老挝新西线战场烽火不断，1969年9月7日，战友汪忠林在抢救伤员的过程中遭遇美军轰炸机突袭，不幸牺牲，这位荣立二等功的烈士是李宝善入伍后交到的第一个挚友，他的牺牲让李宝善悲痛万分。同年10月，部队决定在新西线战场上建立一个前线救护站，承担抢救伤员的任务。李宝善下定决心继承战友的遗志，主动要求去前线，并向部队医院递交了入党申请书。部队领导对他说，上前线是党组织对他的考验，希望他能经受住考验。李宝善说："我会把战友未完成的使命接过来，把战友没走完的路走下去！"

奔赴前线的路崎岖难行，蹚水过河是家常便饭，还经常遭遇敌机轰炸。1969年年底，李宝善所在的救护站遭遇美军轰炸机狂轰滥炸。面对繁重的救护任务和危险复杂的工作环境，李宝善没有退却，反而更加珍惜这次上前线的机会，全心投入到救护伤员的工作中。他说："递交了入党申请书，我就要按照党员的标准要求自己。共产党员没有贪生怕死的！"遭遇了多次敌情，李宝善在前线迅速成长起来，他把每一次危险都当作是入党的考验，他坚持每天清晨诵读毛主席著作。与读书声相伴的，是头顶上敌机盘旋的轰鸣声。

1970年12月25日，李宝善通过党组织的考验，成为一名光荣的中国共产党党员。入党后，李宝善接到了外出执行任务的命令。临行前，每名执行任务的战士都写下了一封诀别信。"妈妈，不要问我在哪个部队、哪个地方、执行什么任务，儿子可能回不来了，不要跟国家提什么要求……"李宝善在诀别信里给母亲写道。

面对生死考验，李宝善毫不犹豫，没有皱一下眉头。

"我要用学到的本领服务人民"

1971年，连续两年被评为"五好战士"，后获师级"五好干部"荣誉的李宝善被部队保送至昆明医科大学临床专业学习。党组织的信任和培养让李宝善感激不已："党和人民教育我、培养我，我要把学到的知识和本领服务于人民，坚定地跟着党走！"说出这句话时，李宝善的眼眶湿润了。求学生涯是清苦的，也是充实的。历时三年半的学习，李宝善坚信多学一点本领就能更好地为人民服务，他常常利用课余时间虚心求教、潜心练习，扎实掌握了静脉穿刺等各项基本功。

1975年，学成归来的李宝善回到前线。老挝的战事趋于稳定，敌人在做最后的挣扎，疯狂的轰炸使得前线的战士承受着肉体和精神上的双重压力。李宝善一边救助伤员，一边安抚战友，他的心中始终谨记党的教导，立志做一名白求恩式的白衣战士。

一天清晨，坐在床上正在诵读毛主席著作的李宝善听到轰炸机巨大的声响，顷刻间炮弹落在距离医院不远的地方，驻地房屋被炸毁。医院亟待重建，李宝善和战友一起上山砍修建房屋用的竹子。砍完竹子，李宝善最后一个下山。走到山脚时，他发现不远处有3个人。他们穿着老挝当地村民的服装,腰间别着砍刀,正在用老挝话交流。看到李宝善后,他们立刻不说话了。李宝善马上意识到,这3个人很可能是敌军特务,他立刻做好了和敌人拼命的准备。"干掉一个够本,干掉两个算我赚的。共产党的

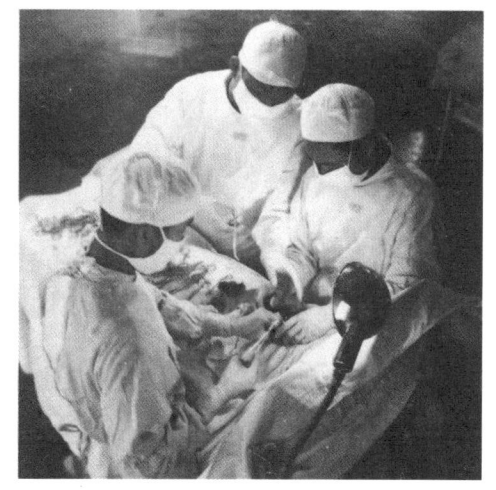

1973年10月,李宝善(左一)在云南弥勒县人民医院外科和科室医生共同给患者做胃大部切除手术

战士不怕牺牲,没有后退!"时隔多年,李宝善说出了面对敌特时的想法。敌众我寡,机智的李宝善向山头大喊:"班长,我在山脚等你们!"给敌人唱了一出空城计,一声大喊喝退了3名敌特,李宝善也扛着竹子安全回到营地。

老挝当时贫穷落后,医疗条件十分有限。当地人普遍患有疟疾,却还在用迷信手段进行所谓的治疗。李宝善作为一名白衣战士,不仅仅为部队战士服务,也为老挝人民服务。他经常到山寨为村民巡诊,为众多患者进行治疗,有效地控制了肆虐已久的疟疾顽症,赢得了老挝百姓的信任和支持。"学了科学知识,就要服务人民。"李宝善说。下寨巡诊的次数多了,李宝善和老挝百姓越走越近,他还学会了一些常用的老挝语。

退伍后,李宝善回到地方,在北京市一商局交电公

2021年3月，李宝善在永乐社区活动室向记者展示所获荣誉

司医务室工作。面对新的环境，他开始思考今后的工作该怎么干。李宝善要求自己在新岗位上做到部队的优良传统不能丢，为人民服务的宗旨不能变。他热情接待患者，认真进行诊治，坚持为行动不便的老人上门打针输液，并定时到公司下属商店巡诊，风雨无阻。凭借精湛的医术和丰富的经验，李宝善成功救治过误服消渴丸的高龄老人、心率突高昏迷不醒的老邻居……工作几十年，李宝善连续多次被评为局级先进个人，连续10年被评为优秀共产党员，曾被评为北京市总工会先进标兵。

如今，已退休10余年的李宝善仍然践行着为人民服务的宗旨。在看病问诊的道路上，总能看到他忙碌的身影。他用妙手仁心守护着百姓健康……

（执笔：王海洁　沈艺）

陈淑萍
挺身而出　无怨无悔

陈淑萍，女，汉族，河北人，1951年10月出生，1968年2月参加工作，1970年4月加入中国共产党。北京市公安局海淀分局退休民警，一级警督。曾任紫竹院派出所、四季青派出所、甘家口派出所民警，总后派出所科员、副主任科员、主任科员、副调研员。曾立个人一等功1次，个人嘉奖3次，被评为北京市三八红旗手。

2021年3月6日，我们在北京市丰台区一个部队干休所里见到了衣着朴素、面目慈祥的陈淑萍老人。

1993年三八妇女节，为了保护群众，陈淑萍挺身而出，与歹徒展开殊死搏斗，身受重伤。在医院里抢救3个月后，陈淑萍虽然保住了生命，脑部却留下了永久难以恢复的创伤，右侧身体偏瘫，最后被认定为三等乙级伤残。

"住手，我是警察！"

由于有脑部创伤，加上年近70岁，陈淑萍的记忆力已远不如前。但问起她当年为保护群众勇斗歹徒的经过时，她突然像换了一个人，神情坚定，说话也流利了许多。随着故事的娓娓道来，我们回到了20多年前的事发

1988年，陈淑萍（左一）与同事在总后派出所勤务岗位上

现场。

"那天是三八妇女节，单位给我们放了假。我就想趁着半天假期，去复兴商业城给孩子买件新衣服。买好衣服后，我和爱人、儿子从商场出来，爷儿俩去卫生间，我在公交车站等着他们。这时候，我突然听见有人喊——'打死人了'。"凭着职业敏感，陈淑萍想也没想就往人堆里奔过去，大喊："住手，我是警察！"走近一看，一个男子正红着眼，拿着铁棍不停地往另一个人身上打。

"那场面我一辈子都忘不了。"陈淑萍眉头紧锁，"歹徒目露凶光，感觉要把我吃了。虽然听见了我的喊话，但他手上的动作一点儿没停，铁棍'噗噗噗'打在对方身上。我气极了，不能眼瞅着人民群众被伤害呀，就赶紧冲上去，拽着歹徒的手，想把铁棍夺过来。"陈淑萍没想到，这个男子力气特别大，不但棍子没夺下来，还差点被他摔出去。"但无论如何，我不能再让他继续作恶了，我是警察，又是共产党员，人命攸关的时刻，我不往前冲谁往前冲呀！我必须坚持住，等待巡逻警察的到来。"陈淑萍说。

一句"我是共产党员"，让我们感受到陈淑萍当时的勇敢、果断和担当。她接着说:"我紧紧抱着歹徒的胳膊,坚持了三四分钟,但他劲儿太大了,最后还是被他摔在了地上。我刚想赶紧爬起来再抱住那个歹徒,但就在这一眨眼的工夫,他的铁棍打在了我的头上。我当时眼前一黑,倒了下去。等我再醒来的时候,听说已经昏迷三个月了,那位挨打的群众也没抢救过来。"说到这里,陈淑萍的眼里泛起了泪花。

"那天我带着孩子回来找她,她却没在。周围人说:'有一名女警察制伏歹徒时也被打了。'听到这里,我心里咯噔一下,有一种不好的感觉。"陈淑萍的爱人齐志兴向我们补充说明当时的情况,"当我赶到医院看到淑萍第一眼时,我忍不住哭了。她浑身上下都是血,心电图几乎成了一条线,脉搏每分钟才两次。她是和死神斗争了三个月呀!"

"当她醒来时,第一句话就是'我这是在哪儿?歹徒抓住没?'我一听就哭了,这或许就是一名共产党员、一名人民警察的坚守和责任吧。"虽然已经过了快30年,但提起当年那一幕,齐志兴眼中依然噙着泪水。在他眼中,爱人受伤无比光荣,因为这是一名共产党员的责任,但作为丈夫,他心疼媳妇。

陈淑萍用热血践行了入党誓言,用生命增添了党旗的光辉。冲向歹徒的那一刻,她脑子里闪现的不是个人得失,而是群众安危。到了现在,她依然表示:"我无怨无悔,因为我是共产党员,我是人民警察。"

党赋予我新的生命

"1993年负伤后,我生活自理都成了问题。说实话,很长一段时间里我是很自卑的。作为一名共产党员、一名人民警察,我应该尽最大能力为人民群众做更多的事,但我觉得自己做得还不够。"陈淑萍坦言,自己曾一度感到沮丧和失落,但每次收看《新闻联播》,每回聆听党的领导人讲话后,她又会为祖国的繁荣昌盛感到自豪,为首都的长治久安感到欣慰,"我感觉党赋予了我新的生命,我活过来了。我还要坚强地活下去,把革命精神、把为人民服务的宗旨意识融入血脉、融入灵魂,把使命和忠诚传承给我们年轻同志。"

在病床上休养的日子里,陈淑萍几乎每天都通过收音机听《新闻联播》,让儿子齐山给她读《人民日报》《人民公安报》,每次听到动情处,她还会轻声哼唱起《国际歌》。一个个音符仿佛被赋予了生命,给她增添了战胜病魔的力量。当身体渐渐恢复,能下床后,陈淑萍开始日复一日地抄写党章和入党誓词,用信念与病痛抗争。

在陈淑萍的言传身教下,齐山也成为一名人民警察,他的爱人

1995年,陈淑萍在海淀分局总后派出所工作留影

也是一名警察。如今，陈淑萍的孙子也考入警校，成了一名预备警察。陈淑萍说："我们一家三代警察，是向党致敬。感谢党给了我们一家人为人民服务的机会，我们一定会坚定信念，做好本职工作，为守护人民群众的安全做出贡献。"

说到这里，陈淑萍攥紧拳头，高声说："党赋予了我新的生命，我要永远坚守使命。"陈淑萍坚定的目光里，透出了一名老共产党员的忠诚和执着。

为人民服务，向党旗敬礼

受伤之前，陈淑萍是一名普通的首都民警。在海淀分局总后派出所的8年中，她始终兢兢业业地工作。作为户籍警组组长，她需要负责统计2600多户共6700余人的户籍信息，因工作中零差错、零投诉、零矛盾，她被群众亲切地称为"知心小陈"。1988年至1990年，她连续3年获得分局个人嘉奖，她所在的党小组每年也被评为优秀党小组。

陈淑萍服务管理的总后大院住着一位离休干部，老人的儿子是位残障人士。后来儿子和一名外地女青年结婚后生了一个孩子。1991年，孩子到了上学年龄，却因为没有北京户口而无法报名。那位老干部听说办进京户口需要花费一万元，急得犯了心脏病。

陈淑萍了解到这件事后，4次登门了解情况，两次自费带着老干部的儿子去医院检查身体、开具证明、整

陈淑萍与爱人合影

理孩子的落户材料，不到半年就解决了孩子的落户问题。老干部对陈淑萍的帮助非常感激，逢人便说："我一分钱没花，小陈一口水没喝，就为我们解决了大问题，她真是我们全家的大恩人！"

在陈淑萍看来，关注群众的困难是人民警察的天职，"有什么比一心一意为人民服务更重要呀！这些都是我应该做的。"

回忆起入党51年的经历，陈淑萍满怀深情地说："这么多年来，我最大的感受就是不能忘了党的教诲，要时刻想着群众，为群众干实事。100年来，在党的领导下，国家越来越好，老百姓的日子也越来越好。希望我们的后辈永远牢记宗旨使命，永远跟党走。今年七一，我要再给党旗敬个礼！"

（执笔：刘骋臣　曹晓晨）

王淑贤
带领职工过上好日子

王淑贤，女，汉族，北京人，1944年6月出生，1963年6月参加工作，1966年6月加入中国共产党。北京市长河工业公司党总支原书记。曾任万寿寺螺钉厂党支部书记、海淀区四季青锅炉三分厂党支部书记、化轻工业公司党总支书记、长河工业公司经理。曾被评为北京市劳动模范、北京市优秀党务工作者、北京市三八红旗手。

1979年11月，王淑贤走上海淀区四季青锅炉三分厂党支部书记岗位。她说："我每天都想着如何解决企业生产和管理上的难题，把企业搞好，把职工收入提高。"

"不能让老实人吃亏"

"新来的书记同志，您看这个部件怎么焊呀？您给咱做个样子。"有的工人瞧不起她这个女领导，想方设法给王淑贤出难题。王淑贤不急不躁地问道："你是焊工吗？要是焊工，怎么不会焊活呢？要是不会，厂里就安排会干的人来。你呢，先去培训，学会了再来上班，怎么样？"找碴的工人没话说了，讪讪地回到了工作岗位上。

过了几天，又有工人找到王淑贤。"为什么别人都有奖金，偏偏克扣我们的？"王淑贤不慌不忙地说："你

1984年，王淑贤在海淀区四季青锅炉三分厂工作时留影

们挨个说说，这个月完成了多少任务？有多少优等品？多少合格品？出了多少废品？给你们的奖金是不是按照规章制度计算的？"王淑贤给工人们做了一个多小时思想工作，几个人想通了，纷纷表示，王书记说得对，要是不好好干，吃亏的是自己。就这样，王淑贤在三分厂逐渐打开了工作局面。

"王书记，在咱们厂干多干少拿的钱一样多，这样下去，谁还愿意干活啊？"一次，几位工人找到王淑贤提意见。"总是吃'大锅饭'肯定不行。一定要鼓励多劳多得，不能让老实人吃亏。"王淑贤听了工人的话，点头说道。她意识到要当好党支部书记，先要成为企业管理的行家里手。王淑贤深入车间听取工人意见，经过充分调研，提出了分配制度改革方案。用"考核分配"办法取代原有的"评工计分"，让分配更加公平。"按照新的分配方案，我每个月比原来多拿了200多元。大家现在工作比以前积极性高多了，即使晚上加班也没人有意见。"看到工资条，工人王师傅高兴地说。新分配方案调动了职工的积极性，大大提高了产量。

王淑贤把她的工作方法归纳成了4个字、4句话：

狠抓一个"严"字、突出一个"精"字、落实一个"干"字、发扬一个"拼"字。工人们称这个工作方法为"四字箴言"工作法。王淑贤的工作法后来还被推广到了海淀区的其他乡镇企业。

经营管理两手抓

"千山万水不怕远，千辛万苦不畏难，千方百计想办法，千言万语不嫌烦"，这是王淑贤在四季青锅炉三分厂任党支部书记期间提出的口号。这个口号逐渐发展成为三分厂的企业精神。

"四千"精神是王淑贤亲力亲为干出来的领悟。无缝钢管是关系到压力锅炉安全的重要原材料，当时只有武汉钢铁厂生产的钢管适用。1982年，无缝钢管的货源十分紧俏，厂里接连派出两拨采购员都是空手而回。没有原料，工厂只能停产，厂领导心急如焚。"我去试试。"王淑贤自告奋勇，带上供应科的同事去了武汉钢铁厂。

7月的武汉，暑热难耐。为了节省差旅费，王淑贤和同事们住在条件很差的小旅馆里，连急带热，身上起了痱子，红肿难消。购买原材料是求人的事，更何况求的

1987年，王淑贤（左一）与同事合影

还是紧俏的无缝钢管。"我们急等米下锅呀,工厂不能停产,无论如何,请您帮帮忙吧。"王淑贤一次次登门拜访,用真诚感动了对方。终于,他们带回了供货合同。一趟武汉之行,王淑贤瘦了十几斤。

然而,工厂面临的困难不止缺少原材料。工厂生产锅炉用电量较大,当时供电设施不健全,加上全国用电都很紧张,工厂经常停电,停电就只能停工。有一段时间,锅炉厂只能在晚上用电,白天无法开工。为了不耽误锅炉生产进度,按时保质保量完成订单,王淑贤带头吃住都挤在条件艰苦的厂宿舍里,连续15天没有回家。晚上来电了,她立刻组织连夜开工生产,和工人们一起熬夜苦干。最终,工厂赶上了生产进度,顺利地完成了订单,没有耽误锅炉设备的销售和配送。

一段时期,工厂食堂用餐人员和实际用餐数量对不上账。经过核查发现,有人偷拿食堂饭票给厂外人员用。"必须尽快解决这件事,避免厂里继续遭受经济损失。"王淑贤挨个与食堂工作人员谈话,最终缩小范围确定了目标。她找到犯错误职工,再三地做思想工作,开导他们主动承认错误、归还公有财物。"这种行为是错误的,给集体造成了损失。希望你们立刻把钱款补回来。"经过王淑贤的努力,犯错误的职工及时把钱退了回来。

王淑贤把处理此事作为整顿作风的好机会,在厂里开展了"公务还家"活动。"工厂是大家的,如果每个人都把工厂的东西拿回自己家,我们的厂子迟早有一天会被拿空的。"她开大会点名批评那种平时总爱占公家便宜的行为,让职工在规定时间返还公有财产。工人张师傅说:"从此,原来厂里公私不分、工人顺手牵羊的事再也没发生过。"

"用一流的先进产品打开市场"

"现在生产锅炉的厂家多,竞争这么激烈,我们怎样才能在市场上立于不败之地呢?我认为是质量为王。压力锅炉容易发生安全事故,我们一定要严把质量关。再有就是产品要领先,我们要走在别的厂家前面,用一流的先进产品打开市场。"1987年,面对激烈的市场竞争,王淑贤提出了研发新产品的计划。她多次到北京工业大学请专家到三分厂指导科技攻关。在专家和工厂技术人员的共同努力下,三分厂研制并生产出了新型锅炉。新的锅炉设计安装了压力自动报警系统、自动减压系统,提高了锅炉的安全系数,还具有节煤、半自动除渣等优点,减轻了司炉工的劳动强度,改善了卫生条件。设计新产品的同时,王淑贤还在厂里开办夜校,邀请专家培训工人,让工人掌握先进的生产技术。三分厂的锅炉一上市,就成为市场畅销产品。

"企业的发展是干出来的,也是管出来的。干能出效益,管理同样也能出效益。"在王淑贤的带领下,全厂职工齐努力,向生产要效益,向管理要效益。1988年,

2008年5月1日,王淑贤参加海淀区四季青镇劳模座谈会

工厂年销售额达到近亿元,经济效益十分可观。企业发展了,工人们的钱袋子鼓起来了,每个人的脸上都露出了欣喜的笑容。一流的职工队伍、一流的管理水平、一流的产品质量,产生了一流的经济效益。

"企业就是一个大家庭,作为一名党员干部,就要带领职工过上好日子。"王淑贤心里始终装着这个几百人的大"家",对自己小家的爱只能默默地留在心里,家务活留给了丈夫,孩子由老人帮忙照顾。"虽然因此忽略了自己的家庭,但是父母、丈夫、儿女都理解,也支持我。"王淑贤说,"那些年虽然有苦、有累,但更多的是收获。看到职工的日子越过越好,我觉得自己没有虚度人生最美好的时光。"

(执笔:王瑞珂 宋丽群)

潘永祯
忠实履行"公安姓党"誓言

潘永祯，男，汉族，北京人，1941年11月出生，1962年8月参加工作，1965年2月加入中国共产党。北京市朝阳区委原常委、北京市公安局朝阳分局原局长、二级警监。曾任北京市公安局西城分局派出所指导员、所长，西城分局政治处主任、副局长，西城分局党委书记兼局长，西城区委常委。曾被评为北京市公安局优秀共产党员。

今年79岁的潘永祯手中那本刚出版的《中国共产党简史》，上面贴满了彩色笔记贴纸，空白处写着读书笔记。他说，作为一名老公安，重温党的奋斗历程，感受最深的是毛主席强调的"公安机关是党和人民的'刀把子'"这个要求。潘永祯深情地回忆起自己忠实履行"公安姓党"誓言，保卫党和人民的光荣历程。

破案紧紧依靠人民群众

潘永祯是地道的北京人。1961年，高中毕业后考入北京政治学校，成为这所学校第一期学员。这所学制一年的学校，是当时北京市唯一一所由市委组织部主管的干部学校，模仿延安抗大教育方针办学。潘永祯在这里学了一年，收获最大的是学会了哲学思维，懂得了看人看事都要有辩证的眼光,既要看负面的,更要看正面的,只有两面比较着看,才能看到全貌。1962年,又经过一年市公安学校学习后,潘永祯被分配到展览路派出所当片警。

一天,西直门城门楼下发生了一起刑事案件。按照分工,刑警负责勘查现场,片警负责外围保护。所长刘镇山问潘永祯:"案发后,你的工作是什么?"潘永祯回答:"案发现场外围保护。""只有这一项工作吗?"所长补充说,"人民群众是我们公安工作最大的靠山。很多案件的突破口,往往都是老百姓提供的重要证据和线索。你的工作除了外围保护外,还要继续开展走访群众的工作,不管是当地居民,还是附近小商贩、路过的人,都可能是发现蛛丝马迹的眼睛和耳朵。"

潘永祯说,刘镇山所长的教导影响了他一辈子。1977年,一天上午,潘永祯接到报案,北京一个高校的家属宿舍被盗,接报后他立即赶到现场,抓紧时间询问事主案发经过以及嫌疑人的相貌特征。事主说丢了手表、粮票等物。据现场目击证人反映,嫌疑人年龄不大,看着不到20岁,像个学生。潘永祯意识到,此案属于盗窃,涉案数额较大,便立即将详细情况上报分局,通过市局向河北、天津发协

1963年,潘永祯(二排右一)与展览路派出所全体民警合影

查通报，依靠人民群众，布下天罗地网。几天后，在河北宣化，嫌疑人把偷的手表拿到外地出售时被当地群众举报，由公安机关抓获归案。

群众利益无小事

在西城区公安系统工作多年，潘永祯深知"讲政治"的分量。他说，首都公安旗帜鲜明地讲政治，为党中央站好岗，离不开人民群众。我们的底气和力量来自人民群众对党的高度信任，也来自党员干部与群众心连心的鱼水深情。

1991年，潘永祯担任市公安局西城分局局长时，发现有的群众来信访时很激动，讲述问题声音很大，引来围观；还有的群众信访多次无果。群众利益无小事，早办早得民心，晚办丢失民心，甚至不得民心！潘永祯设立了"局长接待日"，除每天正常的信访部门接待外，每周三上午由局领导班子成员轮流接待信访群众，直接接触群众，倾听群众，如实记录，并作为第一责任人督促相关部门限期处理，及时反馈结果。从此，西城分局信访接待处理效果明显，被市公安局作为先进典型推广。

1997年8月，潘永祯调任市公安局朝阳分局局长。一些局机关干部还不知新来的局长长啥样时，潘永祯就已下基层派出所开展调研去了。

潘永祯发现，朝阳区在北京城区有3个主要特点：

面积大、人口多、事情多。朝阳分局3000人的警力长期超负荷工作，形成"四班三运转（4个班轮转，每班干8小时）"，警力不足的派出所甚至出现"三班两运转（3个班轮转，每班干12小时）"。潘永祯真切地感到，基层民警太辛苦，长期疲劳作战，容易出现工作上不深不细、措施不到位的问题，甚至会产生安保漏洞。

1992年，潘永祯在西城分局中层干部会议上讲话

"这些问题不仅是警力不够问题，也是群众利益问题，缺警力更缺对民警的关心。"如何解决？潘永祯说，既要为分局争取更多的编制，还要关心民警，为他们工作环境和身心健康办实事。在潘永祯的倡导下，朝阳分局在领导干部中实施"以情带警"的工作方针，制定了关心民警的"领导责任制"。很多外勤民警巡逻、出警等外出工作时间长，常常赶不上食堂饭点耽误吃饭。潘永祯要求机关特别是派出所在后勤保障上要重点关注"办好食堂"。于是，全区派出所开展了食堂工作改革，有的专门设立外勤民警小炒窗口，出警民警不管什么时候回来，都能吃上一口热饭。外勤人员出警回来时，炎炎夏日，食堂人员会端上一大锅绿豆汤；碰上天寒地冻，他们又会端出热腾腾的饺子。很多民警说，吃饭问题解决后，心里很暖，每天都增添不少干劲儿。

不担责的检查就是"空头支票"

1999年国庆50周年天安门阅兵前，机械化部队的坦克装甲车、群众游行彩车等都在朝阳区集结，朝阳区承担的属地安保任务异常繁重。

潘永祯说，他不止一次参加过重大安保活动，但这次在朝阳分局局长岗位上，感到工作量大、压力大，超过以往任何一次重大任务。当时大北窑、大望路一带还有不少大工厂，厂房林立。他们不光负责工厂周边道路安保，连工厂厂房里外的安全检查也要负责。

既有道路控制，又有集结点安保演练；既要保证阅兵部队顺利集结，更要确保社会生活稳定。那年5月，朝阳区率先拉开安保大幕。在紧张的持续安保演练过程中，为织密"横向到边、竖向到底"的严密防线，潘永祯主动分析工作中存在的短板不足。他提出，要确保安保工作绝对安全，必须关注容易出现安保漏洞和存在隐患的城乡结合部地区、农村地区。

潘永祯和分局领导班子决定，从分局机关抽调100名有多年工作经验的老同志，组成百人检查团下基层，对安保工作分片包干。为了防止检查组懈怠或推诿扯皮，潘永祯要求检查组与分局签订责任书，一旦所检查区域出现问题，由检查组与辖区派出所共同担责。潘永祯认为，不担责的检查就是"空头支票"。

潘永祯说，通过检查组的检查，分局不仅发现了可能的隐患和潜在问题，更重要的是进一步发动了群众，让群众积极参与到国庆安保工作中，形成了警力、群防双保险。"这是我最满意的工作创新。那段时间里，我心里非常踏实。"

2021年，潘永祯在学习《中国共产党简史》

10月1日国庆那天，威武的阅兵方队通过天安门广场，热烈的群众游行彩车缓缓驶过了长安街。潘永祯说，历时近半年的国庆安保工作圆满结束，做到了万无一失。

回想起自己光荣在党56年、近40年的从警生涯，潘永祯充满自豪地说："能够从事公安工作，保卫人民保卫党，是我一生的骄傲！"

（执笔：魏虹　周莹莹）

张大学
我为荒山披绿装

张大学，男，汉族，北京人，1946年3月出生，1963年10月参加工作，1966年3月加入中国共产党。北京市门头沟区大峪街道工委原书记。曾任门头沟区林业局党委副书记、黄塔公社党委副书记、区委组织部组织科科长、大峪街道工委副书记，区纪委常委、信访室主任。曾被评为北京市优秀纪检干部、首都文明市民学校先进工作者、首都社区志愿者之星、北京市离退休干部先进个人、门头沟区优秀共产党员。

"离岗不离党，退休不褪色，我要圆好人生的每一个梦！"这是张大学"圆梦"宣讲的最后一句。在热烈的掌声中，他从台上走下来，仍然抑制不住内心的激动。

作为北京市门头沟区大峪街道理论讲师团团长，10多年来，张大学的足迹不仅踏遍了大峪街道的每一个社区，还应邀到区内其他镇街进行宣讲。他的每一场宣讲都从自己的切身体会出发，用老百姓习惯的话语和思维方式，深入浅出地讲解理论问题，让听众入耳、入脑，更入心。为提高宣讲的吸引力，每次宣讲前，他都背诵一首与宣讲主题有关的诗或唱一首歌，有时还用葫芦丝演奏一首优美动听的曲子。他的宣讲很受群众欢迎。

每每站在讲台上，75岁的张大学总是意气风发，让我们仿佛看到几十年前响应党的号召、凭着一腔热情走入荒山的那个少年。他说:"回想这几十年跟着党艰苦奋斗的工作经历,我无怨无悔。我用青春践行了为荒山披上绿装的誓言。"

誓让荒山披绿装

1963年,刚刚初中毕业的张大学积极响应"上山下乡"的号召,同全市8000多名初高中应届毕业生一道,加入首都林业职工的队伍,被分配到了门头沟小龙门林场。

初建时的林场,走的是羊肠道,住的是土坯房,睡的是大通铺,点的是煤油灯,喝的是萝卜汤,运输全靠人背驴驮,生活异常艰苦。尽管条件很差,但在全国"向雷锋同志学习"热潮的影响下,榜样的力量让张大学坚持下来,立下了让荒山披上绿装的豪壮誓言。他每天早早起床,提前上工,一心扑在工作上。因为能力突出,他很快被选为生产队队长,带领队员们用青春和汗水改造着那片荒凉的土地。工作之余,他不忘学习,毛泽东主席的《为人民服务》《愚公移山》《纪念白求恩》3篇著作他烂熟于心,书中为人民服务的精神、愚公移山的精神、白求恩的国际主义

1972年6月,张大学在小龙门林场工作留影

精神，让他的心灵不断受到洗礼。

怀着对家乡土地的热爱和为人民服务的满腔热忱，张大学积极向党组织靠拢。1966年3月，他站在鲜红的党旗面前庄严宣誓，成为一名光荣的共产党员。

10年付出，终有回报，昔日荒山披绿装。张大学也如同山上的小松树一样，在艰苦劳动和思想历练中成长、成熟。

几十年后的今天，小龙门林场已经是国家级自然保护区。望着眼前的绿水青山，满头白发的张大学和他的老伙伴们时常想起当年那战天斗地不怕苦的精气神儿，经常唱起那首《学习雷锋好榜样》。在歌声中，他和老伙伴们更加深切地懂得什么叫作青春无悔。他们用一腔热血和10年青春换来了家乡田野山川的绿意盎然，给后代子孙留下了天蓝、地绿、水净的美好家园，这份付出是难忘的、值得的。

把最好的青春年华奉献给这片大山

1974年，由于表现突出，张大学从林场调到区林业局工作。1978年，张大学被调到地处深山区的黄塔公社工作，一干又是6年多。

两次走进大山，在深山区工作了16年，张大学把自己最美好的青春年华都奉献给了家乡的这片大山。第二次返回深山区工作时，有人替他惋惜，有人说他傻，但他毫无怨言。他说："我是共产党员，从入党那天起，我

1983年4月，张大学（右）在黄塔公社工作时检查黄安坨村地膜玉米播种情况

就决心服从党的安排，哪里有需要，我就往哪里去。"

黄塔公社离城区有80多公里，因交通不便，大家出行只能搭乘公社唯一的大拖拉机，裹着棉大衣蜷缩在挂斗里，颠簸3个多小时到区里。这种特殊的体验，至今让张大学难忘。当时农村生产队积累少、家底薄，社员们的家庭负担都很重。身为公社党委副书记的张大学将这些实际困难记在心上。白天，他与社员们同吃同劳动；晚上，他挨家挨户走访调研，了解社员及其家人们的思想状况和生活状况，千方百计为他们排忧解难。

6年间，随着与社员们共同生活在一起的时间越来越长，张大学对这里的感情也越来越深厚。

退休了，也是家乡的建设者

2006年退休后，张大学把党组织关系转到了大峪街道德露苑社区。他迅速转变角色，找准位置，融入社区，为社区建设献计献策。

张大学时刻牢记自己是一名共产党员，深知共产党员的身份意味着更多的责任、更多的担当。不能在第一线为建设绿水青山做贡献，他就为家乡建设点赞加油、摇旗呐喊。

张大学积极参加德露苑社区艺术团的各项活动，作为团长，带领艺术团每年深入社区、农村演出，用精心准备的各类节目，宣传家乡的发展变化，鼓励大家热爱家乡，为家乡建设做贡献。他带领团员创作的《争创全国文明新城区》《大爱无疆人间暖》《初心不改再扬帆》等节目，在大赛中多次获奖。他还潜心创作诗歌赞美家乡，并利用讲课、演出、开会等不同场合朗诵给大家听。他创作的《京西我爱恋的土地》一诗被著名作曲家陈卫东谱成曲，在门头沟区"五月的鲜花"合唱节比赛中演唱，获得好评。

2016年，为庆祝建党95周年，大峪街道工委开展"峪美家园"公益服务活动。张大学同社区5名党员和1名干部组成了献爱心志愿者服务小组，负责"我为老哥老姐拍张照"公益项目，免费为社区80岁以上老人拍照。70多岁的张大学和伙伴们经过半年的努力，走遍了辖区内的23栋楼房，为37位老人拍照、选片、冲印、配框，为每位老人送上一张16寸彩照，老人们高兴极了。七一前夕，门头沟电视台对这次活动进行了专题报道，张大学也被北京市民政局授予"首都社区志愿者之星"的荣誉称号。

由于理论宣讲水平高，张大学被大峪街道工委聘为理论讲师团团长。10多年来，他圆满完成了许多重大政治活动的宣讲任务，大峪街道理论讲师团也被市委社会

2017年8月,张大学为社区党员作宣讲报告

工委授予"优秀党建品牌"。至今,张大学累计开展宣讲活动100多场,听众上万人次,被区委宣传部、区文明办评为"优秀宣讲员"。

抚摸着胸前的党员徽章,张大学动情地说:"我将继续努力学习、精心准备宣讲稿件,学党史、悟思想,宣传党史、凝聚民心,为擦亮'红色门头沟'党建实践品牌和'绿水青山门头沟'城市品牌贡献自己的力量。"

(执笔:宋歌 金蕾蕾)

徐桂一
村民幸福生活是最好的口碑

徐桂一，曾用名徐贵宜，男，汉族，北京人，1929年9月出生，1959年6月加入中国共产党。曾任平谷县熊儿寨乡南岔村党支部副书记、书记，熊儿寨乡敬老院院长。党的十一大代表。曾被评为北京市劳动模范。

走进绿水青山间的平谷区熊儿寨乡南岔村，千亩核桃林、千亩红果林、千亩大桃基地——映入眼帘；太阳能路灯、健身公园、数字化影厅点缀村路两旁；家家通上水泥路、吃上自来水。吃水不忘挖井人。今年92岁的徐桂一，就是村民幸福生活的一名"挖井人"。从20世纪60年代初起，他在村里担任了35年村党支部书记，带领村民让一个吃水都困难的穷村走上了富裕之路。

改写吃泥坑水历史

南岔村地处深山区，过日子、种庄稼用水都靠天。村民们冬天下雪吃雪水，夏天下雨吃坑水。村里的几口井滴滴答答攒点水，装几桶就没了。村民们等着起急，拉着牲口到村外驮水，往返要走10多里山路。碰上大旱，就要去几十里外的地方驮水。时间一长，村民养成了一个习惯：白天劳动，夜里驮水。有人统计，一年下来，每家驮水都得跑四五千公里山路。

为了吃水这件事，村里人祖祖辈辈没少受罪。因为吃不上干净水，村里得病的人非常多。由于干旱无法及时灌溉，能种的农作物很少，每亩一百来斤的产量根本不够吃。

1963年，徐桂一担任南岔村党支部书记。他上任后要干的第一件事，就是解决吃水难、用水难的问题。他组织村民挖大口井，但迟迟没挖出水来。有一次，他作为代表参加一年一度的市、县、乡、村4级农村工作会，在会上疾呼南岔村吃水难问题，引起市里领导重视。会后不久，县里派来了一支30多人的打井队。

打井遇到硬石头，需要往钻头上不断浇水降温，才能继续往下钻，加上30多名工人生活用水，用水量很大。徐桂一组织几个村民驮水专供打井队，驮了10天，只够打井队用一天。他又发动村民找来驴、马专门驮水，全天供打井队使用。

以前打井都是把井挖开后，在井周边砌上石头固定。为了不耽误

1974年，徐桂一在南岔村田间劳作

白天砌井，打井队要求村里每天早饭前必须把石头备齐。为了这件事，徐桂一把全村能走路的全动员来了，每人要在早饭前背7趟石头。壮劳力一趟背100多斤，背完还得下地干活。徐桂一每天起得最早，第一个背完，然后鼓励大家。他在党员大会上说："干部党员带头干，带动家属做模范，大家就都有决心、有信心打出井水。"

打井每天用几百米皮管输水，到冬天皮管会被冻住。徐桂一带着党员干部夜里冒着严寒把管子都卸了，第二天白天再装好，一个冬天天天如此，没一个人有怨言。

第一口井打了300米深，没出水。打井队赶紧又勘查，换了位置再打，打了120多米深，还是没见一滴水。两口井整整钻了3年。打井队有人无奈地说："神仙来了也没辙。"有个打井工人刚结婚就来村里干活，等到自己孩子都会叫爸爸了，井水还没打出来。村民们都很失望，有人沮丧地说："根本就钻不出水来，南岔村就这个命！"

徐桂一也非常着急，他开大会稳住大家的信心，又跑到县里请来更有经验的打井师傅实地勘查。师傅在检查第二口井时发现，是空压机坏了，造成出水不畅。经过7天7夜的修理调试，奇迹出现了——井里出水了。出水的时候，村里的老人们捧着水，眼泪哗哗地流。

青石板上造水浇梯田

干过农活的人都知道,水浇地,多打粮。南岔村多少年没有像样的水浇地,大多是小块山坡地,靠下雨润润旱土,长出齐脚脖子的矮个儿庄稼,像是一年没睡醒的小动物。一家老小吃不饱,家家户户都种柿子、砍柴火,再走100多里路到密云古北口大集换粮食。

在农业学大寨热潮中,徐桂一带领全村采用两沟并一沟、小块并大块的办法建水浇地。同时,在地势高的地方多修蓄水池,靠落差自流浇地。他把全村200多个壮劳力分成3个小队,专啃"硬骨头":挖蓄水池、铺管道、平整土地。他们采取的是早战、晚战、拉灯战,靠的是人刨、人挖、人推。

铺设环山输水管道时,频频遇到"拦路虎",每次徐桂一都想方设法逐一解决。没有输水管,他坐上长途车,赶到海淀区东北旺一家企业,找人帮忙买。管道铺在山上直来直去,遇到拐弯就要凿石开山。人工凿效率低,使用炸药炸效率高。可炸药属于国家管制物品,没有县和公社支持得不到。徐桂一多次去县、公社介绍情况,终于赢得了支持,带回炸药炸山开石。

南岔村干了两年,在青石板上造出水浇梯田540多亩,修起蓄水池20多个,铺设7000多米的环山输水管道。很多年纪大的村民说:蓄水池修在高处,晚上灌满水,白天用管道从上往下浇水,种啥啥都长得好。

南岔村曾在墙上写了一句口号，见证这段历史：跟天斗要水，跟地斗要粮！1974年，南岔村粮食总产创历史纪录，达到30万公斤，其中光小麦就打了10多万

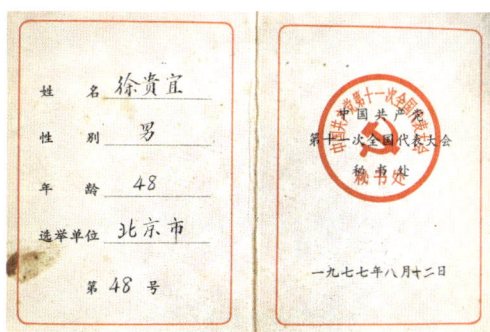

1977年8月，徐桂一参加中国共产党第十一次全国代表大会代表证

公斤，在北京市率先突破人均年产粮食、果品各千斤，成为远近闻名的"双跨长江"先进村，被誉为全国"第二个大寨"。

1980年9月，南岔村迎来了参观考察的79个国家的驻华使节，李先念等党和国家领导人也视察了村里学大寨成果，把村里打的水井命名为"幸福井"。村民们在井房门口贴上了"饮水思源不忘党，幸福不忘毛主席"的对联。

山沟里的"袜子大王"

南岔村村民能吃饱饭了，但一摸兜，里面没啥钱。

徐桂一和村干部决定搞副业挣钱。他们先是用县里奖励的两辆汽车跑运输，后来由市县有关部门牵线搭桥，与北京一家制袜厂"联姻"，建起袜子加工厂，徐桂一任厂长。对方设计厂房、提供技术和销售渠道，派技术人员过来指导；村里派15个人去厂里培训，提供场地建起10间厂房。

最初，袜子加工厂只有3台机器，做些缝缝补补的

徐桂一近照

小活儿，全年利润只有七八千元。徐桂一想把事业做得更大，他说："南岔村种地能得第一，办企业也能干成'袜子大王'！"加工厂又购置了一批机器，由简单修补向织造成品袜转变，当年收入就达到10万元。1977年，全村人均劳动产值跃居全县第二位，加工厂成为拥有330多台机器设备、年产60万双袜子的大厂。

改革开放后，徐桂一带领村民快马加鞭，购买设备，建起了一条龙生产线。这时的加工厂不仅能织造缝制，还能染色。村里的劳动力不出村就能就业，个个兜里有钱。

如今92岁的徐桂一说："打井和学大寨让南岔村改天换地，兴办袜厂让村民生活翻天覆地。我作为党员干部，一辈子就记住3条：一是始终把村民疾苦放在心上，二是一心一意为村民干事儿，三是不去村民家里吃一顿饭。有了这3条，得到党员和村民的拥护，让我在南岔干了30多年的村支书。"

（执笔：邢海风　符鑫宇　王新伟）

韩瑞芬

大爱无疆"兵妈妈"

韩瑞芬，女，汉族，北京人，1951年5月出生，1969年3月参军入伍，1970年4月加入中国共产党。北京市石景山区军休七所军休干部，原北京军区司令部大校。曾任北京军区测绘大队政治处主任等职。曾立二等功1次、三等功3次，曾被评为北京军区优秀共产党员、精神文明先进个人、先进离退休干部，全军先进妇女个人、全国三八红旗手、全国巾帼建功标兵。

从1969年入伍那一刻起，她就许下了为部队奉献一生的誓言。50多年来，她用大爱无疆践行着自己的誓言。

从1990年开始，她为一批又一批的新老战士做心理辅导，帮助战士们迈过许多思想上的坎儿；她走访军人家庭4500多户，帮助30多名军嫂、复转军人找到工作；她带着部队的志愿者热心捐助530名失学女童。如今，她虽然退休在家，依然行走在奉献的路上，为社会贡献自己的力量。

她就是有着"兵妈妈"之称的韩瑞芬。

一生要做"兵妈妈"

1969年3月，韩瑞芬在北京市延庆县永宁镇入伍，成为全公社第一名女兵。她牢记父母的叮嘱，立志要做

"军中花木兰"。在部队,打靶、跑步、体能训练,她样样争先。军旅生涯40年,她一步一步成长为大校军官。

韩瑞芬始终牢记,是党和部队把她从一个普通的农家女培养成为共和国的大校军官。"没有理由不报党恩,没有理由不回报社会。"韩瑞芬是这样说的,也是这样做的。

韩瑞芬担任北京军区测绘大队政治处主任后,从1990年开始,每年新兵入伍、老兵退伍,韩瑞芬都会驱车千余里,到部队为新兵老兵进行授课和心理疏导。

2004年1月,天气异常寒冷,韩瑞芬到北京军区警卫营新兵连看望官兵,与新战士谈心交心,鼓励他们走好军旅生涯第一步。新兵谈子民没想到,这次交谈使他和韩瑞芬结下了不解之缘。2004年5月,谈子民在工作中,左手手指骨折。韩瑞芬知道后,两次为他联系北京军区总医院骨科专家,安排手术事宜。手术当天,她一直在医院陪伴,之后还几次到医院照顾。2005年,韩瑞芬鼓励谈子民考军校,之后多次找他谈心,给他鼓劲。2006年9月,谈子民考上了解放军理工大学。上学期间,韩瑞芬多次打电话询问他在学校的学

2009年12月,韩瑞芬看望即将退伍的老兵

习生活情况。毕业后，谈子民被分到北京卫戍区基层部队，韩瑞芬对他一直关怀备至。谈子民说："我一辈子也忘不了韩妈妈。"

1997年八一前夕，为了赶在建军节前把救济款送给燕山深处的某部保管员冯建，韩瑞芬凌晨3点半出发，冒着大雨，沿着崎岖的山路，用5个多小时赶到冯建家。当她把救济款递给冯建时，冯建捧着救济款，感动得痛哭起来。

退休后，韩瑞芬成为石景山区慈善协会形象大使。

2014年11月27日，韩瑞芬在老伴的陪伴下受邀来到北京军区门头沟某部驻地，与退伍战士们对话交流，激励他们不忘军人本色，奋发进取，走好成长之路。12月1日下午，她和老伴又被邀请去了军区警卫营，与退伍战士共进晚餐，还分别参加了3个连队的座谈会，与战士交谈，拥抱鼓励他们，直到深夜12点才离开军营。老两口虽然身体很累，可心里却是美滋滋的。

为了丰富部队文化生活，韩瑞芬发动20多名老艺术家、老军人，组成了"兵妈妈慰问退伍老兵演出队"。演出队的志愿者们大都来自总政歌舞团、空政文工团、战友文工团。她们深入连队俱乐部、战士宿舍、火车站台，为退伍老兵演出，受到了老兵们的热烈欢迎。演出队进军营献爱心、送温暖演出42场。

2014年12月23日，国家民政部所属社会工作协会启动"助成工程"，聘请韩瑞芬为首位形象大使。韩瑞芬在大会上宣读了"助成工程"倡议书，表示："能为退役军人创就业服务发挥点余热，做点实事，我愿意、我支持、我助力。因为爱兵是我一生的追求。"

数十年如一日，韩瑞芬对部队、对战士们的爱没有停歇。她的一生所爱，一生热忱，毫无保留地献给了部队和官兵。

爱心投向慈善事业

韩瑞芬关爱士兵的事迹在《人民日报》、《光明日报》、《解放军报》、中央电视台等媒体刊播后，她的社会影响力越来越大。利用这一优势，她在北京农家女学校、"太阳村"等地建立爱心驿站，连续8年为农家女学校义务授课、捐款，为太阳村服刑人员子女献爱心。她带领志愿者服务队连续10年救助河北省临城县贫困失学女童和一名河北省赞皇县高考状元，个人捐款2.5万元，组织志愿者捐款13万余元，帮助530名失学女童重返校园。她被评为"临城县荣誉公民"。

陈巧玲是韩瑞芬自2002年开始连续资助6年的失学女童。2006年，陈巧玲的父亲因煤气中毒留下后遗症，卧床不起。韩瑞芬得知后，把陈巧玲接到北京，送她到北京农家女学校学习美容美发技能，后来陈巧玲又学习了营养学课程。陈巧玲毕业后到一家合资企业工作，成为家里的顶梁柱。

李星是临城的一名贫困女童。父亲去世后，她因家庭贫困，面临退学。正在李星百般无助之时，韩瑞芬为她带来了学费和学习用具，给她的生活带来了阳光和希望。这爱的力量让李星坚定目标，努力学习。李星连续几年都被评为"优秀

2016年6月，韩瑞芬和树仁学校的学生共度六一儿童节

三好学生""河北省优秀春蕾女童""自强自立之星"，并以全县第一的成绩考入县重点高中。

2008年5月12日汶川地震发生后，北京军区派出抗震救灾部队和心理治疗专家组赶赴灾区展开救援。韩瑞芬也决定到灾区去，为那里的部队官兵以及军人家属做点实实在在的事情。

韩瑞芬开始着手募集前往四川灾区的资金和人手。2009年重阳节，来自5个省市的18名拥军模范、妇女先进劳模、退休干部，在韩瑞芬的倡议下组成了"兵妈妈爱心志愿者服务队"。服务队筹集善款20万元和价值4万元的药品，到汶川、都江堰等受灾严重地区慰问了100户军属，并向绵阳市游仙区妇幼保健院赠送了一辆"母亲健康快车"。返京后，她带着录有战士亲属嘱托的录像片到部队播放，并为7户受灾的战士家庭捐款。官兵们深受感动，一致表示决不辜负"兵妈妈"的期望和

2020年4月，韩瑞芬（右一）看望社区工作者

亲人的嘱托。

2020年新冠肺炎疫情发生后，韩瑞芬捐款1000元。2020年3月底从外地返京居家观察时，她又通过中社退役军人创就业基金捐款4000元，并捐赠了1300个口罩。

今年，韩瑞芬已经70岁，她的退休生活过得充实且快乐：讲课辅导、筹集募捐、心理疏导、帮扶就业……凡是有益于官兵、有益于群众、有益于社会的事情，她都热情满满地参与，为官兵多尽一份心，为群众多奉献一片情，为社会多出一些力。

（执笔：任诗楠　侯洁英）

李书田
心里装着党　感恩永不忘

李书田，男，汉族，北京人，1940年9月出生，1965年3月加入中国共产党，同年参加工作。北京市顺义区水务局原党委书记、局长。曾任顺义县李桥公社团委书记、大孙各庄公社党委副书记、李家桥公社党委书记、南彩乡党委书记、顺义县水利局局长。曾被评为顺义区优秀共产党员。

在党的百年华诞来临之际，我们来到顺义区光明街道裕龙三区社区，见到了已过耄耋之年的李书田。他身体硬朗、目光炯炯，加入党组织56年来，始终无怨无悔地为党工作，用实际行动报答党的培育之恩。他说："是党供我读的书，是党把我培养成了国家干部，我的一切都是党给的，没有党，就没有我的今天。"

在艰苦的工作中勇挑重担

1961年7月，李书田高中毕业回到村里，担任小学少先队辅导员。那时，村里学校条件非常艰苦，他常常在田边给孩子们辅导功课，在地头组织少先队活动。

1962年，李书田被选为村团支部书记。他非常珍惜来之不易的工作机会，带领村里一批积极上进的青年人开展义务劳动,定期为村里的孤寡老人、伤残人员和军烈属打扫卫生、送饭打水。李书田照顾老人细致周到、体贴入微,老人们都亲热地叫他"小李书记"。

因表现突出,1965年3月,李书田加入了党组织,并在李桥公社担任团委书记。这期间,他把公社20多名喜欢文艺的青年组织在一起,在公社党委领导下,成立了文艺宣传队,到各村义务演出。宣传队演到哪里,就吃住在哪里,吃的是派饭,住的是土炕,条件艰苦。作为宣传队队长,李书田负责安排演出和沟通协调,工作很是繁琐,但他觉得能为公社宣传工作出一分力,吃点苦也值得。

1968年,公社接到任务,把上级指示油印成宣传单,每天送到各村党支部。李书田主动请缨,承担了7个村宣传品的投送工作。有的村子路程很远,他特意找修车师傅组装了一辆自行车,每天坚持第一个出发。在那段日子里,李书田每次投送完宣传品,回来几乎都已是凌晨一两点钟了。他咬牙坚持,从不后悔,因为在他心里,党员干部就应当在艰苦的工作中勇挑重担。

有一年夏天,顺义下了一场暴雨,淹没了平各庄和城关公社上千

1987年10月,李书田(左一)参加潮白河清淤筑堤义务劳动

亩的耕地。县里制定了"挖沟排水保重点"的对策，决定在南庄头村一线挖沟，把洪水排到一片低洼的玉米地。李书田被派到村里领导这项工作。当时地里的玉米已经成熟，村民们马上就有收成了。挖沟排水后，玉米就要被淹，村民们意见很大。李书田进村，处处都吃闭门羹。他没有气馁，要求村干部和党员分组做意见较小村民的工作。自己专挑"硬骨头"啃，到意见比较大的村民家里，把事情掰开揉碎，讲清利害关系，晓之以理、动之以情。功夫不负有心人，经过两天的耐心工作，村民们终于全部同意挖沟排水了。人心齐、泰山移，挖沟排水很快完成了。

哪里有灾害，就出现在哪里

1974年至1975年，李书田在顺义县李家桥公社任党委书记。当时，天旱少雨，为了合理利用水资源，县里每年10月初都要在潮白河向阳村处筑坝蓄水，把潮白河水引进七分干渠灌溉顺义城关、平各庄、李家桥3个公社的农田。当时，潮白河水浅的地方也有一米多深，李书田带领大家用草袋子装上沙子，一排排摆在河里。这个时候，挡住水流还算容易，等到10多米的堤口时，水流湍急，水位很深，合龙门变得异常艰难。当时没有机械设备，只能把十几个装满沙子的草袋子捆在一起扔到堤口处。水大浪急，袋子一翻就被水冲走了。

李书田见此情景，毫不犹豫，纵身一跃，第一个跳进水里。紧接着，十几个人也跟着跳了下去，形成了堵堤口的"铜墙铁壁"。面对汹涌的水流，他们就把扔到水里的沙袋踩在脚下，牢牢压实。随着沙袋数量的增加，龙门口的水流缓和了下来。经过一天奋战，终于完成了合龙门。每年合龙门，李书田都要在水里泡上10多个小时。尽管年年筑坝蓄水很累很苦，但看到顺义农业大丰收的景象，李书田心里无比喜悦，成就感油然而生。

1986年，李书田任顺义县水利局局长、县农业协调委员会委员，负责县里5个乡镇的农业协调工作。一到"三夏三秋"，他每天要跑到田间地头调查研究、了解情况，掌握生产进度，解决实际问题。晚上，他还要参加农业协调会议，向县领导汇报工作。6月下旬至7月上旬是农业生产的灾害多发期，也是防汛抗旱的关键期。其间，农业协调委员的任务特别繁重，责任也很重大。遇到狂风暴雨等自然灾害时，村民们都往自己家里跑，李书田却是往各村跑，哪里有灾害，就出现在哪里。

2016年5月，李书田在潮白河岸为倾斜的松树加固

到现场了解灾情、指挥抗灾抢险，是李书田的工作职责。1986年7月的一天，狂风暴雨来袭，给顺义造成严重的自然灾害。李书田奔赴各乡镇了解灾情。当车开到龙湾屯至木林之

间的路上时，突然狂风肆虐，雷电暴雨交加，两侧大树的枝干噼里啪啦掉在路上。这时车后退不了、前进不得，好不容易等到风雨稍有减弱，李书田叫司机趁机冲过去。突然，一棵大树拦腰折断，巨大的树冠砸在了距车尾不到一米的路上。车里的人吓出了一身冷汗。他们没有停留，继续向受灾的地方奔去……

星火志愿护河队呵护潮白河

2000年，李书田从顺义区水务局退休。

他家和潮白河只有一路之隔，直线距离不到50米。闲暇时，李书田常到潮白河畔散步，看到乱扔杂物等不文明行为，他就及时劝阻。按照规定，潮白河禁止垂钓。有一次，李书田在劝阻一位钓鱼的小伙子时，受到了对方的谩骂："河又不是你家的，我钓鱼碍你什么事？这么大岁数了，在家待着多好，非要多管闲事！"李书田不急不恼地说："小伙子，这潮白河可不就是咱家的吗？为了保护生态环境，政府每年都要花钱买鱼放到河里净化水质。不让钓鱼，是为了让潮白河的水更清，你还是把钓鱼竿收起来吧。"这时，几位遛弯的居民走过来，你一言我一语，说得那小伙子不好意思地收竿走了。

退休后，李书田担任顺义区裕龙三区离退休老干部党支部书记。2015年，李书田提出了成立老干部星火志愿护河队的想法。裕龙三区社区党组织采纳了这个建议。当年7月15日，老干部星火志愿护河队成立了，成

2015年7月,李书田(左五)在裕龙三区组织星火志愿护河队探讨工作

员有老党员、社区居民和社区居委会在职人员,主要任务就是巡河护河和环保宣传。这支队伍不断发展壮大,到2021年,已从最初的40人发展到115人。大家有一个共同目标——为顺义的生态环境变得更加优美贡献一分力量。

李书田的人生没有什么轰轰烈烈、惊天动地的事迹。"心里装着党,感恩永不忘。一心跟党走,牢记在心上。"这番话说出了他为党奉献一生的心声。

(执笔:杨荣岗 谭丁)

皮兆泉
一步一个脚印为村民谋实惠

皮兆泉，男，汉族，北京人，1939年7月出生，1959年3月参军入伍，1962年10月加入中国共产党。北京市通州区西集镇沙古堆村原党支部书记。曾被评为北京市劳动模范、北京市先进工作者、北京市农村优秀共产党员。

2021年春节期间，我们采访了通州区西集镇沙古堆村党支部原书记皮兆泉。老人虽年已耄耋，但精神仍旧很好，腰杆笔直、眼神专注，给人留下一种做事干练、富有智慧的印象。

在西集镇老一辈人的心中，皮兆泉有胆量、有魄力，既是带领村民增收致富的引路人，更是团结支部能挑大梁的好书记。"作为党员，作为书记，我得实实在在为老百姓着想。"谈起往昔，皮兆泉坚定地说。

让村民的钱袋子鼓起来

1959年，皮兆泉应征入伍，在空军某部服役。"当兵后悔3年，不当兵后悔一辈子。"回忆身着戎装的6年岁月，皮兆泉情绪激动，眼中依稀闪烁着年轻时的冲劲和激情。

在部队这个大熔炉中,踏实肯干、积极上进的皮兆泉得到了进一步的锻炼,并在组织的引导和培养下,成为一名光荣的共产党员。"如果不入党,我可能就找不到政治理想和人生航向。"时至今日,皮兆泉依然清晰地记得在党旗下庄严宣誓的场景。

退伍后,皮兆泉回到沙古堆村任职,并于1977年当选为村党支部书记。"为老百姓服务光喊口号可不行",深知这个道理的皮兆泉,时时刻刻都在想着如何带领村民让钱袋子鼓起来。庄稼地是老百姓的命根子。当时地里种的都是粮食,因为收入不高,村民们辛苦一年也挣不到几个钱。怎么办呢?皮兆泉想到了种西瓜。"那个时代,老百姓都在种主粮,我就自己找来西瓜苗,除此以外,还种玉米、白菜,能种的都种上。"说到此处,皮兆泉仿佛又回到当年耕种的时候,流露出兴奋之情。

就这样,皮兆泉开始和西瓜打交道,也终于找到了推广西瓜种植的"裉节儿"所在——西瓜喜水却不喜阴,需要种在排灌方便的地里。沙古堆村用地灌溉主要依赖紧邻的大运河和村北边的扬水站。但是,这样用水需要花钱,村民的费用支出大是个问题。

"我们谋划着在村里打井,村里第一口井就是这么来的,后来镇里支持,村子陆续打了不少井。"皮兆泉风轻云淡的讲述背后,是他付出的常人难以想象的艰辛。他和党支部成员一起,一方面带领村民自力更生掘土挖井，另一方面积极向镇里申请，请求给予水泵和电力支持。经过不懈努力，沙古堆村终于解决了灌溉问题。之后，皮兆泉又马不停蹄地找良种、请专家，带着村民种西瓜、种白菜等。

收获季节，沙古堆村的西瓜地硕果喜人，村民的钱袋子鼓了，脸上也笑开了花。

发展教育斩穷根

担任村党支部书记之前，皮兆泉负责村里的工副业发展。刚开始，皮兆泉摸不着门路，对发展工副业的思路也不清晰。他不气馁，四处打听，逢人便问，生怕漏掉任何有用的消息。听朋友说北京民族乐器厂发展不错，他便跑去取经，学成之后在村里建起了华美工艺美术厂，为集体赚到了第一桶金，迈出了推动村集体经济发展的第一步。

工艺美术厂的成功，让村民尝到了甜头，也让皮兆泉更加坚定了"无工不富"的工作思路。20世纪80年代，皮兆泉带领全村人加入到工副业发展的大潮中，陆续建起了鞋厂、纸盒厂、印刷厂、包装厂等，解决了全村的就业问题，"北京牡丹电视机的第一个标牌，就是我们做的"。谈到这

1995年4月，皮兆泉被评为北京市劳动模范

里，皮兆泉自豪地笑了。20世纪90年代中期，沙古堆村实现村集体利润近千万元。

最让皮兆泉幸福的是党支部团结一心，把挣来的钱用在了造福后代的好事上。"我们那代人都没读过什么书，就希望下一代能好好读书，成为有文化的人。村里原来的学校又破又小，钻风漏雨、条件简陋，我看着孩子们可怜，就想让孩子们少受罪少吃苦，有个好的学习环境。"皮兆泉说。

1991年春天，他和党支部成员商议在村里建所新学校，他们从攒下来的村集体资产中拿出了40万元，但距离100万元的预算还差一大半。

"学校是一定要建的！"皮兆泉虽然焦虑，信念却毫不动摇。他们先是向上级申请，但那时财政不富裕，上级能提供的帮助有限。他又带着支部成员挨个拜访镇里的企业，请求资金支持，一趟不行两趟，两趟不行三趟。凭着为民谋福的赤诚之心和不服输的韧劲，皮兆泉得到的支持越来越多，新学校终于建成了。"这也算是为我们村的子孙后代做了一点贡献。"皮兆泉说，每次看到孩子们背着书包开开心心地走进校园，他就觉得特别欣慰。

为民增收不止步

20世纪90年代末，在产业结构调整中，皮兆泉看中了樱桃的发展前景，又一次踏上了奔波之路。为了找品种、学技术、问销路,他跑遍了山东省的樱桃种植地,种樱桃的思路也越来越清晰。回村后,皮兆泉召集村"两委"干部开会,商议在村里推广樱桃种植之事。

让皮兆泉没想到的是,这一次碰壁了。村"两委"干部带着优惠政策挨家挨户宣传动员,但响应者寥寥无几。谈起那段经历,皮兆泉

2007年5月,皮兆泉在沙古堆村讲解樱桃种植

不无感慨地说:"在村里推动种植樱桃确实十分困难,尽管我跟大家说水电由村集体承包,免费提供树苗、技术、农药等,但还是有很多人持反对意见。比如土地少、土地珍贵,大家没种过新品种,怕有闪失;种樱桃收益慢,七八年才能看到好处,等等。"面对村民们的顾虑和非议,皮兆泉没有气馁:"创业干事的过程中,老百姓有疑虑和费解都是正常的,干部要理解他们,要心胸豁达。只要对得起自己的良心、对得起党的信任,问心无愧就行。"

其实,村民的这些疑虑,皮兆泉早在之前就想到了。"因为我做足了调研,对种樱桃的前景很有自信,就跟大家承诺:卖不了就卖给我!"皮兆泉的承诺和耐心讲解慢慢打消了村民心中的顾虑。"当时不愿意种樱桃的

2021年4月，皮兆泉（前排中）及家人与采访记者合影

一个村民，后来也开始种。再看见我的时候，还把第一茬结的果子给我吃，我到现在还记着。"说到这儿，皮兆泉的眼里闪着光。

沙古堆村土质含钾量高，又靠近水质优良的大运河，十分适宜樱桃生长。经过全村上下齐心努力，樱桃产业获得了巨大收益，顺利完成了经济结构的调整转型，更带动了西集镇其他村的效仿学习。2011年，西集镇的"通州大樱桃"正式被农业部授予"国家地理标志"称号。村民说，皮兆泉给沙古堆村又立了大功。

樱桃红艳，映衬着村民喜获丰收的笑脸。担任村党支部书记30年，皮兆泉从未停歇，通过一系列"产业兴村"举措，一步一个脚印为村民谋来了看得见摸得着的实惠，带领全村百姓走上致富奔小康的康庄大路。

（执笔：刘冲　秦瑶）

曲永泰
救死扶伤就是我的初心

曲永泰，男，汉族，河北人，1937年4月出生，1957年7月参加工作，1959年9月加入中国共产党。北京市原通县医院副院长、党委委员。曾被评为北京市卫生系统先进个人。

我们敲开曲永泰家门时，年过八旬的老人迎上前来。他精神矍铄、笑容可掬。交谈中，曲永泰几次说道："救死扶伤就是我的初心，这个初心一直激励着我在行医之路上前进"。

一切以患者为先

1958年，基于农业生产和社会经济发展的需要，全国上下启动了以兴修水利为核心的农田水利建设运动，北京各大水库开始建设。2月，在原河北省通州市医院工作的曲永泰被抽调到怀柔水库指挥部卫生科工作。

一天，一名被送来做手术的民工急需输血，他的血型是少见的AB型。参加手术的曲永泰一听，马上说："我就是AB型血，抽我的！"护士抽血后，他顾不上休息，立即投入到患者手术中去。

1958年9月，曲永泰被调到密云水库指挥部青石岭电站卫生处医院工作。修电站需要放炮进行爆破，有一次，一个哑炮延迟爆炸，造成好几人受伤，其中有一名伤员急需输血。一化验，他又是AB型。曲永泰得知后再次主动说："抽我的。"抽完血，他继续回到手术室。同事们劝他休息一下，曲永泰说："一切要以患者为先。"当时，他的全部精力都集中在患者身上，顾不上关注自己的身体。"在我看来，这就是很平常的一件小事。"曲永泰说。

1958年，《人民日报》对曲永泰在危难时刻挽起衣袖，用涓涓热血挽救患者生命的事迹进行了报道，将这份温暖传递给了更多人。

曲永泰在密云水库工作期间，从没放松过业务学习。他白天医治病患，晚上留在科室看书学习，常常学到深夜，一本《外科学》不知道翻过多少遍。他说："一名外科医生，一生要诊治很多患者，做很多手术，只有不断学习才能跟得上医学的发展，才能更好地医治病患。为患者解除痛苦的时候，就是我最有成就感的时候。作为一名党员，我要对得起我的患者，这就是我的信念！"

因为心里装着责任，他勤学钻研，努力前行；因为心里装着患者，他呕心沥血，用爱守护；因为心里装着家国，他总能在关键时刻冲锋陷阵；因为心里装着爱，他赢得了患者的尊重和好评。他说："患者的治愈、康复，就是对我最大最甜的奖励！"

"为了患者，我们就得担当多些"

1970年至1973年，在通县医院工作的曲永泰代表北京市参加了中国援助几内亚医疗队。

几内亚的高瓦尔省医院医疗条件和生活条件都比较差。但是对曲永泰而言，最大的困难不是生活条件艰苦，也不是语言交流困难，而是医院简陋的手术条件：没有术前化验等任何辅助检查，术后抢救设施也不全……

"没有条件，创造条件也要上！缺医少药，就想尽办法找。"曲永泰和医疗队队员们共同克服恶劣条件，成功在几内亚的边远山区开展外科手术，大大提高了当地的诊疗水平。从急慢性阑尾炎、疝气等基本手术开始，逐步开展了胃大部切除、肠梗阻、小儿麻疹肺炎合并呼吸衰竭等高难度手术。曲永泰凭借扎实的理论基础和丰富的临床经验，带领医疗组啃下了一个个"硬骨头"，成功完成了妇产科孕产妇剖宫产手术、巨大子宫肌瘤等非本专业的手术，及时救治了患者。这一例例特殊又复杂的手术，将他从专业的外科医生锻炼成为一名全科医生，很多命悬一线的患者得到了很好的治疗。曲

1973年2月，曲永泰（后排左二）在几内亚与当地医护人员合影

永泰医疗团队受到了几内亚众多患者的认可和当地医疗同行的赞誉。

当时，曲永泰一周要进行两次巡回医疗。当地司机开着车，拉着3名医护人员，一个村一个村地诊病发药。巡回医疗走近百公里路是经常的事儿。

医疗队在巡回医疗过程中发现，有的患者需要手术，却不愿意到驻地医院来，这可给医疗队出了个难题。曲永泰说："我们不远万里来到几内亚，就是来帮助当地百姓的，遇到困难就得想办法解决。为了患者，我们就得担当多些、胆子大些。"对于在巡诊过程中遇到的一些相对简单、对环境要求不高的手术，曲永泰就在当地找合适的地方开展手术。有一位白内障完全失明的患者，手术后效果非常明显。患者术后拿着《中国画报》看了又看，激动地说："我能看见了！我又能看见了！"

到几内亚后，由于环境条件差，工作上需要24小时随叫随到，因为劳累，曲永泰不慎感染了恶性疟疾，高烧不退，吐得翻肠倒肚。疟疾好了之后，他又咯血，后来经过检查是得了浸润性肺结核，经过两个月治疗才慢慢康复。治疗的两个月里，他也没有休息，主动承担了一些力所能及的工作。他说："作为一名共产党员，我闲不下来。"

感动激励我前行

1976年7月28日凌晨，唐山发生大地震。当天早上不到5点，医院的干部职工就不约而同自发赶到工作岗位，听候院领导安排。

曲永泰被分配负责急诊工作。接到任务，他迅速投入工作。刚开始，医院接的是本地和

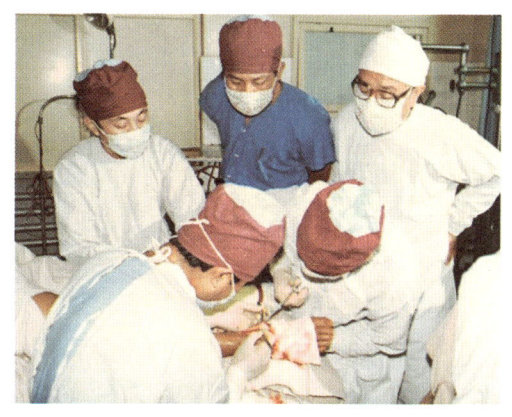

1978年10月，曲永泰（右一）在卫生院指导大夫手术

周边的伤员，后来，开始接收从唐山转运来的伤员。伤员太多，曲永泰忙得不分白天黑夜，实在累了，就在旁边的地震棚休息一会儿。由于他之前参加过一个积水潭医院组织的骨科进修班和北京市的一个野战外科学习班，有比较丰富的经验，因此所有送来的伤员他都先看一遍，然后再根据病情安排科室救治伤员、分配手术，使所有伤员都得到了比较恰当的处理。

地震伤员大多为四肢闭合性骨折或开放性骨折。对于闭合性骨折的伤员，当时多采取X光透视下手法复位，医生的双手要完全暴露在X光下。对于伤员来说，这个过程仅需几分钟，但对于曲永泰来说，每天要经历的是几个甚至几十个这样的"几分钟"。他坚持要求医生进行骨折复位时要复位到位，保证伤员转运到其他医院时不出任何问题。

看到很多伤员还沉浸在惊恐和悲伤中，曲永泰稍有空闲就去安慰和疏导他们，这让伤员们感动不已。一个

月后，从唐山来的伤员要转到石家庄进行康复治疗。临行前，很多伤员饱含热泪，表达了感激之情。

1995年，曲永泰在医院病案室查看病例

1976年9月1日，党中央国务院在人民大会堂召开了"唐山丰南地震抗震救灾先进单位和模范人物代表会议"，曲永泰作为医院代表出席了此次大会。1977年9月30日，他又作为医院代表出席了国务院国庆招待会。时至今日，回想起当时的场景，曲永泰依然历历在目。他动情地说："在抗震救灾中，我只是少睡点、多累点，克服困难把工作做好，这是一个共产党员应该做的事情。党和国家的关怀重视令我感动，英雄在抗震救灾一线的壮举令我感动，灾区人民的坚强令我感动。这些感动激励我、提醒我，唯有一辈子忠于党、忠于人民，才能对得起这份荣誉。"

（执笔：王炜　袁瑛）

李瑞鑫

最爱那一抹母婴的颜色

李瑞鑫，男，汉族，河南人，1928年12月出生，1948年11月参加工作，1956年3月加入中国共产党。北京妇产医院原副院长。曾任北京市卫生局办事员、北京妇产医院总务科长。曾获北京市从事卫生事业基本建设工作三十年表彰证书、全国卫生系统卫生计财岗位工作三十年荣誉证书，曾被评为北京市劳动模范。

2020年1月28日中午，刚刚从医院做完治疗回到家里的李瑞鑫，接到了上级关于组织党员为抗击新冠肺炎疫情自愿捐款的通知。他马上和党组织联系，坚持要捐款5000元。他说："我要向奋战在一线的医务工作者表达我这个老党员的心意，向所有参与抗击疫情的勇士们致敬！"

92岁的李瑞鑫从青年时代起就投身革命。新中国成立后，他致力于培养卫生人才，专注于医院后勤管理，为妇幼卫生事业的发展添砖加瓦。提起往事，已过耄耋之年的李瑞鑫如数家珍，满眼深情，那都是他真刀真枪干出来的。

尽心竭力为学生

新中国成立初期，百废待兴，妇幼卫生事业成为社

1949年,李瑞鑫佩戴淮海战役纪念章时留影

会主义建设事业的重要组成部分。1951年,李瑞鑫进入卫生系统工作,被分配到刚成立的北京市医士学校。

为贯彻面向工农兵、预防为主和团结中西医的卫生工作方针,学校制定了初步的教学大纲,确立了具体的教学培养方式。"在教学方法上,我们学习苏联的教学经验,开设了解剖学、生理学、生物、化学等基础课程,也设立了内科、外科、儿科、妇产科等临床课程,还开展了各学科的教学实验。"李瑞鑫回忆道。

1951年9月,学校第一期班招了40名学生,李瑞鑫成了这个班的班主任。"可不要小看这一个班。解放初期,京津地区许多医院工作人员的文化水平较低,不能满足医院工作的需要,医务人员更是非常紧缺。这些学生寄托着我们的希望,将来要担起重要的责任呀。"李瑞鑫说。

1952年,学校的招生规模增加了一倍。1953年,学校招收了一批来自西藏的学生,同时还有一批来自越南、朝鲜的留学生。1955年,北京市医士学校与北京市中级药科学校合并,更名为北京市卫生学校,设立医士、助产士、药剂士、检验士4个专业。

在这几年中,李瑞鑫把所有精力都花在了学生身上：怕学生不认识来学校的路，他亲自到保定去接；怕藏族学生吃不惯学校的饭菜，他拿着粮票去民委拉青稞；外国留学生不懂汉语，他想办法帮助解决学习汉语问题……

尽管每天早出晚归，劳神操心，但学生们的表现让李瑞鑫很欣慰：来自西藏的学生毕业后回到西藏，扛起了边疆卫生事业的重任，成为当地的卫生骨干；留学生回国后立即投入救治一线……"留在北京的学生有的进入市属各大医院成为骨干；有的考入高等医学院校接受本科、研究生教育，成为术有专攻、颇有建树的专家、教授；还有的成了医院院长。"说到这里，李瑞鑫脸上写满了骄傲。

后勤岗位的"大总管"

1958年，李瑞鑫被调往北京妇产医院，负责医院的后勤工作，水、电、气、人事等事务都由他负责。"后勤工作特别重要，我们所做的一切都要以医疗服务为中心。"李瑞鑫说。

医院的医疗护理服务离不开水、电、气等基本保障。冬季供暖后，室内温度达到20摄氏度，但李瑞鑫觉得，在产房、手术室、婴儿室等场所，这个温度是不够的。他加班加点，带领职工建成了双路供电和双路供暖。为了保证用水充足，他在楼顶上建了一个蓄水池，又在院里打了一口井，此后，医院再也不怕停水停电了。手术室的护士长称赞说:"你是真心实意为我们临床着想的人。"

建院初期,医院只有两台蒸汽锅炉,三台供暖锅炉,全部是烧煤锅炉。锅炉房外竖立着35米高的砖砌大烟囱,锅炉运行时,冒着滚滚黑烟,尘土满天,院内到处散落着黑色的煤渣,不仅污染环境,还浪费了大量能源。

为改变这种情况,1962年,李瑞鑫决定动员后勤的同志们一同改造锅炉房。"虽然我读书不多,但我善于边干边学。"他和大家一起研究,重新设计了烟道,还将每台锅炉的炉条提高了35厘米,大大提升了三台锅炉的燃烧效率。再配合摸索出的"旺火清炉,定时上水"的方法,医院每月的耗煤量由原先的120吨减少为80吨。

1973年,为进一步消烟除尘,李瑞鑫又和后勤职工一起想办法让锅炉二次燃烧,不但更加节煤节气,烟囱再也不冒黑烟了。这次工作中的创新成果吸引了很多家医院前来参观学习,李瑞鑫还受邀在东城区消烟除尘大会上介绍锅炉改造的经验,得到北京市消烟除尘办公室的表扬。

工作得到认可,是李瑞鑫最高兴的事情,然而后勤的工作远没有这么简单。一天下午,自来水主管道突然毫无征兆地破裂了。医院停水可是大事,不仅切断了正常生活用水,还会严重影响病人的治疗,医护人员都很着急。李瑞鑫知道后,第一时间去找维修组,到施工地点查看情况,还跑前跑后去跟各科医护人员解释情况,帮着安抚病人。当天晚上,自来水管就恢复了正常使用。李瑞鑫把保证医疗工作放在首位,解决问题雷厉风行,被大家亲切地称为"大总管"。

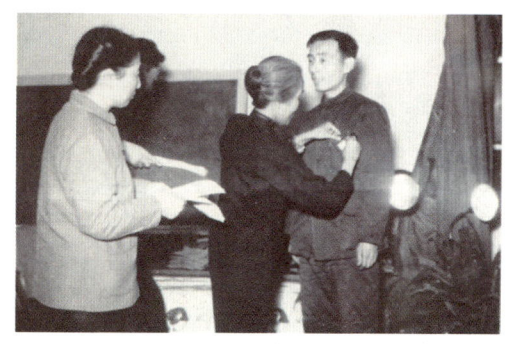

1959年,院领导为参加全国群英会的李瑞鑫佩戴大红花

在北京妇产医院工作了30多年,李瑞鑫从没离开过后勤工作岗位。1959年,李瑞鑫受邀到人民大会堂参加全国群英会。在会上,北京妇产医院院长林巧稚给他戴上了大红花。这一幕,成为李瑞鑫一生的骄傲。

把全部激情和智慧都献给妇产医院

离休后,李瑞鑫仍然十分关心妇产医院的发展。在筹建妇产医院新院区以及老院区的装修改造中,他积极出谋划策,并建议老院区的主体颜色保留建院时期的淡粉色。"因为这是属于母婴的颜色,温馨、明快,象征着妇幼卫生事业蓬勃的生机与希望。"最终,这条建议被采纳。

2020年,医院完成党支部换届改选,92岁高龄的李瑞鑫当选离休干部联合党支部书记。他经常回到医院,和青年员工一起聊聊工作,分享自己几十年积累的工作经验。"安全问题是重中之重,配电室、锅炉房、电线管

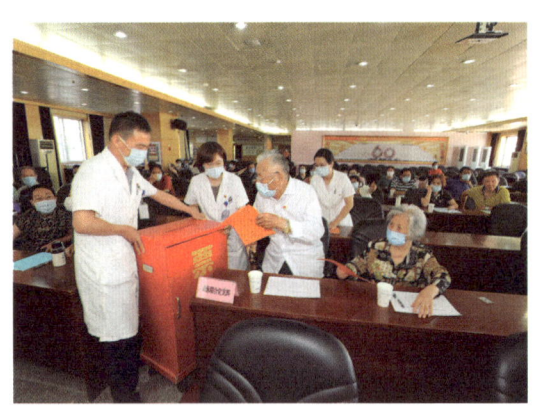

2020年，李瑞鑫（左三）参加北京妇产医院第三次党代会选举投票

路都是影响全院安全的地方，一定要加倍小心""财务人员提供的预决算、日常报表数据是院领导决策的重要依据，一定要认真仔细，保证数据的及时准确"……李瑞鑫语重心长地叮嘱说。

李瑞鑫还非常关注职工们的日常生活。医护人员的夜班饭做得好不好，准备得怎么样，他一直放在心上。他常说："营养科一定要想方设法克服各种困难，保证医务人员在辛苦劳累之后能吃到热腾腾的饭菜。"

李瑞鑫见证了新中国的成长，参与了北京妇产医院的建设，看到了中国妇幼卫生事业的发展。回顾走过的路，无论取得成绩，还是遇到挫折，李瑞鑫始终怀着一颗感恩的心面对生活、面对事业、面对党和人民。他说："我对妇产医院的一砖一瓦、一草一木有着特殊的感情。这里是我为实现革命理想扎根最久、用心最专、时间最长、感情最深的地方，我把我全部的激情和智慧都献给了妇产医院。"

（执笔：刘雪姣　曹晓晨）

张献坤

青春芳华献给党

张献坤，女，汉族，河北人，1938年12月出生，1955年8月参加工作，1956年9月加入中国共产党。北京市原延庆县人大常委会副主任。先后在延庆县团县委、县妇联工作。曾获延庆区委区直机关工委优秀共产党员荣誉称号。

1955年，16岁的张献坤从河北省怀来师范学校毕业。那年夏天，还是小姑娘的她骑着一头小毛驴，独自来到当时隶属河北省张家口地区的延庆县。张献坤怀里揣着一本《钢铁是怎样炼成的》，一边唱着"我们将要走向祖国最重要的地方，让青春放射光芒"的毕业歌，一边快鞭赶路。当她来到延庆县政府门口时，红扑扑的脸蛋上挂着汗珠。从这天起，张献坤把根扎在了延庆……

"我也要去延安！"

张献坤出生在抗日战争全面爆发的第二年。日军铁蹄践踏下中华儿女的不屈抗争，给孩童时代的张献坤留下了深刻印象。她的堂姑夫是地下党。偶尔听到大人们偷偷谈论堂姑夫开展革命工作的事情，张献坤既紧张又向往。

20世纪70年代,张献坤(右一)参观涿鹿县南二堡村果树园留影

在堂姑夫的影响下,张献坤一家也悄悄加入到革命工作中。1947年一个深夜,张献坤的父亲偷偷套上马车,拉了满满一车粮食消失在夜色中。还不到10岁的张献坤不知道父亲那晚去干了什么,只是从家人凝重的神色中猜到一定发生了大事情。新中国成立后,张献坤才知道,父亲是给战略转移到深山区里的解放军送粮食。

成长在这样的家庭环境里,张献坤自小就对中国共产党有深深的热爱。堂姑夫给她讲热血青年冲破敌人封锁线奔赴延安参加革命的故事时,张献坤急得直跳脚:"我也要去延安!"堂姑夫刮刮她的小鼻头,笑着说:"你还小,等你长大了,一定要参加革命工作。"

当16岁的张献坤站在延庆县政府门口时,她心潮澎湃,恨不得马上就大干一场,为国家建设贡献力量。张献坤在工作中敢闯敢干、不怕苦不叫累,表现出色,得到了大家的一致称赞,大家亲切地叫她"铁丫头"。

参加工作第二年,张献坤光荣地站在党旗下,成为一名共产党员。1956年9月13日是张献坤永远难忘的政治生日。这一天,深深铭刻在她的生命里。

"流血流汗不流泪"

"八达岭上红旗卷,毛头男女绿荒山。铁锹下去地不动,镐头上去石不穿。姑娘已是老阿婆,小伙已成白翁仙。一晃来延六十年,终见岭上绿如烟。"眼前郁郁葱葱、林木茂盛的景象,让张献坤感触很多。她轻声念着这首诗,那个激情燃烧的岁月又浮现在眼前。

1958年春,为了绿化八达岭,延庆县开展了植树造林大兵团作战。当时,张献坤在团县委工作。在她的带领下,12支青年突击队承担了营造万亩青年林、千亩少年林的任务。张献坤总是冲在队伍的最前面,她用木棍把杂草拨开,蹚出一条路再喊着让大家跟上。初春的延庆,土冻得硬邦邦的,一铁锹下去只能铲下薄薄一层。深山里寒意袭人,张献坤和突击队队员却干得满头大汗。渴了就喝点山泉水,饿了就坐在背风的地方啃几口凉干粮。张献坤笑着说:"那个时候好像有使不完的劲儿。"

虽然年轻,精力旺盛,张献坤也有吃不消的时候。有一次,张献坤接到张家口团地委领导要到康庄火车站连夜听取造林汇报的通知。当时已是下午2点,张献坤和突击队队员正在离县城50里的清泉乡万亩青年林工地植树。她赶紧往团县委赶,拿到全县情况的资料时已是晚上8点多了。2个小时后,张献坤赶到康庄火车站,汇报到次日凌晨。之后,她顾不上休息,又连夜返回县委机关。由于没有交通工具,几十里路全靠腿走。夜里还飘起了雨,她冒雨赶路。终于,早上8点多,浑身湿透的张献坤又累又饿地站在机关食堂门口。那一刻,她最大的愿望就是喝一口热粥。可是，早饭时间已过。饥肠辘辘的张献坤满腹委屈，哭了起来。

那天下午的党小组生活会上，同志们批评了张献坤，认为她太娇气。张献坤深受触动，想想革命时期牺牲的同志，感觉自己跟他们差距太大了。她发誓说："以后干工作，我要做到流血流汗不流泪。"从那以后，张献坤在工作上无论遇到多大困难，都没有掉过眼泪。

"不能再过苦日子"

曾经的延庆县，用穷乡僻壤来形容一点不为过。改革开放伊始，虽然延庆的菜食河村在全市率先实行了联产承包责任制，成为京郊农村经济体制改革的先锋，但很多人还是在观望，不敢多迈一步。时任县妇联主任的张献坤了解农民，知道他们盼星星盼月亮一样盼着过上好日子，也知道他们需要一个领路人。张献坤觉得，让老百姓过上好日子是党员的使命。于是，她做了一个大胆决定：在农村妇女中开展"一饲养、二加工、三种植、四采集"的致富活动。

当时，勤劳致富的提法还没有推开，有的干部质问她："你们胆子可真大呀，这么搞行

20世纪80年代，张献坤（右）在人大工作期间与同事合影

吗?"张献坤说:"不能再过苦日子了。致富活动从延庆的实际出发,组织妇女参加社会主义建设,符合党的政策,没有错!"面对质疑,张献坤没有动摇,她组织了多场科学养鸡知识讲座,还和县畜牧水产局、社队企业局、林业局、外贸公司联系,请他们支持妇女开展家庭副业。为了解放妇女的思想,张献坤走家串户做工作、召开座谈会讲政策,帮助她们放下思想包袱。

旧县镇小柏老大队有个女社员国素华,家里家外都是一把好手,是公认的能干人。可再勤快,一家人的日子过得还是紧巴巴的。一次,国素华参加了大队组织的养鸡知识讲座,她听得热血沸腾,回家一合计,决定养鸡。于是凑钱买了十几只小鸡崽,像捧着全家的未来一样把它们带回家。在专家指导下,国素华养鸡规模上去了,最多的时候达到5000多只。钱包也鼓起来了,没多久就成为全村首富。在她的带动下,同村的甚至外乡的妇女纷纷开展各种养殖。大柏老大队女社员时桂荣1981年承包生产队猪场,经过一年的辛勤劳动,年终共出售肥猪257头,这一年加上工分收入和家庭副业,共收入3200元。这样的事例越来越多,延庆妇女铆足了劲儿奔小康。

随着改革开放的深入推进,农村大批富余劳动力需要往二、三产业转移。原本在田间劳动的大姑娘、小媳妇们纷纷要求到城里找活儿干。张献坤为大家思想的转变感到高兴,又开始担忧她们没有一技之长,无法在城里立足。一次偶然的机会,张献坤认识了北京大生缝纫学校副校长苏东霞。交谈中,刚刚从日本学习归来的苏校长提起要美化生活,改变国人衣着打扮。这次谈话给了张献坤很大触动,她当即提出派人到苏校长那拜师学艺。张献坤先后选派两批学员到北京大生缝纫学校学习高、中档服装裁剪、制作,学员们技术提高得很快。看到这些人靠裁缝手艺挣了钱,越来越多的人想学缝纫,张献坤干脆在小营村办起了延庆第一所服装学校。从北京大生缝纫学校请来教师,先后有数百名延庆妇女在这里学到了缝纫技艺。

张献坤为建党百年自创诗歌

后来,张献坤还组织妇女到北京王府井四联理发馆学艺,在延庆办起了理发店;到北京宣武饭店学习厨艺,开起了小饭馆。在张献坤的组织协调下,一大批妇女掌握了一技之长,实现了就业,日子越过越红火。

回忆起60多年的苦辣酸甜,82岁的张献坤自豪地说:"我把青春献给了党的事业,值了!"

(执笔:魏晔玲　邹思博　刘思洋)

高松岭
一副干净的手铐

高松岭，男，汉族，北京人，1945年5月出生，1962年8月参加工作，1965年12月加入中国共产党。北京市公安局公交总队退休干部。曾被公安部授予"一级英雄模范"荣誉称号。

在东交民巷的北京警察博物馆里陈列着一副手铐。熟悉的人都把它称作"一副干净的手铐"——这副手铐跟随它的主人服役40余年、铐过4000多个犯罪嫌疑人，从未铐错一人。它静静地向参观者诉说着手铐主人对党的事业和公安工作的忠诚与热爱。

手铐的主人，就是公安部一级英雄模范、北京市公安局公交总队退休民警高松岭。

立下志向，苦练本领

1962年，高松岭参加工作时才17岁，对反扒工作并没有特别深刻的认识。直到1963年年底发生的一起扒窃案件，深深触动了他，让他立下了做优秀侦察员、保人民生命与财产安全的志向。

那时，一位外地来京的农民带着女儿乘坐20路公共汽车去医院看病，身上仅有的不到200元钱却让扒手给偷了。那可是老人七拼八凑借来看病的救命钱啊！老人实在想不开，跑到永定河边要自杀，幸好其他民警及时赶到，将他救了下来。看到父女俩抱头痛哭的场面，高松岭无比心酸。那一刻，高松岭实实在在地感到身上的责任重如泰山——反扒工作虽然平凡，却与群众的生命财产安全息息相关。他暗下决心，一定要苦练本领，做一名优秀的侦察员。

打扒不仅是一项工作，更是一门艺术。扒窃现场往往不留痕迹，要求侦察员及时发现、当机立断、手眼并用、有效控制，才能人赃俱获。为了更好地了解扒窃犯罪规律和特点，高松岭每天"泡"在公交车上10多个小时，用一年半的时间记录了300多个案例。

他从中认真分析扒手的眼神、姿势和衣着仪表等特点，总结出"集中精力，眼勤腿勤；巧用化装，善用肢体；敌变我变，先变于敌；远控近贴，掌握节点；出其不意，适时抓获"的工作口诀。同时，他在实践中反复摸索运用，熟练掌握抓捕技巧，不仅练就了眼观六路、耳听八方的本领，还调动身体的各个部位，采用手

1980年，高松岭在撰写工作总结

托、肩贴、背靠、肘顶等方法控制扒窃嫌疑人，做到人赃俱获、板上钉钉。

反扒工作非常辛苦。那时，高松岭一年当中有300多天都是在公交车上度过的，每天早出晚归，经常顾不上吃饭喝水。可是对他来说，这些辛苦比起抓贼的成就感，根本就不算什么。高松岭的爱人说，抓贼已经成为他的一种职业病。

有一次，高松岭陪爱人看电影，散场已经深夜0点多了。坐在回家的20路公共汽车上，高松岭用眼睛一扫，便发现两个小偷，他们一个人掩护，另一个人非常娴熟地用手指拨开一名乘客上衣左兜的纽扣。高松岭小声跟爱人说了一句："车上有小偷。"说完，他就贴了过去。就在扒手取出钱包的那一刻，高松岭一把攥住他的手，干净利索地将他制伏。事后，爱人悄悄对高松岭说："没想到你还真行啊！"从那以后，爱人对高松岭的工作多了一分理解和支持，也多了一分惦记和担忧。

群众的满意是最大的鼓励

回忆往事，高松岭也有彷徨失落的时候，但是为人民服务的信念从来没有改变过。

"文化大革命"时期，打击扒窃的工作也一度被取消了。因为努力钻研业务，高松岭被点名批判为"黑业务尖子""黑苗子"。一身技艺无从施展，还要面对旁人的歧视和冷眼，高松岭不得不承受内心痛苦的煎熬。但

1985年,高松岭侦破113路电车割衣案时的工作照

他坚信:"抓小偷,保护人民,没有错!"

粉碎"四人帮"后,高松岭心情振奋:"我又可以上车抓贼了。"那时,全市有100多条线路、3000多辆公共电汽车,每天乘客流量500多万人次。社会治安状况不稳定,有时半天工夫就能抓到七八个扒手,高松岭重新找回了自信。

1979年10月的一天下午,高松岭带领3人小组在西单公交车站附近发现7个可疑人员,其中两人背着黄绿色军用书包。跟随他们上车后,其中4人围成一个口袋形,把高松岭夹在当中。他假装不动声色,暗中用手一捋对方的书包,摸到了一把一尺半长的三棱刮刀。他们把高松岭当成了普通乘客,其中一人还把手伸进高松岭的上衣左兜。高松岭赶紧用手捂住钱包,这时他感到,小偷正用藏在腋下的尖刀顶住自己的胸口。"这简直就是明抢嘛!"高松岭大喊一声:"抓小偷!"双手紧紧扣住小偷的虎口,用力向外一掰,三棱刮刀掉在地上。

站在小偷身后的3名同伙准备弯腰夺刀,高松岭立刻用脚将刀踩住。这时,他和同事随即亮明身份,将这3名准备夺刀的小偷控制住。敌众我寡,高松岭担心其他的小偷出来帮忙,于是大声告诉司机:"进站别开门!车上有4个小偷!"这么说是为了麻痹另外3人。在群众的帮助下，高松岭和同事们很快用警绳将4名小偷捆起来，随即一起扑向另外3名同伙。那3人措手不及，只好束手就擒。前后不到5分钟，7名嫌疑人全部落网。当高松岭从另一只书包里搜出一把菜刀和一支子弹已经上膛的火枪时，车厢里响起一片掌声和叫好声。那一刻，所有的劳累、紧张、危险全部抛在脑后，高松岭感觉像打赢了一场大仗。

面对邪恶，人民警察必须亮出正义之剑，为民除害，匡扶正义。从事反扒工作40年，高松岭现场抓获的扒窃嫌疑人有4000多人，最多的一年抓了323人，无一失误。每当亮明警察身份、返还群众被盗钱物时，高松岭都觉得，群众的满意和感谢是对他最大的鼓舞和回报，再苦再累也是值得的。

长年和社会上的阴暗面打交道，难免遇到各种各样的诱惑。有时抓到小偷，对方把一沓钞票塞过来，希望高松岭高抬贵手，却被他严厉呵斥，交给派出所处理。有时事主出于善意，非要感谢高松岭一番，他也都婉言谢绝。"作为一名人民警察，最重要的是要有一双干净的手和一颗正直的心！"高松岭说。

"我愿意服务人民一辈子"

2000年退休后，高松岭虽然脱下了警服，但他总想着继续做些力所能及的事。当听说市委政法委提出要在离退休干部中实施"巡逻防控、法律服务、矛盾化解、

2012年党的十八大召开期间，高松岭参加地铁站内值勤

社区服务"四项机制后，高松岭第一时间报了名。"奥运会、国庆、两会、党的十八大等重要时间节点的重大安保任务，我一项都没落下。"说到这，高松岭很是自豪。

"干反扒时间久了，这人有没有问题我扫一眼便知七八分。我还编了个顺口溜：'眼神活、溜边转，来得慢、去得快，话语少、拧着干。'盯住这样的人准错不了！"党的十八大期间，高松岭在天安门西站巡逻。凭借多年积累的工作经验，他协助民警查获了两把管制刀具。

随着年纪渐长，高松岭身体不如从前，但每次安保值勤期间，他仍然坚持每天工作半天。出门的时候，老伴都把高松岭送到楼下，反复叮嘱："是不是带齐了药？""带上水杯多喝水。""注意安全别玩命。"其实，老伴心里最明白，在高松岭心中，警察是个终生职业，这辈子都改不了。"只要往车上一站，总会想起当年反扒的情景，好像又回到了年轻的时候。只要我还走得动，我愿意天天来车站巡逻；只要党和人民需要，我愿意服务人民一辈子！"高松岭这样说。

（执笔：聂娟　陈宁）

爱岗敬业
务实进取

王友彭
党和国家的需要就是我的事业方向

王友彭，男，汉族，江苏人，1942年1月出生，1964年8月加入中国共产党，1965年9月参加工作。北京市知识产权局原局长，享受国务院政府特殊津贴。曾任北京市科技情报研究所所长、北京市专利管理局局长。曾被评为国家级有突出贡献专家、全国科技情报先进工作者、全国知识产权先进个人、北京市劳动模范，获得国家科技进步三等奖2项、北京市科技进步奖等奖项7项。

王友彭曾荣获"国家级有突出贡献专家"称号，是科技情报领域的行家里手；担任过北京市专利管理局、知识产权局局长，是颇有建树的领导干部。数十年来，无论是搞科研，还是做管理，爱学习能研究肯下功夫的王友彭，都是干一行爱一行，干一行成一行。回顾走过的路，他说："党和国家的需要就是我的事业方向。"

矢志科技报国

1959年9月，17岁的王友彭以优异成绩考入清华大学自动控制系。第二年，中苏关系恶化，苏联单方面撕毁协议，撤走专家，带走援建项目全部技术资料，给我国建设造成极大损失。王友彭的内心被深深刺痛了，愈发坚定了学好科技知识、建设伟大祖国的决心。

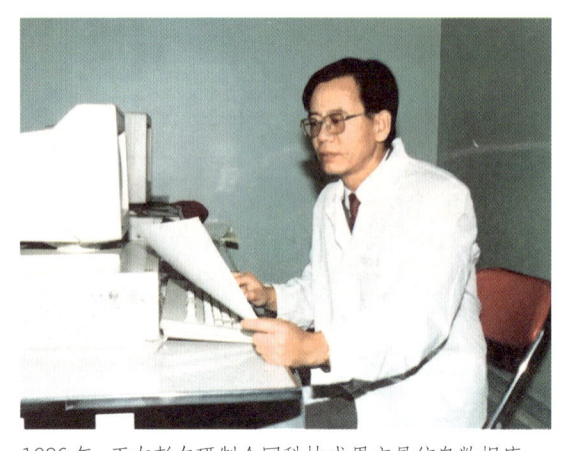

1986年,王友彭在研制全国科技成果交易信息数据库

王友彭学的自动控制专业属于"尖端科学",学制6年。虽然183名同学是来自全国各地的尖子生,但由于课程内容深奥难懂,在一次考试中竟有四五十人不及格,让大家倍感压力。王友彭说,那时自己每天从早晨6点起床到晚上10点熄灯,基本是泡在书堆里。除自己学习外,作为年级学习委员,王友彭还积极为同学服务,安排课后辅导、答疑、补考等。他珍惜时间,周末舍不得全天休息,简单处理一下个人事务,就又扑到学习当中,寒暑假也常常留在学校学习。

王友彭可不是只知道学习的书呆子,清华大学的革命传统一直激励着他。入学不久,王友彭就递交了入党申请书,积极向党组织靠拢。当时正值国民经济严重困难时期,饿肚子是常有的事。王友彭作为班干部,尽管自己吃不饱,仍尽可能节省一些粮票,送给那些食量较大、月底没饭吃的同学。

在校外,王友彭坚持学雷锋做好事。有一次他回家探亲,返校时好不容易才买到从徐州到北京的火车座票。那时候火车上人多拥挤,他刚刚坐下,看见身边有位老人站着,就立刻站起来,把座位让给了老人。10多个小时的火车,王友彭一路站下来,累极了就挤靠在烧水间旁打会儿盹儿……

1964年8月,王友彭加入了中国共产党。入党宣誓那一刻,他心潮澎湃,"我要把一生献给党、献给国家"。

"只要组织需要,我就干"

1965年8月,王友彭大学毕业。他所在的班级被校务委员会评为"四好毕业班"。作为班团支部书记,王友彭获得清华大学优良毕业生奖状。怀着科技报国的青春梦想和一腔热血,王友彭填报了到贵州、内蒙古等地国防科技研究基地工作的志愿书,最后服从分配,到北京市委研究室工作。

"文化大革命"期间,王友彭被下放到北京微电机厂当工人。开始时,他做的是最脏、最累的打磨电机碳刷工作,一天下来脸上身上都是黑色粉末。他不怕脏、不怕累,很快就被选为班组长,后又当上技术革新组组长和车间副主任。当测试组组长期间,测试仪器由于老化,经常出现故障,严重影响生产进度。王友彭下定决心,一定要掌握检修技术。他仔细研究测试仪上一排排的电路板以及每块板上由密密麻麻的电阻、电容、电感和晶体管等组成的复杂数字电路。经过一个多月的钻研和实践,他对测试仪器了如指掌,做到出现故障时,第一时间就能解决。随后,他又参与设计了新型步进电机

1985年，王友彭（右一）与同事研讨工作

和测试仪，大大提高了生产效率。工厂领导和工人师傅交口称赞他：不愧是清华大学毕业的，确实了不起！

1972年9月，王友彭调到北京市科技局情报组（北京市科技情报研究所前身）工作。凭着心无旁骛学习钻研的那股子劲，他很快就成了全国科技情报领域的行家里手。

1995年11月，王友彭调任北京市专利管理局局长一职。当时，专利局面临管理没有权、实施没有钱、执法没手段的窘境，而在科技情报领域，王友彭干得风生水起，且已享受教授级高级工程师待遇，但就任局长，工资会降低不少。王友彭说："只要组织需要，我就干。"

为打开工作局面，王友彭到任后想方设法要任务、找经费，带领大家开拓创新，在全国率先实行政府资助专利申请，率先建立专利发展和实施资金，率先开展专利权质押贷款，率先给专利代理人和专利工作者评专业技术职称……国家知识产权局的领导表扬北京局"始终走在全国的最前列"。

创新构建"大数据"

改革开放后，王友彭凭着出色的学习能力，先后被选派到加拿大和日本进修科技情报计算机管理技术、数据库系统设计。作为访问学者中的佼佼者，有外国公司开出十几万美元的年薪，请他留下工作，王友彭婉言谢绝了。他说："我是国家培养的，就要回国建设自己的国家。"

1981年12月，王友彭领受任务研建世界大城市数据库，可眼前的科研条件让他直皱眉。当时，只有极少数大部委科技情报所进口了计算机，主要用于科技文献的检索。北京市能够提供使用的只有市计算中心由联合国援助的计算机。计算机厂家提供的数据库管理系统，对数据项的数目有严格限制，仅能进行单库检索，远远不能满足项目要求。为了解决这个问题，王友彭苦思冥想，夜不能寐，最后终于研究出数据库字典法，可随机建立动态数据库，实现多库系统的自动检索。同时，他组织团队多方收集录入东京、巴黎、伦敦、莫斯科等大城市历年的社会和经济发展数据，实现了各项检索和数据比较。该项目开创了我国研建事实型数据库的先例，形成了"大数据"的雏形。作为项目第一完成人，王友彭获得国家科技进步三等奖、全国科技情报成果二等奖、北京市科技进步二等奖、北京地区科技优秀软件一等奖等荣誉。

1986年，为推动全国科技成果的转化和交易，由北

2011年，王友彭参加学术活动

京市科技情报研究所发起并牵头，各省、自治区、直辖市科技情报所研建全国科技成果交易信息数据库。在缺少计算机、没有互联网的情况下，通过在微机上建大库和软盘交换数据，实现"小马拉大车"，建成了全国最大的科技成果交易信息数据库，实现了科技情报资源共享，促进了各省、自治区、直辖市科技情报工作现代化。作为第一完成人，王友彭再次获得国家科技进步三等奖、全国科技情报数据库一等奖、北京市科技进步一等奖等荣誉。

如今，年近80岁的王友彭仍然心系科技工作，心系知识产权事业。退休后，他担任北京知识产权研究会会长，被聘为北京市自然科学和社会科学联席会议专家顾问、北京化工大学兼职教授，完成了一系列课题成果，培养了一批知识产权专业人才……

2019年国庆时，王友彭荣获中共中央、国务院、中央军委颁发的"庆祝中华人民共和国成立70周年纪念章"。

（执笔：贾骥　王晓方）

吴光驰
孩子的健康成长是我最大的成就

吴光驰，男，汉族，重庆人，1934年3月出生，1955年11月加入中国共产党，1958年9月参加工作。首都儿科研究所儿童营养研究室原主任，研究员。研制出"复合钙"配方，获得儿童发育测量尺专利。曾获中华人民共和国国家科学技术委员会国家科技成果奖、中国预防医学科学院科技进步一等奖、北京市科技进步三等奖。

说到吴光驰这个名字，很多人都很陌生。但是提起儿童"复合钙"，大家一下子就能想到这个享誉全国、被广大婴幼儿家长熟知的产品。它的研制者，就是将大半生献给儿童保健事业的吴光驰。

以促进全国儿科医学发展为己任

1953年，吴光驰以优异的成绩考入北京医学院（现北京大学医学部）医疗系。当时班上有些年龄较大的调干生，是参加过抗日战争或解放战争的党员干部。由于文化基础薄弱，他们学习很吃力。吴光驰便主动为他们释疑解惑。在交往之中，这些党员干部的一言一行也带动了吴光驰思想的进步。在互帮互学的氛围下，1955年11月8日，吴光驰光荣地加入了中国共产党。

1994年，吴光驰（右一）在香港沙田参加早期儿童发展国际研讨会

大学毕业后，吴光驰被分配到中国医学科学院儿科研究所（首都儿科研究所前身）。当时全所40多人，大家朝气蓬勃、干劲十足。"我们的心很齐，都以促进全国儿科医学发展为己任。"吴光驰回忆道。

从事临床工作一年后，吴光驰被分配到儿童保健研究室，从事预防为主、促进儿童健康成长方面的研究。

那段时间，吴光驰和同事常骑着自行车跑分管的保健地段。他们背起药箱，装上杆秤、卷尺、听诊器、处方签等，挨家挨户探访，查找儿童保健方面的问题，定期给孩子们做体检，对家长进行营养指导。因为当时生活水平较低，地段内的不少居民对儿童保健事项不太重视，等到孩子有病症了才着急。上门服务解决了不少儿童保健的隐患，解了家长的燃眉之急，还及时治好了一些高发的儿童传染病。

这段经历让吴光驰看到了百姓育儿的各种健康难题，立下了为儿科事业奉献终生的初心。

1962年，吴光驰开始研究与维生素D有关的课题，并对儿童户外健康活动进行指导。经过3年攻关，吴光驰所负责研究区域内的儿童佝偻病发病率由20.6%下降到了3.5%以下。

1964年秋，所里决定由吴光驰带队开展农村儿童保健试点工作。所领导提出，要在进行巡回医疗的同时，为当地培养一支"带不走的医疗队"。吴光驰他们选择到昌平县城关镇二街大队开展儿科工作。当时正值秋末冬初，麻疹开始流行，高病死率让老百姓非常害怕。吴光驰一组3人深入到患儿家里诊断治疗，并指导护理和预防工作，加班加点进行麻疹防治，白天黑夜随叫随到。次年春天，麻疹流行基本控制下来，当地患儿没有出现死亡病例。

1965年春，吴光驰一行人进驻到儿童患者较多的百善公社卫生院。由于当时春季流行性脑膜炎发病急、发病重，所里还加派了医生来支援，最后所有患儿都得到了有效治疗并顺利康复。

除了门诊，吴光驰还常到昌平老百姓的家中去看病。"一次我到一户人家出诊，进门后他们请我坐下，递过来一杯茶，一定叫我先喝了再去看病人。"讲到这里，吴光驰眼睛湿润了。"当我喝下一口时，顿觉茶水清香甘甜，原来是老乡在茶里加了冰糖。当时百姓家庭生活都不富裕，冰糖是稀罕物，他们还叫我'先生'，这是老乡们对我们真诚的爱护、最高的尊敬。"

这之后，吴光驰一行人开始培养"赤脚医生"队伍。他向公社提议，每个大队选派1~2名初中毕业生组成学员班，农闲时学习，农忙时回队生产。这一提议得到了

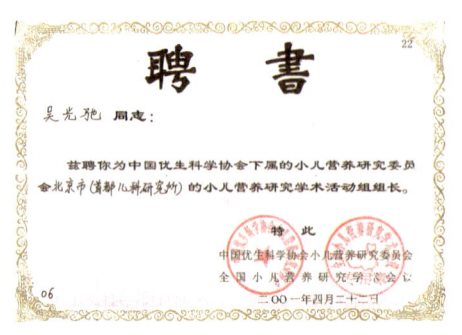

吴光驰2001年聘书　　　　　　　2014年6月吴光驰收到的纪念册上的留言

支持,13个大队抽调了17名学员。学员们学习热情高涨,农忙季节回到生产队,劳动时还学以致用,做起了防疫工作,喷药灭苍蝇、蚊虫,对当年痢疾、乙型脑炎等疾病起到了有效的预防作用。

40多年后,这批学员还念念不忘老师们的恩情。2014年6月13日,百善镇全体乡村医生为他们曾经的老师送上了有当时所有学员亲笔签名的纪念册。

"把党和国家交给的任务完成好"

1970年,吴光驰被下放到青海省交通医院。半年后,吴光驰跟着医疗队奔赴海拔5231米的唐古拉山口,任务是保障维护青藏公路的工人身体健康,为他们及时医治病患。

"那一年我一直穿着棉袄棉裤,零下36摄氏度睡帐篷,铺着狗皮褥子裹着羊皮大衣还是感觉冷。打针的针筒因为结冰,要焐好久才能用。由于缺氧不能平躺,得保持30度的斜度才能入睡。"吴光驰说。

直到第二年春节前,吴光驰才回到西宁。"挺愧疚的,当时爱人怀孕我也没照顾上。"吴光驰说。望着皮肤黝黑、嘴唇发紫的他,爱人差点没认出来。由于高寒原因,吴光驰患上了腰痛病,久坐或天气不好便会引发疼痛,但他仍然觉得很值得:"把党和国家交给的任务完成好,保障了青藏公路的通畅,我也算完成了一件大事。"

"孩子的健康成长是我最大的成就"

改革开放后,人们工作节奏加快,不少女性因工作原因没法做到母乳喂养。回到所里的吴光驰,投入到母乳喂养的研究课题中。

吴光驰研究完成了"母乳喂养危险因素——母亲产后无奶原因调查",课题在1991年被全国母乳喂养科研协作组评为一等奖,并于1992年3月获得北京市科学技术进步三等奖。这一研究让吴光驰认识到,母乳对儿童的健康成长至关重要,从而为他日后的工作成果打下了坚实的基石。

儿童摄入维生素D不足,会引起钙、磷代谢的紊乱,产生骨骼病变。有了一定的研究基础后,吴光驰又把关

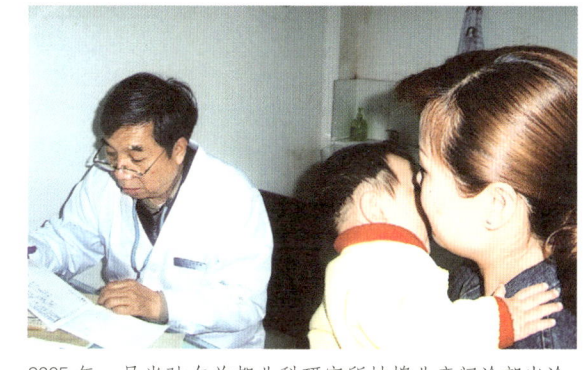

2005年,吴光驰在首都儿科研究所蚌埠儿童门诊部出诊

注点放到了儿童佝偻病的防治上。全国儿童有81%钙摄入不足，儿童佝偻病患病率曾一度高达40.7%。为此，卫生部成立有关"二病"（佝偻病和贫血）的全国防治科研协作组，吴光驰是组里的科研骨干，后来又担任了副组长。

现在，维生素D的缺乏可以通过户外接受阳光照射或补充维生素D来解决。而在当时，儿童补钙则较为困难。市面上的钙片多是成人服用的，给婴儿补钙需要把大钙片砸碎磨成粉后再加水溶解，因为味道不好，喂起来更是费时费力，吸收也差。在临床上见了很多因缺钙而发育不好的孩子，吴光驰便想试着去做一种专门适合儿童的钙剂。

根据多年累积的临床经验和专业知识，结合母乳营养成分比例，吴光驰把钙调出了好喝的味道，研制出了被广大幼儿家长熟知的儿童"复合钙"。"甜甜好滋味，补钙强身体。"这个产品不仅代表着吴光驰的工作成绩，更体现了他献身儿童健康事业的职业追求。

守护儿童的健康成长是吴光驰大半生为之奋斗的愿望与初心。他说："这一辈子，为儿童服务，孩子的健康成长是我最大的成就。"

（执笔：郝洁　陈薇薇）

金淑兰

"九兰"花开别样红

金淑兰，女，汉族，北京人，1941年4月出生，1958年11月参加工作，1959年8月加入中国共产党。北京市昌平区供销社退休干部。十三陵水库建设先进集体"九兰组"的主要成员之一，曾任九兰猪场场长、九兰养鸡场副场长。曾被评为昌平县农业学大寨先进生产者、昌平县供销社先进生产者和模范党员、北京市三八红旗手和全国三八红旗手。

1958年7月1日，北京昌平十三陵水库工地热闹非凡，十三陵水库落成典礼正在举行。从1958年1月21日破土动工到7月1日圆满落成的160天里，40余万人在水库工地劳动，涌现出无数劳动模范和先进集体。"九兰组"就是其中之一，金淑兰是"九兰组"年龄最小的姑娘。

共产党人要做成一件事，都会用尽全力

金淑兰出生在北京昌平东崔村。虽然家境贫苦，文化程度不高，但她勤奋好学。1958年年初，得知要修建十三陵水库，年仅17岁的金淑兰兴奋地随着村里人来到水库工地上。"当时村里号召兴修水利，大办农业，队里大力宣传修水库的好处，我毫不犹豫地报了名。"金淑

1985年，金淑兰在十三陵水库留影

兰说。

回忆起当时水库工地上的情景，80岁的金淑兰感慨不已："那时候真艰苦啊。每天吃的就是窝头、咸菜。我去的时候是1月份，气温降到零下20摄氏度，窝头送到工地时都结了冰。女同志就围一条头巾，连个帽子都没有，也没有棉鞋。但是，我们干劲儿特足，觉得这都不叫苦。"

"刚到工地我还跟小孩儿似的呢！之前在家里没有干过重活，挑土、打夯之类的工作哪儿会呀？"金淑兰说。不会就学，看别人怎么干，她就学着怎么干。

那个冬天，金淑兰的手脚都被冻裂了，但她不在乎，从早干到晚。晚上有任务，她也是随叫随到。"我们在水库劳动没有上下班的准点，我不知道累，也不知道苦。就这么天天干，我们都练出来了。"金淑兰说。

金淑兰所在的四中队，名字最后一个字为"兰"的女同志有9个，分别是闫秀兰、张淑兰、孙淑兰、刁振兰、刘继兰、金淑兰、纪淑兰、郝玉兰、王桂兰。"九兰"中，最大的24岁，金淑兰是最小的一个。她们在一起商量，决定成立一个突击队，并给突击队起了一个名字:"九兰组"。

　　1958年3月8日,"九兰组"正式成立。姑娘们有一股不服输的劲头儿,和男同志比着干,而且要求自己比男同志干得还要好。

　　"九兰组"的任务是挖齿槽,挖着挖着,土里就渗出了水。初春时节,天寒地冻,姑娘们的脚就在冰水里泡着。金淑兰穿着一双绒鞋,脚也被冻伤了。完成任务后,她们又承担了挑土任务。金淑兰回忆说:"我们的工具就是扁担和土筐。为了早日完成任务,我们大家都争着多装点、走快点,扁担一头两个筐,一次就挑四筐土。我们的肩膀被压肿了、磨破了,血水和衣服粘到一块,轻轻一撕都钻心地疼。"

　　打夯是"九兰组"的姑娘们从没做过的工作。夯是由夯头和一根粗木柄组成的用来夯实地基的工具。夯头有好几十斤重,每次打夯的时候,都必须掌握好方向和力道,如果配合不默契,夯头就容易砸到其他人的脚。平时,打夯的工作都是三五个壮汉来完成。大姑娘打夯,闻所未闻。大家都在担心:她们能干得了吗?

　　"九兰组"的姑娘们迎难而上,从头学起,向有经验的同志请教打夯用力的技巧。经过多次练习,她们在短短的时间里就掌握了打夯技巧。"嘿哟嘿哟……"姑娘们唱着夯歌打着夯,劳动起来不让须眉,热火朝天。

　　"九兰组"很快就成为工地上的一道风景。1958年的国际三八妇女节,全国妇联主席蔡畅给"九兰组"颁授了一面大红旗。在工地的广播里,"九兰组"的名字也被频频提及,成为大家学习的榜样。

1958年5月25日,毛泽东主席到十三陵水库视察。在水库修建总指挥部里,毛主席说:"应该向'九兰组'学习,工地上要多出现一些'九兰组'就好!"得知毛主席这样说,金淑兰和"九兰组"的姐姐们干劲更足了。

修建十三陵水库时,罗马尼亚部长会议主席基伏·斯托依卡来到十三陵水库工地参观,其间和"九兰组"的姑娘们进行了座谈。得知这些姑娘们工作如此出色,他深受感动,邀请"九兰组"的姑娘们到罗马尼亚访问。金淑兰回忆说:"我们是坐飞机去的罗马尼亚。8月底访问回来后,马上进行了一个月的训练。之后,我们又参加了国庆阅兵,在方队里昂首阔步、意气风发,接受了毛主席的检阅。"

回忆起160天的工地生活,金淑兰说:"那是最好的历练,让我知道了共产党人要做成一件事,都会用尽全力。把大伙儿都拧成一股绳,人多力量大,没有做不成的事儿。"

"九兰姑娘"担起新重任

1958年,国家号召大办农业。11月,崔村镇党委准备办一个养猪场。由于金淑兰和其他"九兰组"的姑娘们在罗马尼亚学习过养猪经验,就受命开办"九兰养猪场"。养猪场建设期间,时任北京市委副书记的刘仁同志亲自到工地指导工作，并要求从"九兰组"挑选一名同志当场长。年纪最小的金淑兰被推荐担任场长。

对于从来没养过猪的金淑兰来讲，办好猪场真不是件容易事。一天，她在河边发现了一头死猪。当时，大家都不知道猪的死因是什么。金淑兰担心一旦发生猪瘟，会在整个养猪场造成传染，她赶紧骑上自行车到海淀去请教全国著名的畜牧专家，找到了科学的处理方法，避免了养猪场遭受损失。"这一去一回几十公里，我一点儿都不觉得累。"金淑兰说。

1981年，金淑兰在九兰养鸡场工作时留影

"参与修建十三陵水库，对我来说是难得的一次锻炼。此后，每当我遇到困难的时候，我就想，我是先进集体的一员，我有责任继续发扬'九兰组'敢打敢拼的精神，克服一切困难，把工作做好。"金淑兰说，"在办养猪场的过程中，党组织一直关怀培养我，协调各单位的技术人员为我们进行培训，教授我们养猪技术。"在组织的大力支持下，金淑兰把养猪场办得有声有色。

1959年，金淑兰向党组织递交了入党申请书。她说："没有共产党就没有新中国，妇女同志在新中国的社会地位得到了极大提高，我深有体会。我会坚定跟党走的决心，为党奉献一辈子。"

1959年8月，在"九兰养猪场"，金淑兰与"九兰

2018年5月，金淑兰退休后练习绘画

组"中的张淑兰一起，面向党旗举起右拳，庄严宣誓："我志愿加入中国共产党……"

1976年，"九兰养猪场"转为养鸡场，金淑兰又担任了副场长。在这过程中，金淑兰也碰到过不少困难，但她都一一克服了。她说："我觉得每个困难对于我来说，都是一个锻炼的机会，都是党组织对我的考验。遇到问题，解决问题，自己才能成长。"

如今，已有61年党龄的金淑兰提起往事，依然难掩激动："我是在党的培养下成长起来的，是在建设十三陵水库的大熔炉中锻炼起来的。我愿意跟着党干一辈子。今年是党的百年华诞，我衷心祝愿伟大祖国越来越繁荣强大，人民生活越来越甜蜜。"

（执笔：郑俊　朴添勤）

董鑑沅
组织需要我，我就应该顶上去

董鑑沅，男，汉族，北京人，1934年3月出生，1953年4月加入中国共产党，1953年7月参加工作。北京市西城实用美术职业学校服装专业原主任。曾在北京市第十三中学、北京第八女子中学、北京市第三十五中学工作。曾被评为北京市先进工作者、北京市职业教育先进工作者。

初春时节，87岁的董鑑沅拄着拐杖走进大兴区亦庄镇鹿华苑二里居委会活动室。落座后，他扶了扶胸前的党员徽章，自豪地说："我是全国第一批加入新民主主义青年团的，也是当年北京市第十三中学唯一一名学生党员。"

"党让干啥就干啥"

青少年时期，董鑑沅就参加了学生运动和地下学生党支部组织的活动，这让他了解了中国共产党的先进性和党员大无畏的斗争精神，并立志加入党组织。1949年，15岁的董鑑沅在学生党员的介绍下，作为全国第一批团员加入新民主主义青年团。1953年，董鑑沅因为成绩优秀、表现积极，成为北京市第十三中学唯一一名学生党员。

爱岗敬业 务实进取

1955年，董鑑沅刚入大学时留影

入党那年，董鑑沅正读高三。参加完高考的最后一门考试后，他被通知去见当时西四区（现属西城区）组织部部长。部长告诉董鑑沅，组织决定任命他为北京市第十三中学校长秘书，兼任留苏学生审查小组副组长，要求他严格保密。

上大学后争取到苏联留学深造，是董鑑沅和父母的共同心愿。听到组织决定后，董鑑沅愉快地接受了。他说："我当时没有其他想法，就觉得我是党员，党让干啥就干啥。"

高考后的第二天，董鑑沅就开始了留苏资料审查工作，一干就是两年。他羡慕那些留苏深造的同学，但他深知自己的责任，默默地完成组织交给的工作，从未向组织表达过留学的想法。"我虽然没能留苏学习，但帮助了很多同学出国深造。这些同学回国后参加国家建设，等于我也间接为国家做了贡献。"董鑑沅说。

把教学工作做好做精

董鑑沅从事教育工作50年，在教学生这件事上门儿清，写了很多文章。

《全面贯彻党的教育方针，做好班主任工作》《在考试中怎样答卷》《如何上好一节课》……翻开已经泛黄的手稿，每篇文章上都有董鑑沅细致的批注修改。"这些都是不同时期我围绕教育教学工作的深入思考和总结。"董鑑沅说。

1959年，董鑑沅从北京师范学院（现首都师范大学）历史系毕业后，开始了50余年的教学生涯。在北京第八女子中学（现北京市鲁迅中学）讲授世界史课程期间，董鑑沅一到周末就跑到图书馆查阅资料。他看的既有正史书籍，也有野史笔记。他说："为了全面了解历史，我每学期初都给自己定3个课题的任务指标。我当时想，如果一年能学通6个知识点，20年就能积累120个。这样，学生们找出教材中的任何一句话问我，我都可以讲10个故事，这样才能把教学做好做精。"

董鑑沅生动活泼的授课激发了学生学习历史的兴趣。一次家长会上，一名家长对班主任说："历史老师太棒了，我们家孩子特喜欢学历史。"有一次，董鑑沅在机场遇到了20年前教过的学生，这名学生激动地说："董老师，您讲的课我记忆非常深！"说完，他当场回忆起董鑑沅在讲授斯巴达克起义那堂课的情景。

无论在哪个岗位上，董鑑沅都把工作做好做精。在他担任政教处主任期间，北京第八女子中学政教处连续3年获得"优秀政教处"称号。

把职业教育做到全国知名

改革开放之初，北京服装加工行业面临着加工网点减少、技术设备陈旧、技术力量不足等问题，而且整体制衣水平亟待提升。为更好地培养高质量职业人才，解决"做衣难"问题，西城区大力发展服装职业教育。1981年，董鑑沅调任西城实用美术职业学校服装专业主任，并担任北京市服装专业校际教研组组长，负责全区16所服装职业学校的教学工作。

"当时我已经47岁了，而且对服装行业职业教育没有任何了解，非常担心工作做不好。组织找我谈话时，讲了当时的国家政策、职业教育发展的需要。我觉得在职业教育起步的时刻，组织需要我，我就应该顶上去。而且，既然干了职业教育这行，就要把这行做到全国出名。"董鑑沅说。

为了尽快熟悉职业学校教育要求，掌握服装制作的各方面知识，董鑑沅又开始了新的课题研究学习。他跑到图书馆查阅相关书籍资料，到工厂实地考察制衣流程，到其他学校参观取经。在此基础上，他在学校大刀阔斧地对课程设置、考试科目等进行改革，增加学生的实践操作，提高学生的服装制作技术水平。

为了扩大学校影响，董鑑沅邀请国内服装行业专家学者来校参观，向他们展示学校教学理念和制衣技术，组建服装表演队，展示学生制

1987年5月，董鑑沅（左一）向国外代表团介绍服装职业教育工作

衣成果，听取专家们的意见建议，吸收先进教学经验，不断提升学生们的制衣技术水平。他借鉴国外服装职业教育的先进教学方法，组织师生参与制衣厂的服装制作，在实践中理解学到的理论知识。在他的努力下，学校与中央电视台合作，组织开展了全国首届中学生服装设计大奖赛。在比赛评出的8个一等奖中，董鑑沆带领的学生就拿了5个。比赛播出后，西城区服装职业教育的名声一下打响了。"有几家日本企业在观看比赛后，专程到我们学校来招生。这在全国还是头一回！"董鑑沆骄傲地说。

董鑑沆深知提高学生服装制作技术的重要性。"以前没有专门培养服装技术人员的正式学校，都是以师傅带徒弟的方式传授手艺。一般一个学徒需要七八年时间才能达到独立工作的水平。"董鑑沆采取一系列有效的措施，让学生通过3年学习，既完成文化课的学习，又能在服装制作技术上达到独立工作的水平。他不断改革创新，组织教师开展专业进修学习，邀请名师进行技术指导，加强教师技术考核，不断提高专业教师的技能水平。他要求学生大量制作小样衣，小服当大服做，假服当真服做。在高二第二学期至高三毕业，集中安排教学实习与生产实习，快速提高学生的技能。他还提出"生产实习企业化"的理念，以企业的劳动时间及强度、生产管理的要求和方法来进行实操，使学生在毕业前就逐步适应企业要求，毕业后能迅速走上工作岗位。学校培养出来的毕业生受到用

2020年10月,董鑑沅在鹿华苑二里社区为党员讲党课

人单位广泛好评。

董鑑沅是我国较早提出挫折教育的专业人士,也是"家庭教育学"理论的倡导者。他坚持"用赞赏的目光看待好学生,用鼓励的目光看待中等生,用关怀的目光期待后进生",并因此收获了大量成功育才案例,深得家长的信任、学生的信服!

一向很乖的孩子突然不听话了怎么办?孩子学习成绩下滑怎么办?如何为孩子选择培训班?如何与老师们配合教育孩子?什么是科学的教育方法?怎样尊重孩子的人格?如何对待孩子心理和生理上的变化……退休后,董鑑沅细心整理总结,出版了《夸·管·放——50年教龄老校长毕生育才心得》一书,对上述问题进行了较全面深入的探讨,深受教师和学生的欢迎。

夕阳西下,余晖透过玻璃照在董鑑沅的身上,党员徽章闪闪发亮。他望着窗外,坚定地说:"我这一生经历很丰富。不论组织安排我干什么,走到哪个岗位,我都会把工作做好。"

(执笔:连君 吴桐 徐玲玲)

王维新
工作了"两辈子"

王维新，男，汉族，辽宁人，1929年10月出生，1946年9月参加工作，1948年11月加入中国共产党。北京市原燕山司法局局长。曾在哈尔滨市公安局、大庆市公安局、湖北江汉油田、北京石化总厂、华北油田、最高人民法院和燕山政法委等单位工作。

在燕山向阳街道宏塔社区法律咨询办公室里，92岁的王维新正在专心致志地和一位居民交谈着。31年前，王维新从燕山司法局局长岗位退下来后，离岗不离责，继续用法律知识和业务技能为群众提供义务法律咨询服务。熟悉他的人说，平常人一辈子工作30多年，王维新又做了30多年的义务咨询，相当于工作了"两辈子"。

"共产党员就要不怕牺牲"

1929年，王维新出生在辽宁省铁岭市。在伪满政权统治下，老百姓生活无着，饱受苦难。1931年，日本占领了东三省，不允许老百姓吃大米，只要发现家里私存大米的，一律都按经济犯抓起来，有的百姓甚至被打死

1948年，王维新在哈尔滨市公安局

了。由于粮食让日本侵略者抢走了，老百姓家里存的那点粮食熬粥都不够，饿死了很多人。"我小时候生活在亡国奴的阴影下，饥饿一直伴随着我。"王维新说。

14岁读完高小后，王维新开始出去干活。因为年龄小个子矮，只能在铁路上当学徒工。1948年，王维新到派出所当上了户籍员，生活才算有了一点保证。

一天，派出所所长赵文凌把王维新叫到办公室，问他："你怕不怕死？"王维新斩钉截铁地回答："我不怕死。死也不当亡国奴。"也就是这句话，让王维新经受住了组织的初步考验。他后来才知道，所长当时问他怕不怕死，实际上就是问他愿不愿意加入中国共产党。那时虽然日本已经投降了，但哈尔滨还在国民党的统治之下，入党要冒极大的风险。"当时国民党对共产党人'宁可错杀一千，不能放过一个'，大肆屠杀。我们时时都处在白色恐怖之中。"

加入党组织后，王维新的工作表面上没有什么变化，还和以前一样，实际上开始暗中参加党的活动。当时，派出所只有王维新和所长两个人是共产党员，很多工作直接受所长领导。由于工作出色，王维新被提拔为副所长，也被上级党组织任命为党支部书记。他组织地区的党员开展地下工作，传达党中央的精神和工作部署，一直到解放以后公开党员身份，他们的工作才光明正大地开展起来。

"文化大革命"时期，王维新在工厂被造反派定性为"走资派"，受到了很多不公的待遇，但他没有过多抱怨，"我就想啊，这种乱只是一时的，党早晚要领导我们国家回到正确的道路，被冤枉也只是一时的。所以，我始终保持着乐观的心态"。后来，组织上给王维新平反。他激动地说："这印证了我当初的想法，现在我们的生活一天比一天好，国家越来越富强，以后肯定会更好。"

"义务法律咨询是我的新岗位"

从司法局局长岗位离休的王维新，没有像其他人那样享受天伦之乐和闲逸的家庭生活，而是发挥余热，用自己的法律知识服务群众。

说起做义务法律咨询的初衷，王维新说："其实跟我工作时的单位有很大关系。我在燕山司法局工作的时候，考取了律师资格证书。司法局的一项主要职能就是普法宣传。工作中，我经常遇到一些人因为不懂法而犯法，有的人不知道拿起法律的武器保护自己，还有很多人对法律条文不了解，想打官司又不知道走什么法律程序。我意识到普法宣传的重要性。如果群众懂法的话，有很多悲剧是完全可以避免的。"王维新离休后，就开始以党员志愿者的身份为企业和群众开展义务法律咨询服务。

一开始，王维新在法院旁边设立了办公室，但那时候来找他咨询的人不多，主要大家不知道是免费咨询，群众的法律维权意识也不太强。慢慢地，随着社会的进步，群众的法律意识逐渐增强，找他咨询的人越来越多。

2003年，王维新把办公室搬到燕山残联，后来又在宏塔社区设了办公室。"每周一到周四在燕山残联办公，周五在社区居委会办公，周六日在家，大家基本都知道我的工作时间和地点，他们随时都能找到我。"王维新坚持早上8点就到办公室，30年来从不懈怠。

"我会把义务法律宣传一直做下去"

30多年来，王维新为多少群众进行过法律咨询，他记不清了，也没有仔细地统计过。粗算下来，平均一年王维新要为群众提供几百件法律咨询服务，30多年足足有数千件。

面对群众咨询的各类事项，王维新总是事无巨细，认真办理。有一次，一对老夫妻找到王维新，他们想通过假离婚取得单位的房屋分配名额。王维新一听，赶紧进行耐心劝导。他对老两口说，此举用不得，这种行为不仅得不到法院的支持，白付诉讼费，还要丢面子，那就晚节不保了。经过王维新苦口婆心的劝导，老两口终于打消了这个念头。通过法律知识宣传说服当事人，他基本上都能把问题圆满解决。"现在我岁数大了，每天上午工作半天，你看我现在92岁了，除了耳朵稍微有

2018年，王维新参加社区法律咨询活动

点背，其他方面还都不错，这和我保持乐观开朗的心态有关系，每天都能帮助到别人，我感到很开心。"王维新说。

还有一些来咨询的群众，是遇事不会处理，感觉一肚子委屈，想借助法律为自己出出气。遇到这类情况，王维新总是耐心倾听完当事人的诉求，然后向他们宣传法律知识，劝说他们，动用法律出气实际上就是在浪费国家资源。"让他们把气消了，也就没事了。"王维新告诉我们，像这种情况还真是不少。很多当事人回来感谢王维新，还有人写来感谢信。王维新说："党的宗旨就是为人民服务，我是党员，为人民服务是我应该做的。"

虽已年过九旬，王维新依然初心不改。他说："只要我还活着，能干得动，这块免费法律咨询的牌子就不会摘，为人民群众服务的念头就不会断。我这一辈子没有轰轰烈烈，就是一名普普通通的共产党员，为人民服务是我一生的追求和荣光。"王维新真挚的话语，

2018年，王维新（左三）参加新时代新担当新作为活动留影

感动了我们在场的每一个人。

30多年来，王维新凭借着始终如一的入党信念，坚守志愿服务，向广大社区居民宣传宪法和法律知识，用实际行动践行着共产党员一心为民的庄严承诺。

欣逢党的百岁诞辰，王维新激情澎湃，说出了自己的心里话："我亲眼见证了中国人民在共产党的领导下自强不息，中华民族从站起来、富起来到强起来，我的内心是激动和自豪的。我为我是中国人骄傲，我为我是共产党员自豪。在我们全力为'两个一百年'奋斗目标大步前行的时候，在国家富强、人民安居乐业的和平年代，我也将用我的热情为党和人民出一把力！"

（执笔：葛大鹏　蔡庆悦）

希光第
北京公交，你是我的全部

希光第，男，汉族，北京人，1938年12月出生，1950年3月参加工作，1955年2月加入中国共产党。北京公共交通控股（集团）有限公司退休干部。曾任原北京市公共交通总公司副总经理。曾被评为北京公交总公司优秀共产党员、北京市爱国立功竞赛标兵、北京市离退休干部先进个人。

走进希光第的房间，像是走进了一个公交车的微缩世界。书柜里、桌子上摆放着各种公交车模型，从100多年前的铛铛车到现在的新能源公交车。"这里的每一辆公交车模型，背后都有一段北京公交变迁发展的故事。"希光第说。

"努力工作才能报答党的恩情"

1924年12月19日，古老的北京城开通了第一条有轨电车线路，由正阳门开往西直门。当大街上响起清脆的"铛铛"声，人们就知道铛铛车来了。虽说是公交车，但这对于贫苦的劳动人民来说，仍是可望而不可即。20世纪40年代，北京开始有了公共汽车，主要行驶在郊区和旅游景点。这时，公共交通线路少、车辆少，还不能满足城市居民的出行需求。

希光第出生于北京，一家六口人挤在西直门内一间低矮的平房里，靠父亲做小买卖维持生计。小学毕业后，希光第因交不起学费而失学，他到汽车煤库干起了砸煤的活儿。1953年，经过考试，希光第被汽车公司录用为学徒工，学习汽车修理。希光第高兴极了，天天围着师傅转，想方设法把师傅的一招一式学到手。为弥补没能继续上学的遗憾，他白天学习修车，晚上到夜校学习文化课知识。学徒期间，他完成了初中课程的学习。

1997年，希光第（右二）参加公司研讨会

1955年2月28日，是令希光第终生难忘的日子。这一天，他加入了中国共产党，成为一名光荣的共产党员。面向鲜红的党旗宣誓的那一刻，他流下了激动的泪水。当天，他在日记里写道："我的童年是在解放前度过的，处在民不聊生、穷困潦倒的社会底层……是党把我这个穷苦少年解救出来，培养成有觉悟有理想的技术工人、光荣的共产党员，我只有热爱党、信赖党，努力工作，才能报答党的恩情。我要确立共产党员的世界观、人生观、价值观，为实现共产主义这一伟大而崇高的理想奋斗。"

为了这个理想，希光第更加努力工作，数十年如一日。

"有了党组织的培养，我才能在岗位上做出贡献"

希光第是北京公交车辆技术更新换代的参与者和见证者。他说："从大的层面来看，北京公交目前已经升级到第7代。在解决老百姓乘车难问题的过程中，北京公交事业也一步步迈上新台阶。"

20世纪80年代初，希光第走上北京公交总公司的领导岗位，成为负责技术的副总经理。在改革开放的浪潮中，经济社会快速发展，乘坐公共交通出行的乘客成倍增长，乘车难问题日益凸显。希光第回忆道："当时北京有3000余辆公共汽车，而每年乘坐公共交通出行的乘客从不足10亿人次增加到近30亿人次。在高峰期，公交车上1平方米要站13个人。"

要解决乘车难问题，增加车辆只是一个方面。希光第认为，主要问题在于职工生产积极性不高。当时，公交职工收入低于全市职工平均收入水平，而且职工收入没有与贡献大小、劳动表现挂钩，挫伤了职工的劳动积极性。

在公司总经理郑树森的带领下，希光第与同事们在全国范围内考察公交车型。经过反复比较，他们最终选择了斯太尔铰接盘柴油发动机公交车。这款车型身长18米，与解放牌公交8米长的车身相比，承载量大大提高。另一方面，在市委市政府大力支持下，他们提出了符合北京公交总公司特点的经济承包责任制，出台合理的考核指标,使公交职工的收入与劳动挂钩。

公交车出得多了,财政补贴也多了,公交车行驶公里数多了,职工工资总额也提高了,司乘人员的劳动积极性大大提高,乘车难的问题得到了缓解。

20世纪90年代,北京市大气污染问题逐渐引起人们的重视。柴油公交车冒出的浓浓黑烟严重影响空气质量。选择一条切实可行的公共汽车环保动力技术路线迫在眉睫。

在走访调研美国和欧洲一些国家后,希光第和公交车辆技术团队经过紧锣密鼓的研究和筛选,确定将单一燃料天然气发动机作为北京公共汽车的环保动力首选。2000年年初,第一辆单一燃料天然气发动机公交车装配完成。随着陕甘宁天然气进京,北京加快了燃气汽车的研发和推广。2001年,北京公交公司已有3000多辆单一燃料天然气公交车在主要街道上运行,北京成为世界上拥有和使用单一燃料天然气公交车最多的城市。

为保障单一燃料天然气公交车的正常运行,公交公司在公交场站建设了27座加气站,增设了一批带有气瓶的大型燃气运转车,以满足单一燃料天然气公交车及时加气、正常运营,但这又带来了新问题。天然气

1999年,希光第(右一)与同事在"创文明行业迎五十年大庆"活动中合影

加气站大都在三四环路之间及五环路周边，而单一燃料天然气公交车大都在三环路以内运行，这在客观上增加了空驶公里。

为寻找科学有效的解决方法，已是花甲之年的希光第和团队经过一次次研讨，总结经验教训，确立了新的车辆技术路线，一批新型换代主力车型逐步投入使用。

回顾自己50年的公交工作经历，希光第说："我的人生没有太大的跌宕起伏，就是扎扎实实工作。我能从一个小学毕业的临时工，在岗位上做出贡献，并成为北京公交总公司的技术人员，全靠组织的培养和教育。"

用展陈再现北京公交发展历程

退休后，希光第以一名老公交人的情怀投入到新的工作当中。他查阅大量文献资料，先后出版了《公交工作50年》《百姓交通》等3本书，并发表了多篇论文。

受北京公交集团委托，希光第负责老旧车辆的复制工作，记录北京公交事业的发展。为复原老公交车，希光第和团队赴哈尔滨、大连考察，确定复原车型。在老车型复原过程中，希光第收集了很多老照片。每复原一辆老车，他就拿着照片反复对照，确定无误后再以复原车为模型生产实物车。他们一共复原生产了煤气发生炉车、煤气包车、老黄河牌、老解放牌单机车等9辆老公交汽车。

公交车的发展一直牵动着希光第的心。2019年，新

2021年，希光第向采访的记者讲述北京公交历史

中国成立70周年之际，长安街上亮起一道红色风景线——大流线型纯电动公交车行驶在大1路线上。希光第作为普通乘客进行了乘坐体验。低地板、大容量、宽通道的结构设计，大大提高了乘客乘车的方便性和舒适性，保证了乘客快速登降车辆，提高了运行效率。坐在升级换代的公交车上，希光第激动不已。

在中国共产党百年华诞之际，希光第以诗献礼："今年我已过八旬，终身不忘党的恩。小时家贫难上学，13岁就在公交干。先从学徒起步始，技工领班检验员。报恩思想时常有，入党是在五五年。组织培养入技校，又在党校念大专。从此主管科技部，一直工作50年。公交车辆上档次，年年都有新展现。80年代乘车难，多项措施转为安。与党同心又共苦，两袖清风无遗憾。今年起步'十四五'，国富民强展新篇。"

朴实无华的诗句，道出了这位有着66年党龄的老党员对党的一片赤诚。

（执笔：李妍　曹晶）

郭应禄
当一名了不起的医生

郭应禄，男，汉族，山西人，1930年5月出生，1956年9月参加工作，1959年6月加入中国共产党。中国工程院院士，北京大学第一医院教授。曾任北京大学第一医院副院长、北京大学泌尿外科研究所所长等。曾被评为北京市优秀共产党员，获国际泌尿外科学会杰出成就奖、中国泌尿外科终身成就奖。

"爱祖国、爱集体、爱专业、爱病人！"在提到医生这个职业时，郭应禄讲出了这句话。作为我国泌尿外科和男科事业的学科带头人，郭应禄在北京大学医学院求学时就立下志向，"将来自己要当一名了不起的医生"。从医几十年来，郭应禄怀着一颗医者仁心，以精湛的医术和出色的领导力为中国泌尿外科的发展做出了卓越贡献。

让引进的新技术焕发属于中国的生命力

1930年5月4日，郭应禄出生在山西省定襄县白村。他自幼生活颠沛流离，直到1942年才有了转机。郭应禄13岁才开始上学，一进入知识的海洋，便如饥似渴地学习，仅用8年时间就完成了别人12年的学业。郭应禄说："当时，我父亲是天津第二医院外科主任。正是受到父亲

爱岗敬业 务实进取

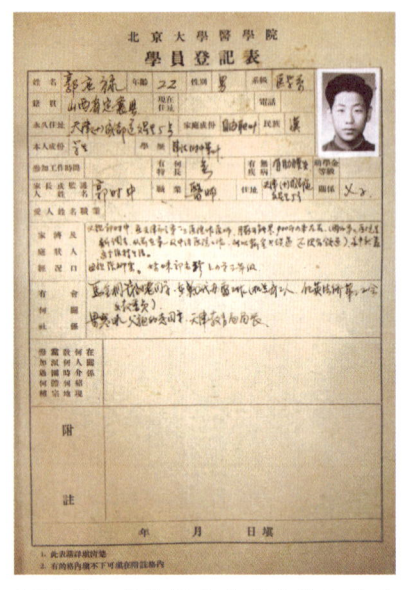

1952年,郭应禄在北京大学入学时的登记表

的影响,高考时我毫不犹豫地报考了父亲的母校——北京大学医学院(1952年脱离北京大学,独立建院并更名为北京医学院)医学系。"

1956年,成绩优异的郭应禄毕业后留在北京医学院附属医院(北京医学院第一医院、北京医科大学第一医院、北京大学第一医院前身),分配到由吴阶平担任主任的系统外科。1959年,他考取了吴阶平院士的研究生。在与恩师的朝夕相处中,郭应禄对泌尿外科专业有了更加深入的理解,恩师的医德和医道更是对他产生了极大影响。郭应禄说:"恩师不仅是我学业的导师,更是我人生的导师。"郭应禄和恩师吴阶平携手为中国泌尿外科发展做出了贡献,他自己也成长为中国泌尿外科新一代的领军人物。

一直扎根于临床的郭应禄,在国内率先开展了经尿道手术、经皮肾镜、输尿管镜、腹腔镜手术和前列腺增生的热疗技术等,填补了国内多项空白。他凭借丰富的临床经验和创新能力,使一项项从外国引进的新技术焕发属于中国的生命力。

1981年,郭应禄参加美国泌尿外科年会,一篇体外碎石的摘要引起他的注意。回国后，他马上投入研究体外冲击波碎石技术。1982年，郭应禄在有关院所的配合下，研制开发了我国第一台国产碎石机，并于1984年应用于临床。那时，德国的碎石机领先国际，碎石技术也最成熟。1987年，郭应禄参加中德远程学术交流。在病例讨论的阶段，郭应禄提出的"采用俯卧位治疗"和"用体外冲击波碎石"的治疗方法震惊了在座的德国专家。"会场一下热闹起来，结果就变成了我的专场。"郭应禄自豪地回忆道。从此，中国体外碎石技术得到了国际认可，也为全世界无数病患免去了手术之苦。

泌尿外科发展的报春人

1978年，中国实行改革开放，泌尿外科的发展也迎来了春天。听到卫生部要成立全国第一个泌尿外科研究所的消息，当时还是主治医师的郭应禄到处奔走争取，与恩师吴阶平一起为北京医学院第一医院泌尿外科争得了这一难得的发展机会。

担任北京医学院第一医院泌尿外科研究所（北京医科大学第一医院泌尿外科研究所、北京大学泌尿外科研究所前身）第一任所长的吴阶平要求研究所"立足北医，放眼全国"。同样具备战略眼光和素质的郭应禄在之后的几十年中，不仅协助恩师实现了目标，还把研究所推到了"立足中国，放眼世界"的全新高度。

多年后，北京大学泌尿外科研究所逐渐形成包括病理、生化、化学、免疫、男科学、分子生物学研究室在内的学科最全、规模最大的泌尿外科研究所，成为集医疗、教学、科研、预防于一体的国内首个专业基地。1989年，国家教委在全国医学领域共设立59个重点学科点，而北京医学院第一医院泌尿外科研究所是进入本专业的唯一一个重点学科。

为了男科学研究的健康发展，满足广大男科患者的需要，年过七旬的郭应禄多方奔走，积极筹建男科中心。2005年，北京大学第一医院男科中心正式成立。目前，该中心已经成为国际规模最大、设备最好的男科医、教、研、防基地。郭应禄说："虽然我们取得了一些成绩，但我们要把眼光放长远，争取实现亚洲领先、世界一流。"

为事业发展育英才

"人才是事业之根本。"郭应禄由衷地说。几十年来，他倾心做好人才培养教育工作，为泌尿外科事业的快速发展起到了关键作用。

1995年，北京医科大学泌尿外科培训中心正式成立（2004年更名为北京大学泌尿外科医师培训学院），吴阶平院士担任中心名誉主席，郭应禄担任中心主任。他们联合当时全国的泌尿外科权威专家，成立了10人专家委员会，负责编写教材、设计课程，还亲自授课。

1997年，在郭应禄的倡导下，培训中心启动了泌尿外科"人才工程",每年举办一至两期长期培训班,每期6~9个月,为全国各地培养泌尿外科学科带头人和业务骨干。1999年,培训中心又与中国教

1974年7月,郭应禄(右二)与国内专家在加拿大考察肾移植技术

育电视台合作开设了"医生课堂"。郭应禄邀请了50多位国内专家进行泌尿外科(含男科学)系列讲座,每期半小时,每年播出52期,对基层专业医生进行全面普及教育。仅仅两年时间,参加学习的医生就达3万人次之多,遍布全国各地。到2002年,"人才工程"使全国80%的泌尿外科医师都接受了医学继续教育。

郭应禄说:"要想让我们的泌尿外科走向世界,仅有一线干将是不够的,我们还要有领军人物,要有一批能与世界级大师对话的英才。"2001年6月5日,郭应禄亲赴美国南加利福尼亚大学泌尿外科,与对方达成共识,确定了培训计划。2002年,在郭应禄的推动下,针对全国泌尿外科领域的主任医师及博士生导师开展的大规模培训——全国泌尿外科"将才工程"拉开序幕。

"将才工程"每年都会派送泌尿外科领域人才到美国、新加坡、韩国等地进行短期学习。多年来,"将才工程"已培训了千余名泌尿外科学界的顶尖学者和专业

郭应禄（中）带领科室医生查房会诊

骨干。中国医生在临床一线观摩查房，参与病例讨论，进入手术室观摩。他们严谨、认真、刻苦的工作态度赢得了国际泌尿外科学界的认可和尊重。2006年，美国泌尿外科年会正式设立了为期一天的华语会场，并延续至今，成为固定会场，这标志着中国泌尿外科在国际上占有了一席之地。

2011年，中华医学会泌尿外科学分会为郭应禄颁发了中国泌尿外科终身成就奖，这是分会成立30年来首次颁发这个奖项。郭应禄说："为泌尿外科培养了一大批人才，是我行医几十年最得意的事情。"

"无论医学如何进步、技术如何发展，最终目标都是救治病人。作为医者，更要有一颗全心全意为人民服务的心。"郭应禄说。如今，他又在思考如何提升专科医师的培训水平。"我国地区间的发展还不平衡，一些边远地区、不发达地区医院的泌尿外科医生诊治水平还有待提高，任务还很艰巨。"郭应禄说，"开展泌尿外科专科医师培训，缩小地区间医生的差距，使我国的泌尿外科水平跻身国际领先行列，这是我们泌尿外科的健康中国梦。"

（执笔：武骁飞　申洁）

赵景勃
为热爱的事业奋斗是我最大的幸福

赵景勃,男,汉族,河北人,1945年2月出生,1965年8月参加工作,1966年1月加入中国共产党。中国戏曲学院原副院长。曾任中国剧协理事、北京市剧协副主席,中国戏曲学院京剧研究所所长。

走进中国戏曲学院的大门,不远处的教学楼里传来阵阵二胡声。伴随着二胡的节奏,身着咖啡色夹克,脚踩黑布鞋,一头银发的赵景勃走过来迎接我们。

赵景勃今年76岁,亲历了中国戏曲学院65年的发展和变化,退休多年,仍不间断地参加学院工作和活动。

从教底气来自7年"班主"经历

赵景勃11岁时考入中国戏曲学校(中国戏曲学院前身),系统学习京剧艺术,20岁时毕业留校任教,见证了这所戏曲学院的发展和昌盛。

1950年1月28日,中央人民政府文化部戏曲改进局戏曲实验学校创建,1955年更名为中国戏曲学校。这所学校区别于旧时期的科班,有着全新的办学观念,集聚了雄厚的教师阵容。那时学校有着极好的氛围,就是敬业如神。老师们传道授业、爱生如子;学生们对老师的话入耳入心,敬师如父,课后练"私功"成风。大家早起晚睡,争先恐后地占教室、占地毯,"艺不惊人誓不休"。

三年经济严重困难时期,校领导为了保证学生身体健康,每天下课后都逐一检查教室,不让学生练"私功"。同学们忍不住,就偷偷去练。赵景勃就是在这样的环境中成长的,他说:"学校培养了我两种最重要的品质:一是做事心无旁骛,二是从艺以苦为乐。"

"1966年1月19日,这一天我永生难忘。"说起自己的入党时间,赵景勃语气激昂,"那时,我们彼此最亲切的称呼就是'同志'。我们就一个想法:一颗红心跟党走,党的需要就是我们的志向。"

赵景勃很有感触地说:"中国戏曲学院始终坚持承古通今,守正创新。所谓守正,就是继承传统,力求中正;创新则是戏曲艺术与时俱进。学院奋斗70年,实现戏曲教育的三级跳:即

1963年,赵景勃演出《萧何月下追韩信》剧照

1950年的中等专业学校，1978年升格为中国戏曲学院，1995年学院开展了硕士研究生教育。"在"一级跳"中，赵景勃是受教育者，而在"二、三级跳"中他的角色发生了转换，成为创建者和教育者。

赵景勃的从教经历起步于基础工作。他当过干事、秘书，还做过很长时间的班主任。有人戏称"戏曲学院的班主任，去掉'任'字，就是'班主'"。在赵景勃看来，"班主"的教育责任是全方位的，既要近距离观察学生——选才、识才，也要有针对性地制订实施教学计划——辨才、育才。"我曾担任京剧科73级年级组组长，与老同学张关正做搭档。年级组里有四五十名老师和100多名学生，我们负责教学安排、思想教育、生活管理，早功加晚上排戏，一日四班，任务极为繁重，但老师们心很齐、劲很足。"从招生选才、教学育才到毕业分配，他用7年时间全程参与了73级教育教学各个环节，积累了丰富经验。

始终有需要学习的紧迫感

担任京剧系主任后，赵景勃一直在思考如何将学科建设由中等层级提升为高等层级。他根据自身教学实践的经验，提出要增强学生的3种能力：表演能力、自学能力、创作能力。

要提高学生的表演能力，就要增加学生在校内和校外的实习演出机会。学院在老舍茶馆和正乙祠开设了两

2014年7月,赵景勃给学生们上课

个常规演出场所,以舞台实践促进课堂教学质量提升。赵景勃要求学生每彩排一出戏,都要写一篇小论文,以促进学术并举的复合型人才培养。

中国戏曲学院原来只有表演、音乐两个系,后来增加了戏曲文学、导演、舞台、美术3个系。当时,导演系教学处于创业期,没有现成的教材,也缺少相关专著。全系教师只能边教学边探索,加强学科建设。

这时,赵景勃调任导演系副主任、党支部书记。他深切认识到自己导演基础的薄弱:"我是小学四年级考入戏曲学校的,文化理论基础先天不足,我有一种急需狂补的压迫感。但是由于工作繁忙,只能边干边学边思索。"赵景勃把学习视为自己由表演向导演转型的关键因素,他用3年的业余时间读完了人文函授大学中文专业,又到北京广播学院短期进修。

为了编写教材,赵景勃一面寻根探源,努力从中国古典戏曲论著中挖掘资源,认真研究阿甲、李紫贵、焦菊隐等戏剧前辈的论述和经验,一面借鉴他山之石,研读中央戏剧学院、上海戏剧学院、南京艺术学院的教材,汲取话剧教学和斯坦尼斯拉夫斯基表演体系精华。在那段时间里，他先后编写了"舞台节奏""舞台气氛""舞台调度"等讲义。同时，他还带领学生到山西、陕西、广东等地进行导演实习。通过这些实践，赵景勃实现了由表演向导演的转轨，为戏曲导演学科建设做出了突出贡献。

一生甘做教书匠

担任中国戏曲学院教学副院长时，赵景勃没有任何思想准备。他说："当时，文化部人事司司长找我谈话，让我担任学院教学副院长，我真是没想到，仓促上阵。"

走上新岗位，赵景勃又开始了新的学习、新的思索，只是这次需要他思考的问题更为宏观——探索戏曲艺术大学的办学思路和模式，研究戏曲育人的特殊性与高等教育的共同性有机融合的问题。

"出人才、出教材、出成果"，是赵景勃为自己设定的工作目标。

在赵景勃看来，艺术教育必须强调实践。不经过"夏练三伏，冬练三九"，不经过舞台上的摸爬滚打，不经过与观众的心灵互动，是培养不出戏曲艺术家的。在赵景勃的提议下，经有关部门研究决定，中国戏曲学院每学期划出两周作为教学实践周，安排编、导、音、美等不同专业的学生进行采风写生，开展社会调查。2006年，他还组织带领200名师生赴上海、济南、天津进行巡回汇报演出。

2007年，赵景勃参加央视节目做戏曲点评

为了多出成果，赵景勃提倡"多系联合创作"的思路。中国戏曲学院规模虽小，但专业设置很多，各专业之间都有连接点，适合开展联合创作，后来逐渐发展到联合教学。为此，他身先士卒，对老题材进行新开掘，深挖"金钱换不来尊严"这一主题，导演新编京剧《杜十娘》，获得国家舞台艺术精品工程提名奖、北京市教学一等奖，提升了学院创排大戏的士气。

赵景勃一生中有过4次调动晋升的机会，但他选择了"从一而终"，甘当教书匠。退休后，他把工作重点转移到总结学院的教育教学、总结戏曲表演和导演的经验上，把工作实践转化为理性思考。在赵景勃出版的40多万字文集《寸累集》中，绝大部分内容是他退休后撰写的。

退休后的赵景勃养成了一个新习惯：读书必带笔——防止灵感一闪即逝；看戏必带本——防止感受出剧场就忘；登机乘车必带活儿——看书、写作。他说："为热爱的事业奋斗是我最大的幸福。"

（执笔：陈思　王琦）

王建华
不修好水库决不回家

王建华，女，汉族，北京人，1938年4月出生，1959年6月加入中国共产党。北京市密云区鼓楼街道宾阳社区居民。曾任建设密云水库"穆桂英大队"副队长、"十姐妹突击队"队长，密云区南菜园大队队长。曾被评为密云水库修建总指挥部劳动模范特等奖、全国三八红旗手、北京市劳动模范。

1958年，党中央、国务院做出"修建密云水库"的战略决策，京津冀20万大军齐聚燕山脚下，掀起了一场战天斗地的大会战，他们用青春和热血书写了无数动人篇章。其中，涌现出了"十姐妹突击队""黄继光队""赵一曼队"等先进团队。密云"十姐妹突击队"的领头人就是当时刚刚年满20岁的王建华。

在如花的年纪，王建华主动请缨参与建设密云水库，并在工地上火线入党。至今，她都清晰地记得当时的心情："我是1959年6月入党的，那时我才21岁。能在建设水库的一线入党，对我来说真是特别难忘也特别珍贵的经历，我觉得特别光荣，激动了好长时间呢！"

"我们为人民降伏'老龙王'"

密云位于北京东北部,流经此地的潮白河在汛期经常泛滥成灾,严重威胁着老百姓的生产生活和生命财产安全。民谣唱道:潮白河水滚滚流,流不尽的泪,流不尽的愁。

1958年6月,国家决定建设密云水库,彻底解决水患,提出了一年拦洪、两年建成的目标。作为土生土长的密云人,王建华和城关公社南菜园大队的几名年轻人一起报名,申请去建设水库。出发那天,村口挤满了送行的父老乡亲,王建华一边用力挥手道别,一边大声喊:"不扛回红旗,不修好水库,决不回来见你们!"

当时,工地上有100多名女同志,密云县把她们组织起来成立了"穆桂英大队",性格爽朗的王建华被选为"穆桂英大队"副队长。有了这个称号,女同志们都觉得很自豪,编了很多口号和歌谣表达高昂的斗志。王建华至今不忘,脱口而出:"穆桂英在这块大地上摆过战场,我们在这里修筑天堂;穆桂英为宋朝大破天门阵,我们为人民降伏'老龙王'……"

修建水库时,条件非常艰苦。晚上,大家在工棚里休息,铺上干

1958年,王建华(左二)在密云水库建设工地参加劳动

草和一层席子就是睡觉的床。指挥部号召大家组建突击队。当时，和王建华一起从城关公社去工地的还有9个姐妹，因为同属一个公社，她们常常互相打气，互相帮助。"我们10个人坐一块儿商量，都说要不咱们也组织一个吧，就叫'十姐妹突击队'，然后她们选我当了突击队队长。"王建华回忆这件事时，脸上满是笑容。

"十姐妹突击队"接到的第一项任务是在潮河副坝挖水渠，主要工作是从平地挖土往两边分，再推着小车把土运走。"以前在家里没干过这活儿，都是现学。"王建华说。她们刚开始推独轮车时，连半筐土都推不稳，东倒西歪的，没少翻车。王建华的倔劲儿上来了，带着姐妹们半夜起床，借着月光练习推车。就这样一趟趟地推、一点点地练，反复琢磨，没用3天，姑娘们就可以独自推着装满200斤土的车了。其他突击队的人下班路过看见，都惊讶地说："好家伙，能推这么多！"

转眼进了冬季，挖渠遇到了新困难——地下冒出的水与土混成泥，天气冷了就冻得梆梆硬。一次，王建华用铁钎子撬水沟边的冻土埂子，由于用力过猛，一下子扑空，掉到水里，浑身全湿透了，她的两条小辫也冻成了"冰棍"，一绺一绺的，衣服更是冻成了"钢铁盔甲"。连长下命令叫她回去休息，可她仍然坚持要干，大家硬把她拽回住处。躺进被窝里焐暖和后，她就爬起来跑回工地，又继续干起活来。

十姐妹战胜十兄弟

1959年春天,"十姐妹突击队"转战北白岩,主要任务是筛砂石、打混凝土、打风钻等。"这些任务需要有技术,可风钻等工具我们都是第一次见到。"王建华回忆说,风钻发动起来,把胳膊震得又麻又疼,好不容易对准破碎目标,一发动起来,常常偏离。困难没有吓倒王建华,她坚信男同志能干的,女同志照样也能干。白天,十姐妹挤出时间向风钻师傅请教;夜里,大家围坐在一起交流经验。经过无数次的练习,十姐妹终于掌握了打风钻的操作技能。

在修建密云水库中,"十姐妹突击队"一直保持着旺盛的斗志。说起姐妹们与男同志组成的突击队挑战比拼的事,王建华语气中透露出满满的自豪:"因为年轻,谁都不服输,哪个队向'十姐妹突击队'提出挑战,我们就应战。记得那时候天已经比较冷了,指导员考虑之后说,你们是女孩子,有特殊情况,现在任务也比较重,你们就别应战了。我说没事,人家提出挑战就是相信我们,为了更好地完成任务,咱们就得应战。"王建华带着姐妹们在白河电站

1960年,"十姐妹突击队"合影(后排左一为王建华)

基础开挖竞赛中,凭借多装快跑、两天任务一天完的成绩,战胜了"十兄弟突击队"。在筛砂石料的比拼中,又以每人每天5.5立方米、日超定额9倍多的成绩胜出。

"我们样样都能干,样样都争先,就是想尽快完成建水库的任务。"一年多的时间里,"十姐妹突击队"获得了4次先进生产集体和7次红旗奖,王建华个人还获得了密云水库修建总指挥部评选的劳动模范特等奖。

和周恩来总理握过手

1960年4月,周恩来总理到密云水库建设工地视察。表现出色的王建华作为劳动模范的代表,受到周总理的亲切接见。

当时,王建华正在工地上筛沙石,连长过来找她,让她去指挥部开会。王建华穿的是一件蓝大襟褂子,筛沙石弄得满身泥土,想去换件衣服。连长着急地说来不及了,拉着她就往大坝西头跑。王建华一路上在想:啥事这么着急啊?

"到了工棚,才知道是周总理来了,他要见见修水库的民工。"一想到自己见周总理时竟然穿得这么不整洁,王建华顿感窘迫。就在这时,周总理走进工棚,王建华瞬间觉得心脏"怦怦"跳得厉害。当天被接见的十几个人排成两行,按顺序一个个地跟周总理握手。"到我这儿,周总理问叫什么名字,我说叫王建华。总理又问我做什么工作,我说筛砂石,给混凝土做备料。总理又问干活累

2020年，王建华（前排左四）参加纪念密云水库建成60年座谈会

不累，我回答说不累。"前后不过几分钟时间的接见，却让王建华记了60多年。"现在回想起来，能被周总理接见，那是多大的事啊，真是太幸福了！"

周总理亲切的关怀和问候，是对密云水库建设者极大的肯定与鼓励。经过了60多载岁月的洗礼，这段不曾褪色的往事，至今温暖着王建华。

"不修好水库决不回家"，是王建华离家时立下的誓言。"我说到做到了。加入了党组织，身份不一样了，一名共产党员哪能半途而废当逃兵呢！所以，不管多苦，我都得坚持，要对得起那些遭受潮白河洪灾的乡亲们，也要对得起组织和同志们对我的信任。"

岁月如烟，往事如歌。当年英姿飒爽的王建华和姐妹们，如今已成了白发苍苍的耄耋老人。她们吃苦耐劳的品质被人们称颂，她们无私奉献的精神被人们铭记，就如涓涓流淌的潮白河水，滋养着这片土地，世世代代，生生不息。

（执笔：姜华　任征）

崔光川
车听我的话，我听党的话

崔光川，男，汉族，河南人，1928年1月出生，1948年11月参军入伍，1960年5月加入中国共产党。首钢运输公司退休工人。曾获解放南京勋章、解放大西南勋章、解放华南勋章、解放西藏勋章。

2021年3月的一个下午，我们见到了老军人崔光川，听他讲述人生道路上一个个难忘的故事，与他一起回忆当时在大江南北驰骋疆场的豪情。不算宽敞的房间里，老木桌、小板凳、泛黄的老照片……时间仿佛也慢了下来。

"下苦功夫才能练出真本事"

谈及自己的参军经历，崔光川说："我爷爷没有想到，我最终还是当了兵。"

1948年，国民党军队到崔光川老家修武县抓壮丁。崔光川是家族孙辈里唯一的男孩。爷爷担心孙子被抓走，就把他送到在郑州一所学校工作的姑姑那里，做一些送信、跑腿的工作。

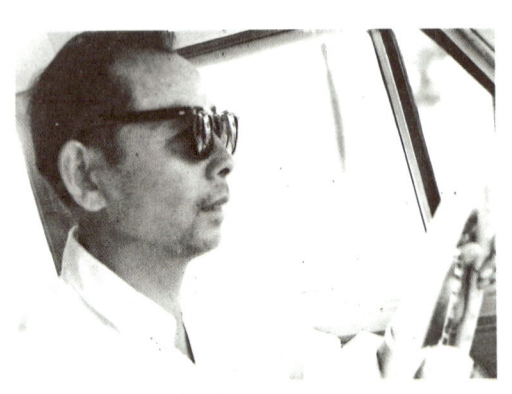

1979年，崔光川工作照

1948年10月，中原野战军解放郑州的战役打响，学校停课，崔光川无奈回到老家。恰逢老家遭受水灾，没有活干，家里也没有吃的，崔光川只得又回到郑州找活儿干。同年11月，崔光川碰到了以前学校的老师。这位老师告诉他："郑州飞机场招人，有个汽车训练班教开车，你去不去？"抱着学个手艺的想法，崔光川自作主张，报名参加了解放军。

1949年年初，崔光川跟着部队去了商丘，随后又去了合肥，准备参加渡江战役。当时他还是一名学员，负责往车上搬运物资、弹药等。

1949年4月20日晚至21日晚，中国人民解放军第二、第三野战军发起渡江作战。崔光川作为后勤人员，跟着部队步行前往南京。他回忆说："我记得当时走了6天，大雨下了5天。我们走的是稻田埂，道路泥泞难走。我和同期汽车班学员紧跟着大部队，既担心遇上土匪、国民党特务，又怕走散跟不上部队，走得又快又急，6天5夜走坏了5双鞋。"

渡江战役后没多久，崔光川被调回安徽安庆，到汽车团当了一名汽车兵。崔光川第一次正式穿上了军装，主要任务是开车运送物资。

说起当年学车条件的艰苦，崔光川动了感情。当时物资非常紧缺，3个排100多人只有一辆车。这辆车是国民党军队扔在路边的废车，学员们进行简单修理后拿来当训练用车。训练场是个足球场大小的空地，他们沿着事先画好的路线练习车辆驾驶技术。车里没有油，教练带着一个学员坐在车里，其他人在外面推车前进。学员们轮流上车学习，每个学员一天最多实操一次。为了能有更多的学习机会，每当有出车送物资的任务，崔光川就申请跟着一起去，给经验丰富的司机当助手。行驶途中，崔光川坐在副驾驶位，聚精会神地观察老司机开车，用心记下什么时候该加速，用什么挡，仔细听车的声音，判断挡位，慢慢掌握了驾驶技巧，成了学员里第一个学会开车的人。

"下苦功夫才能练出真本事。闲下来的时候，我就蒙上眼睛训练汽车部件装卸技术。我要求自己在半小时内要做到将部件拆卸下来，然后重新组装上去。几个月后，我的驾驶和机修技术就非常娴熟了。"崔光川说。

建起打不垮、炸不断的"钢铁运输线"

1949年11月，刘邓大军挺进大西南，崔光川所在的部队参加了战斗。当时解放军第五十二师在前方打仗，另外两个师负责修路，崔光川他们负责运送工兵、物资等。由于道路破坏严重，他们一天一夜只能走10公里路。

桥是汽车运输线上的命根子。由于敌人把沿途的桥梁都炸毁了,所以车队总是要停下来等待桥梁修好再通过。一次,崔光川看到长长的车队停在河边等待,非常着急。"这几个小时,要有多少战友付出生命代价啊!"他跳下车,蹚进冰冷的河水中——还好,水刚没脚踝。他在分电器接口处抹上黄油,防止河水溅入造成短路,然后加足油门,一鼓作气冲了过去。其他汽车司机欢呼喝彩,纷纷效仿,为物资运输争取了宝贵的时间。

说起那段经历,崔光川有点儿激动。他说,汽车部队担负粮食、弹药物资运送任务,目标大,是敌军的重点攻击对象。在严峻的战斗中,崔光川和战友们创造出了雪野行车、冰川行车、山林行车、夜间行车等多项行车特例,建起一条打不垮、炸不断的"钢铁运输线"。

为防敌人偷袭,汽车部队在夜间行驶中不能开车灯。时间一长,不少汽车兵都练出了夜间行车的硬功夫,崔光川也不例外。借着微弱的夜色,他基本能看清前方的道路。有时实在看不见了,助手就下车,身上披个白床单,在前面慢跑引路。

在一条条运输线上,随处可见发生故障的车辆。因无法在天亮前修好车,司机们就把车上的物资一件件卸到路边隐藏起来,再把车厢盖掀开,把轮胎拆掉,伪

1987年,崔光川(后排左一)和家人合影

装成废弃车辆。等天黑后,他们修好车,再把轮胎装回去,把物资搬到车上,继续加入运输队伍。

"比起牺牲的战友,我已经很幸福了"

云贵高原山高林密,道路难行,每一步都很艰辛。崔光川回忆说,当时最大的困难来自两方面。一方面,战士们要保持高度警惕,随时准备投入和反动武装的战斗。当地的反动武装是由国民党军队溃兵、地主武装、土匪等组成的,他们在山上躲藏着,一旦遇到汽车兵因故障停留或落单,就会冲下来残杀战士、抢夺物资。另一方面,战士们要克服恶劣自然环境带来的危险。大部队从成都开始修川藏公路,路修到哪儿,汽车兵就要把物资拉到哪儿。他们走的都是盘山路,一边是山,一边是悬崖,路面还特别窄。当时有个不成文的规定,重车靠里走,空车靠外走,这样做是为了保障物资安全。

一次返回途中,崔光川驾驶空车下山,迎面遇上满载物资上山的汽车。路特别窄,会车极为危险。他脑子里迅速作出决定:对方比自己重要,要保证对方车辆物资按时送到,他只有选择向着山崖边避让。崔光川毅然向左打一把方向盘,汽车滑向了深沟。幸运的是,驾驶室是木质的,翻车时散了架,他和助手被甩了出来,空油桶"噼里啪啦"地砸在身上,两人安然无恙。"即便牺牲了,我也会选择这么做。"提起这次险情,崔光川的心情平静如水。

2019年，崔光川（右一）参加街道活动

在当汽车兵的生涯里，最让崔光川自豪的，就是他对车辆的爱护了。一次，崔光川从拉萨返回部队驻扎地昌都，对车辆进行大检修。当时部队规定，从苏联进口的嘎斯汽车跑了一定里程后就要检查。在内地是5万公里，在川藏线是4.5万公里，如果检查没有大毛病，驾驶员就能立三等功。"那时候，每个汽车兵开车都很认真，开得都很仔细。我们班有三辆车，一辆由班长开，一辆由姓杨的同志开，还有一辆归我开。我们3个非常认真，一年结余了8桶汽油。"

崔光川说，自己心态好，很少有生气的时候："能从战场上活下来，还有啥不知足的？比起牺牲的战友，我已经很幸福了！"

（执笔：丁莉莎　姜珊）

光荣在党50年

北京百名党员风采录（下册）

中共北京市委组织部
中共北京市委老干部局 编
中共北京市委前线杂志社
北京市党的建设研究会

北京出版集团
北京人民出版社

刘迎建
汉王科技领头人

刘迎建,男,汉族,河南人,1953年2月出生,1968年2月参军入伍,1971年5月加入中国共产党。汉王科技股份有限公司董事长,中国科学院自动化研究所文字识别中心主任研究员。曾任解放军原总参通信部某通信站高级工程师。曾获中国科学院杰出科技成就奖、何梁何利基金科学与技术进步奖、中国计算机学会王选奖,主持的科研成果获国家科技进步奖一等奖,曾被评为全国劳动模范。

"电脑是国外的,键盘也是西方化的,能不能发明一项技术,按照中国人的习惯,直接手写汉字就可以使用电脑呢?"20世纪80年代,刘迎建开始研发汉字识别技术。从此,刘迎建和他创立的汉王科技开启了汉字手写识别时代。

谈起这些年的创新发展历程,刘迎建说:"没有党的培养,没有改革开放,没有中关村,就没有我的今天。未来,我要牢记初心跟党走,以永不懈怠的奋斗精神、自强不息的进取精神为科技强国贡献力量。"

"科技报国、产业兴邦是我毕生追求的理想"

"部队这所大学校、大熔炉为我走好人生道路奠定了坚实的基础。这么多年来,我一直坚持做自己喜欢的事业，斗志不减，都得益于部队生活的锤炼。我是在军队院校上的大学，这是我做研究工作的起点。"

1968年，15岁的刘迎建应征入伍，成为一名通信兵。火热的军营生活对他是艰苦磨炼，更是巨大财富。1978年，刘迎建从部队考入解放军南京通信学院。大三那年暑假，刘迎建没有回家。他住在学校，天天跑到教室里搞项目攻关。"我想开发设计一套汉字编码方案，减轻通信兵背密电码的工作强度。在编写代码的时候，我发现每种编码方案都需要高强度的学习和记忆。这时我就产生了一个念头：能不能研发出一种技术，人们只要书写汉字，计算机就能进行识别并产生标准代码呢？"刘迎建说。

1984年年底，已经在解放军某研究所工作的刘迎建向上级提交了一个"联机手写体汉字识别设备"的研发报告。这个报告很快获得批准，他从此踏上了汉字手写输入的科技攻关之路。

宝剑锋从磨砺出。经过没日没夜的潜心钻研，1985年，刘迎建主持发明的联机手写汉字识别在线装置制造成功，并获得了国家发明专利。"这个装置一改传统的键盘输入方式，实现了手写输入，在全世界也是第一个。"刘迎建自豪地说。

1987年，刘迎建被中国科学院自动化研究所破格录取，攻读博士研究生。1993年，就在刘迎建专心准备博士论文的时候，汉字识别产品的大部分市场已经被其他公司占领。"我意识到，新技术取得了研究成果只是第一步，把科研成果产业化,才能造福社会。"刘迎建说。他满怀产业报国的雄心,创办了汉王公司。"汉王"取意于"汉字输入之王"。

刘迎建说:"作为中关村土生土长的第一批科技创业者,科技报国、

2018年5月,刘迎建(左三)在"中关村改革开放40年杰出贡献奖"颁奖大会上发言

产业兴邦是我毕生追求的理想。我梦想着民族企业能够尽快突破核心技术瓶颈,用自主创新为建设科技强国贡献更大力量。"

"我们就是要做汉字输入之王"

从汉字手写识别到绘画板,从电纸书到仿生机器人,刘迎建在开拓创新的道路上从未停步。

刘迎建刚开始研发汉字识别技术时,计算机的计算能力还比较弱,汉字手写识别软件必须要对程序进行优化,尽最大可能减少占用内存。这就要求人们在输入汉字的时候要一笔一画写,还要笔顺正确,否则识别软件就无法正确识别。"当时,我给自己立了个目标:笔顺不对,计算机也要能识别。我们就是要做汉字输入之王。"经过无数次探索,刘迎建和研发团队攻克了手写输入的一系列难题。1988年,刘迎建发明了笔段顺序识别方法,在国际上第一次解决了笔顺不限的汉字识别问题,建构

起600万字的样品库,开创了国内文字识别全样本的先河。2002年,他又突破"无线无源电磁压感"技术瓶颈,开创了手写笔技术新境界。此后,刘迎建带领研发团队又接连攻克了识别连笔字、繁体字等一个个难题。他说:"我们就是要做核心技术,做别人没有做出来的东西。"

脱下戎装投身高科技产业,刘迎建带领公司应对国际科技巨头的挑战,一路过关斩将,展现了战必胜、攻必取的军人风采。

1997年春天,摩托罗拉公司携"慧笔"以铺天盖地的广告开路,大举进军中国市场,由此开启了汉王与摩托罗拉的"手写笔之战"。凭借强大的市场推广力度,"慧笔"一举占领了大部分市场份额。在巨大的竞争压力面前,刘迎建对研发团队说:"我们必须背水一战。"

市场风云瞬息万变,机会也悄然而至。国际商用机器公司(IBM)发布的"ViaVoice中文语音识别软件"让刘迎建看到了曙光。他花40万美元买下了这项技术——这笔钱几乎是当时汉王科技公司的全部家底。刘迎建将"ViaVoice中文语音识别软件"与汉王手写识别产品捆绑在一起,在全国30多个大中城市进行演示发布活动,与"慧笔"展开竞争。经此一役,汉王科技公司一举

2019年6月,刘迎建参加第十四届中国管理五环峰会

赢得市场主动权，登上了"汉字手写识别"霸主的宝座。

跃上绘画板原创技术高地

刘迎建独辟蹊径，以出色产品在汉字输入和识别技术领域稳坐国内头把交椅。但这一领域难以突破的局限性，使得汉王一度在主流信息技术产业外围徘徊。"汉王专注智能交互领域的核心技术，从手写识别、OCR识别、人脸识别，再到车牌识别，实现了持续创新。汉王要强大，就要千方百计争取新的突破，扭转被边缘化的局面。"刘迎建说。他敏锐地把目光转到当时方兴未艾的文化创意产业上。

1990年前后，动漫产业显示出强劲的发展势头，在日本成为仅次于电子产业、汽车产业的第三大经济支柱。动漫创作所需的高端绘画板硬件技术被一家日本公司垄断，绘画板在国内的价格一直居高不下，限制了国内动漫产业的发展。经过缜密思考，刘迎建决定开发绘画板，投身潜力巨大的动漫产业，以此作为汉王进军主流信息产业的重要一步。"选择绘画板产品的一个重要原因就是，与汉字输入识别产品不同，绘画板没有国界限制，可以承载更大的市场空间。"刘迎建说。

2005年年底，刘迎建决定将绘画板的突破性创新研发作为汉王科技公司2006年度的"一号工程"。他亲自上阵，带领团队研发具备7克力微压精密传感技术的绘图板。2007年4月，汉王"创艺大师"绘画板破茧而出。

2020年，刘迎建在汉王智能感知实验室进行科研指导

从事动漫设计的人都知道，绘画板一要稳定，二要灵敏。性能卓越的绘画板产品必须做到精确感知画笔划过板面的每一个细微动作。"我们的绘画板只需7克力。"提到汉王"创艺大师"绘画板时，刘迎建的话语中充满了骄傲和自豪。7克力，还不到画笔的自重，在笔尖轻触板面的一刹那便会纤毫毕现，而汉王科技公司主要竞争对手的产品均需10克力以上。

人性化的设计、平易近人的价格和民族品牌的感召力，使得汉王"创艺大师"绘画板在问世之初就引起了业内的极大关注。"无线无源"和"微压精密传感"两项关键技术成了汉王科技公司跑赢竞争对手的制胜利器。汉王科技公司一举跃上绘画板原创技术高地。

从通信兵到高新技术企业总裁，从科研攻关到艰苦创业，刘迎建用20多年的专注和坚持，走出了一条自主创新成就民族品牌的道路。英雄宝刀未老，壮士豪气犹存。刘迎建虽已近古稀，但仍保持着军人本色，话语铿锵有力："以'三牛'精神'犇'向未来，更大的精彩还在后面！"

（执笔：马文良　夏闪闪　宋丽群）

苗晓红
一辈子做蓝天的女儿

苗晓红，女，汉族，山东人，1937年4月出生，1956年6月参军入伍，1956年12月加入中国共产党。空军原第三十四师正团职飞行员。曾任空军原第十三师飞行员，原第三十四师作训科参谋，原第三十四师一〇〇团三大队副队长、大队长。曾立二等功1次、三等功3次，曾被评为北京军休榜样。

2019年5月28日，北京市平谷区石佛寺机场，一位82岁的老奶奶驾驶的飞机开始滑行。起飞、爬升、转弯、降落……在长达40分钟的飞行中，她干脆利落地完成了一系列操作，创造了中国女性驾机飞行最高年龄的纪录。满头银发、一身帅气的飞行员制服，这位"硬核奶奶"就是新中国第二批女飞行员苗晓红。

中央广播电视总台报道了苗晓红时隔30年后驾驶飞机重返蓝天的事迹，称赞她："初心不改，情系蓝天，一辈子做蓝天的女儿；敢为人先，挑战自我，老有所为，永做追梦人。"

多付出一分努力，就离实现蓝天梦更近一步

1956年，苗晓红以优异的成绩从山东济南省立第三

中学毕业,准备考大学。一天,学校通知学生们,空军要在应届高中毕业生中招收女飞行员。"如果入选,成绩合格,就能成为新中国第二批女飞行员,这可是件光荣的事情,同学们都沸腾了。我听过新中国第一批女飞行员的故事,心里也有一个蓝天梦。那时候,我就特别喜欢读《一个女领航员的笔记》这本书。"苗晓红下定决心,一定要报名参加空军。

这个翱翔蓝天的愿望,改变了苗晓红的一生。从此,她与祖国的蓝天结下了不解之缘。

飞行员的招收标准十分严格:体能、视力、文化课成绩、政审……经过层层选拔,苗晓红脱颖而出,考进了空军第五预校。那一年,济南市被录取的女飞行员只有两名。

对于训练的艰苦,苗晓红虽然有心理准备,但还是出乎她的意料:"说老实话,训练真苦。"女飞行员的训练强度、考核标准与男飞行员是一样的。"任务交给你了,就要高标准完成。"苗晓红说。白天8小时训练后,晚上还经常有紧急集合、野外拉练。"打'滚轮'最苦,一次要打100多个,连打4组,转得人头晕恶心呕吐。吐完了,还得接着去转。"苗晓红说。在严

1978年,苗晓红工作照

苛的训练中,她的腿脚肿了,手掉皮了,肩膀出血了。训练再苦再累,苗晓红都咬牙坚持了下来。她知道,自己多付出一分努力,就离实现蓝天梦更近一步。

由于训练刻苦、成绩优异,1956年12月,苗晓红光荣加入了中国共产党。

"驾驶飞机在蓝天上为祖国做贡献,是一件幸福的事"

1959年9月30日,苗晓红接到了一个特殊任务:"今晚7点半,中央新闻电影制片厂的摄影师和画报社记者要乘坐你们的飞机,到天安门上空观察地形,为明天国庆活动的拍摄做准备。"领受任务后,苗晓红激动的心情久久不能平静——自己第一次执行飞行任务,就是飞越天安门广场,这是多么光荣的事!

晚上7点半,苗晓红和中队长李桂森驾驶着飞机,从西郊机场起飞,稳稳飞过天安门,顺利完成了两次绕飞任务。那一刻,苗晓红感到无比自豪,她也因此成为新中国历史上第一位,也是当时唯一一位夜间飞越天安门广场的女飞行员。时隔多年,回忆起当年的情景,苗晓红激动地说:"我永远记得那个夜晚,国庆节前夜的天安门广场太美了!"

作为空军飞行员,苗晓红完成了一次次急难险重的任务。"党让我干什么我就干什么,党让我去哪里执行任务我就去哪里。"苗晓红说。

1963年8月，河北省雄县遭遇特大洪灾。洪水冲走了老百姓的房子、粮食，受灾群众没地方住、吃不上饭，忍饥受冻，急需救灾物资。时间紧、任务艰巨，苗晓红主动请缨执行空投物资的任务："我飞行经验多，让我飞。"地面上一片汪洋，天空乌云密布，能见度极低。如此恶劣的条件，飞行都有困难，更别说准确找到空投地点投放救灾物资了。

苗晓红驾着飞机飞到空投区域上空时，发现在预定空投的150米高度根本看不到地面，无法准确投放物资。降低飞行高度是她的唯一选择。可是，如果飞机继续降低飞行高度，危险就会增加。"怎么办？要是投到水里，这些粮食就浪费了。"苗晓红说。她毅然拉下操纵杆，继续平稳降低飞行高度，130米，110米，90米……云层太厚了，她还是看不清。降到80米时，苗晓红终于看见了预定投放点。"看到空投点，我开始围着空投点转圈。每次到了空投点，我就按下空投铃，后边的空投员就把大饼和其他物资推下飞机。"苗晓红说。

凭借着出色的飞行技术，苗晓红准确地将救灾物资投放给受灾群众，圆满完成了救灾任务。"当时，我心里只有一个念头：受灾的老百姓没有饭吃，我必须想尽一切办法把物资投下去。听到机长说物资都送到灾民手里了，没落到水里，我心里就踏实了。"返航途中，苗晓红看到拿到救灾物资的群众在地面上欢呼跳跃。"那一刻，我觉得自己虽然经历了危险，但特别值得。"苗晓红说。

从1958年至1988年，在30年的飞行生涯里，苗晓红飞过多个机型，练就了全面过硬的飞行本领，飞行近5000小时安全无事故。苗晓红勇挑重担，出色完成了军

20世纪80年代，苗晓红在驾驶舱内留影

事运输、抢险救灾、民航航班、科学试验等飞行任务。她还多次执飞国家领导人和外国政要的专机任务。苗晓红说："驾驶飞机在蓝天上为祖国做贡献，是一件幸福的事。"

"只要祖国需要，我还会起飞"

"再上蓝天一直是我的梦想。2019年是新中国成立70周年，也是人民空军建立70周年，我就想着要争取在这个特殊的日子，再次飞上蓝天。"苗晓红说。

右腿曾经骨折，左腿换过股骨头，身体不再灵活，体力也不如从前……要在停飞多年后重上蓝天，82岁的苗晓红面临的困难之多，可想而知。她说："外国女飞行员80多岁还能飞，我是新中国培养的女飞行员，要为中国妇女争口气！"

为了尽快达到飞行要求，苗晓红恢复了训练。她每天坚持走3000米锻炼身体、恢复体力；做十指操，让手指协调灵活；练习深呼吸，增强心肺功能。"只要能重返蓝天，再多的困难我都能克服。"苗晓红说。经过3个月

2019年5月，苗晓红在宣传展板前留影

严格的科学训练，苗晓红的身体状态终于达到了飞行要求。

"晴空万里阳光灿烂，白云为我铺大道，东风送我飞向前……我爱祖国的蓝天。"时隔30年，苗晓红终于再次圆梦，翱翔蓝天。俯瞰着祖国的锦绣河山，当年的军旅岁月仿佛又浮现在她的眼前。苗晓红不禁唱起了她最爱的那首歌——《我爱祖国的蓝天》。在塔台见证她重返蓝天的家人和战友们也一同唱起来，歌声久久地回荡在万里晴空。

60多年来，苗晓红始终心系蓝天、心系祖国的航空事业。"看到国产大飞机飞上蓝天，我感到无比自豪。"谈起心爱的飞行事业，苗晓红目光坚定。她说："回想我的一生，是党和国家培养了我。任何困难我都不怕，只要祖国需要，我还会起飞！"

（执笔：宋丽群　宋雪）

谢 飞

初心本色,光影人生

谢飞,男,汉族,湖南人,1942年8月出生,1964年5月加入中国共产党,1965年9月参加工作。北京电影学院教授,学院派导演代表人物,中国第四代导演领军人物之一。曾任北京电影学院导演系主任、副院长等职。曾获"国家有突出贡献电影艺术家"荣誉称号,获第四届中国电影导演协会"杰出贡献导演奖"、国际影视院校联合会(CILECT)"教学成就奖"。

早春的北京,处处生机盎然。开学前夕,我们在北京电影学院导演系办公室,见到了谢飞。他慈祥的笑容、温和的话语令人倍觉亲切,带着我们重温了他的光影人生。

细微之处见党性

1942年,谢飞出生在革命圣地延安。作为老一辈无产阶级革命家谢觉哉之子,谢飞自记事起,就深受父亲的影响。在他眼中,父亲不仅是一位革命家,也是一位教育家。从学完书法后一定要用清水洗笔的微小生活细节到教育子女要善于学习、终身学习,再到做人做事的道理,父亲一丝不苟、艰苦朴素的优良作风让谢飞深受洗礼。

爱岗敬业 务实进取

谈到父亲,谢飞从书柜里取出《谢觉哉家书》,并为我们诵读了其中的篇章。他说:"在我们年幼时,父亲会在信中写到谁聪明一些,谁不聪明一些。但是,父亲认为,聪不聪明是天生的,但有没有作为是后天的。他不希望我们有很深的心机,而是希望我们做有用的人,这一点对我的影响很大。"

在红色家风的熏陶下,谢飞养成了严于律己、求真务实的精神品格和坚定理想、坚持真理的意志。1964年,谢飞加入了中国共产党。他说:"我们与祖国同成长,同悲欢,同命运,强烈的社会责任感与民族忧患意识,是我们这一代艺术家共有的特征。"

1978年,谢飞联合执导电影《火娃》,正式开启他的导演生涯。此后,他执导的《湘女萧萧》《本命年》《香魂女》《黑骏马》等电影,获得各大国际电影节重要奖项,这些艺术成就使谢飞成为中国电影第四代导演中的代表人物。

谢飞的成就不是一蹴而就的,这些源自他深厚的艺术积累和精益求精的创作实践。他的作品细腻生动,反映了人民的现实生活和中国社会的变迁,贯穿着他对人生观、价值观、世

谢飞(左一)执导电视剧《日出》工作照

界观的哲学思考。谢飞说："文化艺术不是简单地为时代做一个记录，它是通过我们对人物的塑造和主题的开掘，以及对人类生存状态的思索，特别是对人性的穿透，表现出人性的真善美。"

多年来，谢飞通过不断的艺术实践，成为"艺术电影"的旗帜和代名词，实践着一位老艺术家对艺术纯粹的坚持和坚守。

为电影教育事业奉献光和热

1965年，谢飞从北京电影学院导演系毕业后留校任教。他从教55年，把很多精力都用在了电影教育上。他爱学生、爱青年，并且非常重视对学生精神品格的培养。"我觉得不管在任何时代、任何国家，有作为的艺术家首先人生观、世界观必须正确。"谢飞说。他通过言传身教，不仅教授学生精湛的知识与技艺，同时潜心培养学生的思想品格，带出了一届又一届优秀的本科、硕士、博士毕业生。这些学生中有很多都已成为当今中国电影事业的中流砥柱。他说："看着一批批年轻学生取得了不凡的成就，我感到非常高兴！"

谢飞善于思考和理论总结，写下了《电影的镜头与镜头组接》《真实、现实主义及其他》《现代电影观念浅探》等大量理论文章，并且多次考察西方教育制度，了解国内外电影教育现状，不断探索电影教育发展模式与规律，促进中国电影人才培养的实践与革新。

2021年4月,谢飞在给研究生讲课

谢飞说:"作为一名老师,很重要的一点是要不断思考、跟上时代的变化,总结电影艺术各方面人才的培养规律,想出一些切实可行、又能长期运行的有效方法。"他发起了北京电影学院研究生MFA(艺术硕士)毕业长片项目。在他的指导下,一部又一部优秀的青年导演作品诞生了,其中《告别》《盛先生的花儿》《过春天》《送我上青云》等,包揽了电影节多个奖项,成绩斐然,为中国导演事业注入了新的活力。

面对飞速发展的时代,谢飞始终坚持学习,保持着思维的敏锐性和艺术的洞察力。他很早就在豆瓣电影上发表自己的影评,也会同步到微博分享。他说:"人要跟着时代共同进步,能用的东西都尽快地用,这样才能让自己跟上时代的发展。"

如今,78岁的谢飞仍然心系电影教育的未来,坚持为党和国家的电影教育事业奉献自己的光和热。

"走出去"要几代人共同完成

1986年,谢飞带着《我们的田野》和《湘女萧萧》的拷贝,走进了戛纳电影节的办公楼。也就是在这次放映中，美国一个艺术片发行商看中了《湘女萧萧》，该片于1988年在美国发行。

之后，根据小说《黑的雪》，谢飞又改编拍摄了电影《本命年》，在柏林拿了银熊奖。1993年，《香魂女》在柏林获得金熊奖。

20世纪80年代，谢飞成为与国际影坛接轨的中国电影人代表之一。他说："我是一个头脑比较灵敏、喜欢接受新鲜事物的人。参加国际电影节是中国电影走出去非常重要的一步。"

走出去后，谢飞还特别重视用"引进来"的方法提升中国电影教育力量。谢飞曾出任蒙特利尔国际电影节和以色列特拉维夫大学第四届国际学生电影节评委。他利用参展评审的机会将国外先进的影视资源引入国内，向学生传授国际影坛最新的创作理念。

谢飞非常重视电影在文化传播与交流中的重要作用。在他的组织下，2001年，北京电影学院联合国际影视院校联合会创办了北京电影学院国际学生影视作品展（ISFVF），面向全世界范围内近百所影视院校的师生，通过"看片、评片"拓宽大学生在专业学习中的视野。电影展不仅使在校生看到参展国电影，还能看到同龄人不同类型的电影作品，看到他们的艺术探索实践。从第一届仅收到15个国家的作品到第19届收到来自37个国家的1097部学生短片作品，北京电影学院国际学生影视作品展已经成为世界电影院校之间相互学习与交流的重

2017年12月，谢飞（中）在北京电影学院第六届导演系"学生导演奖"颁奖典礼上被授予"导演系奉献奖"

要平台，这一举措推动了中国电影教育与国际进一步接轨。

作为文化交流的一张重要名片，让"中国电影走出去"是很多人的期望。谢飞认为，"不能急。要尝试先从文化、人性这些角度，让世界认识和了解中国文化"。谢飞愿意支持那些能真正让中国电影和文化走出去的电影节，让更多的外国观众看到中国的好电影。"随着汉语学习越来越广泛，当外国人也能读懂中国的经典名著时，他们才会真正理解并喜欢中国电影。"谢飞说，"那时他们就会发现，这些经典作品的魅力丝毫不亚于《哈利·波特》《冰雪奇缘》《权力的游戏》。"

如今，年过古稀的谢飞还在以各种方式关注中国电影事业的发展，并参与着电影的创作。谢飞为推动中国电影教育事业发展、增进中外文化交流矢志不渝、奔走奉献，用一片赤子之心，践行着一位优秀党员艺术家的初心和使命。

（执笔：艾璐璐　申洁）

李清扬
做守卫祖国的雄鹰

李清扬，男，汉族，北京人，1930年12月出生，1949年6月参加工作，1961年10月加入中国共产党。北京市石景山区广宁街道办事处原副主任。曾为新中国第一代航空兵，抗美援朝期间所在部队轰炸大和岛获集体二等功，曾获解放军哈尔滨航校三等功、空二军司令部领航处三等功。

每当听到空中有飞机轰鸣，李清扬总会下意识地抬头看看。他曾属于这片蓝天，这位新中国第一代航空兵，曾驾驶战机，保卫祖国。

飞越天安门广场受阅

1951年，21岁的李清扬担任中国人民志愿军空军第八师二十二团二大队六中队长机领航长。8月，正在吉林四平机场参加联合演习的李清扬和战友突然接到命令——立即转场，准备参加国庆阅兵。听到这个消息，大家都很兴奋，紧急进行准备和建制调整，并开始了为期一个多月的飞行训练。

"空中受阅，主要看飞机编队队形和到达时间是否精准。"李清扬回忆，"到达天安门上空后，飞机之间保

1952年6月，李清扬（左）与战友合影

持两架飞机大小的间隔和距离，必须分毫不差。"

10月1日当天，风和日丽，晴空万里。李清扬起床后看了一眼窗外说："好兆头，非常适合飞行。"做好准备后，他校准时钟，静坐在舱内等候起飞。李清扬在受阅部队中担任轰炸机群大队编队左侧中队长机上的领航员，和战友们驾驶图-2轰炸机飞过天安门广场上空，接受党和国家领导人的检阅。图-2轰炸机是进攻性武器，也是当时我国唯一的轰炸机机型。

"大家练得都很辛苦。"李清扬说，"我们都清楚，这一次是新中国空军首次多机种多梯队受阅，空中受阅部队是由轰炸机、强击机、歼击机等130多架作战飞机组成的队伍。"

起飞命令发出后，图-2轰炸机呼啸而起。战机受阅队形为楔形战斗队，9架轰炸机被分为3组，呈"品"字形飞行。当飞过天安门广场时，广场上欢声雷动，所有人都被新中国空军的力量所震撼。虽然机舱中只能听到发动机的轰鸣声，但李清扬和战友们的心却激动不已，仿佛也听到了地面上的山呼海啸。"当时，天安门广场上红旗招展、人山人海……"那个画面，李清扬说他永远不会忘记。

参加中国轰炸机第一仗

完成国庆两周年空中受阅任务一个月后，李清扬所在部队接到了参加抗美援朝、轰炸大和岛的任务。

当时，敌人在朝鲜西海岸大和岛部署了一支名为"白马部队"的守岛兵力，并设置了军事情报机构，对志愿军构成极大威胁。李清扬所在的二大队奉命执行摧毁这个据点的任务。"因为这是中国人民志愿军空军第一次使用轰炸机深入敌占岛屿执行突击任务，所以我们格外慎重。"李清扬说。

11月6日，李清扬和战友们提前进入机场，仔细检查飞机的各个部件。下午2时35分，全大队同时"开车"、滑出，对正跑道，腾空而起，按预定航线悄悄向目标逼近。

编队到达凤凰城时，与空二师的16架拉-11护航歼击机会合，编成混合机群，飞过了鸭绿江。机群通过铁山后，进入了轰炸航路。到达目标瞄准点时，长机果断投弹，8架僚机也同时行动，投下81枚炸弹，敌巢大和岛随即成为一片火海。这一刻是1951年11月6日下午3时38分。

李清扬回忆，他先是按下电钮，同时在通话器里大喊："投下！"随后快速拉动机械投弹把手（扫清弹舱），

1955年5月，李清扬授衔后留念

打开照相机电门（实施空中照相），趴在瞄准具上观察弹着点。当看到大和岛已遍布浓烟烈火时，他情不自禁地高喊："炸得好！"

此次任务圆满完成，轰炸命中率为90%，摧毁敌人房屋45幢，炸毁敌军粮食20吨、弹药15万发、木船2条。此次战斗沉重打击了敌人的嚣张气焰，为攻占大和岛创造了有利条件。李清扬所在的大队被授予集体二等功。

时至今日，91岁的李清扬一直随身带着一张照片，照片记录着15个骨灰盒在丹东市抗美援朝烈士陵园合葬时的瞬间。这15个骨灰盒里没有遗骸遗物，只有名字。他们都是李清扬长眠在异国他乡的战友。

"他们是英雄，我永远怀念他们，我要永远继承战友们英勇顽强、为国而战的革命精神！"

潜心钻研做贡献

1964年秋，李清扬被调到空军第三十师司令部领航科任副科长，开始了为期17年的机场执勤生涯。

到空三十师后，李清扬跟随师部率八十八团入闽，在福建连城机场开始轮战锻炼。在将近两年的时间里，国民党空军的飞机随时想要窜入大陆窃取情报。李清扬和战友们每天都要进行跟踪监视飞行。由于敌机长期得不到所需要的情报，遂改用具有超音速性能的RF-101飞机沿海岸擦边照相侦察。因此，我方防空作战的重点是阻止国民党空军RF-101窜入我陆地侦察。

但是，我方飞机飞行速度慢于敌机，形成了负速度差，要想截击敌机，就不能再用后半球攻击战法，那样会越追越远，所以只能采用对头攻击战法。

那么，究竟怎样对头攻击呢？后来，李清扬用作图和数学计算找出了一个最佳方案：采用"45度斜对头"方法攻击。这种攻击方法的好处是相对速度小、目标"被弹面"相对大、容易射击瞄准、炮弹命中率高，但有双机相撞的危险。

为了消除顾虑，李清扬用作图法把敌我飞机交叉对头接近过程中每一秒所处的位置都标出来。经过反复研究和计算，他得出结论：敌我飞机不会相撞，尽可以大胆瞄准攻击。

为使领航员和飞行员熟练运用斜对头截击、攻击战术，李清扬为空地双方人员讲解作图和数学计算细节后，制订了具体的演练方案。为检验这种战法的实用性，李清扬在实施过程中亲自上阵指挥引导，安排技术比较成熟的领航员重点演练新战法，提高了我军对敌作战战术和指挥水平。

连城轮战结束时，李清扬随部队转移到四面环山的

2020年9月，李清扬与爱人在家中合影

风城县大堡机场。上级决定将大堡机场建成全天候机场，要求李清扬进行大堡机场导航台的选址和本机场穿云图的设计工作。

大堡机场四面环山，穿云飞行受到地形限制，因此必须打破常规、因地制宜地自行设计穿云方案。李清扬与通信参谋一起从机场跑道北面出发，顺着跑道延长线徒步勘察。

为寻找可以架设导航台的理想阵地，测量出到达机场的准确距离，他们蹚河沟、爬丘陵，渴了就到老乡家喝口水。经过勘察，李清扬最终确定了远距、近距导航台的具体位置。回来后，他立即着手设计本机场穿云上升和下降的特定方案图，经试飞后，最终确定了"大堡机场穿云图"。从此，大堡机场具备了全天候飞行的保障条件。

（执笔：鲍玥玥　贾倩颖）

黄腾适
做一辈子党务工作，是我的光荣

黄腾适，男，汉族，广东人，1939年1月出生，1962年9月参加工作，1966年1月加入中国共产党。北京市委办公厅原助理巡视员、机关党委书记。曾任北京市农林局企业处干事，市农场局人事处干事，市农业局政工组干事，市农机局组织处副处长，北京市委办公厅人事处副处长、处长，北京市委办公厅副局级调研员等职。曾被评为全国优秀党务工作者、北京市优秀党务工作者、北京市离退休干部先进个人。

"我是一个孤儿，是党组织把我抚育成才，党就是我的母亲。做了一辈子的党务工作，是我的光荣，我要一直做下去，为党的事业奉献终身！"说起自己的人生道路，有着55年党龄、几十年如一日从事党务工作的黄腾适坚定地说。

"不能辜负火线入党的光荣经历"

黄腾适出生于1939年1月，4岁时父母离世，成了孤儿。抗战胜利后，他辗转投靠在上海的叔父家。1957年，从小刻苦学习的黄腾适以优异成绩考入北京农业大学农业经济系。靠着党组织资助和学校助学金，黄腾适完成了学业，内心充满了对党的感激。

1962年，黄腾适大学毕业，被分配到北京市农林局。他主动提出随农村工作队到乡下接受锻炼。在北郊农场，他遇到了影响他一生的人——"四清"工作大队党总支书记王锦魁。当时已经26岁的黄腾适非常渴望加入党组织，但因为出生于香港，加上家庭的海外关系，他始终鼓不起勇气提出入党申请。王锦魁看出了他的顾虑，多次找他谈心，告诉他申请入党是年轻人要求上进的表现，只要努力，党组织的大门是向每个人敞开的。王锦魁告诉黄腾适，到农村参加"四清"运动，是接受锻炼和考验的好机会，要有信心争取火线入党，并表示自己愿做他的入党介绍人。黄腾适备受鼓舞，很快向党组织递交了入党申请书。他牢记王书记的叮嘱，努力工作，主动接受艰苦锻炼和组织考验。那几年，黄腾适白天干农活，访贫问苦，联系各村工作队，晚上进行政治学习，参加工作队和村里的各种会议并做记录。他发挥自己的文化特长，挤出时间承担报送工作信息、整理会议记录、起草文字材料和保管文件等工作。

他的突出表现得到了党组织的认可。1966年1月，黄腾适加入党组织，成为一名光荣的共产党员。这时，王锦魁再次找他谈心，提醒他不要有松口气的思想，"要终身接受党的考验，不辜负火线入党的光荣经历"。这句话深深地烙在黄腾适心里，让他铭记一生。

"做人做事无愧于党、无愧于事业"

38年的职业生涯，黄腾适一直从事党务工作。对于党务工作，黄腾适经历了从陌生到熟悉，再到挚爱，并为之奉献的过程。在这期间，他始终忘不了一个人和一支团队对自己的影响和帮助。

1993年，黄腾适主持机关党日活动

"我永远忘不了张翠同志。"黄腾适说。张翠是一名新四军老战士、老党员，也是他所在单位的党支部书记、组织处副处长。抚养黄腾适长大的叔父去世时，是张翠替他请好假，买好了去上海的车票，让他感受到了党组织的温暖、老党员的可亲可敬。自那时起，黄腾适就将她作为自己学习的榜样：兢兢业业、无私奉献，事事做在前，关心爱护同志。

"我永远忘不了市委机关下放干部团队。"黄腾适说。"文化大革命"快结束时，张明义、项华、王广荃、纪树翰等十几名市委机关干部被安排到市农机局，等待重新分配工作。在朝夕相处中，他们的政治理论水平、党性修养、奉献精神、工作作风、为人处世等深深吸引和教育着黄腾适，使他的思想认识和工作能力都有了很大提高。在以后的工作生活中，黄腾适以"做人做事无愧于党、无愧于事业"的信条激励自己，时刻严格要求，力争样样工作做得井井有条、有声有色。

"文化大革命"结束后，黄腾适在原北京市农业局政治组负责干部人事工作。由于单位刚刚合并，部门

1997年，黄腾适（右一）与劳模座谈交流

多、事务多、干部多，再加上很多干部要重新分配工作，审查干部档案的任务很重。为了准确审查一名干部的档案，黄腾适多次到密云水库、官厅水库了解情况。当时交通不便，他只能坐长途汽车或骑自行车，去一次，路上就要花费一整天时间，但他从不喊苦喊累。有些干部的冤假错案需要平反，为了查找线索，黄腾适经常外调。他多次到黑龙江、内蒙古、山西等地出差，有时一待就是半个月。有一次，为了查找证据、证人，他和同事们骑着自行车几乎跑遍了北京的大街小巷。在黄腾适和同志们的努力下，干部档案审查、冤假错案平反等各项工作圆满完成，无一差错。

20世纪80年代以来，为了接收优秀大学毕业生，黄腾适多次到张家口大学生军训基地了解情况。有同志私下对他说："没有必要那么认真，跑那么多路，打个长途电话问一下不就行了吗？"黄腾适说："那怎么行？这是我的职责，不能做愧对组织、愧对工作、愧对内心的事。"

黄腾适对党务工作的热爱和付出，得到了群众的称赞和组织的肯定。1989年，他被评为全国优秀党务工作者和北京市优秀党务工作者。

"离岗不离党,全靠有理想"

2000年8月,黄腾适退休。从2003年至今,他连续担任市委办公厅离退休干部党支部、党总支书记。退休后,黄腾适经常讲的一句话就是:"离岗不离党,全靠有理想;退休不褪色,党性是关键。"

近年来,黄腾适带领支委一班人坚持把引导老党员增强"四个意识"、坚定"四个自信"、做到"两个维护"作为加强基层组织建设的重中之重,严格落实集体学习、"三会一课"、主题党日等制度。作为书记,黄腾适坚持主持每月一次的全体党员集体学习和专题讨论、每年一次的专题读书班。他不顾年事已高,和工作人员一起对行动不便的老党员进行家访,送学上门。在"不忘初心、牢记使命"主题教育中,黄腾适联合各区、高校、企业、街道等6个离退休干部党支部发出《"不忘初心、我将无我,牢记使命、不负人民"致全市离退休干部党组织和党员倡议书》,号召全市离退休干部党员自觉参加主题教育,为推动首都新发展做出力所能及的贡献。

2020年新冠肺炎疫情暴发后,黄腾适带领支委一班人配合离退休干部工作部门健全和完善了离退休老同志联系机制,及时在微信群向老党员传达党中央和市委的疫情防控精神、工作部署等。他还倡导有条件的老党员充分利用"学习强国""北京老干部"等网络平台进行在线学习。每次上级党组织发出学习通知时,他总是第一

2018年，黄腾适（右一）为离休干部送书上门

时间响应，在微信群对党员提出学习要求，组织交流学习体会。中组部向全体党员发出自愿捐款的号召后，黄腾适第一时间在微信群发出倡议，"我们老党员要坚决响应党的号召，积极捐款"，并带头捐款。短短4个小时，老党员就捐款近3万元。

近年来，黄腾适所在的离退休干部党总支多次受到表彰，他本人也在2014年、2019年两次被评为北京市离退休干部先进个人。

回顾55年的在党经历，一直从事党务工作的黄腾适至今初心不改。他说："基层党务全体验，尽心尽力抓党建。党务工作伴终身，合格党员永记心。我愿意一辈子做光荣的党务工作者，不忘初心、牢记使命，永远对党忠诚，为党的事业奉献一生。"

（执笔：杨磊　王艳平　王晓方）

方友春
防疫防病做尖兵

方友春，男，汉族，北京人，1948年4月出生，1969年3月参军入伍，1971年5月加入中国共产党。北京市通州区疾病预防控制中心原技术顾问。曾任通县卫生防疫站环境卫生科科长、通州区卫生防疫站站长助理、通州区疾病预防控制中心副主任。曾被评为首都防治非典型肺炎工作先进个人。

2021年初春的一个下午，我们来到方友春家中，见到了这位在卫生健康系统工作了40年的老人。寒暄过后，他把我们引到餐桌前就座。桌上散放着几沓稿纸，密密麻麻写满了文字。老人笑着说，茶余餐后，这张餐桌就是他看书学习、撰写文章的"战场"。

退休前，方友春在通州区疾控中心工作。在他看来，疾病预防是党的医疗卫生事业的组成部分，值得自己付出一辈子的努力。"我撰写这些疾病预防、免疫预防学术论文，就是希望给医务工作者以启发，不光要会治病，更要懂得预防，在病毒肆虐之前就制止住。这样，我们国家的医疗卫生事业才会发展得越来越好。"

"成为共产党员一直是我心中最崇高的追求"

方友春自幼在农村长大。那时候，农村缺医少药，医疗条件差，乡亲们生病了有时只能靠咬牙硬扛。生活在这种环境里的方友春，小小年纪就下定决心："长大一定要当医生，治病救人。"遵从这个理想，方友春在中考时选择到中专学医，从此走上从医之路。

1969年3月，方友春参军入伍。当被问及当初为何要参军时，他的话语言简意赅："是国家需要。"接着，他又补充道："服兵役是一名青年的光荣义务。我想在部队中锻炼自己，成为一个有能力为党和国家做事情的人。"

入伍后，方友春思想上进、表现突出，积极向党组织靠拢，于1971年5月加入中国共产党。老人说入党是他最大的心愿，"我们从小就知道，没有共产党就没有新中国。因此，成为共产党员一直是我心中最崇高的追求。入党后，我想的就是听党的话，哪里需要我，我就到哪儿去"。

方友春是这么想的，也是这么做的。在部队，他甘做"革命一块砖"，不管什么时候，服从组织安排在他心里始终

1973年4月，方友春（第二排左二）与军区防训队同学合影

排在第一位。方友春学的是临床医学专业，原本希望入伍后能奔赴一线救治伤员，却被安排去做疾病防控工作。感到一身本领无法施展的方友春有些着急，便去找领导"理论"。"领导跟我说，你想上前线当医生，我们都理解。但对部队而言，有时候防疫要比治疗更重要，只有做好防疫，才能保障战士们参战的战斗力，这是重要的政治任务，也是组织对你的考验。"方友春说，领导的这番话让他明白了自己工作的意义，也让他下定决心，一定要通过自身的努力，让战士们保持健康，全身心投入战斗。

为胜任这项新任务，方友春从头开始学习防疫知识。他买了一整套公共卫生专业大学本科教材，边学边干，边干边想。防疫工作琐碎复杂，方友春不厌其烦，事无巨细地做好保障。"那时候，每天过得都很充实，看到我负责的部队在行军途中没有一个发病的，我感到特别满足。"回想起在部队的日子，方友春难掩自豪之情。

由于业务扎实、成绩突出，方友春经常被部队通报表扬，还被请到军医学校为高炮部队的卫生防疫员讲课。

"一定要把疟疾消灭"

20世纪70年代，方友春按照组织安排，与战友们一起组成军区赴海南抗疟医疗队，奔赴乐东黎族自治县，为黎族、苗族等少数民族聚居区进行疟疾的筛查、治疗工作。方友春骄傲地说，这支医疗队参加的是以"寻找用于预防和治疗热带地区抗药性恶性疟的抗疟新药"为目标的全国性协作项目——"523"任务,他和战友们承担了屠呦呦团队领导的"青蒿素抗疟实验"研究的相关任务。

提起那段经历,方友春感慨万千:"乐东经济文化落后,生活条件非常差,天气潮湿炎热,很容易滋生蚊虫。我们对当地群众进行了一次全面的疟疾筛查,检查结果显示竟然有80%以上的患病率。"检查结果震惊了整个医疗队。"一定要把疟疾消灭!"方友春和战友们立下誓言。

一场与疟原虫的战斗打响了。

尽管在出发前医疗队已经充分考虑了可能面对的困难和考验,但与后来遇到的实际问题相比,这些准备远远不够。方友春回忆说,由于文化落后,当地很多群众甚至不知道疟疾是一种疾病,一直以为是"神明降罪"。他们对医疗队不但不欢迎,还把验血、打针这些现代医学手段当成某种"巫术",避之唯恐不及。

尽管困难重重,方友春和战友们始终不忘当初立下的誓言。为了消灭疟疾,他们起早贪黑,沿着泥泞的小路穿山越岭,逐村逐户上门诊治。他们与村民们吃住在一起,一边安抚村民的情绪,一边

1985年4月,方友春(右一)与炮兵第七师战友合影

耐心细致地为村民讲解疟疾的发病原因和危害。看到一个又一个被病痛折磨得痛不欲生的患者经过治疗重获健康后，村民们放下戒备，把医疗队当成了他们最亲近的人。

方友春说，在海南岛与战友们一起奋战在抗疟前线的日子是他最难忘的经历，也是他人生中最宝贵的财富。涓滴之力，聚渊成海。能为青蒿素的研发尽一份力，能为祖国的抗疟事业贡献力量，他和战友们都倍感荣幸。

"以最高标准完成组织交给的每项任务"

从军近20年，不管是在雷州半岛的训练场，还是在祖国西南边陲的大山上，方友春从未忘记入党初衷，躬耕不辍，孜孜前行，始终以最高标准完成组织交给的每项任务。

方友春一边工作，一边致力于疾病预防控制的医学研究。他先后参加了中华预防医学会消毒学会、全国老年慢性气管炎科研组、全军中暑科研专业组、原广州军区军队卫生科研组、北京预防医学会健康教育专业委员会等学术组织的科研活动，提高了专业技能。

1987年，方友春转业到北京市通县（今通州区）工作，在通县卫生防疫站负责基层防疫防病工作。脱下军装的那一刻，方友春十分不舍，但他告诫自己，身为党员要时刻保持一颗为人民服务的心，从军队到地方，只是换了与疾病斗争的战场，不管在哪里都是一样的救死

2001年11月,方友春(左二)参加通州区卫生防疫站组织的学雷锋志愿服务活动

扶伤。凭着这颗恒心,方友春毫无松懈,一如既往地投入到新的工作岗位,先后参加组织实施了"北京市农民健康教育需求""乙型肝炎人群免疫预防"等研究,并多次参加全国和国际级别的学术活动。

以学促知,以知践行。在部队时,方友春养成了勤思考、爱总结的习惯,将所学知识与工作实践结合在一起,撰写了多篇论文。到地方工作后,他白天上班专心工作,下了班坚持看材料、写论文、做研究,常常工作到深夜。学海无涯苦为伴,方友春却觉得甘之如饴:"我一直觉得人要活到老、学到老、干到老。做研究对我来说是一种兴趣,钻进去就出不来。有时每天就睡三四个小时,写到半夜累了,就休息休息,捋捋思路,现在想想都觉得很惬意,很享受。"

随着论文越写越多,方友春获得的奖项也越来越多。他最关心的还是自己的研究成果能否有助于消除人们的病痛。"我这辈子为党和国家的疾病防控事业做了一点儿事,感觉很光荣!"方友春说。

(执笔:刘冲 陈子涵)

朱冬生
做宣传中国共产党历史的忠实传人

朱冬生，男，汉族，江苏人，1950年3月出生，1968年3月参军入伍，1970年3月加入中国共产党。解放军出版社原社长，享受国务院政府特殊津贴。《解放军生活》杂志首任主编，原解放军总政治部直工部编研室副主任，原解放军总政治部"中国人民解放军历史资料"丛书编委会办公室副主任。曾被原国家新闻出版总署评为先进个人。

每天清晨，在海淀区一个军休所大院里，解放军出版社原社长朱冬生家的灯早早就亮了。早饭后，朱冬生开始了一天的写作。"宣传党和人民军队的光辉历史、光荣传统是我的一个任务。"每周发表一篇宣传党史军史和中国传统文化的文章，是他坚持多年的习惯。朱冬生家的书架上，摆满了他写作、编著的书籍。50年来，他参与《星火燎原》《中国工农红军第四方面军战史》以及徐向前元帅、洪学智上将回忆录等图书编辑出版工作，编著出版《记忆中的〈星火燎原〉》《中国人民解放军战史》和"来时的路·亲历者讲述3000个红色故事"丛书等150多本著作，写作、编著总字数达3338万字。

爱岗敬业 务实进取

希望的田野就在眼前

从一名部队的战士到一位宣传党史军史的专家,朱冬生走过了一条颇富传奇色彩的成长道路。1971年,刚刚提干的他在战友家中看到一本《苏联名人录》。他爱不释手,读得津津有味。读着读着,他突然意识到,书中收录的苏联党政官员几乎都有教授、工程师的学术头衔,这对中学毕业的他是一个深深的触动。"文化水平不高,就不能适应部队建设的需要。我必须想办法,把这个短板补上。"朱冬生回忆道。

朱冬生来到部队驻地的河北师范大学图书馆,请求老师允许自己到图书馆看书学习。看着这名态度诚恳的年轻军官,老师笑着说:"可以,只要你有时间,随时可以来看书。"朱冬生连声说:"谢谢!谢谢!"在图书馆里,他一看就是8年,政治、经济、历史、文化……他在各种书籍中,如饥似渴地汲取着知识的营养。

1985年5月,朱冬生(右一)参与策划中央电视台军事部电视系列片《让历史告诉未来》

朱冬生有个习惯,不动笔墨不看书。他把看书当作在课堂上课,每次自学都要认真做笔记。日积月累,他开始有重点地选择自己感兴趣的学科进行学习研究。有一天,他看到了《〈资本论〉注释》

这本书。"我是一个爱给自己出难题的人,当时就想到,应该出一部注释无产阶级导师著作的图书。"朱冬生说。

从那以后,朱冬生开始系统学习研究马克思、恩格斯、列宁、斯大林、毛泽东的著作,列出书中的专有名词,搜集各种资料,撰写注释。他用了3年时间,按照政治、经济、军事、哲学、历史、文化、人名、地名等类别,编写了五六十万字的书稿,定名为《马恩列斯毛著作名词注释》。他还用一块布粘在硬纸板上,做成仿线装书的封面,用楷体字工工整整地写好书名,装订成册后寄给了解放军出版社。

正是编著这部书,改变了他的人生道路。朱冬生说:"只要你肯自觉学习,希望的田野就在你的眼前。"1979年,他被调入解放军出版社,成为《星火燎原》编辑部的一名从事党史军史宣传和研究的专业编辑。

留下最宝贵的人生经历

朱冬生是《星火燎原》编辑部里最年轻的编辑,其他编辑都是战争年代入伍的老革命。每逢有校对、采访、送稿的工作,他都抢着干。在编辑部,他参与了4万多篇革命回忆录书稿的整理、编辑和档案保管。这4万多篇革命回忆录,集中了20世纪五六十年代全党、全军、全国所有县团级以上领导干部写作的回忆录,包括1955年授衔的开国将帅们撰写的全部回忆录。

在完成编辑工作的同时,朱冬生还承担了为在京中将以上部队领导同志取送稿件的工作。当时，驻京单位1955年授衔的开国中将以上领导同志都在重要领导岗位上，他们的文稿要由编辑部派人专送。朱冬生不仅要为这些领导同志取送文稿，还要为他们查找资料、校对书稿。他说："参与编辑出版《星火燎原》，与这么多老革命家有过密切的交往，成为我这个新中国成立后出生、从事党史军史宣传工作的年轻人最宝贵的人生经历。"

1982年，《星火燎原》10集出版。图书中的600多篇文章，都是由朱冬生和老编辑们一篇一篇地编辑完成的。这段经历为他积累了丰富的党史军史知识，全面提高了他宣传党史军史、讲好中国革命故事的能力。

为了誓言贡献毕生

"进入解放军出版社的那一天，我就立下誓言，一定要为宣传党和人民军队的辉煌历史贡献一生。"朱冬生说。

1979年至1988年，朱冬生编辑了徐向前元帅的回忆录《历史的回顾》《中国工农红军第四方面军战史》，参与编辑了"星火燎原"丛书、《星火燎原》杂志。1999年至2006年，他参与编辑和领导编辑出版了《洪学智回忆录》、"中国人民解放军历史资料"丛书，以及各种版

2019年10月5日至11月6日，朱冬生参与编辑的《记忆中的星火燎原》被《解放日报》连载

本的党史、红军史、八路军史、新四军史、各大野战军史、中国人民志愿军史、中国人民解放军高级将领传和烈士传等上千种党史军史书。

《中国人民解放军历史资料丛书》是一套超大型的党史军史丛书，体例结构庞大，平均每本100万字左右，共计200多本。这套丛书的创意来自解放军出版社。1979年，朱冬生等年轻编辑向社领导提出建议，出版一套反映党领导下的人民军队伟大发展历程的大型历史丛书。社领导对此高度重视，后来中央军委决定将该书列入全军出版工程。1988年至1998年，朱冬生任总政《中国人民解放军历史资料丛书》编委会办公室副主任。1999年之后，朱冬生任解放军出版社社长，领导了这套丛书全部的编辑、出版、发行工作。

朱冬生任社长期间下过一个重要指令：老同志出版回忆录，绝对不能收费。他说："解放军出版社应当成为党史军史宣传的排头兵，要全力以赴做好党史军史的宣传工作以及我军高级将领回忆录的编辑出版工作。"

2021年是建党100周年。一辈子从事党史军史宣传的朱冬生，觉得自己应该为建党100周年做点什么。早在4年前，他就组织58位党史军史研究专家，从数万篇革命回忆录中精选编著了"来时的路·亲历者讲述3000个红色故事"。本书是新中国成立以来第一部讲好中国革命故事的大型系列丛书，因而有一支坚强的写作编著队伍十分关键。朱冬生多次去部队院校，从众多的党史军

2013年，朱冬生在中央芭蕾舞团讲授中国工农红军史

史教育专家中，认真选拔了一批政治上强、有丰富写作经验的同志参加丛书的写作编著。这部丛书历史跨度大，故事内容选择做到了：土地革命战争时期、抗日战争时期、解放战争时期的内容大致均衡；对红军的各个方面军，八路军、新四军、解放军的各主要部队的事迹进行深入展示；从元帅、将军到士兵，从国家部长、省长到普通干部，故事的口述者都是战争年代的老革命；故事内容丰富多彩，有摧枯拉朽的武装起义，有革命根据地的反"围剿"，有打击日军的反"扫荡"，也有平原游击队和地道战，各种对敌斗争手段真实生动。主编朱冬生认真策划、严格把关，确保了丛书的质量。全套丛书共100本2000多万字。此外，他还主编了600多万字的《中国人民解放军战史》以及《记忆中的〈星火燎原〉》等一批宣传党史军史的书。

朱冬生就是这样一个人：为了宣传党史军史永不知疲倦，永远甘于奉献，永远勤勤恳恳，永远拼搏进取。

（执笔：李爽）

张玮
从天山脚下走入革命洪流

张玮，女，汉族，辽宁人，1926年11月出生，1944年6月参加工作，1948年7月加入中国共产党。中国评剧院原副院长，国家一级导演。先后出演歌剧《白毛女》《赤叶河》《王贵与李香香》，执导《高山下的花环》《黑头儿与四大名蛋》，曾获全国调演优秀导演奖、文华导演奖、"五个一工程"奖。

第一次见到张玮，她给我们留下了深刻印象：平易近人，开朗健谈。在她的热情感染下，新朋友也会瞬间拉近距离，仿佛已熟识多年。

"人生要有远大的目标"

说起自己为什么走上了革命的道路，张玮用手拢了拢头发，目光投向远处。思考片刻后，她慢慢地向我们述说始自天山脚下的成长故事。

"我是从新疆走上的革命道路。"张玮说，"当时我是乌鲁木齐的一名中学生，后来在新疆女子学院教育专修科学习。我还是个学生的时候，深受那些工作、生活甚至最终牺牲在新疆的共产党员的教育和培养。我忘不了他们，我永远怀念他们。"

抗日战争时期,在新疆掌握军政大权的盛世才同意在迪化(今乌鲁木齐)设立八路军办事处(不公开挂牌),并请共产党派干部去帮助他。当时,张玮在新疆省立女子中学上学。1938年7月,共产党员朱旦华从延安来到新疆,被分配到女子中学任教导主任。朱旦华的到来,带动了整个学校的气氛。张玮特别有感情地回忆道:"她教我历史课,着重教授鸦片战争后中华民族受屈辱的历史,还告诉我们要斗争。她的教学很民主,常和学生讨论,学生可以提意见。我们在学校里做壁报,搞演讲比赛、跳舞比赛、戏剧比赛,进行抗战宣传。朱旦华指导我们演讲、演戏,为抗日军队募捐。她很会发动群众,很多老百姓深受鼓舞,无论是汉族人,还是维吾尔族人,大家都当场踊跃捐钱。"

朱旦华等共产党员把学校当作传播革命思想、培养进步青年、壮大革命力量的重要基地,向学生灌输马列主义思想,引导学生们阅读了大量进步书籍,使张玮这批青年初步树立起了革命的人生观和世界观。

回忆起跟朱旦华一起演戏的经历,张玮非常激动。她说:"在排练的过程中,朱旦华告诉我们说,戏剧是

1949年9月,张玮(左一)在政协第一次会议上为与会代表表演维吾尔族舞

一门综合性、集体性的艺术，不是某一个人或某一个明星的艺术，是大家要团结起来集体创作的。同时，戏剧还要有教益，要告诉人们，人生的路该往哪儿走。特别是要教育年轻人爱国，要为了国家而学习。"

"人生不能盲目，要有远大的目标。"这是朱旦华告诉张玮的，也是张玮一生受益的一句话。它像一颗种子，种在张玮的心田。哪怕后来人生遇到再大的风雨，那颗为了共产主义而奋斗的种子一直被小心呵护，茁壮成长。根越扎越深，苗越长越高。

"只有找到了组织，心里才踏实"

1942年，张玮以优异的成绩中学毕业后，被分配到县里当老师。为了继续读书，同年8月，张玮与被同样分配当老师的12名同学一起去教育局请愿，结果却被当局抓进了监狱。在狱中，张玮生了重病，但她没有屈服，咬牙坚持了下来。她说："在监狱里，我读了《论持久战》，决心要念书、要坚强、要保护好身体，迎接抗战胜利。"

1944年10月，张玮被释放出狱。出狱后，她第一件事就是要找党，找组织。"寻找组织就像寻找失掉的爹娘。"她说，"只有找到了组织，心里才踏实。"

年轻的张玮参与并组织发起了党的外围组织共产主义同盟社（后改为共产主义战斗社）。为了营救狱中的同志，同盟社决定给党中央送去所有在新疆地区的共产党员的名单。这份名单被写在一张蜡纸上，辗转交到了年轻的张玮手中。张玮深感任务重大，小心翼翼地把名单藏在自己靴子的底层，冒着生命危险带出新疆，带到了兰州，交给了上级。随后，她和她的战友们也按照党组织的安排，冲出重围，来到了向往已久的解放区。

扭着秧歌进北京

到了解放区，张玮如鸟儿入林、鱼儿入水，迅速投入到新的学习工作生活之中。她先到了晋冀鲁豫北方大学艺术学院戏剧系学习，1948年毕业后，她被分配到华北联大第一文工团。其间，她排演过话剧、歌剧、秧歌剧，如《白毛女》《王贵与李香香》《赤叶河》等。在那些年，许多知名导演都给她排过戏，她的专业能力和水平得到了快速提升。

很快，迎来了全国解放。眼看着解放军就要进北平，张玮也更加忙碌起来，因为上级党组织交给他们一个重要任务——组织腰鼓队，扭着秧歌跟着解放军一起进城。张玮说："当时的秧歌有东北秧歌、河北秧歌和陕北秧歌。后来我们研究决定，还是用陕北秧歌，因为陕北秧歌非常有气势。为了能够整齐划一，打出气势来，我们训练了一个多月。1948年，我们打着腰鼓、扭着秧歌，和解放军大部队一起进了城。那个场景，让我记忆犹新。"

后来，周恩来总理提出让华大三部第一文工团的同学们在第一次政治协商会议上给与会代表展示解放区文艺。"那场演出,我特别忙,演完了一个节目,就得赶快换下一个节目演出的服装。"张玮说,"我们拼命

1980年11月,张玮工作照

干,不仅不觉得累,反而一直都那么精神,台下很多人看了我们节目都感动得落泪了,称赞说,解放区的生活这么丰富多彩呀。"

最让张玮难忘的是,演出结束后,毛主席接见了演员们。"与毛主席握手的时候,我觉得毛主席那么高大,两只手那么有力,我多想一直握着不放!"说到这里,她开心地笑了,自豪溢于言表。

不久,张玮被编入中央戏剧学院歌剧团。在剧团里,除了排练合唱,她还要进行形体训练,练习腰腿动作、舞蹈和戏曲基本功。当时她已经20岁出头,为了达到训练要求,她付出了远超常人的努力。一次,因练功过度,她的声带受伤,再也不能登台歌唱了。

命运给张玮关上了歌唱的大门,却没有击垮她。1953年,张玮被分配到戏曲研究院评剧团,参加评剧的戏改工作,从此走上了戏曲导演之路。几十年来,张玮导演了《金沙江畔》《杨三姐告状》《夺印》等多部脍炙人口的经典剧目。

1960年5月，张玮与爱人合影

时至今日，90多岁的张玮仍精神饱满地投身评剧推广工作。她说："我是一名评剧老兵。我要一直工作，推广评剧艺术，贡献我的力量。"

谈到党的百岁生日，张玮说："我非常感谢党。我要祝伟大的党永远年轻，青春永驻！我原本只是天山脚下的一个中学生，是党把我培养成为革命队伍中的一员。我怀念那些牺牲在新疆的革命先烈们，怀念我的老师们。我这一生都是在党的怀抱里长大的。在我的成长过程中，我曾遇到很多困难，但从来没有悲观过，因为我要对得起党的培养。"

（执笔：金蕾蕾　张一鸣　陈绥）

乔长煜
永远心系那个光荣的岗位

乔长煜，男，汉族，山西人，1931年3月出生，1948年10月参加工作，1952年8月加入中国共产党。北京市公安局政治部原科技处处长。曾参与开国大典群众游行保卫工作。曾被评为北京市公安保卫先进工作者。

"在我最彷徨的时候，是党给我指引了方向，把我放到重要的岗位培养锻炼。能够参与开国大典安保任务，保卫党中央、保卫人民群众安全，我这一辈子不白活。"这是有着近70年党龄的乔长煜真挚的心声。

乔长煜是1949年新中国成立后的第一代人民警察。虽然年过九旬，腿脚也不太方便，但乔长煜精神矍铄，走路坚决不用人扶。他从柜子里翻出几十张老照片，黑白的、彩色的，抑或经过翻拍再加工的。一张张照片珍藏着这位共产党员的红色记忆，有欢笑，有泪水……

"党培养我走上革命道路"

1931年，乔长煜出生于山西省太谷县的一户晋商家庭。七七事变爆发后，日军大举进犯我国华北地区，共产党、八路军坚持抗日救亡，与日军进行了坚决的斗争。乔长煜上中学的哥哥毅然退学，加入革命队伍，上山打游击。他的爱国行为在乔长煜幼小的心灵里，种下了革命的种子。

1948年春，乔长煜来到北平读书。当时的北平是国民党在华北地区的统治中心，"华北剿总"司令部就设在这里。乔长煜满目所见，都是国民党政府腐败无能、欺压百姓的场景。

国民党的反动统治激起了北平各阶层人民的极大愤慨，爱国学生运动风起云涌。在地下党员的引领下，乔长煜频繁接触进步大学生。那时，他经常到北大红楼参加北大同学组织的读书班、歌咏队。在那里，乔长煜第一次看到了毛主席的《论持久战》《论联合政府》等著作。为防止被敌人发现，这些书籍都被包上了《老残游记》等书的封面。在那里，乔长煜第一次知道了解放区的情况，了解了共产党的方针政策。地下党员深入浅出的讲解，使乔长煜学习了不少革命道理，开阔了眼界，对党有了进一步的认识。他从内心深处意识到，只有中国共产党才能救中国。

1949年，乔长煜（前排）穿着第一套警察制服与同事合影

1948年,是乔长煜人生中意义非凡的一年。10月,中国共产党领导的进步青年组织"民主青年联盟"批准他为成员。"那时我感觉自己找到组织了,参加革命啦,心情非常激动!"乔长煜回忆,他如饥似渴地学习毛主席著作和党的方针政策,并积极参加革命活动,揭露国民党反动派的罪行,完成党交给他们的护厂护校任务。

北平和平解放前夕,乔长煜常常利用夜幕做掩护到西单路口等地,在敌人的眼皮底下散发传单。这些传单中有《中共中央毛泽东主席关于时局的声明》《中国人民解放军北平市军事管制委员会布告》等文件,对安定人心、稳定社会秩序、团结广大北平群众迎接解放起到了积极的作用。

1949年1月31日,中国人民解放军入城接管防务,北平宣告和平解放,古城历史风貌得以完整保护。能为和平解放北平贡献绵薄之力,乔长煜感到很自豪。

光荣地成为一名人民警察

北平和平解放之初,乔长煜的任务是在天桥到珠市口一带巡逻,沿街维持秩序、防止混乱。1949年4月底,乔长煜被分配到北平市公安局内六分局第四派出所工作,光荣地成为一名人民警察。

乔长煜到派出所时,所里还有留用的8名警察。18岁的乔长煜在所里年龄最小,也是一名党派去的干部。"那时候我年轻,晚上就一个人住在派出所里面,也不知道什么叫害怕。我革命积极性强,根本不存在怕苦、怕死的心理。"说到这儿,乔长煜仿佛又回到了青年时代。

北平刚解放的时候,社会治安还很混乱,白天就可以听到枪响。在复杂情况下,维护社会治安和团结群众是派出所最重要的两项工作。

年轻的乔长煜刚开始走访辖区时,常常红着脸不好意思说话。慢慢地,他和居民群众打成了一片。为了提高办案水平,一有机会,他就跑到分局,跟着分局同志学习如何办案、处理问题。有了老同志的帮助,工作顺利了很多。乔长煜说:"解放军进城时秋毫无犯,老百姓非常支持人民警察的工作,遇到问题就主动到派出所向民警反映情况,帮助我们解决了很多问题。"

参加开国大典安保工作

北平和平解放后,中国人民政治协商会议筹备会议决定,1949年10月1日在天安门广场举行开国大典。9月30日,乔长煜接到通知:在派出所20个人中,他被选中带领辖区30名群众进入天安门广场参加开国大典群众游行并承担相应的安保任务。

"接到任务时,我激动得差点跳起来。这30名群众也像过年似的,他们把新衣服都找出来准备参加游行时穿。因为翻身解放了,高兴啊!"70余年过去了,再次回忆起当时的情景,乔长煜依然难掩激动之情。

1949年10月1日,乔长煜和群众在派出所集合,12点整,一起出发去天安门。而此时,更多的人民群众也正从四面八方赶来。

到达广场后,大家情绪高涨,在等待开国大典正式开始的同时,各个方队拉起了歌。这个队唱完那个队唱,会场热闹喜庆。快到下午3点时,《东方红》的乐曲奏响了。大家知道,是毛主席来了。群众望着天安门城

1984年,乔长煜在北京市公安局办公楼前留影

楼,高喊:"毛主席万岁!""共产党万岁!"有人把帽子扔起来,有人鼓掌,声音一浪高过一浪。

下午3点整,毛主席在天安门城楼上庄严宣布:"中华人民共和国中央人民政府今天成立了!"广场上一下子沸腾了,大家都跳起来,欢呼、鼓掌。"我这一生,头一次遇到这么激动人心的场面,一辈子都忘不了。"乔长煜说。

阅兵结束后,群众游行开始。当时天色已暗,长安街华灯初上。走过天安门是大家最激动的时刻,因为可以看到毛主席。当看到毛主席向大家挥手致意时,群众激动万分。

这时,乔长煜回头一看,队伍已经不成形了。他赶紧组织大家走过金水桥,原本没几步的路程至少走了一

2020年，乔长煜（左二）作为人民警察代表在中央电视台参加访谈

刻钟。"我的任务是保护群众的安全。我当时跟大家讲，万一敌人的飞机来轰炸，大家要就地卧倒，不要慌、不要乱。如果发生危险了，牺牲生命我也得保护群众。"乔长煜淡然一笑说，"好在平安无事。"

"北池子距离天安门并不远，可这段路我好像走了很久很久。"参加开国大典的每一个瞬间都深深印在乔长煜的脑海中。70余年岁月里，他时常反问自己："如果没有共产党，我会在哪里呢？可以到天安门站岗，见证那个伟大的时刻吗？"

当了一辈子民警的乔长煜总以"走过平凡的一生"评价自己。经历了中华民族从站起来、富起来到强起来的伟大历程，乔长煜对党满怀感激。

（执笔：薛敏贵　陈宁）

李景芳

牢记使命　桃李满园

李景芳，女，汉族，北京人，1938年7月出生，1958年7月参加工作，1960年7月加入中国共产党。北京市门头沟区育园小学退休教师。曾任门头沟区燕家台中心学校教师、门头沟区坡头小学党支部书记兼校长、大峪第二小学党支部书记兼校长、育园小学党支部书记兼校长。曾被评为北京市劳动模范、北京市三八红旗手。

作为土生土长的门头沟斋堂人，李景芳从小就憧憬着长大后能走出大山，到城里读书，去看看外面的世界。多年后，她的愿望成真，从北京师范学校毕业的那一天，李景芳却选择了回到山区，教书育人。从班主任，到教导主任，再到校长，李景芳坚守教育战线30余年，可谓桃李满园。如今，每年的教师节，都会有很多学生登门或打电话向她问候。

初春的一天，我们见到了83岁的李景芳。谈起自己几十年的从教经历，老人爽朗地笑着说："为党育人，是我的使命。师生们的成长，就是我的成就！"

"到党和人民需要的地方去"

出生在斋堂镇东斋堂村的李景芳，是当时村里为数不多能够上学的女孩。她的成绩在班里一直名列前茅。1952年，高小毕业的李景芳考上了斋堂刚刚成立的初级师范学校。学习期间，她和同学们给时任北京市市长彭真同志写了一封信，表达想继续深造的愿望。没想到，几天后他们收到了回信。信中，彭真市长鼓励他们好好学习，争取考上北京师范学校，更好地为党的教育事业做贡献。这封信给了李景芳巨大的动力，她更加刻苦地学习。1955年暑假的一天，17岁的李景芳收到了北京师范学校的录取通知书。乡亲们说：咱这山沟里飞出了一只金凤凰！

1958年，即将师范毕业的李景芳写下决心书："我要到山里去，到党和人民需要的地方去！"那天，她满怀激情地写了一份入党申请书。

1958年7月，李景芳被分配到门头沟区燕家台中心学校任教。学校地处门头沟西部深山区，从斋堂到燕家台没有公交车，只能靠步行。李景芳还记得第一次到燕家台报到的情景："山路不好走，一不小心就会摔跟头，我牵着一头小毛驴驮着行李，深一脚浅一脚地走了15里山路。"刚到学校，李景芳就向校长郑重地交上两个信封，一个是介绍信，另一个是自己的入党申请书。

当时，学校只有几排简陋的平房，教室里没有桌椅，连黑板都是用水泥抹的。老师也没有宿舍，只能借住在村里的农户家。山区条件艰苦，李景芳却毫无怨言，她说："我向党组织递交了入党申请书，就得用党员标准要求自己，就得接受考验。"学校老师少，政治、数学、音乐等课程，李景芳一肩挑。课余，她还带着学生唱歌跳舞搞活动，大家都很喜欢这个活泼爱笑的小老师。

1960年7月1日，是李景芳终生难忘的日子。这一天，她在党旗下庄严宣誓，成为了一名共产党员。"如果没有党的好政策，我一个山里孩子不可能到城里上学，更不可能成为一名人民教师！"李景芳说。

"我是祖国一块砖，哪里需要哪里搬！"

入党后，李景芳更加努力。她在教学上专心钻研，各科教学工作水平不断提升。两年后，她升任教导主任，当年的初三毕业班升学率在全区名列前茅。

1965年寒假的一天，李景芳接到通知，让她第二天早上8点赶到区教育局。原来，是教育局准备调她到坡头小学任副校长。

坡头小学是新成立的学校，也是门头沟区重点校。担任副校长，李景芳心里多少有点紧张。"我感觉自己在业务上经验还不足，教学上也有不少要学的。但是，这是组织交给的任务，我必须接！"李景芳说。

如何在坡头小学这个全新的环境中打开局

1981年10月，李景芳在坡头小学运动会上讲话

面，是李景芳面临的首要问题。她一头扎进业务工作，向老校长学习，向有经验的老师学习。只要不开会，她就在班上听课。"那时候，区教育局要求书记每周听两节课，校长每周听3节课。我不受这个限制，尽量多听课，每学期我都能听100多节课，笔记足足记了5大本！"后来，只要到班上听老师讲课，她一眼就能看出问题，给出准确的评价。

在教学质量分析中，李景芳发现学校的语文教学质量下滑。她千方百计为语文教师创造进修条件，支持教师走出校门去学习、充电；在校内开展"以老带新"活动，发挥语文骨干教师的攻坚作用，组织教研组研究教学重点、分析难点，集体备课，共同分析教材；还在教师中开办语文教学讲座，组织语文观摩课，使学校的语文教学质量尤其是作文教学质量迅速提升。

在李景芳的带领下，学校的各科教学取得了明显进步。学校连续3年小学升初中的考试中总分居全区第一，升入重点中学的学生也是全区最多的。

1993年6月，李景芳（中）在育园小学与同事合影

李景芳不只看重学生的学习成绩，还非常重视孩子们的身体素质。在她的倡导下，学校广泛开展各项体育运动，加强学生的体质锻炼，培养了一批体育特

长生。从20世纪70年代起，学校连续10年获得全区小学生运动会总分第一名，成为北京市体育重点学校。

李景芳的努力不仅推动了教学质量的提升，更赢得了全校师生的认可。1984年，她被评为北京市劳动模范。

获得荣誉的同时，李景芳接到了调令。同年，她调任大峪第二小学党支部书记兼校长。此后，她又带领全校师生创造了升学率全区第一、40%的毕业生升入重点中学的好成绩。

4年后，李景芳再一次服从安排，调到育园小学担任党支部书记兼校长。

回想起这些年的教学经历，李景芳说："我是祖国一块砖，哪里需要哪里搬！"

放大闪光点，成就优秀教师

无论在哪个学校任职，李景芳都把教师队伍建设放在重要位置。"教书育人，师者天职。培养合格教师，是我作为校长的职责。"李景芳说。

"李校长有一双善于发现别人闪光点的眼睛。"这是大家对李景芳的一致评价。在坡头小学任职时，一名语文教师因为专业能力不强，上课时经常出错，学生和家长反映授课质量不高，这名教师自己也很苦恼。有人建议换掉他，李景芳却没这么做，而是找他谈心。聊天中，李景芳发现他在自然科学方面有优势，便让他试教

2016年7月，李景芳退休后在社区参加党员活动时留影

常识课。没想到岗位一换，这名教师的热情被激发出来，带领学生们做实验、开观摩课，很快成为教研组的骨干。"作为校长，不仅要善于发现教师身上的闪光点，还要放大这些闪光点，这样才能成就优秀教师。"李景芳说。

1993年，李景芳退休了。本可以在家安享清福，她却再担重任，主动参与督学工作。

两年中，李景芳几乎跑遍了门头沟区的所有小学。她每到一处，就吃住在学校，与校长、老师、学生座谈、听课，检查备课笔记和学生作业，听取家长的意见，对学校教学工作做出评价，提出督学意见。不管是去平原地区的学校，还是去偏远山区的学校，只要任务一来，李景芳背起书包、坐上公交车就出发了。"虽然累，但是一看见孩子们的笑脸，我就特别开心。"

（执笔：邓浩　谭梦）

开拓创新
攻坚克难

潘际銮
让我们的焊接机器人走向世界

潘际銮,男,汉族,江西人,1927年12月出生,1948年8月参加工作,1956年4月加入中国共产党。中国科学院院士,清华大学教授,我国焊接科学奠基人之一。曾任国务院学位委员会委员、清华大学学术委员会主任及机械系主任、南昌大学校长。曾获国家技术发明一等奖、中国焊接终身成就奖、全国五一劳动奖章。

初春,北京。

因为身体原因,潘际銮走路有些蹒跚,但思维敏捷,说话中气十足。作为我国焊接科学奠基人之一,潘际銮在战火纷飞的抗日战争年代便立下救国之志。从少年时颠沛流离到求学西南联大,从任教清华大学、哈尔滨工业大学时开拓创新,到攻克一个个国家重大工程难题……有着65年党龄的潘际銮,始终把初心与使命扛在肩上,"我们每个人都奋发而为,国家和民族的未来就有希望!"

少年立下救国志

1927年,潘际銮出生在江西九江一个普通的铁路职工家庭。抗日战争前,家境虽然清贫,但一家人和和睦睦、无忧无虑。这一切美好因日寇的侵略停止了。"我

开拓创新 攻坚克难

10岁的时候,日寇侵略了我的家乡,父亲带着我们一家逃出了江西。我们就像难民一样,没有吃的、没有住的,一路逃跑。先到湖南,又从湖南跑到广西,接着从广西跑到贵州,最后从贵州跑到云南。"回忆起这段颠沛流离的岁月,潘际銮依旧难掩伤感。

随着父亲找到工作,潘际銮一家在云南扎了根。"当时虽然有学校,但上不了学。为什么?因为家里穷。吃饭都困难。我那时候十几岁,就经常打工,在一个汽车修理厂帮忙管仓库。"在云南,潘际銮的一半时间是在打工,小学、中学加起来只上了6年。

"我们家充满了勤奋、向上的气氛。"潘际銮说。勤奋学习始终是潘家孩子们的追求。战火纷飞的日子里,"抗日、救国、回家"的志向悄悄在他们心里生根发芽。"有人问我,为什么你们兄弟姐妹5个都考上了名牌大学?我说,是因为贫穷锻炼了我们,勤奋锻炼了我们,抗日救国的信念锻炼了我们。"潘际銮说。

1944年,不满17岁的潘际銮以云南省第一名的成绩被西南联大录取,就读机械工程系。

入学第一年,西南联大就给了他一个"下马威"。"第一次期中考试,我物理居然考了个不及格!"这件事给了潘际銮很大触动。"我发现考试的题目不限于课堂上讲过的内容,也不限于平时做过的习题,内容非常广泛。"潘际銮总结道。西南联大的学习方法是老师领进门、学习在自己,而且要学深、学精,从"自学"向"治学"转变,这让潘际銮养成了融会贯通、认真细致、一丝不苟的严谨学风。

让重大工程天衣无缝

"学焊接？焊洋铁壶、修自行车吗？"虽然已经时隔70年,潘际銮仍记得一些人对他的嘲笑。"航母、航天器都是靠焊接才能做出来,所以现在看起来焊接专业越来越重要,跟当时大家的理解完全不一样。"

1946年,潘际銮进入清华大学机械系学习,1950年,赴哈尔滨工业大学继续深造。在哈工大,潘际銮师从的苏联教授普罗霍洛夫是著名焊接专家,在焊接理论和实践上都有较高的造诣。潘际銮了解到焊接专业对于国家工业发展的重要性,坚定了以焊接作为终身事业的信念。

此后,潘际銮分别在哈工大、清华大学牵头建立了我国第一个、第二个焊接专业。哈工大和清华大学也由此培养了大批焊接专门人才和师资,为我国工业建设和经济发展做出了重大贡献。潘际銮也用十几项重大科研成果向所有人证明——焊接技术在国家发展中举足轻重。

"焊接对建核电站来说太重要了,这不仅是中国的事,也是全世界的事。一旦核电站发生泄漏事故,我们怎么交

1987年,核工业部秦山核电厂给潘际銮颁发的聘书

代?"1987年，为了解决法国专家报告的焊接问题，潘际銮接受国务院委托，担任秦山核电站工程的焊接技术顾问。

"来到当地后，我发现了存在的问题，建议重新完善制订焊接方案。"按照潘际銮的要求，每项焊接都要做工艺评定，不合格的焊工不准上到作业现场工作。同时，从通过考试的100多位焊工中选拔24位优秀员工集中培训，考核合格后分组开展焊接工作。"这样一来就保证了焊接质量，秦山核电站发电至今，从来都没有出过焊接问题。"

在潘际銮家的客厅橱窗里，静静安放着一个高铁模型，每次看到它，潘际銮都会感到无尽的骄傲和自豪。

2005年，我国首条高速铁路京津城际铁路开工建设。铁道部邀请潘际銮做焊接顾问，解决钢轨的焊接问题。"因为高铁时速快，要求焊接口非常光、非常平"，潘际銮连着用了两个"非常"，"这样列车运行才会安全"。

这条京津城际高铁轨道一共有3800个焊接接头。潘际銮带领团队制定焊接规范、开展实验、提供依据，为中国高铁技术的迅速崛起、发展并走向世界奠定了基础。"后来，包括京津城际铁路在内，全国高铁轨道的超百万个焊接接头都没出过问题。"潘际銮说。

老骥伏枥新征程

在生活中，年过九旬的潘际銮和妻子仍身居陋室。

最近，他把自己的电动自行车换成了电动三轮车，载着老伴，时常出现在清华大学校园里。这是一幅温馨的画面，也是一名老党员至真至简生活的写照。

自从1956年加入中国共产党，潘际銮始终坚守党员初心。"成为一名党员后，我一直严格要求自己，坚持实事求是，按真理办事，始终听党话、忠于党。"他说，"没有共产党，就没有独立的国家、自由的人民和富足的生活，这是我这一辈子的切身感受。"循着这样的人生感悟，步入老年的潘际銮依旧战斗在科研前线。

20年前，看着焊工们被强光伤眼睛，被烟尘伤肺，潘际銮在思考：能不能做一个爬行式的焊接机器人，让焊接实现自动化。1992年，潘际銮任南昌大学校长后，就成立了焊接机器人实验室，下决心来解决这个问题。

为了推进这个跨学科科研项目，古稀之年的潘际銮自学了自动控制、计算机等专业技术，2003年，带领团队研制出无轨导全位置爬行焊接机器人，极大地节约了人力及物力成本，并申请了专利。"目前我们的技术属于绝对领先，更让我高兴的是，我的一位博士生把它产业化了，已经应用到了很多工程上。""我还有更大的科研目标，

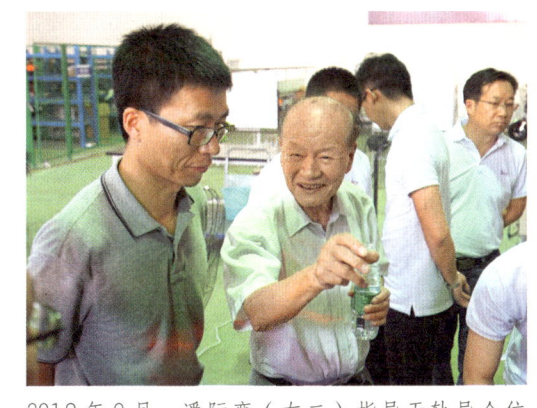

2018年9月，潘际銮（左二）指导无轨导全位置爬行焊接机器人研发工作

就是让我们的焊接机器人走向全国、走向世界。"说起自己的焊接技术，94岁的潘际銮斗志满满。

从"一五"时期到现在的"十四五"时期，潘际銮作为经历者和参与建设者，有着深刻认知：中国的制度是最好的制度，这是其他国家无法比拟的。"从这次新冠肺炎疫情的防控就能看出，我们党和国家有清晰的目标，有统一的行动，有为人民服务的初心，短时间就控制了疫情，这正是源于我们的制度优势。"潘际銮感慨道。

2018年，潘际銮（中）与"潘际銮院士奖学金"获得者合影

"国家需要，坚决上马；知难而进，勇于攀登；团结友好，共同战斗；只求贡献，淡泊名利"，这是潘际銮的人生信条。他用一生的时间，让自己的国家在焊接领域站在了世界前沿，"国家"二字在他心里绝非一个空洞的概念。潘际銮说："中国是世界上最有希望的国家，这个时代也是中华民族历史上最有希望崛起的时代。我们每个人都要奋发而为，为国家、为人民做事，错不了！"

（执笔：韩亚聪　申洁）

刘隆亨
为建设社会主义法治国家贡献力量

刘隆亨,男,汉族,湖南人,1936年8月出生,1956年6月加入中国共产党,1958年9月参加工作。北京联合大学教授,享受国务院政府特殊津贴,中国法学会财税法学研究会名誉会长。曾被评为北京市先进工作者、北京市有突出贡献专家。

走进北京联合大学应用文理学院法律系一间明亮的办公室,正在伏案工作的刘隆亨热情起身迎接我们。老人年过八旬,仍在学科发展前沿辛勤耕耘。

办公室的书柜中,收藏着各类法学著作和文集。书桌上整齐摆放着《经济法教程》《中国税法概论》《金融法学》等书籍,最上面的一本是崭新的第七版《银行金融法学》。这些书籍的作者就是刘隆亨。他长期致力于经济法、财税法和银行金融法的教学研究和实践,是这3个领域的创始人和开拓者之一,被誉为著作等身的法学泰斗。

永生难忘党组织的培养

1936年8月,刘隆亨出生在湖南省祁阳县睦关头乡凹头坪村的一个农民家庭。小时候家境贫寒，为了供刘隆亨上学，父亲挑着稻谷到集市上卖钱，给他交学费。

家乡解放时，高小没读完的刘隆亨来到祁阳县城。1950年春，刘隆亨在县城看到私立重华中学招生的广告，便去报考，顺利地被学校录取。1951年，刘隆亨加入了新民主主义青年团。后来，担任团支书的刘隆亨，先后到县团委、零陵地区团委和湖南省团校学习。第二年8月，他考入了祁阳一中。在校期间，刘隆亨作为学生代表出席了湖南省首届团代会，受到当时湖南省委书记周小舟的接见。经过省、地委团校的培训和实际工作的锻炼，刘隆亨在思想上渐渐成熟。

1955年8月，刘隆亨以第一名的成绩考入北京大学法律系。在北大，他学习优秀，组织才能逐步展现。1956年6月，刘隆亨加入了中国共产党。当我们问起他入党前后的故事时，他激动地说："1956年入党时，我还是一名大学生。怀着'要做党的人'的决心加入了党组织。"刘隆亨望着窗外的校园春色，深情地说："我从家乡到北京求学，北大对我的教育、党组织对我的培养，让我永生难忘。"

1978年，刘隆亨怀着学术报国的满腔热忱回到北大法律系，开启了自己的学术人生。他说："党的十一届三中全会召开了，我的当务之急就是要开展经济法研究。"他如饥似渴地搜集整理资料，废寝忘食地研究探索。1981年，刘隆亨出版了我国第一本经济法著作《经济法简论》，后经多次修订再版，更名为《经济法概论》，现已出到第七版。2001年，这本书荣获北京市教育教学成果（高等教育）一等奖；2013年，被北京市教委评为经典教

1996年，刘隆亨为学生授课

材。此后，刘隆亨先后编写出版10种经济法系列著作和教材，成为高校经济法专业教学必备书。

1980年，刘隆亨在学校开设金融法和财税法专题课程，开始涉外税收与国际税法的研究。作为我国税法学的开拓者，刘隆亨参与组织全国首届"以法治税研讨班"，并主编《以法治税简论》，填补了国内税法研究的空白。作为我国银行金融法领域重要理论的创新者和贡献者，刘隆亨在《银行金融法学》一书中率先阐释了金融法治建设的中国理念和制度。全国人大常委会法工委一位负责同志称赞刘隆亨："为经济法学的研究做出重要贡献，为经济法学的开拓与推行奉献智慧和精力，形成广泛的影响。"

中国法治建设进程的亲历者

"作为中国法治建设进程的亲历者，也是进入全面依法治国伟大时代的参与者，为建设社会主义法治国家贡献力量是我一生的最大目标。"刘隆亨说，"我在教学

和研究中特别重视理论和实践的结合,不仅要将研究成果向教学和社会服务转化,更要向领导决策层和立法实践转化。"

自1979年起,刘隆亨参加了《中华人民共和国个人所得税法》的首次制定和之后的修改过程。个税起征点从800元提高到1500元,到2000元,再到3500元,这些意见都是刘隆亨最早提出并最终得到采纳的。刘隆亨说,自己在不同时期提出不同的数据,指导思想就是"扶低控高",坚持公正、公平。为此,他两次撰写《要报》上报中央有关部门。针对我国企业所得税法对内资、外资企业两法并存问题,他提出:"内外资企业所得税两法合并势在必行",并提出"关于积极推进企业所得税两法合并的建议",刊登在《要报》上。在制定企业所得税的基本税率问题上,刘隆亨在全国人大常委会预算工委征求专家意见座谈会上率先提出以25%为宜。这个税率在2007年全国人民代表大会上通过后,实行至今。

作为最早参加个人所得税法制定的专家之一,刘隆亨还参加了企业所得税法、工业企业法等30多部法律法规的起草、修改和评价工作。其间,他为中国法学会撰写过23期《要报》,向中央反映情况、提出重大建议和重要学术观点,得到中央和国务院有关部门的肯定和采纳。他先后主持完成了19项国家级和省部级研究课题,获司法部、国家税务总局、北京市哲学社会科学优秀成果奖10项。

"我不求当官、不求发财,只想一生做科学研究。当年来到北京联合大学,我给自己定下的目标就是立足北京、服务全国、走向世界。"刘隆亨用几十年如一日的坚守,兑现了自己的承诺。

从1995年起,刘隆亨先后承担了中共中央

2007年9月,刘隆亨(右一)出席中国—东盟法律合作与发展高层论坛

党校、中国社会科学院、北京大学、中国人民大学、中国政法大学等经济法、财税法、银行金融法方面的教学和指导学生工作。他讲课条理清晰、深入浅出、充满激情。每到激动之处,他就站起来,边做手势边讲解,学生们都喜欢上他的课。刘隆亨说,一个学科的发展必须要有人才。在长期教学和科研中,他培养了大批出类拔萃的法律、法学专门人才。

在学术天地深耕不辍

2007年,71岁的刘隆亨退休了。然而,他丝毫没有英雄暮气,而是常用毛主席的"一万年太久,只争朝夕""雄关漫道真如铁,而今迈步从头越"的诗句激励自己。他说:"党员就应该与时俱进、退休不退岗。人生要有价值,这才不白来世上一遭。"刘隆亨把这句话挂在嘴边,也常用它鼓励青年教师和学生。

尽管年事已高,刘隆亨依然工作热情不减。他坚持

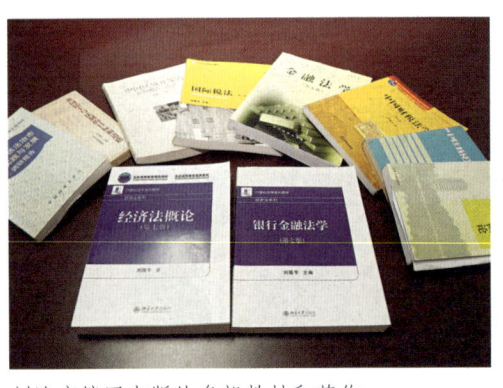

刘隆亨编写出版的多部教材和著作

学术研究，每天都在积极思考、奋笔疾书，在一方学术天地中深耕不辍。他说："我要用毕生所学、所悟、所修，投身于依法治国的伟大实践。"说到这里，他起身从书柜里取出一张报纸递给我们。原来这是他在2020年党的十九届五中全会闭幕后撰写的研究文章。文中，他根据五中全会精神提出了"加快形成具有全局性、高水平的经济立法项目和提高经济法学理论水平、建设比较统一成熟的经济法学科体系"的建议。他还对十九届五中全会提出的"双循环"理论深度解读，在《财会信报》等专业刊物上发表多篇文章，共计3万多字。

总结自己的学术生涯，刘隆亨平静地说："我这辈子，大部分时间都在搞立法研究。作为教育工作者，我的责任是教书育人，培养高层次法学人才；作为学者，我的研究能为推进国家法律制度建设贡献一点力量，这是我最大的心愿，也是我最大的满足。"

（执笔：石小川　班松梅）

祖　毅
为党工作，我有用不完的劲儿

祖毅，男，汉族，吉林人，1930年8月出生，1946年10月参军入伍，1947年1月加入中国共产党。北京市朝阳区酒仙桥一中原校长。曾任楼梓庄中学副校长。曾获解放勋章，被评为北京市离退休干部先进个人。

他是解放军东北野战军战士，从东北一直打到海南岛；新中国成立以后，他走上讲台，当了32年教师；离休后，他又一直为社区建设忙碌着……

他就是朝阳区酒仙桥一中原校长祖毅。入党74年，他初心不变、热情不减、干劲十足。

放下枪杆拿笔杆

在望京街道南湖东园小区，我们见到了祖毅。了解我们的来意后，祖毅郑重地戴上党员徽章，正了正衣襟，说："我出生于1930年，今年91岁了。回顾自己的一生，大致有4个重要的时间段，对应着我的4个身份——军人、人民教师、责任督学、社区楼门长。我最光荣的身份是中国共产党党员。入党74年，我的党龄比许多人的年龄都要大,但每一天我都觉得自己像刚入党时那样,为党工作才开始!"

说着,祖毅拿出一个红布包。"这可是我珍藏多年的老物件,不轻易给别人展示。"他小心翼翼地打开布包,里面是一枚徽章。"这是解放勋章,是颁发给参加过解放战争的军人的。我16岁就参加了东北民主联军,也就是后来的四野。17岁的时候,我在部队入了党,跟随部队一路向南,打到了海南岛。"祖毅说,"从我入党的那天起,我就觉着肩上多了一份沉甸甸的责任,干啥事都要干到最好。"

在部队时,祖毅是一名宣传员。他的任务就是向敌方喊话,宣传解放军的对敌政策。"一不留神,敌人的子弹就会循着我的声音扫过来。"在部队,祖毅勇敢顽强、英勇作战,赢得了那枚让他毕生珍藏的解放勋章。

1956年,祖毅从部队退役后考上了北京师范学院(现首都师范大学)大专班。1958年毕业后,他响应号召,来到了朝阳区楼梓庄中学任教。

"我刚到楼梓庄中学的时候,学校还没建好呢,只有4间平房,连门窗都没装齐,课桌椅也没有着落。"祖毅回忆道。当年8月,区教育局决定将200套课桌椅运到学校来。可是那天天公不作美,运送课桌椅的车辆被大雨堵在4公里外的东坝镇。那时候,从东坝镇到学校的路都是土路,一到雨天,原本就坑洼不平的道路更加泥泞难走，车辆也开不过来。

"眼看就要开学了，不能耽误学生们的学习。车过不来，我们就自己去取！"祖毅的倔劲儿上来了。他冒着大雨，带

1985年10月，祖毅（后排左一）在校运动会上为学生颁奖

领老师们徒步4公里走到东坝镇，硬是把那200套课桌椅搬回了学校。开学后，看着学生们用上了崭新的课桌椅，祖毅心里别提多高兴了。

祖毅认识到，在农村教书，也是为党的教育事业添砖加瓦。为了上好每一堂课，祖毅查阅各类资料，精心设计教案；他坚持每周到5公里外的16中和女四中（现陈经纶中学）听课学习。那时，没有自行车，他都是"腿儿"着去，听完课后再"腿儿"着回学校。经过一段时间的学习，祖毅的教学水平有了很大提高。

教学中，祖毅不断创新，在教学实践的基础上总结撰写了《作文教学与指导》。对于学生的作文，每一篇他都一丝不苟地批改、讲评，所教毕业班的作文成绩在全区中考中名列前茅。

在楼梓庄中学任教的23年里，祖毅坚持做学生的好老师、好朋友，对所教的每一名学生，不论路途多远、工作多忙，他都要家访，一次、两次，甚至多次。家访

1986年10月,祖毅(左一)为"做八十年代的四有青年"演讲比赛获奖选手颁奖

时,发现有的学生家庭困难,交不上学杂费,他就用自己的工资给垫上。由于教学成绩突出,深受学生爱戴,祖毅相继担任了楼梓庄中学副校长、酒仙桥一中校长。

谢绝高薪当督学

1990年,祖毅到了离休年龄,他像许多老同志一样"离而不休",继续发挥光和热。他谢绝了几家单位的高薪聘请,成为朝阳区政府的一位兼职督学。

祖毅干的虽是兼职督学,但工作也十分繁重。平时,他要参加教育执法检查和督导评价,宣传落实党和政府关于教育的各项方针政策,还要经常深入基层调查研究,与各领域教师座谈,查阅大量资料,听取各学校领导汇报,及时反映朝阳区教育工作取得的成绩和存在的问题,为全区的教育决策提供参考。

担任督学,祖毅一干就是10年。祖毅带领3位兼职督学人员,帮助各乡总结乡管教育的改革经验,使朝阳区十八里店、黑庄户、金盏、将台等9个乡的经验入选到市教委组织编写的《乡管教育》一书中,入选数量在全市各区县排名第一位。

10年里，每年一次的市区执法检查、初中基础薄弱校建设、农村42所中小学的改建、农村中小学达标验收等工作，无不浸透了祖毅和其他督学人员的心血和汗水。

在做好督学的同时，祖毅还参加了青少年德育丛书"红花集""英名录"的组稿工作。他跑前跑后，积极收集、大力宣扬青少年刻苦学习、拾金不昧、立志成才等方面的优秀事迹。丛书编撰完成后，成为全市中小学德育教育的好教材。

日夜操劳的楼门长

完成了10年的督学任务后，祖毅仍然闲不住，先后担任了区委教育工委离休干部党总支书记、区委老干部宣讲团成员、社会文明监督员和高家园社区楼门长。

"只要组织需要，我义不容辞。"祖毅带领离休干部党总支一班人，从老同志的实际情况出发，坚持每月举办一次集体活动，组织老党员们一起学习、听报告、看展览……在他的带领下，党总支开展了丰富多彩的活动，深受老同志欢迎。此外，每逢春节，他都到老同志家里拜年。遇到生病住院的老同志，

1987年9月，祖毅（前排右二）参加开学典礼

他还要到医院探望、慰问。在老同志的心里，祖毅就是他们的贴心人。大事小情，大家都愿意找他聊聊。

在社区居民眼中，祖毅是个"热心肠"。作为楼门长，他默默无闻地为居民们做了不少实事。楼里的电容不够，总是跳闸断电，他多方协调，为全楼增加了电容；居民家里的暖气不热，他帮着联系有关单位改装暖气片……不管是在什么岗位，祖毅都尽心尽力地干好。他说："为居民服务，是我这个楼门长的职责所在。大家满意，我就高兴！"

1999年，在中华人民共和国成立50周年大庆时，祖毅应邀代表全国老战士参加了乘彩车游行活动，接受党和国家领导人的检阅。2010年的国庆节，他又作为离休干部代表，向人民英雄纪念碑敬献花篮。2011年，他应邀出席了庆祝中国共产党成立90周年大会。

望着祖毅精神焕发的面容，我们问道："在中国共产党百年华诞之际，您有什么想对年轻党员、年轻教育工作者说的吗？"祖毅说："从入党那天起，我就抱定一个信念——共产党人干革命是一辈子，而不是一阵子。为党工作，我有用不完的劲儿！"

（执笔：李丹　王晓霞）

张绍彦
把一所农村薄弱校建成京南名校

张绍彦，男，汉族，河北人，1942年5月出生，1963年8月参加工作，1965年5月加入中国共产党。北京市原大兴区德茂中学（现大兴区德茂学校）党支部书记、校长，中学高级教师。曾被评为北京市教育系统先进工作者、北京市优秀教师、全国优秀教师。

刚一走进北京市大兴区德茂学校中学部校区，我们就被传来的民族乐曲声吸引了。原来是中学部的金帆民乐艺术团正在排练。学生们正在排练的乐曲是《壮族诗情》的第四篇章《山雄》。

艺术团老师介绍，这样的民乐排练每天都要进行。对所有德茂人来说，民乐团融入了太多人的心血，已经成为德茂学校的一张金名片。

说起艺术团，就不得不提它的创始人之一，原德茂中学党支部书记、校长——张绍彦。

"让我们的农村娃插上艺术的翅膀"

德茂中学建于1970年，是一所农村薄弱校。1973年成为南郊畜牧分厂子弟学校。

1976年10月，张绍彦来到德茂中学。他看到学生们除了上课，课余时间没有其他能够陶冶情操的活动。"孩子们没法决定相貌、出身和成长环境，但是他们可以塑造自己的精神面貌，让自己的精神生活丰富起来，最有效的途径就是要让孩子们接受艺术教育。"张绍彦说。

1989年，张绍彦开始利用学校的资源组建民乐队。

在农村学校开设艺术教育，缺师资、缺器材，困难重重。张绍彦说："要少花钱多办事，不花钱也办事！"他找出学校的4件旧乐器，又从亲戚朋友那里借来5件旧乐器，让当时学校里教民乐的于瑶老师进行了修理。第二年3月，13个学生组成的民乐队成立了。

民乐队乐器简陋，师资也严重缺乏。于老师一个人担起了乐队教师的重任。"我至今仍清楚地记得张校长的嘱托：一定要让我们的农村娃插上艺术的翅膀。"于老师说。

乐队开始排练不久，一些家长担心孩子练民乐耽误学习，多次找到张绍彦要求退出。为了打消家长的疑虑，解决好学生学习乐器与文化课之间的矛盾，张绍彦和于老师将学生按离家距离远近分成了两队。放学

1989年，张绍彦参加德茂中学春季田径运动会

后，他们先辅导家远的学生学习乐器到下午6点半，叮嘱他们回家写作业，复习功课。家近的学生放学后，在音乐教室写作业到下午6点半，回家吃饭后，晚上7点半返回学校，再由于老师辅导练琴到晚上9点半。经过一段时间的排练，这些学生的琴艺和学习成绩都有了很大提高，这才打消了家长们的顾虑。

1991年11月中旬，市教育局领导来德茂中学检查工作，观看民乐队的演出后，给予了充分肯定，并建议把德茂中学办成音乐加强校。经过十几年的实践耕耘，2002年7月2日，因民乐特色突出，德茂中学的8名学生被选拔参加了为庆祝香港回归5周年在香港红磡体育馆举行的《龙声飞扬——万人青年音乐会》。德茂中学的民乐艺术团也成为远近闻名的中学艺术团。

德茂中学一直重视艺术教育。因为有了张绍彦前期打下的良好基础，学校的艺术教育也迈上了新台阶。当初只有13个学生的民乐队，如今已经发展成为120多人的大乐团，乐器设备也有了很大改善。

2015年，德茂中学民乐团被评为"北京市学生金帆民乐艺术团"，先后出访美国、俄罗斯、英国、澳大利亚和新加坡等多个国家。越来越多的农村娃因为插上了艺术的翅膀而飞得越来越高、越来越远。

"只要我们想干，就没有办不成的事"

1993年，德茂中学只有一片平房教室，门窗破旧，一到冬天教室四处漏风。教室没有暖气，冬天就靠煤炉取暖。说起当时的情况，张绍彦不禁眼泛泪光："老师和学生那叫一个受罪呀。有的学生手脚冻伤了，小手肿得跟馒头似的，看着让人心疼。那时，我下定决心，一定要让老师和学生们在有暖气的楼房里上课、学习。"

对于一所农村学校来说，资源和资金有限，要实现这个目标困难重重。张绍彦说："只要我们想干，就没有办不成的事！"在1993年的教师节座谈会上，他向当时的南郊畜牧分厂领导提出改善办学条件，让老师和学生搬进楼房的设想。畜牧分厂集体研究决定，同意出资200万元支持德茂中学改善办学条件。

这笔资金让张绍彦看到了希望，但要想盖楼，这些钱还远远不够。

面对困难，张绍彦从未想过打退堂鼓，他开始到处筹钱。他先向当时的乡、县和市申请了50万元资金，又找社会爱心人士寻求赞助。学校缺少电气设备，张绍彦通过各种途径找电气设备公司支持学校办学。一家非常有名的电气设备公司被张绍彦的执着所感动，为新学校提供了所有的电气设备。

为了解决家远学生的住宿问题，张绍彦决定盖学生宿舍楼。没有资金，他就四处筹钱；没有建材，他就组织师生利用休息时间和劳动课去拆废弃的旧楼，把旧砖搬回来盖楼用。盖宿舍楼一共花了157万元，师生们用1个多月拆回来的旧砖节约了二三十万元资金。"现在听起来可能会觉得辛酸,但当时我们真是充满干劲儿,就像建设自己的家园一样。"张绍彦想起当年,感慨不已。

就这样,张绍彦和党支部一班人一边筹集资金,一边推进工程建设。他们对工程的设计、施工、验收每个环节都全程关注、一丝不苟。1996年5月,占地1万多平方米的新校区终于建成。新校区有教学楼、师生宿舍楼和食堂,一共花了约600万元。德茂中学成为大兴区农村校中最早有楼房的学校之一。

1999年,张绍彦观摩学生军训会演

"当时为了这600万元钱,我是磨破了嘴,跑断了腿,能想到的方法都试了。说实话,向人张嘴要钱真不容易,但为了孩子们能有个好的学习环境,我就得拉下这张脸去筹钱。到最后,我们把事儿办成了,我觉得很值!"张绍彦说起来很自豪。

"要像爱护豆芽一样爱护我们的学生"

说起张绍彦,很多老师对他的一句话记忆深刻:"要像爱护豆芽一样爱护我们的学生。"

21世纪初,互联网兴起后,一些学生沉迷于网络游戏,有些孩子甚至逃课去网吧打游戏。张绍彦知道这种情况后,带着德育干部和党员教师到学校周边的网吧去找学

2018年,张绍彦在学校教师节庆祝大会上代表退休教师发言

生,苦口婆心地给孩子们讲沉迷网络游戏的危害。

为了深入了解学生们的家庭情况,张绍彦要求班主任和党员教师对学生进行家访。有些学生住得离学校很远,老师们克服交通不便等困难,利用周末到学生家里,与家长、孩子们促膝长谈。家长们感动地说:"没想到老师跑那么远的路来家访,真是太不容易了。"

发展艺术教育,组建金帆民乐艺术团,张绍彦将一所农村薄弱校建成了一所"全面育人、办有特色"的京南名校。

作为一位农村教育路上的拓荒者,张绍彦的精神依然影响着如今德茂学校的老师们,他们坚信老校长的话:只要我们想干,就没有办不成的事!

(执笔:王喜燕　徐玲玲)

徐安德

让师生远方有灯，脚下有路，眼里有光

徐安德，男，汉族，辽宁人，1936年8月出生，1956年12月加入中国共产党，1958年7月参加工作。北京市东城区原教育局党委书记，北京市特级教师。曾任北京市第五中学教师、副校长、党支部书记。曾被评为北京市优秀党务工作者、北京市优秀思想政治工作者、北京教育系统突出贡献"五老"代表，获中国伦理学会教育事业委员会终身荣誉奖。

"你是灯塔，照耀着黎明前的海洋；你是舵手，掌握着航行的方向；年轻的中国共产党，你就是核心，你就是方向。我们永远跟着你走……"初春三月，东城区金鱼胡同10号院的会议室里，传出一位老人铿锵有力的歌声。这位高唱《你是灯塔》的85岁的老人，就是徐安德。

"把教育事业当作自己一辈子的事业"

从参加少年儿童队，到加入新民主主义青年团，共产主义理想的种子早早就在徐安德的心中萌芽。1956年12月，还是北京五中高三年级学生的徐安德，就光荣加入了中国共产党。1957年，他怀着为国防事业做贡献的梦想，以优异成绩考取了清华大学工程物理系。

然而，一次组织谈话改变了徐安德的人生轨迹。谈

1956年，徐安德（第二排中）加入中国共产党后与同学合影

及那次影响他一生的选择，已有64年党龄的徐安德记忆犹新："当时，我考入清华大学，因病休学。就在病好准备报到的时候，五中的校党支部书记找到我，说学校急需教师，希望我能回到母校五中任教。当时我的第一反应就是，这是党组织对我的肯定，我要坚决服从党组织安排。那时候，新中国的教育事业刚刚起步，我有责任把自己学到的知识用在党需要的地方，我要把教育事业当作自己一辈子的事业。"徐安德说。

就这样，这个原本立志科技报国的青年，走上了中学思想品德课的讲台，当上了比学生大不了几岁的"小老师"，一讲就是30余载。回首走过的道路，徐安德说："党组织要我做教师，是对我的极大信任。我虽然没有继续上清华，但我不后悔，我可以培养更多的学生上清华、北大，建设我们的新中国！"

"做一名学生喜欢的思想品德课教师"

在北京五中任教后，徐安德负责教授初二年级7个班的思想品德课，担任1个班的班主任，并担任党支部宣传委员。第二年，党组织安排他担任高三年级组组长，教授4个班的思想品德课。

刚刚走上讲台的徐安德没有什么教学经验。回忆起初为人师的日子，徐安德的思绪回到了第一次上课的高三课堂："课堂上，学生们不停地提问，我觉得自己就像是被'钉'在了黑板上，心里忐忑不安，手心也是汗津津的，生怕有些问题自己答不上来。下课铃一响，几个比我还高的男生跑来安慰我说：'徐老师，我们喜欢听您讲课。'从那一刻起，我就下定决心，要苦练真本领，做一名学生喜欢的思想品德课教师。"

在徐安德看来，思想品德课教师是学生政治上的启蒙者、思想上的引路人。要提高学生的思想道德素质，就要有高尚的道德情操；要教育学生树立正确的世界观、价值观、人生观，就要做一名真正的马克思主义者。他给自己定下目标，教学生思想品德课，自己必须具备扎实的专业知识和较高的理论水平，这是上好每一节课、育好每一名学生的重要保证和基本要求。有了这个目标，徐安德一心扑到教研工作中。他申报了市级研究课题——"从学生实际出发，进行马列主义基本观点教育的研究与实践"。

在课题研究中，他要研究解决的目标任务有很多：根据学生需求设计教学内容，根据学生需求拓展学习内容，学习马列经典著作，把思政小课堂同社会大课堂结合，成立哲学兴趣小组与经济爱好者学会，展示交流学生学以致用的成果，建立反馈系统……渐渐地，学生们越来越喜欢上思想品德课，他们提的各种问题再也难不

1986年,徐安德为学生解答问题

住徐安德了。随着教学经验的不断丰富,徐安德在教书育人上硕果累累,成为一名中学思想品德课特级教师。

教育是培根铸魂、启智润心的灵魂工程。立德树人,就是在传播知识的同时塑造灵魂,让理想信念迸发出强大力量。这条路,徐安德一走就是大半生。

挑起新担子,要有新作为

1991年的一个冬日,55岁的徐安德调任东城区教育局党委书记。东城区教育局下辖100多所学校、1万多名教职工,其中有2000多名党员。作为党委书记,徐安德觉得肩头沉甸甸的。他下定决心:"既然挑起了这副新担子,就得有新作为!"

一份调查报告中的一组数字引起了徐安德的注意——全区学校现任党支部书记、校长平均年龄50岁;到20世纪末,72%的中学校级领导和40%的小学校级领导都将退休……"干部队伍后继乏人,是影响教育事业发展的大问题,"徐安德想,"必须把发现、选择和培养'跨世纪干部'摆在战略位置上。"

为此,徐安德一次次到各学校调研、与领导班子座谈,了解干部队伍现状。经过深入调研,东城区教育局选拔培养中青年干部的"活水工程"计划出台了。在徐安德的主持下，区教育局下发文件，要求各学校按比例配齐后备干部，对干部进行合理调配，促进学校领导班子的整体优化。同时，教育局采用多种方式培训基层干部，千方百计提高干部的基本素质，并逐步配齐40岁以下校级干部和35岁以下主任级干部。在一系列措施的推动下，东城区形成了各学校领导班子的梯次人才队伍培养体系和机制。

随后，徐安德深入各学校，指导学校建立健全干部培养的各种机制。一年后，在"活水工程"的推动下，各学校都按比例配齐了后备干部，人数由96名增至219名，平均年龄由45.7岁降至39岁，大专以上学历的教师比例由91%上升至98%。

随后，他又把目光聚焦在书记、校长、教师队伍的培养上。他说："我结合自己多年一线教学的实践经验，总结出了'一三七'工作模式，通过课题研究工作，培养出一批批名师。"

"在这个课题中，'一'就是让每名教师都有一个明确的成长目标，激发他们为德育事业探索、研究、创新的责任感、使命感，培养科研型、学者型、专家型教师。"徐安德说。为了实现这个目标，徐安德提出了教师成长学习、实践、科研'三'个基本要素的优化组合，督促教师重视理论学习、参与科学实践，引导他们投身科研，鼓励教师通过'七'个环节将研究创新常规教育工作与教科研有机结合。经过徐安德和同事们10年的探

1999年，徐安德（三排右二）参加政治教师座谈会

索，万余名一线教育工作者通过参加课题研究工作，取得了显著进步。

作为教育局党委书记，徐安德始终关注全区教育事业发展的新思路。在他的主持下，局党委探索总结了"三个结合"工作机制：把政治理论学习与教师成才需要结合起来；把党对教师的要求与教师成才的需求结合起来；把解决教育实践中的难题与教师成才需要结合起来。为加强队伍建设，徐安德在东城区教育系统实施"十百千工程"：培养树立10名优秀书记校长典型、培养百名副校长、培养千名优秀教师。徐安德还积极支持学校大胆探索，创新教育思想、教育模式和教育方法，形成教学特色和办学风格，为优秀教育工作者营造了脱颖而出的制度环境。

"浇树要浇根，育人要育心。"让师生远方有灯、脚下有路、眼里有光，这是徐安德的教育理念，他也用实际行动践行着这一理念。如今，已过耄耋之年的徐安德仍旧活跃在立德树人、培根铸魂的德育工作前沿……

（执笔：徐馨　李玲）

韩臣子
医者为民在路上

韩臣子，男，汉族，河北人，1928年11月出生，1945年7月参军入伍，1952年12月加入中国共产党。北京市房山区中医医院离休干部，中医内科主任医师。曾获庆祝中华人民共和国成立60周年、中国人民抗日战争胜利70周年、庆祝中华人民共和国成立70周年等纪念章，被评为全国离退休干部先进个人。

在房山区中医医院，有一位远近闻名的老中医，他就是93岁的韩臣子。一个周四的上午，我们在专家门诊见到了正在出诊的韩臣子。满头银发的他面对患者的一个个问题，耐心解答，诊脉、问询、开方，各个环节一丝不苟。

脚踏实地把困难一个个解决掉

韩臣子从小受父辈影响，8岁起开始给地下党送信。1945年，韩臣子参加了人民军队，在部队从事半年医疗救护培训后，被分到医疗队。

"战场上非常艰苦，战斗非常残酷。敌人的飞机、大炮、坦克狂轰滥炸，我们部队伤亡严重。医疗队在后方，必须争分夺秒为负伤的战士们包扎、止血、手术

1983年9月,韩臣子(二排左五)参加共青团房山县卫生局第三次代表大会全体代表合影

治疗。"韩臣子说,"当时医疗条件有限,物资匮乏,但是看到前线的战士们浴血奋战、流血牺牲,我就特别想尽快提高医术,救治更多的伤员,让患病、负伤的战士们能早点痊愈。"在炮火硝烟中,韩臣子从战地护士成长为手术助手,并逐渐掌握了进行各种创伤手术的技能。"我要求自己,每天都要做好医疗服务,无条件履行一名医疗兵的责任。"韩臣子说。

20世纪七八十年代,为了提高房山县医疗卫生服务水平,政府决定重建房山县中医医院(现房山区中医医院)。韩臣子作为院长,带领员工全力以赴投入了重建工作。回忆起建院往事,他感慨地说:"那时候,我们面临很多困难,既要筹措建院资金、加盖院室,还要兴建专科、培养医护人员。但我们所有人都坚持一个原则,要脚踏实地把困难一个个解决掉,绝不能辜负上级的信任。"医院建成后,由于资金短缺,不能购买足够的中药材。韩臣子就带领员工上山采药、自制药剂。当时全院一共27人,不管是医护工作者,还是后勤人员,大家齐上阵。他们利用休息时间,走上几十里路,到附近的山区去采草药。"中医院附近的山,我们都转遍了,最远到过百花山的深山区。爬山的时候,有的人脚磨破了,胳膊划伤了,但是大家没有一句怨言。"韩臣子说。

传承光大中医医术

中医院建成后,韩臣子提出了"中医院要有专科、各科要擅长专病"的发展思路。针对房山县结石病患者多的情况,医院决定集中力量探索泌尿系统结石临床治疗方法。

韩臣子具有丰富的中西医临床经验,擅长诸多疑难病症的中医治疗,对肝胆、泌尿系统结石治疗有自己的一套方法。他根据中医理论,在为患者调理中焦脾胃功能的同时,搭配自己研制的"调中消石汤",再配合中药离子穴区导入及体外冲击波碎石等,标本兼治,避免了手术,结石排净率较大幅度提升,治疗时间缩短了1/2。这一治疗方法在临床实践中取得了溶石、排石、预防结石复发的良好效果,全国各地很多慕名而来的患者在这里得到了良好的治疗。

韩臣子有很多忠实的老粉丝,他们既是韩臣子的病人,也是他亲密的朋友。每次来,韩臣子都是先和他们唠家常。对于爱喝酒的人,他会问:还喝酒吗?酒可以喝,每天不要超过二两啊;对于精神差的人,他会问:家里最近有啥事吗?思想得放开,不要瞎琢磨;对于不爱运动的老人,他会问:每天活动吗?不出门在家里也

韩臣子为患者诊治

得多溜达,拿毛巾搓搓脖子、揉揉肚子……韩臣子经常告诉他的学生:医生不能只是开药治病,还要时常提醒患者保持好心态,生活起居规律,才能少生病!

韩臣子根据多年的行医经验,总结出独特的"调中法",即"调中焦,清源流,治结石"。他撰写的《调中消石汤治疗结石病的临床观察》等4篇论文,分别在《光明中医》《北京中医》等杂志上发表,得到业界的广泛肯定,并荣获了"房山区科学技术进步三等奖""房山区科技论文二等奖""房山区科学技术进步二等奖"等奖项。

在此基础上,韩臣子带领医护人员不断挖掘、收集、整理本专业领域古今中医诊疗方法,传承光大中医医术,形成了房山区中医医院独具特色的结石病中医诊疗体系和稳定的临床研究方向。通过对中医药治疗"石淋""腰痛""胁痛"的难点进行临床研究,为提高优势病种临床疗效,优化诊疗方案,创新本学科观点、理论和学说提供了科学依据。

"行医要育人,育人事业兴。"韩臣子医术高超,不仅在外科手术方面具有很高的造诣,对中医治疗内、外、妇、儿常见病及疑难杂症也有丰富的临床经验。离休后,他始终没有离开临床教学一线。通过组建各类工作室、亲自指导学生、批改学生笔记等,手把手地传授中医诊疗技术。他的渊博学识和医者仁心深深影响着学生们。

说到带团队、培养人才,韩臣子兴奋起来:"为了让中医在传承中不断发展,我们经常举办学习班、组织讲座,将多年行医的学术思想、临床经验传授给年轻医生,组建了一支不同知识层次的老中青队伍。"

躬身力行的"国医名师"

离休后,韩臣子发挥余热,至今仍然活跃在临床、教学一线。他是北京市第四批老中医药专家学术经验继承指导老师、"双百工程"指导老师、房山区中医医院第一批院级师承指导老师、首批"仲景国医导师"、第三届"首都国医名师"。

2017年7月,房山区中医医院启动"全国基层名老中医药专家传承工作室"建设项目。在韩臣子的带领下,工作室坚持严谨作风,培养了几十名各级各类传承人。说到这里,韩臣子特别强调:"行医看病事关患者生命,药用不好会起反作用,所以一定要坚持严格要求,这事一丁点儿都不能含糊。"

2017年7月,韩臣子被评为第三届"首都国医名师"留影

行医70余年，韩臣子擅长治疗肝胆结石、泌尿系统结石及各种杂症。有人问韩臣子，您行医70多年，积累的许多医学秘方是不是保密的？韩臣子回答："不保密！我无论行医治疗，还是带徒弟，从来都是毫无保留。治病救人是医者的仁心，能够多培养几个医术精湛的好大夫，才是最重要的，这是传承医术的根本。"

韩臣子的办公桌上摆满了医书，很多书的封面和内页都留下了磨损痕迹。每周二、四、六，韩臣子都坚持到医院出半天门诊。有时，患者远道而来，错过了就诊时间，韩臣子即使加班也要为患者诊治。一年中，除了过年休息几天外，其他节假日韩臣子都到医院上班。他一直在学习，补充更新知识。在他看来，社会在发展，必须不断学习，才能给患者看好病。

"我是一名医生，就要努力把医术发挥出来，把患者的病治好，为老百姓服务，这是医生的责任。能够把诊断做得好一些、准确一些，把药用得合理一些，保证人民群众的身体健康，共同走向新的美好生活，这就是我作为一名医生、一名党员的初心和使命。虽然我年事已高，但是只要我还能给患者看病，我就会一直看下去。"韩臣子说。

（执笔：贾卓　蔡庆悦）

边俊相
任何时刻,我都要用实际行动履行承诺

边俊相,男,朝鲜族,吉林人,1928年11月出生,1946年4月参军入伍,1949年11月加入中国共产党。北京市丰台区人民法院原党组副书记、副院长。曾获三等功一次、嘉奖两次,曾被评为丰台区人民法院先进工作者。

简朴整洁的沙发、桌椅,洗得发白的沙发坐垫,老式台灯下放着一份当天的《中国纪检监察报》……2021年3月28日,我们在丰台区北大地四里社区,见到了92岁高龄依旧精神矍铄的边俊相。边俊相拿起一张泛黄的参军纪念照,讲起了他在战场上的峥嵘岁月。

"完成任务的那一刻,什么苦累都值得"

"我18岁参军后,被分配到吉林军分区东区警卫营四连。到部队后的半年里,我们都在进行机枪射击训练。"边俊相说着,比画了一个射击的手势。他训练刻苦,每次射击考核成绩都是优秀,最终成为一名专业机枪手。

当时,东北地区仍有伪满敌军的残余势力在猖獗活动,他们四处流窜,祸害百姓,老百姓对这些残匪无

1949年4月，边俊相参军时留影

比痛恨。边俊相所在部队驻扎的地区也有残匪活动。"老百姓每次发现这些残匪的踪迹，就马上跑到我们部队报信。我们再把情报迅速向上级汇报。"边俊相说。1946年7月，边俊相接到紧急任务，要把"敌军火车将于6点开往延吉方向"的情报以最快的速度传递到情报点第一站。当时，部队距离传递情报站点有50多公里。"那会儿，我们只能跑着去传递情报。接到任务后，我只有一个念头：要以最快的速度奔跑，不能在路上停一下！"

时值盛夏，天气异常闷热，边俊相背着7斤重的机枪和十几斤重的手榴弹子弹包，一路狂奔，不敢有片刻的停歇。途中没喝一口水，到达目的地，他累得瘫倒在地上。"都说参军苦参军累，但是完成任务的那一刻，什么苦累都值得！"回忆起惊心动魄的战场往事，边俊相感慨道。

1947年，边俊相被组织安排到吉林省珲春市一个农场工作。这对边俊相来说是一个新考验。他没有种过地，更不懂怎么种水稻。为了完成好组织交给的任务，边俊相每天扎在田间地头，向农民请教种植经验，钻研种植诀窍。在边俊相的带动下，大家干得热火朝天。当年水稻就获得大丰收，保障了部队的粮食供应，边俊相因此荣获三等功。

边俊相为人正直、踏实肯干，部队的指导员、管理员和一名会计经常找边俊相谈话，给他介绍党的基本知识，鼓励他积极学习、认真工作，争取早日加入党组织。"那时，我听了他们的讲解，感觉自己距离共产党员还有差距，还要继续努力、埋头苦干。"边俊相说。当时，他不知道，自己已经被党组织确定为重点培养对象。一天，党支部召开会议，讨论发展边俊相为中国共产党党员，他才意识到之前领导和同志们的谈话是对自己的培养和考察。入党那一刻，边俊相非常激动。至今，他对当时的表态记忆犹新："成为一名共产党员，我就要不怕死、不怕累，为实现共产主义奋斗一生！"

此后，无论是在战场上，还是在工作岗位上，边俊相都用实际行动践行着这句誓言。

"为国而战，我不怕死、不怕累"

在边俊相动情地回忆往事时，老伴儿为他端来一杯茶，他们用朝鲜语交谈了几句。边俊相说："我是朝鲜族，从小说朝鲜语。因为会朝鲜语，在抗美援朝战场上，我负责翻译工作。"

1951年，边俊相接到上级命令，前往辽东省安东市（现辽宁省丹东市）附近的凤城市待命。"当时我并不知道自己的任务是什么，也没有多问。我只有一个信念，就是一切听命令、听指挥。"边俊相说。

边俊相被安排在志愿军卫生部,负责部队与朝鲜政府之间的联络工作。"敌人的飞机非常猖獗,经常来轰炸。飞机在低空盘旋,离得那么近,枪炮声像鞭炮一样在身边炸响。我第一次看到那么多负伤的战士。刚开始很紧张,后来就慢慢适应了。"边俊相说。

有一件事,让边俊相至今难忘。当时,部队在当地找了一间老百姓的房子存放食品物资,由专门的保管员看护。夜里,保管员担心耗子偷吃粮食,把鞋子扔向房顶企图赶走顶棚跑来跑去的耗子。不料,房顶上掉下来一个东西,保管员打开手电筒一看,发现是条蛇。吓得尖叫着跑了出去。后来,哨兵进来将蛇打死了。没过几天,房东老大爷去世了,老大娘认为老伴的去世是因为志愿军打死那条蛇引起的。边俊相后来了解到,蛇在当地被认为是看家的"守护神"。这件事引起了不少村民的议论。

边俊相想到作战前上级提出的尊重朝鲜人民风俗习惯的要求,立刻意识到问题的严重性。他与房东老大娘充分沟通,了解她的想法和困难。得知老大爷去世后,家里没有劳动力,老大娘生活十分困难。于是,边俊相和当地政府联系,想办法解

1954年7月,边俊相在朝鲜战场留影

决老大娘的生活困难。边俊相来来回回跑了好几趟，不断劝解，耐心做工作。他们还给老人送来高粱米。在当时的艰苦条件下，这是极为难得的。老大娘被志愿军的诚意打动了，矛盾得以化解。

边俊相兄弟三人一同参加解放战争，又随不同部队赴朝作战。在战场上，他的哥哥和弟弟都牺牲了。边俊相的母亲赶赴朝鲜，找到边俊相时，他才知道哥哥和弟弟牺牲的消息。悲痛之余，他更加坚定了为国而战的信念："我在入党时说过，要不怕死、不怕累，任何时刻，我都要用实际行动履行承诺。"

"少说多做是我的工作原则"

1958年5月，转业后的边俊相被安排到北京市丰台区人民法院工作。

丰台区人民法院第一栋四层办公楼是边俊相主持建设的。为了保证建筑材料的供应，边俊相跑断了腿、磨破了嘴。他一次又一次跑到北京灰砂石五厂，把建筑用的白灰拉到工地；他跑了4家木材厂，把建筑用木材运到施工现场。3年后，一栋四层简易楼房建成了，成为丰台区人民法院的第一栋办公楼。边俊相还为住得较远的工作人员预留了临时宿舍。"走进新的办公室，感到十分幸福。"边俊相的同事回忆说。

来法院工作前，边俊相没有办案经历。为了尽快适应工作要求，边俊相查阅大量卷宗，了解办案程序。他

1958年，边俊相在丰台区人民法院工作时留影

做事一贯严谨认真，不允许自己的工作有丝毫差错。第一次办案，院领导都以为他是专业出身。当时法院工作量大，一年要处理500多件案件，加班加点成了他的常态，但他从来不和任何人谈自己的辛苦。"不管多苦多累，少说多做是我的工作原则。"边俊相说。

边俊相一直保持着艰苦朴素的生活作风，住着老房子，家具几十年都没换过，他用实际行动教育影响子女。"在父亲的影响下，我选择了航天事业，努力为国家做贡献。"边俊相的长子边炳秀说。

（执笔：沈庆晓　徐玲玲）

高伯聪
首钢是我生命中不可或缺的一部分

高伯聪，男，汉族，江苏人，1928年4月出生。1948年12月参加工作，1952年9月加入中国共产党。曾任原首都钢铁公司总工程师、党委副书记。第五届北京市委委员。曾被评为首都钢铁公司劳动模范、北京市劳动模范。

从20岁进入石景山钢铁厂，到1988年从首都钢铁公司离休，今年93岁的高伯聪经历了首钢发展的每个阶段，留下了难忘的铁色记忆。

"首钢是我生命中不可或缺的一部分。"高伯聪说。

绝不辜负党的信任

1937年卢沟桥事变发生后，9岁的高伯聪跟随父母从江苏常州老家转移到大后方。颠沛流离的生活，让高伯聪从小体会到国破家亡的辛酸苦痛。

1948年9月1日，20岁的高伯聪从国立贵州大学矿冶系毕业。12月，他怀着实业救国的梦想进入石景山钢铁厂工作。新中国成立后，工人们翻身做了主人，人人充满干劲，争当劳动模范。今昔对比，让高伯聪深深地感受到，只有共产党才是人民的救星，只有在共产党的领导下，国家才有希望。

抗美援朝战争时期，国内外急需大量铸铁管。为了加强生产一线技术力量，高伯聪主动要求到基层担任工长。针对化铁炉维修没有标准、维修速度慢等问题，他发挥专业特长，带领工人进行技术改革，制作了一套化铁炉维修样板模型，提高了维修效率，降低了劳动成本。为了解决化铁炉费焦炭、速度慢的问题，他潜心攻关，成功提高了生产效率，每年可节省价值36万公斤小米的焦炭。由于工作成绩突出，高伯聪被评为石景山钢铁厂第一批劳动模范。

1952年9月，高伯聪加入中国共产党，成为一名光荣的共产党员。他说："党组织接收我成为一名党员，是对我的信任，我愿意为共产主义事业奋斗终身，绝不辜负党的信任！"

首钢绝不能退缩

1967年，石景山钢铁厂改名为首都钢铁公司。1978年，高伯聪担任公司总工程师，主要负责全公司生产技术。此时，首钢二号高炉已进入炉役末期。在资金缺乏、技术落后的条件下，如何对二号高炉进行高水平改造，实现持续健康顺稳生产，是摆在首钢面前的难题。经过多方论证，公司党委决定集中所有折旧和大修资金，对二号高炉进行移地大修，并要求把新高炉打造成具有国际先进水平的一流高炉。在没有条件引进国外新技术的情况下,公司党委抽调精兵强将,自力更生,自主设计工程图纸、自主制造关键

1983年,高伯聪(左)在四高炉大修改造现场

设备,历时55天,完成十六大系统400余项检修改造项目,使用了20多项新技术。

首钢二号高炉改造工程备受业内瞩目,有不少人提出了各种质疑。"过河卒子,义无反顾。首钢绝不能退缩!"高伯聪说。为了确保改造工程万无一失,在开炉前的1个多月里,高伯聪全天盯在施工现场,协调指挥改造工程,带领技术人员攻坚克难。最忙的时候,他每天只睡四五个小时。经过广大职工团结奋战,1979年12月15日,具有国际先进水平的首钢新二高炉顺利投产。改造后的二高炉在提高冶炼强度、提高机械化和自动化水平、延长炉体寿命、改善环境、节约能源等方面,达到了世界先进水平。

经过此次改造,首钢不仅树立起依靠自己力量建成国际先进水平高炉的样板,而且锻炼了一批技术人才。新二高炉总投资8029万元,投产两年生产了174万吨生铁,利税1.38亿元,不到一年半就收回了全部投资。

最引以为傲的工作

1979年，首钢作为国家确定的第一批试点单位，率先实行承包制，充分调动了工人的劳动积极性，进入良性发展轨道。但由于大部分设备比较落后，单位生产效率与全球先进水平相比仍然很低。为了走出"铁大于钢、钢大于材"的困境，总公司党委决定用有限的资金，从国外购买先进设备，提高生产效率。

1984年，比利时科克里尔钢铁公司属下的瓦尔费尔厂的高速线材轧机准备出售，这套高速线材轧机正常轧速为每秒85米，年产115万吨，在当时属于国际先进水平。10月下旬，高伯聪随公司领导出国考察生产线时得知，科克里尔钢铁公司准备出售赛兰钢厂。经过考察，他向领导提出了同时收购赛兰钢厂的建议。公司党委经过研究，同意了这个建议，并确定由高伯聪主持此次收购谈判。

高伯聪没想到，他即将参加的是一场极为艰难的谈判，也由此成就了一次被业界广为称赞的成功收购。

回国后，正当高伯聪等人筹备轧机合同附件签署及谈判赛兰钢厂收购事宜时，突然得知科克里尔钢铁公司要将这套高速线材轧机卖给美国一家公司。他们立即向国家有关部门汇报，并向国家计委申请，在首钢用人民币拆汇支付设备费用和购置赛兰钢厂时给予支持。接着，首钢致电科克里尔钢铁公司，说明将立即派人参加谈判。为了增强说服力,高伯聪还建议邀请比利时驻中国大使范洛克到首钢参观考察。

1985年1月18日,高伯聪一行3人飞往比利时,全力开展收购轧机谈判。

1988年,高伯聪在首钢总公司东门留影

经过21日至22日两天长达15个小时的谈判,双方终于决定签字。然而,当1月23日高伯聪赶到会场准备签订合同附件时,对方主谈判范奈斯脱却提出,公司董事会决定,收购轧机合同附件必须和赛兰钢厂合同一起签,否则不能签。

高伯聪立即会见科克里尔钢铁公司副董事长,对方答复说,已与另一家公司谈妥了出售协议。对方不仅价格更高,而且已经草签了合同,连信用证都开了。你们来签,就必须和赛兰钢厂合同一起签,而且必须在29日签好。

面对被动的谈判局面,高伯聪当晚联系公司主要领导,商讨收购赛兰钢厂的价格范围,以便谈判时能够随机应变。同时,他及时与我国驻比利时大使馆取得联系。24日,我国驻比利时大使决定,由参赞直接联系比利时经济部总司长进行干预。当天下午,双方便展开对收购赛兰钢厂的谈判。

在25日的谈判中,高伯聪心情复杂,这场谈判只能成功,不能失败。在我国和比利时两国大使的斡旋

2009年，高伯聪参加首钢集团纪念建厂90周年暨劳动模范表彰大会

下，双方的谈判逐渐由拉锯转为顺畅。1月26日、27日是两个休息日，双方的谈判聚焦于收购价格。高伯聪敏锐地察觉到对方对收购价格有所松动，他坚守1100万美元的底线，并最终敲定。

1985年1月31日，首钢以很优惠的价格收购了瓦尔费尔厂的高速线材轧机和赛兰钢厂，并购买到包括设备备件、图纸、技术操作等全部资料。"这是我最为骄傲的工作。"说到这里，高伯聪脸上绽开了笑容。

此次收购的赛兰钢厂就是首钢第二炼钢厂的前身。首钢在对第二炼钢厂进行技术改造的同时，又建成了第三台210吨转炉，实现了年产超过400万吨钢。第二炼钢厂为首钢创造了巨大效益。

回忆自己在首钢工作的那段岁月，高伯聪说："我深深感谢党的教育和培养。在党的百年华诞之际，祝愿我们伟大的党永远年轻、朝气蓬勃，祝愿我们伟大的祖国繁荣昌盛，也祝愿首钢集团再创辉煌！"

（执笔：张佳　曹晶）

刘锦春
用爱深耕工读教育

刘锦春，男，汉族，江苏人，1938年1月出生，1955年7月参军入伍，1965年10月加入中国共产党。北京市原海淀工读学校（现海淀寄读学校前身）党总支书记、校长。曾在北京第一机床电器厂、北京第三师范学校、海淀区教育局工作。曾被评为北京市特级教师、北京市优秀教育工作者。

在海淀寄读学校的校园里，我们见到了刘锦春。这位83岁高龄的老校长头发花白，面色红润。再次回到他一手参与建设的校园，刘锦春精神抖擞，笑着说："咱们先到校园里转转。"

那天阳光正好，学生们成群结队地在四合院的小操场里进行体育活动，来回经过的老师看到老校长纷纷上前热情寒暄。整洁的校园主道两旁，玉兰花开得正盛，刘锦春望着宽阔平整的草地，举起右手指着远方说："以前这里没有围墙，全是土路，孩子们在操场上运动都没有平坦的地方……"21年漫长的岁月，来之不易的巨变，刘锦春感慨万分。

于是，我们在这里，听到了一位老党员和一所百废待兴的学校之间的故事。

抓教育，先抓校园环境

海淀工读学校建于1955年，是在彭真等老一辈无产阶级革命家的关心下建立起来的新中国第一所工读学校，是一所为了挽救有犯罪倾向和不良行为的问题少年而成立的特殊学校。1980年4月的一天，海淀区教育局领导找到刘锦春，让他去海淀工读学校"救火"。

刘锦春从未搞过中小学教育，要重振全国第一所工读学校，年届不惑的他感到肩头责任重大。

刘锦春坦言，来到学校的第一天，他一下子"心都凉了"。放眼望去，学校没有办公楼，只有9间低矮的平房，校园围墙破烂不堪，附近村民上工都从学校里抄近路。学校常年没有自来水，冬天没有暖气，老旧的四合院里，各角落堆满了炉灰和生活垃圾，气味难闻。他给当时的环境总结了5个字：脏、乱、差、破、少。

工读学校的教学情况更糟糕。52名教师中只有10名具有大专及以上学历，大多数教师不在教学第一线且年龄偏大。再加上领导班子涣散，教育思想不统一，经费困难，学生难教，刘锦春愁得"头发都白了"。

面对这样的局面，刘锦春对自己讲："我受党的培养多年，现在党需要我干这个工作，我不能打退堂鼓。既来之，则干之，干了就要有实效，要干就从自己开始做表率。"

就这样，42岁的刘锦春，在工读学校重新开始"创业"。他白天面向学生开展教育工作，晚上带领老师学习教育理论，研究工读学生教育方法。那时，刘锦春每天工作超过12个小时，把所有心思都放在了学校。

刘锦春认为，优雅的环境体现一所学校的文化，在脏乱差的环境里是培养不出"五讲四美三热爱"的学生的。他要做的第一件事儿，就是整顿校园环境。

刘锦春领着全体教工苦干了8个月。垃圾和煤炉渣被清理了，地面平整了，全校师生还利用假期粉刷墙壁，油漆门窗、廊柱，配上新建的1600平方米的宿舍，整个校园面貌焕然一新。

环境育人的传统延续至今。走在校园里，感受着优美的校园环境：古朴的四合院红廊灰瓦，青松苍翠、绿草如茵、鸟语花香、书声琅琅。刘锦春自豪地说："在我当校长的21年里，到校参观考察的外国教育专家、社会团体不断，全国兄弟工读学校、中小学、大学等教育界人士经常来，大家一致称赞我们的校园环境是一流的。"

环境建设初显成效，刘锦春开始下"猛药"，狠抓教师队伍建设。工读学校工作强度大，教育难度大，要想让老师们留下来是一个很大的挑战。

为了学校今后发展，也为了给教师们创造更大的提升空间，在经费、

1992年，刘锦春（左一）陪日本客人参观学校

人员十分紧张的情况下，刘锦春主张让老师们脱产参加进修学习、提升学历。那些参加进修的教师，后来都成了学校教育教学的骨干力量。

把现有的老师留下来、培养好，更要把好教师招进来。从1995年开始，57岁的刘锦春就跑到西安、长春、上海、四川等地，想方设法招来18名大学生，其中有华东师大、西南师大、东北师大等著名师范大学的毕业生。到2000年，学校教师本科率达到94%，很多青年教师获得了海淀区"五四"优秀青年、北京市"紫禁杯"优秀班主任等奖项，学校也获得海淀区"师德建设先进集体"等光荣称号。刘锦春感叹："学校能取得飞跃式发展，一支优秀的教师队伍是压舱石。"

为了不断提升自己的教学管理能力，58岁时，刘锦春主动参加了河北大学"比较教育"专业的研究生课程班学习，为青年教师树立了榜样。

不把工读学生当成"坏孩子"

刘锦春初到工读学校时，全校只有17名学生，到1998年，工读学校有了16个教学班，363名学生。刘锦春一直坚持自己的学生观："我们的学生是未成年人，是具有独立人格的人，是国家未来发展需要的建设者。"

刘锦春特别注重在日常工作中关心每一个学生的成长。学生有困难，他都尽可能给予帮助，让他们安心在学校学习生活。一次，一名学生脚部感染，穿原来的鞋走不了路,刘锦春见到后,就把自己的新鞋送给了他;还有一次,一名学生逃学后,被老师找了回来,看到浑身脏兮兮的学生,刘锦春没有一句批评的话,他把自己的衣服拿出来给学生换上后,推心置腹地询问谈心,那名学生当时感动得落了泪。

"只有怀抱一颗仁爱之心才能当好教师、当好校长。"刘锦春说,"教师和学生的关系应该是平等民主、互信互爱和教学相长的。"他坚持不能把工读学生当成"坏孩子"甚至"少年犯"来管,要用教育而非强压的方式来转化他们的不良行为。在生活管理上,在遵守纪律的前提下,他让学生有更多自由,不害怕出乱子。他坚持周末放假,学生平时可以由老师带着出去买东西。校园没有"高墙、深院、铁丝网",也没有警察站岗,基本上跟普通学校设置一样。刘锦春主张的这些做法,在工读学校一直传承了下来。

很多来校参观的人说:"这里充满着文化教育气氛,学生活泼、有礼貌,没有压抑感,是一所真正的学校。"

在工读学校这片沃土上,濒临违法犯罪边缘的青少年重新走上了人生的正轨,成为首都北京的合格建设者,他们当中有的还加入了党组织,奋斗在为人民服

1999年,刘锦春(中)与德国教育专家座谈交流

2021年，刘锦春参加学校党组织开展的主题党日活动

务的第一线。

1998年，海淀工读学校被教育部授予"工读教育先进学校"称号，刘锦春被教育部评为"工读教育先进个人"。2000年，学校获得教育部授予的"全国中小学德育先进集体"光荣称号。

时光荏苒，复办后的工读学校已走过40多个春夏秋冬，刘锦春也从老师学生口中的"刘校长"变成了"老校长"。2001年退休后，刘锦春爱跟家人和新校长说："你们总说我身体不错，我是希望自己能活到建党一百周年。"

心愿已然实现，就如回望百年党史时的心情。刘锦春站在校园里，眼前新旧场景交织，目光深情悠远。

（执笔：张红燚　刘卫东）

赵圻坦
我把一生献给党

赵圻坦,男,满族,北京人,1929年2月出生,1949年2月参军入伍,1950年4月加入中国共产党。北京中西医结合医院离休干部。曾任原北京市第二疗养院(北京中西医结合医院前身)总务科科员、收费处结算员、库房管理员等职。曾立"抗美援朝一等功",曾被评为北京市离退休干部先进个人、2019年度海淀区十大明星志愿者。

春节前夕,我们敲开了92岁的赵圻坦的家门。在抗美援朝战场上,赵圻坦曾冒着炮火营救伤员;在平凡的工作岗位上,他默默挥洒汗水。随着他或高昂或和缓的讲述,一幕幕场景在我们的眼前徐徐展开。

以最快的速度安全转运伤员

1950年,当赵圻坦得知要跟随部队入朝作战时,他的内心无比激动。"毛主席把自己的儿子毛岸英送到朝鲜参加作战,我也能参加抗美援朝,这是一件多么光荣的事情呀!我一定不辜负党的嘱托,坚决完成党交给的任务。"赵圻坦说。

抗美援朝期间,赵圻坦所在的部队驻扎在离前线不远的伤员救护转运站里。转运站的任务就是抢救火线上

1951年，赵圻坦在抗美援朝战场留影

送下来的伤员，对他们进行快速止血、包扎、固定后，根据伤情将他们转运到一线医院、后方，或者送回国救治。赵圻坦负责的是转运环节，他说："如果我们行动迅速，转运得快，伤员就能多一分生还的希望。"

1950年的冬季是朝鲜50年中最寒冷的冬天。在零下40摄氏度的冰天雪地里，由于物资供应极其困难，志愿军战士穿着单薄军装，凭借钢铁般的意志顽强地与敌人进行战斗。前线的炮声此起彼伏，负伤的战士一个个被送到救护转运站里。他们的痛苦让赵圻坦特别心疼："我当时只有一个念头，一定要以最快的速度完成转运任务。"

在与战友冒着敌机轰炸转运伤员的过程中，赵圻坦积累了丰富的经验。白天，他总会机警地观察天空中的情况，只要发现一点儿蛛丝马迹，便马上示意大家停下脚步，先隐蔽在安全的地方，等敌机飞走后再继续前进；夜晚，他会选择相对安全的山路，带着大家深一脚浅一脚地前进。

在赵圻坦担任转运员的两年多时间里，他和同志们将数不清的伤员送到了指定地点，没有一人在途中出现意外。1951年，赵圻坦因克服恶劣环境，高效、快速完成多次转运任务，被第三十八军——四师山炮营部卫生所党委批准，荣立"抗美援朝一等功"。

2017年8月，当得知中国人民革命军事博物馆征集纪念中国人民志愿军抗美援朝出国作战实物时，赵圻坦主动捐出了自己的立功喜报、抗美援朝纪念章、朝鲜军功章等5件物品。

2020年10月，91岁的赵圻坦特意穿上旧军装，郑重又自豪地接过"中国人民志愿军抗美援朝出国作战70周年"纪念章。"我没有做过惊天动地的事，但比起那些牺牲在朝鲜的战友，我是幸运的，"亲历过战争、见证过历史的赵圻坦感慨地说，"我要为党和人民继续奋斗，直至牺牲。"

"我是党员，我得多干点儿"

从抗美援朝战场归来后，赵圻坦把对战友的怀念倾注在对工作的热爱、对党和人民的奉献当中。

1954年，赵圻坦被分配到原北京市第二疗养院手术室担任护士。他坚持每天早上7点半到岗，打好开水，将科室打扫干净，把一切安排得井井有条后，迎接同事和患者的到来。随着医院的不断发展（1959年北京市第二疗养院更名为北京市永定路医院，1989年更名为北京中西医结合医院），赵圻坦的工作职责也不断发生变化。但无论在哪个岗位，他忠于党和人民的心始终如一。

在放射科担任登记员时，赵圻坦注意到，医院给患者发放的装X光片的牛皮纸袋每个成本是两毛钱，当时一般人每月工资只有几十元，两毛钱不是小数。当听说病案室有一批淘汰下来的病案袋时，他立即申请将这些病案袋交给他处理。他将废旧的牛皮纸袋裁剪、粘贴后，改造成为患者装放射登记材料和片子的袋子。"国家要建设，正是用钱的时候，我是党员，得为党和国家尽一份绵薄之力。"赵圫坦表示。

在库房工作时，赵圫坦一刻都停不下来。除了每天为临床按时配送物资、满足各科室领用物资外，他把每个货架都整理得整整齐齐，每处角落都打扫得干干净净，每条账目都记录得清清楚楚。他还利用下班后的时间，用自家缝纫机为大家缝制白帽子和纱布口罩。当时，医院200余名医务人员戴的帽子和口罩大多出自赵圫坦的双手。别人劝他多休息、注意身体，他总会说："我是党员，我得多干点儿。"

毛主席说过："一个人做点好事并不难，难的是一辈子做好事，不做坏事，一贯地有益于广大群众……艰苦奋斗几十年如一日，这才是最难最难的啊！"赵圫坦以自己的实际行动践行了这句话。他始终是医院上下公认的好党员，是大家心服口服的标杆：做党员就得像赵圫坦一样，这样的党员我们服！

当志愿者从来都不晚

离休后，赵圫坦始终保持着在部队养成的好习惯。

他生活简朴，一日三餐、衣食住行都简简单单。"我一辈子都是这样过来的，艰苦朴素挺好。"赵圻坦说。

1983年7月，赵圻坦（后排右一）在北戴河疗养留念

赵圻坦在生活中省吃俭用，对社会公益事业却异常大方。他多次以"艾鑫行""戚依颂"等名，为汶川地震灾区、舟曲县泥石流灾区、贵阳市山区学龄儿童等捐款数十万元。2020年新冠肺炎疫情期间，92岁的赵圻坦再次来到离退办，拿出用红手绢包着的1万元钱，郑重地说："这是我的特殊党费，请党组织收下吧！"

从2008年起，79岁高龄的赵圻坦成了"学雷锋志愿者"。只要听说有志愿服务活动，不论是去路口执勤，还是去义务植树，他都来得早、走得晚。对此，赵圻坦表示："当志愿者从来都不晚，我是党员，志愿服务工作是我应该做的。"在一次大规模集会结束后，赵圻坦发现地上有一面遗落的国旗，他赶紧跑过去，用颤抖的手将国旗捧在手心。

这次经历让赵圻坦开始了捍卫国旗尊严的行动。他从北京图书大厦买了《中华人民共和国国旗法》，当志愿者执勤时发给来往行人，呼吁大家尊重国旗，正确悬挂国旗；凡是看到有错误悬挂国旗的行为，他会立刻找

2020年11月，赵圻坦参观"纪念中国人民志愿军抗美援朝出国作战70周年主题展览"

到相关单位的负责人提醒，或向有关部门反映。"我希望全社会都能够知晓国旗法，尊重国旗。"

公交车也是赵圻坦倡导文明行为的重要场所。赵圻坦有一个随身携带的小本，上面用红色的笔写着"礼让你真棒"几个大字。每当看到有人让座，他就掏出小本向对方展示那5个字，无声地为对方点赞。

虽然年事已高，赵圻坦依然用自己的方式坚守共产党员的初心和信仰。2000年，赵圻坦和老伴儿与北京市红十字会签了协议，去世后将遗体捐献给医学研究，他要把身和心全部奉献给党和他热爱的医学事业。

赵圻坦说："我最崇拜的人就是毛主席和周总理，感谢毛主席带领中国共产党建立了新中国，感谢周总理为国操劳一辈子。我要向老一辈革命家学习，为党和人民奉献终身。"说完，赵圻坦又顿了顿，铿锵有力地说："中国共产党万岁！"

（执笔：邱苗　曹晓晨）

李晓月
只要党需要，没有克服不了的困难

李晓月，女，汉族，山东人，1928年2月出生，1948年7月参加工作，1948年10月加入中国共产党。原北京市老干部局党组书记、局长。曾任共青团北京市委办公室主任，市二轻局包装公司办公室主任，市教育局政教处处长，市委教育部办公室主任，市老干部局副局长。多次被评为市直机关工委优秀党支部书记。

"21岁前，我经历了抗日战争、解放战争和新中国的成立。在这些大背景下，大小事件、不同故事成为我童年、少年和青年时期扎根于心底的记忆。经过比较，我选择了一条决定我一生命运的道路，那就是对党忠诚，为人民谋幸福，一辈子跟共产党走。"这是2019年李晓月参加北京市首场"初心讲堂"时谈的感想，也是她一生做人做事原则的充分体现。

锤炼敢于斗争、勇挑重担的品质

1939年，11岁的李晓月随母亲到黑龙江哈尔滨与父亲团聚。日本侵略者大肆宣扬所谓的"日满亲善、共存共荣""大东亚共荣圈"，实际是对中国学生进行奴化教育，残害爱国人士。当年，她目睹了被日军抓去当劳工的堂兄冒死逃出参加八路军。李晓月忘不了八九岁时教她第一次唱《松花江上》的女游击队员；忘不了在北平认识的很多进步大学生，其中一名女大学生还多次冒死穿越敌人封锁线，给她留下了深刻印象……家人和有志之士潜移默化地影响着李晓月，她从小心底就埋下了革命的火种。

1945年抗战胜利后，中国却没有迎来和平。当时在北平读高中的李晓月，目睹了国民党针对共产党打内战的所作所为。"看到同胞相残很心痛，我更认识到国民党是官僚资产阶级的政党。"于是在从事地下工作的哥哥的带领下，李晓月瞒着家人，放弃学医理想，毅然走上革命道路。

1948年夏，李晓月冒着敌人层层封锁和盘查，成功护送两名奔赴解放区的朝阳学院学生到火车站乘车，又成功护送一对北平大学生兄妹赴济南工作。"两次护送都惊心动魄，躲过了敌人的巡查，顺利脱险"，李晓月回忆说。

正是经过一次次血雨腥风的考验，1948年10月1日，李晓月光荣地加入了中国共产党，立下了跟着共产党为劳苦大众谋幸福的初心。火热的革命

20世纪80年代，李晓月（左一）与局机关同事合影

工作，造就了李晓月不怕困难、勇于担当、敢闯敢拼的精神。

"有条件要建，没有条件创造条件也要建"

1984年10月，李晓月调任北京市老干部局任副局长，1987年年初担任北京市老干部局第三任局长。"我在市老干部局工作了10年，当时老干部工作处于起步阶段，没有现成的经验借鉴，只能在工作实践中学习、探索。"在老干部工作中，最让李晓月难忘的就是主持建设了市老干部活动中心。

1982年，党中央建立干部离退休制度。各地通过建立老干部活动中心，搭平台、建阵地，为老同志老有所学、老有所乐、老有所为提供有力保障。

建设一座市级老干部活动中心，是市老干部局和全市老干部们的迫切期望。1984年12月，在老干部们的翘首以盼中，市委书记办公会决定建设市老干部活动中心。

之后，活动中心项目立项进展有些缓慢。"老干部的事情不能等，也等不起。活动中心有条件要建，没有条件创造条件也要建！"为了立项，李晓月与工作人员持续努力了4个月，最终市相关部门同意活动中心项目采取立项自筹资金方式。"当时工作十分困难。找地、找钱、找人，每一件事都需要从头干起！"李晓月说。首先是寻找合适地块，经过多方寻找协商，李晓月和局等建处的同志找到了位于东城区北护城河边的一个废品回收站。通过与东城区反复沟通,最终确定了活动中心建设用地。

那时,市老干部局家底不足30万元,要筹措300万元启动资金、3000多万元建设资金,难度极大。"当时好多人不相信我们能把活动中心盖起来,但我一直坚信办法总比困难多!"李晓月说。

怎样保证足够的建设资金?这是最难的。李晓月想出"向兄弟单位借、向上级单位争取、求助社会单位捐"的筹措资金办法,筹齐好启动资金。李晓月说:"我们想了很多办法,最终在上级领导的支持下,确定与其他单位合作共建。"经过近一年的艰苦寻觅,通过与34家有合作意向单位的对比洽谈,最终选定中国粮油进出口总公司作为合作方,共同开发建设。

"要建就要建最好的!"在李晓月的带领下,经过前瞻谋划布局,不断修改完善建设方案,并经历4年停建和缓建后,一座建筑面积13200平方米的北京市老干部活动中心于1993年12月26日竣工试运转。老市长彭真同志亲笔为活动中心题名。

近30年来,这里成为离退休干部学习、活动和发挥正能量的重要阵地。

1994年,李晓月在市老干部活动中心接待原市领导焦若愚同志

胸怀"一团火",让老干部工作朝气蓬勃

当时,老干部工作存在着两方面问题:一方面是老干部始终心系党的事业,但对改革开放政策的调整、变革理解不深;另一方面,过去干部受到的是"生命不息,战斗不止""小车不倒只管推"的教育,让他们放下工作回家颐养天年,思想上的弯子一时转不过来。

"要破解这些难题,首先自己必须创新工作思维和方式方法。"经过深思熟虑,李晓月探索以召开全市老干部座谈会的方式向老干部宣讲政策、与老干部谈心交心。这一建议得到了市委领导的大力支持。市委组织部分管领导亲自督战推动。

1987年秋,市老干部局在昌平县召开了为期5天的全市老干部座谈会。会议安排有情况通报、工作交流、专题参观、小组讨论等。台上市长推心置腹谈改革,台下老干部听得津津有味。老干部满怀深情谈收获、体会,坦言受到一次改革开放的政策教育。离休同志对座谈会的创新做法好评如潮。

首次座谈会的成功,开启了北京市每年召开一次、每次4~5天老干部座谈会的序幕。根据局领导班子议定,从第二次座谈会起,还增加了为老同志办实事的内容。

回顾在市老干部局的工作,李晓月说,做好老干部工作要有3种精神:一是"一团火"精神,要怀着深厚的热情,像对待亲人一样对待老干部;二是奉献精神,

2000年秋，李晓月参加市老干部党校离退休干部党支部书记培训班时留影

不求索取，只讲奉献；三是争取精神，锲而不舍争取方方面面关心、重视和支持老干部工作。

枫叶经霜红愈艳，菊花晚节馥尤浓。1994年离休后，李晓月担任市老干部局离休干部党支部书记。2020年，离休干部党支部被市直机关工委授予"先进党组织"称号。

几十年来，李晓月始终用"革命第一、工作第一、他人第一"的信条激励自己。"这三个'第一'伴随我一生，成为我永远跟党走、实现革命理想的座右铭。"这位有着72年党龄的共产党员发自肺腑地说。

（执笔：沈聪 韩爱君）

李祥舒
这里有我毕生热爱的事业

李祥舒，女，汉族，北京人，1948年12月出生，1966年1月加入中国共产党，1968年2月参加工作。北京市怀柔区中医医院原院长，享受国务院政府特殊津贴。曾在怀柔县文教卫生局、怀柔县第一医院工作。曾获得国家级科技进步奖1项、部级科技进步奖3项、市级科技进步奖9项，曾被评为北京市有突出贡献科学、技术、管理专家，北京市三八红旗手、北京市先进工作者、全国卫生系统先进工作者。

在怀柔区中医医院康复门诊，有一位特殊的医生。她满头银发，坐在轮椅上，背微微佝着，温和的话语令人如沐春风。她就是73岁的李祥舒。

"我这辈子只做了一件事，就是把全部精力奉献给怀柔区中医医院。"曾任怀柔区中医医院院长的李祥舒，见证了这所医院从无到有、从小到大、从弱到强的发展历程。培根育树深情在，灿烂夕阳颂晚晴。李祥舒舍不得离开一生奋斗的事业，舍不得放下为患者服务的责任。这些年来，坚持坐着轮椅出诊，已经成为她的习惯。

团结一致建名院

1991年4月，李祥舒担任怀柔县中医医院（怀柔区中医医院前身）院长。刚建院没几年，医院只有一座不足2000平方米的小楼，门诊和住院病房都在这座楼里。李祥舒盘点了一下家底，医院只有57名医护人员、7个科室、50张病床、2台显微镜和一台50毫安的X光机。

家底单薄、设备简陋，还不是最难的。李祥舒最头疼的是队伍中专业力量奇缺。

要做事业带头人，自己先要成为行家里手。李祥舒报名参加了北京东直门医院进修学习班。她每周一至周五到东直门医院学习，周末回怀柔县中医医院查房带教。整整14个月，她奔波于北京城区和怀柔之间。

为了及时把最新的学习内容传授给医院的年轻同志，李祥舒周末回到怀柔的第一站从来都是单位。每周回来后，她抓紧一切时间边工作边带教，将学到的理论与临床经验相结合，在查房、问诊等过程中毫无保留地传授给年轻医护人员。

"我最难忘的是来到医院教学和义诊的老先生们。"李祥舒说，"他们一分不要，一心奉献，为的就是怀柔中医医院的事业发展。我经常对院里的年轻人说，我们对这些老先生应该永远铭记、永远感恩。"

在李祥舒的多方联系下，北京中医药大学王永炎教授、孙塑伦教授等在怀柔中医医院带教培训、协助建科；全国知名中医专家刘渡舟、刘弼臣、关幼波等来院开展义诊、查房会诊；北京中医医院张炳厚教授、李广筠教授等来院指导教学。在他们的指导下，怀柔中医医院的医护人员分别组成了专科小组，由专家一对一培训指导。

院领导班子瞄准为怀柔人民提供更高水平医疗服务的目标，按照"引进人才、壮大实力、创建科室"的原则，从全国各地引进12名具有本科学历、副主任医师以上职称的优秀人才。建起肾病、脑病、脾胃病、痹症、呼吸病等8个院内重点专科科室。"这种水平的科室建设，在全国区县二级医院是领先的。"李祥舒说。

医院建设上了水平，李祥舒心里却没有丝毫懈怠。她心中还惦记着一个大事：怀柔中医医院如何姓"中"。经过多方求教、集体研讨，院领导班子决定将中风病作为突破口，将其全力打造成怀柔中医医院的特色重点专科。

怀柔中医医院在全县开展了农民健康状况调查，通过对1081份调查问卷的汇总研判，建立了山区、半山区和平原不同地域的疾病谱。在此基础上，完善预防、治疗、护理、抢救、康复等中医诊疗环节，形成了系列配套诊治措施。

为了集聚全院之力打造中医特色，李祥舒主持举办了"西学中"培训班，让全院西医医护人员系统学习中医知识。同时，怀柔中医医院与县外医院在医、科、教、研、防等方面挂钩合作，以科研带教学、以教学促临床，使全院中医特色日益凸显。

1996年，在北京市中医

李祥舒为患者诊治中

药管理局二级甲等中医医院验收中,怀柔中医医院以976.8分的成绩取得第一名,成功创建二甲。回忆起那段往事,李祥舒感奋之情跃然脸上。她说:"我们医院有一支认真工作、不求回报,肯吃苦、不怕累、不怕难的队伍,这个成绩是大家齐心协力取得的。"

倾囊相授育人才

"要当好院长,首先要做一名称职的医生。"李祥舒说。她每周出3次专家门诊、两次查房。据不完全统计,在职期间,李祥舒共接诊患者13万余人次,解决疑难重症2000余例次,组织参加抢救危急重症患者4200余人次,组织讨论疑难死亡病例260余例次。医护人员说:"李院长不仅是我们事业的带头人,也是我们专业上的楷模。"

1988年,李祥舒被破格晋升为副主任医师;1994年,又被破格晋升为主任医师。她参加了国家"七五"和"八五"中风病攻关科研课题,参与完成《四季养生要诀》等3部专著,先后获得国家级、部级、市级科技进步奖多项。2012年年底,李祥舒被评为怀柔区第一批名老中医。

在年轻医生们的眼里,李祥舒还

2007年3月,李祥舒(左一)参加全国中医脑病急症协作组学术研讨会

是一个热心的老师。她常说："我把积累的知识教给你们，你们掌握后用于临床，可以让更多患者受益。"多年来，李祥舒坚持带教跟师，将积累的经验倾囊相授。2017年3月，李祥舒做了腰椎管手术，术后需要静养。她不能在门诊室问诊带教，就把4名跟师的年轻医师叫到家里讲课。"李院长的讲义30多页、上万字，都是她一个字一个字用心写出来的。"年轻医生王娟激动地说。

从医53年，李祥舒为年轻医生成长成才铺路搭桥。在职期间，她讲课3400余学时，涉及神经、循环、呼吸、消化、泌尿、内分泌等系统病种30余个，培养医师90余人，带教本科生350余人。退休后，李祥舒依然活跃在临床一线，在工作室培养了一批又一批优秀的中医人才。

医者仁心赢口碑

李祥舒行医多年，水平高、名气大，拥有一大批"粉丝"，很多患者从全国各地慕名而来。想挂她的号还真不是件容易的事，许多患者都是提前几个小时就排队来挂她的号，实际上每天年轻医师的跟师只有15个号。但是李祥舒对于患者是有求必应，加到20多号是常事。有时患者多了，李祥舒从早晨一直看到下午两三点钟，连喝口水的时间都没有，更顾不上吃饭了。李祥舒面对患者却依旧满面春风，平心静气地问病情、找病根、开方剂。她说："患者来找我，就是对我的信任，我不能辜负他们。"

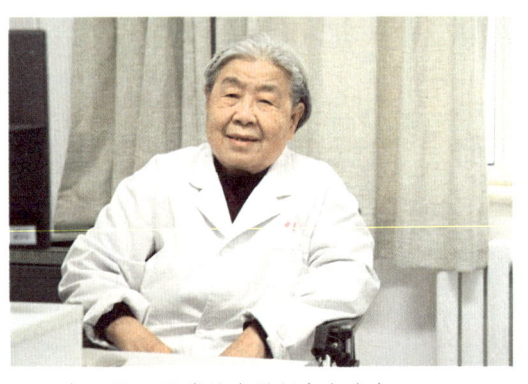

2021年3月，73岁的李祥舒在出诊中

"要让患者满意"，这是李祥舒的职业追求。她说："待人如己，服务至上，为患者服务，让患者满意，是怀柔中医医院永远的信条。"在李祥舒的带领下，怀柔中医医院荣获"全国文明单位""首都文明单位标兵""怀柔县文明单位""怀柔县十佳文明服务场所"等称号。

看今朝，李祥舒非常欣慰。今天的怀柔区中医医院已经跻身三级甲等中医医院行列，成为北京中医药大学非直属医院、怀柔区中医药适宜技术培训基地、怀柔区医学检验质量控制和改进中心，拥有"全国基层名老中医药专家传承工作室"两个，"北京中医药薪火传承'3+3'工程基层老中医传承工作室"两个……

李祥舒身体做过多次手术，现在出行基本靠轮椅，但她依然坚持出诊。她说："这里有我毕生热爱的事业。想到怀柔区中医医院，我心里就有一种责任、一种力量、一种热情，督促着我把工作干得更出色。只要身体允许，我会一直干到干不动为止。"

（执笔：易梅子　宋明晏）

顾宝华

笃学勤思　与时俱进

顾宝华，男，汉族，上海人，1947年11月出生，1965年9月参加工作，1970年1月加入中国共产党。北京经济技术开发区管委会原副主任。曾任北京市委组织部副局级组织员、北京市委党群工作办公室负责人、北京经济技术开发区管委会助理巡视员。曾被中华人民共和国商务部聘为境外经济贸易合作区评审委员会专家。

"当我站在由美国和日本主导的亚洲开发银行的讲台上，给20多个国家的政府官员讲述中国故事的时候，当我站在大西洋沿岸的刚果（布）、委内瑞拉等国为中国人投资建设工作考察的时候，我总是有一种难以抑制的自豪感，我们的国家强大了！"顾宝华放下手上的《从鸦片战争到五四运动》这本书，眼神坚定地告诉我们。被问及入党体会时，他脱口而出："真心感谢党对我的培养！"

善思，重视人才出良策

1980年，顾宝华被调到北京市委组织部工作。他积极投身改革开放大潮，在履职过程中提出了许多改革发展的工作建议，发表了多篇文章，受到广泛关注和

开拓创新　攻坚克难

好评。

改革开放初期,党和国家的工作重心转移到社会主义现代化建设上。现代化建设离不开优秀人才,知识分子工作成了组织工作的重点。通过学习研究,顾宝华陆续在《人民日报》《北京日报》等报发表文章,提倡领导干部和组织部门主动接近知识分子、关心爱护知识分子,尊重知识、尊重人才激发知识分子的工作活力。

针对当时国内多名优秀青年科学家相继因病去世的现象,顾宝华深入剖析了他们英年早逝的原因和特点,向《北京日报》撰写了《谈中青年知识分子的心理平衡》的文章,被选载到1985年第6期的《新华文摘》,呼吁全社会高度重视中青年知识分子的身心健康,引起社会的强烈反响。全国各地的读者纷纷给报社发信件、打电话。

顾宝华撰写的《谈中青年知识分子的心理平衡》选载于1985年第6期《新华文摘》

一名宁夏回族自治区科技工作者的来信说,这篇文章可能会"挽救一大批蒋筑英、罗健夫式的青年科学家的生命。"这篇文章为后续落实知识分子政策、改善知识分子的待遇起到了积极的推动作用。

1998年,顾宝华到北京经济技术开发区(以下简称"经开区")工作。出于多年从事组织工作的敏感,他推动的第一件事就是干部培养。"我认为建设经开区是一项崭新的事业，需要一大批高素质的管理干部和优秀人才。"顾宝华说，"经开区年轻干部多，组织上需要为他们成长发展创造更多条件。"经过深入调研思考，他向工委提出经开区与清华大学合作办学的建议，得到当时领导班子的支持，变成具体的实施政策。两年半时间，60名年轻干部拿到了清华大学经管学院的研究生课程结业证书。这项建议措施的落实，使经开区干部队伍的知识结构和整体素质有了明显的提升。

笃学，与时俱进解难题

随着国内外经济社会的快速发展，信息化建设益显迫切。信息化水平成为区域投资环境的重要标志。经开区作为首都国际投资活动最频繁的区域之一，理应走在前列。1999年，征得市委市政府同意支持，经开区大力推动信息化建设。

那时候，为跟上信息化建设发展的形势，顾宝华一下子买了10多本有关信息化的专业书籍，挤出时间，静心钻研，深入学习，请教专家，很快便与其他领导一起，高效推进经开区的信息化建设和电子政务改革，开启网上招商谈判、网上项目跟踪管理、网上招投标、网上审批、网上认证等10多个办公自动化系统的应用。顾宝华说："今天看来，当时率先进行经开区的信息化建设和电子政务改革，为后来区域数字化升级，提前实现经开区5G网络全覆盖、智慧亦庄建设打下了很好的基础。"

结合自身学习体会和领导实践工作的经验，2003年，顾宝华在《中国电子商务》发表《电子政府建设需要处理好的十个关系》一文，从管理与服务、技术与制度、专家思路与群众路线、成本投入与使用效率等10个方面提出意见和建议，被业界视为权威之作。

"现在想想，经开区信息化建设的成功实践，为我退休后继续发挥余热打下了基础。"顾宝华笑着说。

无论工作还是生活，他始终信奉"困而学之、学而知之"。正是这种不断学习的韧劲和钻劲，还解决了一些个人生活中的大难题。

1995年，顾宝华的老伴突发重症肌无力病，这是医疗界公认的疑难病症。他在积极寻医问药的同时，结合家庭心理治疗，为老伴的病症摸索出了一套有效的康复方法。如今，老伴身体完全康复，被周围同志认为是一个奇迹。老伴常说："宝华就是爱学，干什么、学什么、钻研什么。学习是他一生的爱好，已经成为他的习惯了。"

在新冠肺炎疫情防控期间，顾宝华独自在家处理文件、参加远程视频会议，就是得益于工作中学习练就的电脑操作技能。

务实，格物致知助发展

"支撑我坚持学习、不断创新的动力就是4个字——格物致知。"顾宝华坦言。

在顾宝华的书柜里，摆放着多张照片，其中许多是他在越南、埃塞俄比亚等"一带一路"沿线国家的留影。

2006年，顾宝华被商务部聘为境外经

2013年9月，顾宝华（右二）在刚果共和国黑角地区（大西洋沿岸）现场考察

济贸易合作区评审委员会专家。顾宝华积极响应促进中国企业"走出去"的号召，2008年退休后，他保持斗志，不辞辛劳，深入亚洲、非洲国家走访选址，助力中国海外投资的产业园区建设。"当时，我参与了越南（中国）龙江工业园和埃塞俄比亚（中国）东方工业园两个境外经贸合作区建设，这是全球范围内国内招投标、国家考核确认的10个成功境外合作区中的两个。"能够成就这么大的建设项目，顾宝华颇为欣慰。

除此以外，顾宝华还利用自己所学，总结自身实践经验，为"一带一路"沿线80多个国家的数百位商务官员授课培训，讲授国际经贸业务，讲述中国改革开放和经开区建设的故事。通过培训讲课，顾宝华与多国商务官员建立了友谊，增进了感情，扩大了经开区的影响，树立了中国在国际上的良好形象。

2020年新冠肺炎疫情暴发，让他想起2003年"非典"疫情时。当时，顾宝华是经开区抗击"非典"工作临时指挥部负责人。一天夜里，他接到区内某外企主管

2015年，顾宝华（后排左六）在中国—东盟国家产业园建设合作研修班上为国外学员授课

的求助电话，企业出现发热病人，情况紧急，需要马上转移。疫情初期，开发区的隔离点还没建成。面对突发情况，他紧急与有关部门协调，商讨可行办法。13名发热病人及其家属很快得到妥善安置，企业负责人非常感动。那次经历给予了顾宝华宝贵的工作经验。他说："后来，我参与境外投资项目时，很注意卫生防疫等风险防控，特别在非洲、南亚一些经济发展和医疗卫生水平不高的国家和地区，更加注意做好各种突发事件应急预案。"

在党51年，顾宝华坚守党性，笃学善思，与时俱进，勇于创新，为经开区改革开放和高质量发展做出了应有贡献。顾宝华说："我的年龄虽然越来越大了，但共产党员的身份不会改变。活到老、学到老、创造到老，我要为国家取得更辉煌的成就贡献自己的力量。"

（执笔：蒋科平　张蕾磊）

龚士俊
一颗红心永向党

龚士俊，男，汉族，北京人，1930年1月出生，1947年7月参军入伍，1949年7月加入中国共产党。北京市原平谷县食品公司副经理。曾任平谷县商业局办事员、海子水库建设指挥部会计、平谷县贸易公司会计。曾获解放奖章、朝鲜民主主义人民共和国军功奖章。

91岁的龚士俊有着70多年党龄，经历了解放战争、抗美援朝战争和社会主义建设。他说："我这一辈子没做过什么轰轰烈烈的大事，却始终不忘自己是个党员，不管干什么，都坚定不移听党话、跟党走，一颗红心永向党。"

跟着共产党打天下

龚士俊说："小时候我就知道共产党、八路军，他们给贫苦农民分土地，是穷人的大救星。我打心眼里钦佩他们，也想成为像他们一样的人。"

1947年6月28日，冀东区党委和十四地委四区在平谷后北宫村召开参军动员大会，号召各村青年积极参军，保卫土地、保卫家乡、保卫胜利果实。

17岁的龚士俊报名时，民兵队队长说："你个子这么矮，还没有枪高，怎么行？"龚士俊不服气地说："现在我个头矮，以后还得长呢！"民兵队队长问："你为啥要参军？"龚士俊回答："在家不是跑反（逃难），就是受伙会儿（地主武装队伍）的气。在家受罪不如当兵去。"龚士俊说的一点不假，就在此前，一群伙会儿闯进村里，抢走了20多头牛，还放火烧了房子。看他态度坚决，民兵队队长说："好，算你一个！"

龚士俊参军后，区委书记带着他们这批新入伍的战士到顺义改编。一位部队首长瞧龚士俊个头矮，问："你多大了？"龚士俊说："17岁。"首长问："识字吗？"龚士俊点点头。首长又说："把村名和姓名写给我看看。"首长从上衣兜里掏出一支钢笔，递给龚士俊。龚士俊接过笔就写：刘家店，龚士俊。首长看了看说："好，你站到那一边吧。"那一边已经站了20多人，一名高个士兵把他们领到供给处，参加司务长和后勤人员培训队。几个月后，龚士俊被分配到独立五师卫生部当司务长，负责后勤工作。

龚士俊参加的第一次战斗是密云战役。龚士俊等后勤人员跑前跑后，为前线战士运送炮弹，把伤员扶到担架上，协助担架队运送伤员。他在枪林弹雨中穿梭，手榴弹和炮弹的爆炸声震得他什么都听不见。就在双方打得最激烈时，传来国民党部队派来援兵的消息。攻城部队因为没有重武器，就主动撤出战场。龚士俊说："这是我第一次上战场，没有时间害怕，但回到营地后，我全身都在发抖。枪弹不长眼,我们随时都可能丢掉性命,但我没后退一步。我参加部队,就要拼命打仗,而且当时我也已经有了加入中国共产党的愿望。"

之后龚士俊还跟随部队解放太原、兰州、银川等地。每次战斗都冲在前面,既要运送伤员,又要保护好战士们的口粮免遭敌人破坏。参军两年后,龚士俊光荣地加入了中国共产党。

命在,希望就在

1950年12月,龚士俊随部队参加抗美援朝战争,负责前方志愿军弹药、食品供应。当时,敌军发动"绞杀战",派出大量空军昼夜轰炸志愿军运输线,妄想用断绝供应迫使志愿军不战自退。志愿军针锋相对,下达建设"打不断、炸不烂的钢铁运输线"的任务。

一次,龚士俊与几位战友赶着胶皮轱辘车去平壤领取弹药、大米和蔬菜等物资。夜间,走在路上,他们遇到敌机轰炸。敌机先是扔照明弹,漆黑的夜空瞬时变成大白天,龚士俊和战友们赶紧隐蔽到树林里,躲过了轰炸。在排队领取物资时,敌机又来了,炸弹就像刮大风似的飕飕落下来,着地就炸。回来的路上,当他们走到一座大桥上时,

1953年,龚士俊获得朝鲜民主主义人民共和国军功奖章证书

敌机又来了,扔下不少炸弹,还好没人受伤。他们这一趟经历了3次敌机轰炸,好在有惊无险,把物资顺利运了回来。

敌机轰炸越来越疯狂,炸断了铁路,炸毁不少汽车,连山头都削平了。志愿军就动用马匹、人力上阵,实施人力畜力分段、各路接力运输。一次遇到敌机来轰炸,一匹马受惊发出了声响,龚士俊所在的部队暴露了。敌机在他们上方发出惊天动地的轰鸣,疯狂俯冲扫射。突然,一枚炸弹在距龚士俊10多米处炸开,大地都震动了,龚士俊感到身上盖了厚厚的一层土,五脏六腑都移位了,身体也有多处擦伤,但依然一动不动地隐蔽着、忍耐着。

轰炸结束后,有个战友扶起他说:"你小子命大呀,这枚炸弹再靠近一点点,你就不是擦伤这么简单了。"龚士俊说:"美军飞机休想炸死我,我的命大着呢。命在前方供应就在,胜利希望就在。"

脱下戎装建家乡

回国后,龚士俊被选派到军委后勤学院,学习后勤管理知识。报到后才知道,学院要求学员具有初中以上文化程度。可他只念了几年书,小学都没毕业,本来准备收拾铺盖走人了,学院领导说:"来了就别走了,一起跟着学吧。"

龚士俊在文化知识速成班学完后,被分配到军医系，重点学习各兵种战士身体所需的营养搭配。4年后的1959年，龚士俊被分配到石家庄陆军学院，担任学院后勤助理员，分管财务等工作。龚士俊没学过财务知识，又重新拜师，向一位财会管理专业的同志请教并潜心钻研。由于工作成绩突出，晋升为副营级，授予大尉军衔。

1963年，龚士俊转业时着军装留影

1963年，龚士俊转业回到家乡平谷。他先后参与了西峪水库、黄松峪水库、海子水库等三大水库建设。在这个过程中，他看到了平谷的发展，修水库开始是靠人力刨土、拉土、平地、砸夯，后来就开始使用机械作业，如搅拌机、提升机、振捣棒等。

工地上几千人同时劳动，甚是壮观。但这几千人却也愁坏了负责后勤采购的龚士俊。当时，采买需要粮票、油票、盐票等，即使是修水库这样的大型项目，采购也需要按规矩办事。因为物资缺乏，有时候还买不齐。"修水库干的都是体力活，劳动强度大。为了保证工期和质量，我们一定要想方设法让大家吃饱饭。"龚士俊说。遇到忙的时候，后勤人员也要上一线，每次龚士俊都主动到最累的地方。他说："我当过兵，是党员，身上有的是力气，累点儿不怕。"

离休后，龚士俊在社区参加各类志愿服务活动，帮助群众调解纠纷、维护治安。邻里之间闹个矛盾，有什么不愉快的事，都愿意找他聊一聊、评一评。龚士俊说："大家有事喜欢和我说说，我也爱听，乐于帮忙，能解决得最好，帮不上忙的也能宽宽心。"

一次，龚士俊在楼下遛弯，一个街坊跟他抱怨楼上邻居晒被子时总是敲打，把灰尘啥的都弄到他们家晒的被子上，都是街坊还不好意思说。龚士俊想，事情虽不大，但容易让两家人有心结，我要当解铃人。

龚士俊跑到敲打被子的居民家楼下等，见他出来了，就上前扯闲篇儿，七拐八拐说到晒被子这件事上来。这位居民意识到自己晒被子影响了楼下邻居生活，深感惭愧，并感谢龚士俊提醒。从此，龚士俊在遛弯时，都会多听听、多看看，发现居民之间有隔阂，就帮着顺顺气。龚士俊说："远亲不如近邻。邻里之间少些火气，多些和气，社区氛围就会更和谐，生活在这里也更舒服。"

龚士俊全家福

（执笔：李红梅　王静宇　王新伟）

张凤祥
迎难而上才能取得好成绩

张凤祥，男，汉族，北京人，1932年11月出生，1950年12月参军入伍，1959年4月加入中国共产党。北京市石景山区原北辛安街道办事处主任、工委书记。曾任炮兵第三十三师四〇七团作训科作训参谋、沈阳部队炮兵司令部作战处参谋、炮兵第三十一师作训科科长、炮兵四〇二团团长。曾获三等功，被评为石景山区先进工作者。

张凤祥是新中国第一代炮兵，亲历了抗美援朝战争，虽近九旬，仍然精神矍铄，声音洪亮。讲起战火中的经历时，他的眼中闪烁着光。

炮火硝烟立战功

1953年5月3日，张凤祥随着中国人民志愿军向抗美援朝的前线进发。5月4日，部队到达丹东临时渡口，等待志愿军后勤运输团车辆入朝。在此期间，美军轰炸机轰炸鸭绿江桥，炮弹投到丹东车站，当时距离张凤祥和战友们只有不到2公里，他们住的二层楼窗户均被震碎。

在美军轰炸机不断袭击的危急情况下，部队接到命令，撤离临时驻点，分散到山上去。他们每个人挖一个猫耳洞，在猫耳洞隐蔽休整，防止敌人再次袭击。"洞里白天还好些，晚上又潮又湿，还有蚊虫叮咬。"张凤祥回忆说，"在猫耳洞中待了两天两夜，第三天志愿军后勤运输团车辆到达，我们才继续向前走。"

夜间行军途中，部队多次遭遇敌机投掷的照明弹轰炸。一次，张凤祥乘坐的军车前方五六百米处的道路被敌人的炸弹炸出了一个坑。张凤祥和战友们立刻下车，将车辆隐蔽后，到山沟找老百姓的房子临时宿营。朝鲜老百姓闻讯赶来，自发用石头、泥土、袋子等物品填坑修路，用了六七个小时协助部队把道路修好了。

距离前线还有一公里时，车辆无法继续前进。张凤祥和战友们就把背包行李抬到马背上，继续前进。到达前线时，志愿军正与敌军交战。张凤祥回忆说："当时，半边天都是红的，枪炮声不断。"

那时张凤祥是指挥连的指挥排排长，被派到前线观察所侦察敌情。张凤祥穿越交通壕去观察所，由于带着全部装备，走得比较慢，翻越山头的时候，他的头不小心从交通壕里露了出来，被敌人的一个火力点发现，不到半分钟就有好几发炮弹打过来。回忆起当年的场景，张凤祥心有余悸："万幸敌人打的都是穿甲弹，没有爆炸就直接钻到土里去了。如果打的是榴弹，我不是牺牲也得受伤。"他继续匍匐前进，大约20分钟后，趁着敌人不打炮的间歇，他一跃翻过了山头，安然无恙地到了观察所。

有一天，张凤祥和战友如往常一样在观察所搜索敌人的动向，忽然听到观察所顶部轰隆一声，石头、木杆都塌下来了。张凤祥心想，坏事了，现在正好是侦察班班长值班啊！他赶快跑过去，发现侦察班班长胳膊上有一处20厘米长的伤口，鲜血直流。因为失血过多，侦察班班长已无法行走。张凤祥立即带着3名战士将班长抬上担架，护送他下山，到团部救治。

观察所被袭击，战友受伤，观察所安全无法得到保障。张凤祥想，必须找出敌方袭击点，解决安全隐患。经过几番仔细观察，他发现在敌方山头上隐蔽着一辆坦克。他向指挥员请示，申请一个炮连，用间接瞄准的方法，先进行试射，等炮弹接近敌方坦克时再利用多发炮弹急促发射。"这个方法成功地把敌人的坦克打掉了，之后观察所再也没有遇到过重大袭击。"张凤祥说。

潜心钻研射击技术

抗美援朝战争结束后，张凤祥在炮兵三十三师四〇七团作训科任参谋。年终时，参谋长让他写年终总结，这可难坏了张凤祥，他没写过总结，无从下手，张凤祥虚心向参谋长请教写作技巧与方法。他善于钻研、精益求精，在第一稿的基础上，前后修改了7次，最终圆满完成了任务。苦练文书写作的同时，张凤祥没有忘记自己作为作训科参谋的职责。他帮助连队组织训

1979年12月，张凤祥（右三）任某炮兵团团长时教战士火炮射击要领

练，细致用心指导战士。因为工作中一丝不苟，张凤祥得到了领导的肯定与战友们的好评，被评为"先进工作者"。

从朝鲜回国后，张凤祥苦钻射击技术。当时的火炮可以用来间接瞄准射击，也可以用来直接瞄准射击，主要任务是打坦克，打海上舰艇。好多战士不明白直接瞄准射击的原理。为了讲清楚瞄准射击原理，张凤祥参照苏联杂志，研究绘制了一张图纸，清晰展现了瞄准射击的3种线（弹道线、射线、瞄准线）之间的相互关系。

在此基础上，张凤祥提出了直接瞄准的方法：不管横向还是纵向运动的坦克、舰艇，都要瞄准它的底部才能命中。因为火炮有个确定的瞄准角度，它影响距离，对于斜行或横行的坦克、舰艇需要有瞄准的提前量，即按坦克行走的速度，需要提前半个或一个坦克的提前量。按照这个方法打靶，可以大大提高命中率，他因此被授予三等功。那时候并没有奖章和证书，部队给他的母亲发去了一份立功喜报。

"直到母亲告诉我，我才知道自己立功了。"张凤祥激动地说。

"工作要始终为了人民"

从部队转业后，张凤祥的工作岗位经过了多次调动。不管在什么岗位，张凤祥始终坚持两条原则：一是深入基层，真诚为民服务，不能谋私；二是提高专业知识，学以致用，造福于民。

"我当时只有中专文化程度，还是在炮兵学校读的。"张凤祥说。转业后，张凤祥深感自身专业知识的匮乏，决心用知识武装自己。他积极报名参加了市委党校开办的政治经济学大专班。3年学习提升了他的专业素养和能力。

"干革命只能为人民服务，头脑里要始终想着人民，工作要始终为了人民。"张凤祥是这样想的，也是这样做的。

张凤祥还经常走访基层，通过与基层群众聊天，了解群众生活情况。在石景山区担任北辛安街道办事处主任、街道工委书记期间，辖区内曾有一家蜡染工厂经营不太景气，面临倒闭。张凤祥了解情况后，同街道领导班子成员沟通交流，想把这家工厂改造成北辛安街道文

1988年6月，张凤祥（右三）在街道文化活动中心开幕式上讲话

2020年10月,张凤祥获抗美援朝出国作战70周年纪念章后留影

化活动中心。这一创新的想法得到了班子其他成员的赞同和区里各部门的认可。在多方的努力和支持下,文化活动中心很快改造完成。在文化活动中心开幕式上,居民们感慨地说,家门口终于有了文化活动中心,这真的是以前想都不敢想的。

"居民有了文化阵地,这既丰富了他们的业余文化生活,也促进了辖区文化发展。我真是觉得所有的努力都值了。"张凤祥看着周围幸福的居民,不仅备受鼓舞,也很感慨。

忆起战火中的青春,张凤祥深有感触:"工作中会遇到各种各样的困难,这对党员来说就是一次次考验。我的体会是,只有迎难而上才能取得好成绩,才能得到党组织和人民群众的肯定。"

(执笔:李晓峰　贾倩颖)

张俊山
坚守本色映风骨

张俊山，男，汉族，北京人，1933年2月出生，1952年8月参加工作，1955年1月加入中国共产党。北京市石景山区政协原主席。曾任石景山区委副书记兼纪委书记，区人大常委会主任、党组书记。曾被评为北京市离退休干部先进个人、全国离退休干部先进个人。

"只要活着一天，就要为党干好一天的事儿！"张俊山说话中气十足。朴素的话语，诠释了这位有着66年党龄的老党员对党的忠诚。

要把一生献给党

1952年，张俊山从北京八中毕业，并留校当了教师，学校让他担任团支部书记。他经常利用业余时间，主动给学校的其他老师和职工上时事政治课。由于思想进步、工作表现突出，学校党支部把张俊山作为入党培养对象。

1955年1月，张俊山正式加入中国共产党。他说："共产党员不论在什么地方，都要生根开花结果。"他打定主意，党让干什么自己就干什么，要把一生献给党。

1988年，张俊山（右一）参加石景山区义务植树

无论是下放基层锻炼、到农村参加劳动，还是去参加修建十三陵水库，抑或被抽调参加北京市城市四清总团社会主义教育运动，凡是组织决定的，"指哪儿打哪儿"，从来不计较个人得失。

工作中，张俊山把群众冷暖放在心上。遇到生活困难的群众，他总是记在心中、帮上一把。有一次，张俊山到石景山区某街道调研。调研中，他看到有一位老人住在一间已决定拆除的危房里。调研结束后，他多次联系老人所在街道和建设等部门，为老人筹集建新房的资金，并反复叮嘱要把事情办好。不久，听说老人住进了新房，他心里的一块石头终于落了地。

工作40多年，张俊山给自己定下3条铁律："管住自己的嘴，不该吃的饭坚决不吃；管住自己的手，不该拿的东西坚决不拿；管住自己的腿，不该去的地方坚决不去。"

有一次，一家企业违规受到处罚。一个熟人的电话直接打到了担任石景山区人大常委会主任的张俊山办公室："那是一个老朋友的企业，能不能帮忙说说，不要处罚了？"张俊山礼貌地回绝了对方的请求，并诚恳地劝道:"既然您跟他关系不错,那麻烦您让他一定要配合执法,立即整改。"

社区服务一面旗

1994年,张俊山从石景山区政协主席岗位上退休。当时正值北京市大力推进城市社区建设,石景山区委发出"党员进社区,一个党员一面旗"的号召。张俊山想着,自己虽然离开了工作岗位,但仍是一名共产党员,应当力所能及地为社区居民服好务、做好事。

他看到楼里居住的大多是高龄老人,就主动承担了楼门组长的工作,更换楼门板报、组织打扫卫生、参加社区日常巡逻和重大节日的站岗服务,这成了他生活中的重要内容。

2000年,居委会换届选举,张俊山被大家推举为居民代表。他把党员骨干组织起来,为确保选举工作圆满成功做出贡献。为了顺利完成社区人大换届选举工作,张俊山多次义务担任选举委员会成员,全程指导社区换届选举工作。从宣传动员到投票选举,张俊山帮助社区工作人员把好每一个环节。选举当天,他在社区投票点一站就是十几个小时。

随着社区建设不断推进,张俊山积极发挥作用,助力社区管理创新发展。2003年年初,八角南路社区招聘了两名年轻的社区专职工作者。有人问:"这么年轻,能处理好社区里的大事小情吗?"张俊山说:"怎么不行?

年轻人有活力、有热情、有想法、有干事创业的决心，愿意扎根在社区为居民服务，多难得，大家都应该支持才对！"他推动成立了社区老干部议事协商会，动员老干部以社区顾问的身份，全力协助年轻人在社区开展工作，帮助他们熟悉社区、融入社区。

2010年，八角南路社区内的古城外语学校要进行改扩建，社区召开了居民听证会。当教委相关负责人向居民进行情况介绍后，遭到了居民的强烈反对，大家更希望将其改建为居民健身场所。

当时居委会刚换届，大部分社区干部是年轻人，缺少群众工作经验，社区书记便到张俊山家中请教解决办法。张俊山听明来意后说："这个项目是咱们区年度十大重点工程，是关系到下一代成长教育的大问题，群众的工作我和你们一起做。"张俊山积极帮助社区干部挨家挨户做工作，摆事实、讲道理、说政策、明利害，终于取得了居民的认可，学校改扩建任务顺利完成。

2016年，张俊山高票当选为社区自管会成员。他说："只要有一分热，我就发一分光，一定得对得起老街坊的这份信任。"为了巩固社区绿化升级改造成果，

2017年1月，张俊山（左一）为八角南路社区居民写春联

张俊山和社区干部一起制定了社区品质提升方案,组织自管会成员协商选聘物业管理单位,研究社区停车管理事宜,实现了社区的有序管理,老旧小区焕发出新的生机与活力。

搭建老街坊连心桥

2017年,石景山区委提出打造"老街坊"社会治理品牌。张俊山和街坊邻居在原有社区议事厅基础上,率先成立了"老街坊"议事会,张俊山被推选担任议事会会长。

议事会发挥社区老街坊之间进得了门、说得上话、帮得上忙的优势,搭建起一个"反应灵敏、灵活开放、自下而上"的社区议事协商平台,实现了政府治理和社会调节、居民自治的良性互动。

在老街坊的参与和支持下,八角南路社区率先完成了石景山区首部外挂电梯的加装,初步制定形成了老旧小区停车管理办法,共同探索装修垃圾不落地的管理制度。在"疏解整治促提升百日行动"期间,"老街坊"劝导队充分发挥作为政府与居民间情感沟通润滑剂的作用,搭建老街坊连心桥,走进居民家中,柔性劝导,提高居民参与度和接受度,使社区顺利完成了基本无违建目标。说到这儿,张俊山自豪地说:"我们还有一个鼓舞士气的顺口溜呢——早七晚八,星期日白搭;朝六晚九,完不成约谈工作不走。"

2010年9月，张俊山（右二）参加八角南路社区居民协商会

多年来，张俊山充分发挥一名退休干部的经验优势，大会小会、楼前楼后、左邻右舍都能看到他的身影，小到"居民座谈会""党建项目研讨会"，大到"社区事务听证会""社区矛盾调解会"，他满腔热情地为社区建设出主意、想办法，协助社区通过共商共治、群策群力破解治理难题，社区的难事、急事都得到了妥善处理。

"退休不离党，社区再发光；老松显风骨，搞好传带帮。"张俊山就是这样一位可敬可爱的老干部、老党员。有人问他："退休了，为什么还这么辛苦地干？"他总是笑笑说："不为别的，就为老百姓多给共产党点个赞！"

（执笔：丁莉莎　丁玲）

姜永丰
我要为党守住回民营村这块阵地

姜永丰，男，回族，北京人，1946年8月出生，1966年6月加入中国共产党，1972年1月参加工作。北京市顺义区后沙峪镇回民营村原第一书记，区供销社退休干部。曾任顺义区供销社党委副书记、纪委书记，顺义区后沙峪镇回民营村党支部书记、村委会主任。曾被评为顺义区整建制村庄拆迁工作先进个人、顺义区群众心中的好党员、顺义区优秀党务工作者。

春光明媚时节，走进顺义区后沙峪镇回民营村，如同走进了一个和谐宜居的美丽家园。

"人美街美村庄美，靠你靠我靠大家""农民转岗需勤奋，未转之前先参训，谋求工作有技能，优先上岗情理顺"……回民营村党支部第一书记姜永丰站在村史墙前，向我们讲述了回民营村由乱到治的故事。

三招出手赢民心

2005年，回民营村乱了。村民委员会全体成员被村民高票罢免，党支部书记辞职。老百姓用各种形式表达诉求，甚至还有人越级上访。

顺义区委组织部、后沙峪镇党委多次找到在区供销社工作、退居二线的姜永丰，希望他回村担任党支部书记，带领回民营村走出困境。

"我是党员，服从组织安排，回民营村这块阵地不能就这么丢了，我要为党守住这块阵地。"姜永丰说。

2005年9月22日，姜永丰只身到回民营村工作。这是个大村、穷村，有住户610户，总人口3217人。村集体账面上一分钱都没有，村委会连电费都交不起，老百姓的土地收益金好多年都没发了，村民生活很困难。

谈心谈话凝聚党员村民，是姜永丰出手的第一招。镇党委任命他担任村党支部书记后，他做的第一件事就是把93名党员分成31个小组，每组逐一和历任村党支部书记、老生产队长、村委会主任、支委、党员、有威望的村民谈话，还和13名群众代表进行了集体谈话。2005年10月11日，成功召开村民代表大会，对村民关注的51个问题解疑释惑，对确实存在的72个问题承诺依法依规解决。党员群众的心齐了，情绪好了。

依法追账厚家底，是姜永丰出手的第二招。开村民大会的时候，听说他要打官司追账，有人怀疑地问："打官司能赢吗？钱能要回来吗？"姜永丰对大伙儿说："放心吧，咱用事实说话，有法律做武器，官司肯定赢！"姜永丰多次到顺义区司法局，请求安排律师做回民营村的法律顾问。经过做协商工作，绝大多数租村集体土地的企业都同意补齐欠缴的租金，适当提高租金，圈地的企业同意重新丈量土地，订立补充合同。对不同意协商解决的3家企业，姜永丰委托律师依法向法院起诉，经过3次开庭，最终官司打赢了。追账历时6个月，两个企业欠的300多万元租金全部要回来了。通过依法依规协商，共收回企业欠缴租金2000多万元。钱一到账，村"两委"做的第一件事就是给村民们发土地收益金，每人960元。

普法宣传树正气，是姜永丰出手的第三招。借着村民们领取土地收益金的高兴劲儿，姜永丰领着村里过去经常上访的几十个人，给区人民法院送去一面锦旗。姜永丰想借着这件事儿让大家明白一个道理：上访解决不了问题。姜永丰利用广告、宣传栏、村民代表会议，组织村民学法，让村民懂法。通过学习，效果立竿见影。村民表示，"以后有啥事，得靠法律，不能胡乱上访了"。

精打细算当好家

2007年11月，由于空港物流基地征地，全村整建制迁移到后沙峪镇。拆迁给村里带来了新问题，原有的企业和养殖业、种植业停产停业了，村民失业率占劳动力人数的80%。这时候，村委会账面上的3500万元集体资金被一些人惦记上了。有人撺掇姜永丰，"把钱给村民分了吧"。如果把钱都分了，一个

2014年7月，姜永丰（手持喇叭者）为来宾讲解村里发展情况

人能分好几万元，一户能分几十万元。

姜永丰打定了主意：这钱不能分。钱分了，老百姓一下子拿这么多钱，大手大脚地花，没几年就花完了。

如何做到细水长流呢？姜永丰明白，这事儿还得靠法。在村民会议上，他拿出第148号市政府令《北京市建设征地补偿安置办法》组织大家学习讨论，向大家摆事实、讲道理。最后，大家一致同意把钱存银行。钱存银行后，全村经济组织成员每人每月可以得到500元生活补贴。目前，村里的账面上还有1亿多元存款，加上约1000亩土地的出让金收入，够给全村百姓发20年的生活补贴。

为了实现党建引领下的村民自治，村党支部结合本村实际情况建章立制，制定了村内重大事项"三入户""四议两公开"制度，回民营村大事要事由议事机构、决策机构和监督机构分别负责。每年村里都会组织"1·18"和"7·18"民主日活动，邀请村民代表以及各户代表参加，保证了村民的知情权、参与权、决策权，增强了村民的主人翁意识。同时，村党支部在上级党委、政府的支持下，大力发展民族特色产业，带动本村经济发展，实现了村民安居乐业。

"村规民约"促文明

2009年以后，800余户村民全部搬到新安置的清岚花园回民营小区。物业管理问题随之而来：村民不交物业费，物业公司不负责任，小区物业逐步弃管，绿地中村民私搭乱建，瓜棚菜架各式各样，篱笆墙五花八门。

"党支部能管得好村子，就能管好物业。"姜永丰和支委商量后，决定接管物业。随后，他们组织了"三大战役"：广泛宣传《物权法》和小区环境改造计划，号召全体村民共建美好家园，将小区内220余处私搭乱建、小菜园小花园清除干净；争取资金，动员群众参与，整道路、修边沟、垒围墙、除杂草、植树木，打造了一个四季常青、三季有花的花园小区；将小区公共绿地划分为79块"责任田"，党员与村民代表包片负责。

党支部一号召，村民们全力支持。两个多月下来，楼前楼后打扫得干干净净，小菜地不见了，私搭乱建也拆除了。困扰村民两年多的难题，就这样解决了。一个绿树成荫、花草茂盛、环境整洁的和谐宜居美丽家园跃然眼前。

要治村，先治心；要治心，先立约。姜永丰用了近一年的时间，反反复复征求全体党员和村民代表的意见，2014年编写出《回民营村村规民约》。"在社区内，见义勇为者给予500元至5000元奖励；使用乐器及音响设备，白天不准超过50分贝，夜晚

2017年11月，姜永丰为村内党员分享学习十九大精神心得体会

不准超过40分贝……"通俗易懂的内容让遵规守约、共建家园的意识深入民心。

回民营村是北京市4个国家民委首批命名的中国少数民族特色村寨。姜永丰上任的这些年，村里从未因为风俗习惯问题发生矛盾。村里的汉族、回族群众互相尊重、互相关心，共同建设美好的生活。

2021年4月，姜永丰指导村委会工作人员为民办实事

2013年9月，姜永丰爱人因交通事故受伤，生活无法自理，需要家人照顾；2014年7月、2018年9月，姜永丰先后做了口腔癌、心脏支架手术。面对诸多家庭困难，姜永丰想过从岗位上退下来，养养身体，更好地照顾爱人。"可我是一名党员，更是回民营村党支部书记，在任一天我就要对回民营村负责一天。"姜永丰说。如今，新的村"两委"班子已上任，村里和谐稳定，村民安居乐业。姜永丰说，现在虽然退休了，但依然会一如既往地支持和关心回民营村的发展……

（执笔：王名扬　王永靖　闫正宇）

马富春
64年无愧党员称号

马富春,男,汉族,河北人,1932年5月出生,1953年3月参加工作,1956年12月加入中国共产党。北京天坛医院原院长。曾任北京天坛医院门诊部主任、党委副书记、副院长。曾获卫生部科技进步三等奖、北京市科技进步三等奖,被评为北京市先进军队转业干部。

虽已年近九旬,满头银发的马富春腰杆笔直、声音洪亮,仍然是标准的军人形象。战场上,他是冒着枪林弹雨抢救生命的军医;卸下戎装,他成为敢于直面痼疾的医院掌舵人。

"无论当军人,还是做医生,'共产党员'4个字已经融入我的血液。我要无愧于党,无愧于人民,无愧于共产党员的称号。"有着64年党龄的马富春说。

"受党的教育,第一条就是不怕死"

1950年参军,1982年转业,32年的军旅生涯,马富春参加过抗美援朝、援越抗美和对越自卫反击战等大大小小的战斗,经历了多次生死考验。

1950年,18岁的马富春参军后,被分配到中国医科大学军医班学习，1953年被选派带队入朝参战。

马富春所在的高射炮部队（中国人民志愿军六十四师）负责保护重点领空安全，时刻面临着敌人飞机轰炸的危险。在敌机的狂轰滥炸下，经常有战士被炸伤。"一些战士伤势过重，没能抢救过来，牺牲了。我心里既悲痛，又敬佩这些不怕死的战士。战场急救和在学校学习的知识不一样，我们必须在最短的时间里用最有效的方式救治战友。"马富春说。

1956年12月，在战火中淬炼成长的马富春，光荣地加入了中国共产党。随后，他又随部队参加了援越抗美战争。让他至今记忆犹新的是1967年4月8日经历的"四八"战斗。"那时候，敌人有一种炸弹叫'菠萝弹'，炸弹里面都是钢珠。我曾经救治过一名伤员，腹部被这种炸弹炸了32个弹孔。"马富春说。军医们在战地手术室里为这名战士进行急救手术。他们一段一段地探查伤员的肠子，一个伤口一个伤口地修补，用了两个多小时，终于把钢珠清理干净。

1990年3月，马富春在研究头颅骨模型

在护送伤员返回野战医院途中，马富春他们遭遇了敌机轰炸。"敌人投了很多气浪弹，爆炸以后伤员看不到外伤，几乎全是脑震荡、内脏出血。"敌机飞走后，马富春连忙在山沟里就地组织抢救受伤的战士。突然，几名干部气喘吁吁地跑过来，看见马富春都愣住了。原来敌机轰炸后，师指挥所发通知说"马队长牺牲了"。这几名干部听说后以为是马富春，赶来想见他最后一面。马富春说："你们来得正好，赶紧帮我们抢救伤员！"

"成为军人那一天，我就做好了随时牺牲的准备。我受党的教育，第一条就是不怕死。"马富春说。

临危救治显真功

从一名军医到师医院院长、后勤部副部长，马富春在部队一干就是32年。1982年12月，已经50岁的马富春接到命令，转业到北京工作。

到北京天坛医院报到的第一天，马富春只看到了一片工地。"我到处转了转，看到好几台吊车、挖土机在施工，根本没有现成的医疗场所。"马富春心里有些打鼓。很快，一次突发事件，让担任门诊部主任的马富春把丰富的战地医疗经验派上了用场。

"那天发生了一次严重的交通事故，一下子送来30多名伤员。医院当时还在建设阶段，人员、设备都还在完善过程中，一下子来这么多伤员，我们有些措手不及。"情急之下，马富春立即跑到最前面，按照战地救护的方法，根据伤情轻重对伤员进行分类救治。

"每到一个伤员跟前，我就迅速检查他的受伤情况，做出诊治判断。当时医院里的医生护士，我还不太熟悉。可是情况紧急，我也顾不上挨个询问是哪个科室的了，看见穿白大褂的就叫过来，分配任务。你负责把这名伤员送到手术室；你负责把那名伤员送到急诊……很快，我们就把伤员分别送到相应科室进行救治。这么做，在战场上叫作分类、抢救、收容。"马富春说。伤员们都得到妥善安置后，大家才想起来打听，刚才组织抢救的那名医生是谁、哪个科室的。

团结一致建成一流天坛医院

1982年4月，王忠诚和宣武医院70多名神经外科医护人员来到天坛医院。医院要发展，急需人才支援。在上级关怀下，友谊医院、同仁医院、朝阳医院的一批专家和医护人员被调入天坛医院，壮大了医院的科研及医疗队伍。"我把这次人才引进叫作'八路大军'助天坛。这次'八方支援'帮助天坛医院实现了快速重建。"马富春说。以北京市崇文医院为基础，重建的天坛医院，向着国际一流医院的目标努力前进。

由于各医院的工作流程、各位专家的工作习惯各不相同，导致天坛医院实际工作中一度出现运行不畅、效率不高的问题。为了解决难题，1983年2月刚刚担任医院党委副书记、副院长的马富春协助院长王忠诚，与同事们一起一个科室一个科室、一个专业一个专业地调研，帮助各科室制定规章制度，完善党政工团、医务、护理、医技等各部门的工作流程和工作机制。

"当时，如何让一些知名专家适应医院的新制度，是我们的一个工作重点。"马富春说。为此，他带着医院各部门负责人，一个一个给专家们做思想工作，一点一滴

2016年8月，马富春在北京天坛医院建院60周年大会上讲话

地影响这些专家。到1993年，一套完整覆盖现代化医院各方面工作的管理制度体系基本成型，成为促进医院健康发展的有力保障。1995年，在全院上下的共同努力下，天坛医院经过严格评审，跻身三级甲等医院行列。

"打基础是很难的，很多工作默默无闻，也没有什么惊天动地的成就。但是天坛医院要想发展好，基础工作必须要做好。"马富春说。在医院建设发展过程中，一批老党员鞠躬尽瘁、全心全意为人民服务的精神对他的影响很深。

"发展神经外科事业是王忠诚院长的愿望，也是北京市委市政府交给我们的重任。当医院病房楼还在建设的时候，神经外科研究所刚刚建成，王忠诚院长就提出，要把患者放在研究所、把病房放在研究所、把手术室放在研究所，一边筹建医院，一边开展医疗科研工作。"马富春说。老一辈"天坛人"团结一致，全心全意要建成一流的天坛医院，更好地为患者服务，这是当

2021年3月,马富春向记者展示自己的军功章和老照片等,并签名

时大家憋在心里的一股劲儿。

创业初成守业难。1989年,马富春担任北京天坛医院院长。当时,群众对医疗行业的不正之风非常不满。"每天我都提前一小时到医院,到门诊、急诊走一遍,了解夜班的情况。我要求各科室要开早会,哪个科室没把自己的真实情况反映出来,我就要追问。因为我深入基层科室,对医院大事小情我基本了如指掌。"几年里,马富春制定了医院廉洁行医守则,加强廉洁行医教育,先后5次在全院组织开展医德、医风工作。这一套行之有效的措施使天坛医院的工作作风、医疗质量、服务态度都有了很大改善。

"为了更多老百姓的利益,我不怕得罪人。我不求名不求利,只是凭着党性工作。"马富春说。

(执笔:卢国强　郭依璠　方丹敏)

王丽瑛
为儿童保健事业奉献终身

王丽瑛,女,汉族,黑龙江人,1932年4月出生,1948年8月参加工作,1954年1月加入中国共产党。原北京市卫生局妇幼处处长。曾任北京妇幼保健实验院儿童内科主治医师、副主任医师、主任医师,北京市卫生局医政处副处长、妇幼处副处长。曾获全国家庭教育园丁奖、北京市家庭教育突出贡献奖、中华预防医学会儿童保健终身成就奖。

2021年初春的一个下午,89岁的王丽瑛走到阳台,在扶手椅上坐下,戴上眼镜,摊开《健康报》读起来。暖阳正好,花影扶疏。"我热爱共产党,也热爱儿童保健事业,在我的一生中,这两件事是分不开的。"老人娓娓道来。

1948年5月的一天,王丽瑛生活的辽宁海城,来了一支解放军部队。王丽瑛清楚地记得和邻居们围坐在一起听解放军宣传的场景。看到解放军纪律严明、为老百姓做好事,王丽瑛产生了参加解放军的想法。部队开拔,王丽瑛也跟着部队走,走了两个月后,终于被部队留下了,成为一名解放军战士。"现在看,当时跟着部队走是对的。从此,我找到了组织,命运也发生了转折。"王丽瑛说。

奔波辛苦为儿童

新中国成立后，勤奋好学的王丽瑛被解放军选送到原兴山（现黑龙江省鹤岗市）中国人民解放军医科大学预科班学习，1950年1月学校集体转业到哈尔滨医科大学，1954年2月毕业，被分配到北京妇幼保健实验院工作。在这里，她跟随中国妇幼卫生事业的开创者之一——林传家教授，投身妇幼保健事业。

贫穷落后的旧中国缺医少药，婴儿死亡率居高不下，人均预期寿命只有35岁。人民政府高度重视妇幼保健事业。1949年9月，中国人民政治协商会议审议通过的《共同纲领》明确规定："注意保护母亲、婴儿和儿童的健康。"

新中国成立初期，北京市的儿童保健事业刚刚起步。在林传家教授的带领下，王丽瑛和同事在西城区开始探索"街道地段儿童保健责任制"。"我们几个儿科大夫，一人管一个片，多的4000人，少的1000人。"王丽瑛回忆，当时她负责的护国寺区域人口有2000多人。每天她都背着访视包走街串巷，推广新法接生，宣传新法育儿，给孩子们进行健康检查，为学龄前儿童建档立卡。

走街串巷，奔波辛苦，王丽瑛还常常受到一些居民的白眼。一些家长不了解儿童保健工作，不配合她的访视，有的甚至把孩子藏起来。王丽瑛毫不气馁，依然走访居民，不厌其烦地宣传："不要把大人嚼过的食物喂给幼儿""孩子小，消化不了鸡蛋"……七八年间，王丽瑛每个月都要坚持到居民家进行随访，看着那些曾经大脑袋小细

1987年9月，王丽瑛在北京市儿童保健培训班结业式上讲话

脖、营养不良的孩子日益健壮起来，成就感在她心里油然而生。

在妇幼保健工作者的不懈努力下，"街道地段儿童保健责任制"基本完善。1955年，北京在全市总结推广这一工作方法，儿童保健工作由点到面开展起来。天花、白喉等儿童常见传染病在北京基本被消灭，新生儿破伤风得到控制，中毒型痢疾和中毒性消化不良病死率明显下降。

1957年，北京市"全面推动地段保健工作"的经验被推向全国，为我国妇幼保健事业发展奠定了坚实基础。

双管齐下战麻疹

回忆起从医生涯，王丽瑛对1958年的"麻疹大流行"记忆犹新。"那时，保健院的儿科病房甚至妇产科病房里收治的全是患麻疹、肺炎的孩子。"看着患儿备

受病痛折磨的样子,王丽瑛无比心痛。"怎么才能帮帮孩子?"作为儿科医生,她无数次自问。

麻疹是呼吸系统的传染病,预防措施的重要性不言而喻。王丽瑛带领同事们率先在自己负责巡诊和保健指导的实验托儿所开展传染病防治试点工作,同时开展儿童营养管理、体格锻炼、生长发育监测的研究工作。"在麻疹疫情最严峻的时候,我们取消了家长探视。所有保育人员、保健医生在接触婴幼儿时要做好卫生工作,勤洗手、勤换衣。托儿环境也要求定期进行消毒。"由于预防理念超前、防疫措施严格,实验托儿所作为儿童保健事业的"试验田",即使在麻疹大流行时,也没有一个孩子患上麻疹。

20世纪60年代初,北京儿童医院研制出麻疹减毒活疫苗,但该疫苗必须注射到未得过麻疹的儿童身上,并定期抽血测查抗体,系统观察临床表现后,方可判断疫苗有效性。

1999年11月,王丽瑛(左一)在开展北京市区县妇幼保健院专业技术年度工作检查

在林传家教授的带领下,王丽瑛等人承担了这项艰巨任务。他们深入到街道、托儿所,对未出过麻疹的6个月以上儿童进行接种,并对接种疫苗的500个孩

子进行长期观察。每个孩子要追踪观察至少5年至7年。在追踪观察过程中，有的孩子因为搬家等原因失去联系。如果不能及时联系上，追踪观察就会中断，严重影响系统观察临床表现和判断有效性。"有时候跑几天才能找到失去联系的孩子，但我们谁也没觉得累。到跟踪观察结束，500个孩子一个不少。"说到这里，王丽瑛的脸上满是骄傲，露出孩童般纯真的笑容。经过长达10年的追踪研究，终于得出结论：国产疫苗可安全有效预防儿童麻疹。

1978年起，我国开始实施有计划的预防接种工作，麻疹疫苗的接种率不断上升。几十年来，全国麻疹的发病率和死亡率降幅达99%以上。

科学保健定指南

在北京市卫生局工作期间，王丽瑛依托行业管理优势，充分发挥专业知识特长，在北京市儿童保健领域制定了儿童健康卡片管理制度，积极推进早产儿、佝偻病和慢性病儿童专案管理工作。

20世纪80年代末90年代初，儿童保健领域新知识、新技术不断涌现，同时一些不科学的"新观念"和不成熟的"新技术"也混杂其中。"比如当时，检测儿童缺不缺锌的手段，是取头发样本进行化验。我们选取了全国数千名各年龄段儿童进行调研，发现这种检验方式受环境影响极大，检测结果不准确。"王丽瑛说。

2019年11月8日，王丽瑛在福州参加中华预防医学会儿童保健专业分会授予其儿童保健终身成就奖时发言

以不科学的手段检验得出的结果来确定保健或治疗方案，无疑会对儿童的身体健康产生不利影响。王丽瑛当时是中华预防医学会儿童保健专业分会的副主任委员，作为儿童保健领域专家，她牵头为儿童保健和疾病防治制定科学规范。为此，她组织一支全国范围内的专家队伍，坚持"生长发育生物学本质"的科学理念，结合我国儿童保健实际情况，先后制定出了"佝偻病早期综合防治"、"血清锌的检测"和"儿童铅损伤防治常规"等规范和指南，阐明儿童体内维生素D营养状况的最佳指标，纠正通过头发检测缺锌的方法，提倡采用原子吸收法检测儿童血铅，综合考虑和合理提供最优防治方案。这些重要的规范和指南，至今仍在儿童保健领域沿用。

2019年，为表彰王丽瑛在儿童保健领域做出的杰出贡献，中华预防医学会儿童保健专业分会授予她"儿童保健终身成就奖"。王丽瑛说："我的学习和成长离不开党，是党成就了我。不管在什么岗位，都是为党而工作。"

（执笔：张超　孙乐琪　方丹敏）

李守义
教育战线的"拓荒牛"

李守义，男，汉族，北京人，1941年1月出生，1958年8月参加工作，1965年9月加入中国共产党。北京市朝阳区垂杨柳学区原党总支书记、校长。曾任沙板庄中心小学团总支书记、校长。曾被评为北京市优秀教育工作者、北京市劳动模范、北京市改革开放30年教育功勋人物。

阳春三月的午后，金色的阳光经过砖红色教学楼旁那排挺拔葱郁的松柏筛滤后，均匀地照进蓝白相间的校舍走廊里。学生们在干净整洁的操场上运动、玩耍，洋溢着青春的气息。

在星河双语学校，记者见到了已过耄耋之年的李守义。前后从教63年，就像他的名字一样，李守义这一生都坚持着共产党人的初心使命：守入党初心，担教育大义。

记者跟随李守义老人的讲述，重温了他生命历程中难忘的教育岁月。

敢接烂摊子　敢啃硬骨头

1978年年底，37岁的李守义调任朝阳区垂杨柳学区党总支书记、校长。垂杨柳学区是一个新组建的学区，

开拓创新　攻坚克难

2010年,李守义被评为首都教育十大新闻人物

办公室陈设一新,亮堂堂的,但李守义的心却雾蒙蒙的、沉甸甸的。

他坦言:"这真是一个无人愿意插手的烂摊子,一个无人敢啃的硬骨头啊!"原来,在朝阳区教育系统的各项工作排名中,垂杨柳学区的成绩长期倒数第一。迎头的,还有一盆冷水:全学区1100多名小学毕业生中,有156名因考试不及格,连中学都上不了。

包袱,如何甩掉?落后,如何赶超?面对这样的局面,李守义对自己说:"我受党培养教育这么多年,只要党组织召唤,我一定义不容辞地把这个担子挑起来!"

说干就干!李守义站在办公室的窗前想,教育不是一朝一夕能搞上去的,怎么样才能在千头万绪中找到突破口,以点带面提升全学区的办学质量呢?

突然间,他被窗外操场上的景象吸引了:体育老师正引导着孩子们学习三步上篮,老师的汗水湿透了衣衫,孩子们正跃跃欲试地跨步、蹬地、腾空、上抛。

看着一个个生龙活虎的孩子,李守义豁然开朗:"对!就以体育为突破口!"只要凡事都有这样一种不服输、不认命的拼搏精神,还有什么困难不能克服?

于是,李守义提出了"面对落后不甘心,努力工作争上进"的口号,以体育为"切口",逐渐将学区整体成绩追了上来。3年后的朝阳区教育系统春季运动会，垂杨柳学区以团体总分第一名的好成绩，成为一匹横空出世的黑马。

李守义接过的"烫手山芋"远不止这一个。

2006年，朝阳区决定在十里河创办一所公助民办的打工子弟学校。这是一件新生事物，无前例、无经验，具体怎么办没有人知道，这就需要一位懂教育、肯负责的人担任校长，才有可能把学校办好。

选谁呢？党组织想到了已经退休近5年的李守义。这时已经65岁的李守义身体状况并不好，十几年里，他陆续做过5次大手术，住院多达11次。他能接受这个新任务吗？

也许是情感相连，命运相牵，没有多想，李守义当即爽快地应承下来，毅然决然牵起农村娃娃稚嫩的手。家人都劝他："你都这么大年纪了，身体又不好，何必再受这个罪呢？"可他却说："外地来京务工人员为北京建设做出了很大贡献，想方设法把他们的后代培养好，是首都教育工作者义不容辞的责任。作为一个在教育战线摔打多年的老兵，在党组织需要的时候，我只有往前冲！"

李守义这个公办学校出身的老校长，毅然扛起了民办打工子弟学校校长的重担。然而，突然面对来自全国23个省区市，水平能力、心理素质参差不齐的孩子，来自四面八方、水平不一的教师，李守义也曾一时摸不着头脑。

面对学校场地狭小、校舍不足、设备短缺的难题，李守义先后向朝阳区教委打了18个报告，在他锲而不舍的坚持下，学校争取到了2000多万元的投资。利用这些经费，李守义先后为学校新建了教学楼、修建了塑胶跑道、更换了塑钢窗、更新了教学设施。他说："我始终相信，只要心在孩子那里，我们的学校就是孩子们的乐园。"

谈及给这所学校命名为"星河双语学校"，李守义这样说："我不奢求来这里读书的孩子们成为光辉灿烂的太阳、月亮，只希望他们未来像一颗颗闪闪发光的小星星，在社会上发出自己独特的光辉。"胸怀高远、诗意浪漫，蕴含着李守义对打工子弟未来的美好希冀，对教育事业的一往情深。

不懈耕耘　星河闪光

"既然干了这摊活，就得把这摊活干好！"在说这句话的时候，李守义微微握紧了拳头。63年的教育生涯中，李守义确实做到了数十载始终如一，不断探索如何提升教育质量。

垂杨柳学区体育一举突破，振奋着每一个师生，更鼓舞出一团士气。趁热打铁！李守义向全学区师生发出"要用体育人的拼搏精神，甩掉落后，迈向先进！"的号召。

围绕目标，李守义把最有教学经验、最有责任心的教师集中布局在毕业班，努力把朝阳区教育教学专家请进课堂，给教学"把脉问诊"。同时，他还向"进得来出不去"的"铁饭碗"开炮，一举打破"干多干少一个样"的"大锅饭"。在李守义和学校全体教师的不懈耕耘下，弱苗，强壮了；壮苗，更高大了！

惊喜，在默默奋进中诞生。1984年夏，在朝阳区六年级毕业考试中，垂杨柳学区语文、数学

2013年6月，李守义在小学毕业典礼上

平均成绩进入前三名。两年后，各学科成绩进入朝阳区第一梯队，党政工团队等各项工作在朝阳区教育系统榜上有名。2002年李守义退休时，垂杨柳学区进入北京市先进行列的成绩达到98项，进入全国先进行列的达到32项，实现了李守义提出的"冲出学区，走向区市，跻身全国"的宏大目标，成为朝阳区乃至北京市实施素质教育的典范学校。

有了把"后进"领向"先进"的经验，退休后来到星河双语学校的李守义更是殚精竭虑，急学校所急、想学校所想，在这里又一次完成了自己作为教育从业者的使命。

"打工子弟学校就要按打工孩子的特点去办学。"李守义不止一次这样说。在李守义看来，弥补打工子弟在教育上的缺失，帮助他们成人、成才，是他需要努力去做的。

从学生身上的问题入手，李守义开始探索开展习惯养成教育。在星河的校园里，每一种习惯要求都有一首朗朗上口的歌谣，张贴在美丽的校园，悬挂在长长的走廊，书写在方方的板报里，孩子们边走边唱，穿行在文明礼仪的画廊中。

2016年，李守义在星河双语学校成立十周年时接受采访

考虑到孩子们普遍对英语接触较少，李守义说："决不能让孩子们因为英语'瘸腿'而错失发展机会！"他为学校定下了"双语"的办学方向，配备英语专业的师资队伍，学生每天至少上两节英语课，主动为学生拓展剑桥英语等教材之外的英语课程。

"就是我们和公立学校的孩子同台角逐，我们也有上乘表现！"李守义骄傲地告诉记者。经过艰苦的努力，学校的英语教学取得了令人瞩目的成绩，无论是北京剑桥英语大赛、百校英语艺术大赛，还是"希望杯""华杯"决赛，以及重点中学选拔赛，星河学生都榜上有名！

在星河双语学校会议室的展览墙上，记者看到这样几行字："地上本没有路，自己走多了，也便成了路。"李守义说："这是我很喜欢的鲁迅先生的那句名言改的，要想发展必须要创新，有开拓进取、敢为人先的精神！"这句朴实的话语成为鲜明的精神旗帜，鼓舞着、引领着李守义，在教育教学之路上不懈探索，奋勇向前。

不管是在垂杨柳学区，还是在星河双语学校，李守义都走出了一条"拓荒"新路。如今，入党55年的他仍然在执着地践行自己的教育理念。

（执笔：李丹　王晓霞）

淡泊名利
无私奉献

郑福来

卢沟桥畔讲史人

郑福来，男，汉族，北京人，1931年10月出生，1949年3月参加工作，1952年12月加入中国共产党。北京市丰台区宛平城地区办事处原副处级调研员。曾任卢沟桥镇镇长。曾获中宣部"时代楷模"称号，被评为全国离退休干部先进个人、全国关心下一代工作先进个人、"北京榜样"年榜人物。

"革命成功了，点灯不用油，耕地不用牛，楼上楼下电灯电话，吃面包抹黄油。"在丰台区宛平城地区的社区议事厅，年近90岁的郑福来念起小时候唱的歌谣依然饱含深情。他说："共产党领导的八路军和老百姓是一家人。老百姓是养鱼的水，八路军在水里生；老百姓没路走，八路军是开路的人。"

"我在桥上讲得理直气壮"

1937年7月7日夜，"隆隆"的枪炮声打破了郑福来的梦境。6岁的他听见大人喊："日本兵打进城了！"奶奶让郑福来的母亲赶快带着孩子上河北娘家逃难。一路上，郑福来紧紧攥着母亲的衣襟，从涿州到了保定。因为逃难路上缺少食物，母亲决定冒险带郑福来回家。在

淡泊名利　无私奉献

郑福来在卢沟桥为小学生讲抗战故事

回家的路上,铁路边堆着成堆的尸体。母亲让郑福来闭上眼睛,但好奇的他睁开眼看了,那惨绝人寰的景象让他终生难忘。"不吃苦瓜,不知道瓜是苦的。日本侵略者奸淫烧杀无恶不作,他们杀死一个中国人,就像捏死一只蚂蚁那样容易。当亡国奴的滋味,我永远忘不了。"郑福来一字一顿地说。

1952年,郑福来作为卢沟桥镇首任镇长,接待了美国友好人士、著名记者爱泼斯坦,带他参观了日本炮轰宛平城的弹坑遗迹,并从七七事变亲历者的视角为他讲述了卢沟桥的抗战历史。自此,郑福来坚持为中外客人义务讲解卢沟桥抗战史,一讲就是69年。

郑福来还记得,有一次他接待了两名日本游客。其中一名表示日军不会滥杀无辜,日本人是来帮助中国人的,中国人不应该抵抗。郑福来听后十分气愤,马上反驳道:"我们中国有句老话,一就是一,二就是二,真的假不了,假的真不了。当年日本侵略者在中国施行'三光'政策,难道我们中国人还不能反抗?"郑福来义正词严、有理有据的反驳让那名日本游客无言以对。

"历史不容否定,不能含糊其词,更不允许篡改歪曲,这是原则。我今年90岁了,我给大伙儿讲的事儿都是我经历过的，我看在眼里，记在心里，我在桥上讲得理直气壮！"郑福来说。

69年的义务讲解，郑福来从来不求回报。曾有位外宾对他说："希望你今后挣的钱也像卢沟桥上的狮子一样，多得数不清。"郑福来回答："党一直教育我，共产党员不图名不图利，图名的没好下场，图利的更糟糕。我给大家义务讲解，是为了让更多人知道那段历史。我个人不需要数不清的钱，我们共产党员就是要和老百姓一块苦、一块干，一起把生活越过越好，越过越富裕。"

郑福来说，为游客讲解，不能只讲历史，还要吐故纳新、学以致用。他的书桌上叠放着许多报刊，笔记本上写满了自己的感想。"我每天的电视新闻必看、报纸必看，有重要的大会必看，老伴儿、孩子都知道，我看新闻时谁都不能影响我。"在讲解历史的过程中，郑福来从卢沟桥抗战讲到新中国建设，再讲到新时代的"一带一路"和"人类命运共同体"。听众里有人竖起大拇指："老爷子真是与时俱进！"

"我一切都得带头"

1948年年底，卢沟桥地区解放，军管会接管了卢沟桥。不满18岁的郑福来跟随解放军参加发动群众、宣传群众的活动。1949年10月1日，郑福来以镇公安委员、民政委员的身份带领七八个工作人员到天安门参加开国大典。"母亲给我烙了两张饼，煮了4个鸡蛋，我们凌晨启程,坐着拉货的火车进城参加典礼。"当毛泽东主席宣布"中华人民共和国中央人民政府今天成立了"时,群众发出山呼海啸般的欢呼声,郑福来也激动得热泪盈眶。

1952年,20岁出头的郑福来成为一名光荣的中国共产党党员。回忆起入党经历,他说:"当年在党训班参加培训,我作为新党员代表发言,带领大家宣誓,要承认党纲党章,要全心全意为人民服务,要永远忠于党,永不叛党。"同年,郑福来担任了卢沟桥镇镇长。他积极组织群众恢复农业生产。"卢沟桥地区都是砂石地,我们要多打几斗粮食,要让老百姓吃饱饭。共产党是由先进分子组成的,我一切都得带头,"郑福来感叹道,"翻身不忘本,吃水不忘挖井人。过去,地主不劳动,粮食堆成山,资本家剥削工人,现在生活好了,咱们不能好了伤疤忘了疼,要记住历史,要感谢中国共产党。"

"忘记历史的民族没有根,不懂历史的人没有魂"

在被问到为什么能69年如一日坚守在卢沟桥讲解历史时,郑福来回答道:"历史必须得讲,忘记历史的民族没有根,不懂历史的人没有魂。"

"南京大屠杀,咱们死了30万同胞,现在有人说这个数儿是假的,这不是否定历史吗?"对于否认历史的行径,郑福来义愤填膺,"共产党最讲实事求是,我在桥上讲的都是真实的,咱们不能说瞎话。"

郑福来希望通过自己的讲解，让越来越多的年轻人了解那段岁月。"我经常跟大学生讲，你们现在条件好了，要好好学习，长本事报效国家。现在国家越来越富强，说明咱们党带领老百姓走的这条道路是正确的。"

郑福来为游人讲解卢沟桥历史

2019年，一名来自东北的高中生到卢沟桥参观。他跟着郑福来从桥东走到桥西，又从桥西走到桥东，听了一天卢沟桥抗战史。晚上郑福来要回家时，这名高中生告诉郑福来，还会再来北京，再来卢沟桥，再听他讲故事。一年后，这名高中生如约而至。见到郑福来后，他深深地鞠了一躬："爷爷，我考上北京的大学了！"原来，当年这名高中生遇到了挫折，思想迷茫，听了郑福来的讲解后，他深受震撼和鼓舞，明确了奋斗目标。经过刻苦学习，他考上了北京的中国农业大学。他告诉郑福来："爷爷，我现在是班里的团支书了，等我入党了，还来找您！"

69年中，郑福来接待了70多个国家和地区的外宾、媒体记者和数以万计的参观者。不管是学校、部队，还是社区、街道，只要有人邀请他去讲解，郑福来从不推辞，也从不收一分钱。他说："既然是义务讲解，就要名副其实嘛。"

作为年龄最大、工作时间最久的卢沟桥抗战史义务讲解员，从宛平城东到宛平城西，穿过"卢沟晓月"碑，站在卢沟桥坑坑洼洼的桥面上，郑福来在这近一公里的石板路上已经往返了69年。无数中外客人从他的口中了解到中华儿女奋勇御敌的抗争史，了解到新中国成立以来卢沟桥人民奋发有为、开启幸福生活新篇章的奋斗史。

近些年，郑福来获得了很多荣誉。他对此很珍惜，说："这是党和人民对我的肯定。我多活一天，就要多讲一天，活到100岁，讲到100岁。一上桥讲故事，我就精神头儿十足。"

郑福来在自学党的创新理论

郑福来希望把自己亲历的历史传承下去。2015年7月7日，他收了在卢沟桥文化旅游区担任讲解员的张研做"徒弟"。在郑福来的影响下，卢沟桥附近有10余位老人参加义务讲解。"郑福来党员志愿者服务队"已经成为远近闻名的"卢沟桥名片"。

（执笔：许亚辉　林苗苗）

方玄初
一名共产党员应当是一滴纯净水

方玄初，笔名敢峰，男，汉族，湖北人，1929年1月出生，1950年4月加入中国共产党，1950年7月参加工作。北京市社会科学界联合会原党组书记、常务副主席，享受国务院政府特殊津贴。曾任北京景山学校第一任校长，国务院科教组、教育部干部，《人民教育》杂志副总编辑，中共北京市委宣传部副部长，北京市社会科学院党组书记、院长。曾被评为北京市有突出贡献专家。

敢峰，方玄初的笔名，一个20世纪60年代青年人很熟悉的名字。敢峰1961年撰写的《人的一生应当怎样度过》一版再版，总印数高达400万册，整整影响了一代人。许多青年人把他尊为导师。

方玄初曾任北京景山学校第一任校长。他按照党的教育方针办学，雷厉风行地进行教育和教学改革，为全国树立了一面教育改革旗帜。

青年导师、文坛战士、教育名家、理论学者、科学勇士、多才诗人，方玄初多彩的人生业绩离不开他自己永攀高峰的奋斗精神。

"我们永远跟着你走，人类一定解放"

1929年元月，方玄初出生于湖北武昌一个知识分子

淡泊名利 无私奉献

家庭，原名方启华，中学毕业时改名为"方玄初"，意在开始探索科学奥妙。大学毕业后，他自取笔名"敢峰"，意为敢攀巅峰。

考大学时，复旦大学中文系、北京大学外语系都录取了他，由于他最先接到武昌私立华中大学（华中师范大学前身）录取通知书，又交了学费，就就近入学了。方玄初课余时常来到黄鹤楼下，面向滔滔长江，一坐就是几个小时。时局混乱，国家与个人的出路何在？蓬勃兴起的学生运动唤醒、激励了方玄初，他毅然参加了共产党领导的进步青年组织——新民主主义青年联盟，1950年4月又光荣加入中国共产党，走上了新的人生之路。

谈起入党的初心和经历，方玄初哼唱起一首歌曲："你是灯塔，照耀着黎明前的海洋。你是舵手，掌握着航行的方向。年轻的中国共产党，你就是核心，你就是方向。我们永远跟着你走，中国一定解放，我们永远跟着你走，人类一定解放。"

1963年5月，方玄初在北京景山学校成立三周年庆祝会上讲话

方玄初产生做宣传工作的志趣和热情，是从上大学时开始的。"反饥饿、反内战、反迫害"的学生运动兴起后，方玄初作为华中大学《华大新闻》

的学生编辑，大胆采用新华社消息和宣传进步思想的文章，还独自撰写社论，参加民主革命运动。1948年年底，他写了一篇《1949年的展望》，后来在《武汉时报》登出，文章从一个大学三年级学生的视角，展望了新中国光明的前景。该文在武汉教育社的征文活动中被评为大学组第一名。

1950年，方玄初大学毕业就被选调进中共中央中南局宣传部工作。他酷爱看书学习，每天读书至深夜。工作之余，方玄初集中精力读《共产党宣言》《列宁主义问题》等马列经典著作。星期天和节假日，他就到新华书店寻找新书，站着阅读或"翻书"。方玄初说："纵观我的一生，业余时间读书、翻书最多和最集中的是在这几年，等于又上了一所大学——重铸人生的大学。"

主动攻读经典著作的学习经历，为方玄初日后事业的建树，奠定了坚实的基础。

"人生最强音"鼓舞千千万万青少年

1954年，方玄初进京到中央宣传部工作后，拓展了舞台，扩大了视野。看到各地热火朝天的社会主义建设场景，方玄初禁不住吟诗作文，直抒胸臆。《中国青年报》《光明日报》《人民日报》《红旗》等主流媒体的编辑、记者，很快就发现了生气勃勃、才华横溢的诗人"敢峰"。一篇篇见解独到、激情四射的佳作发表后，人们领首称道。

关于"敢峰"的出版物

1959年,国民经济面临暂时困难。中国青年出版社组织撰写出版谈理想、志气与艰苦奋斗的读物。1961年8月,署名"敢峰"的《人的一生应当怎样度过》一书出版了。谈到书名,方玄初坦率地说:"我是从人类社会的历史发展和人生观的高度来展开写的,首先是写给自己读的。在思考和写作过程中,我情倾其中,思驰笔随。时代有强音、中音和弱音,我选择的是那个年代的人生最强音。"这一人生的最强音,迅速在千千万万青少年中引起了共鸣。在工厂车间,在田间地头,在校园课堂,在营房哨所,很多人都在捧读这本书。《雷锋日记》《王杰日记》中,都抄录有这本书中的警句。十几年后,在一位对越自卫反击战中牺牲英雄随身的背包里,发现装着两件东西,一件是工作笔记本,另一件则是《人的一生应当怎样度过》这本书。

20世纪70年代中期,邓小平同志主持中央工作时,提出要整顿教育。方玄初在教育部工作,参加起草旨在推动教育走上正轨的《教育工作汇报提纲》。粉碎"四人帮"后,方玄初与王通讯等同志参与撰写长篇文章《教育战线的一场大论战——批判"四人帮"炮制的"两个估计"》，文章经胡乔木同志修改、邓小平同志审阅定稿后发表。

紧接着，1979年方玄初与王通讯等人在有关领导部门支持下，创办《人才》杂志，对全国重视人才和研究人才，起了重要作用。

20世纪90年代初，方玄初创造性地撰文提出：从18世纪中叶欧洲产业革命开始到21世纪中叶，中国的历史可以分为"三个一百年"：百年衰落、百年救亡、百年振兴。文章在《人民日报》发表后，引起了理论界的广泛关注。

方玄初说，没有坚定有力、有效的思想政治宣传工作，就没有党的事业的成功。"我这一辈子最豪迈的经历，就是作为这条战线上的一员，我奋斗过、奉献过。"

一名共产党员应当是一滴纯净水

"一名共产党员，一名干部，在芸芸众生里，只不过是渺渺一滴水，小小一颗种子。但我们应当是一滴纯净水，一颗优良种子，为人民去播撒生命，绝不去污染环境。"

方玄初不求名位。20世纪60年代初，团中央负责同志曾想调他到团中央工作。"文

1994年，方玄初在市社科联常委会上

淡泊名利　无私奉献

化大革命"结束后,中央有关负责同志主动问及"敢峰在哪里?"1982年,方玄初选择到北京市委宣传部工作。之后,他再也没有离开北京市宣传思想战线。

方玄初朴实无华,为人随和,不摆架子。担任北京市委宣传部副部长时,按照规定因公外出可以使用公车,但方玄初很少用。在市区开会时,他经常骑着自行车去。任市委宣传部副部长兼市社会科学院院长时,他骑着自行车两边跑。在工作安排、评职称和分房子等事情上,他也从不向组织提任何条件。

方玄初说,作为一名共产党员,要有炽热的使命感,保持清醒的头脑。不忘初心,最根本的就是不忘使命。要始终奋发有为,与时俱进,在不同的历史阶段、不同的形势和不同的岗位上,为党的事业奋斗。退休后,也要尽力而为,发挥余热。方玄初退休后创办了力迈学校,他赠诗友人:"天下何处无桃李,非常志与平常心。"方玄初以"非常志"对待事业,又以纯洁高尚的"平常心"对待世俗生活。

如今,92岁的方老仍在不舍昼夜地四证数学四色定理,他本人还自作打油诗一首:"牛车牛车快快走,夕阳相约西山口。纵使车翻余勇在,拾起行囊背肩头。""重担卸肩心未卸,还在晴雨征途上",正是方玄初人生信念的生动写照。

(执笔:沈聪)

闫志国
40余年守护爱情之花

闫志国，男，汉族，河北人，1949年11月生，1966年7月参军入伍，1967年2月加入中国共产党。中国邮政航空有限责任公司原副经理。曾任飞行大队长，飞行副团长、团长，师政治部副主任，中国邮政航空有限责任公司机长、飞行部党总支书记。曾立二等功1次、三等功6次，获空军党委"雷锋式干部"、首都道德模范、北京榜样等荣誉称号，荣登"中国好人榜"。

他是中国空军首批特级飞行员，曾驾驶过多种类型的战斗机，安全飞行2700多个小时；他是忠贞爱情的守护者，40余年如一日，悉心照料高位截瘫的妻子。他认为事业与爱情就像飞机的左右两翼，保持平衡，才能飞得更高，飞得更远。他说："作为党员，要对得起党和国家的培养；作为男人，要对得起家庭和爱人。"他就是东城区东华门街道台基厂社区居民闫志国。

一见倾心的完美相遇

闫志国与张胜兰，一个是驾驶飞机守卫祖国领空的蓝天卫士，一个是在部队医院救死扶伤的白衣天使，这两人在父母和朋友们眼中，如天造地设般登对。

1974年，闫志国25岁，到了可以谈婚论嫁的年龄。

一天，部队领导递给他一张照片，照片上的姑娘正是23岁的张胜兰。她明眸皓齿，闫志国看后怦然心动。张胜兰在以她和闫志国为原型创作的小说《忧愁河》中，这样描述她看见闫志国照片时的感受："这是一个漂亮的小伙子，不过我更喜欢用'英俊'这个词来形容他。"

当时两人不在一地，于是便以每周一封信的频率，开始了为期两年的鸿雁传情。张胜兰从小就喜欢玫瑰花的颜色。在她的生活里，衣服是玫瑰色的，裙子是玫瑰色的。然而，随着与闫志国感情的加深，张胜兰开始爱上蓝天的颜色，枕巾、被面、窗帘，就连玩具娃娃的裙子也变成了天蓝色……

1975年，张胜兰在回唐山看望家人时，第一次与闫志国见面，这也是他们婚前唯一一次碰面。再见面时，已是1976年7月。当时两人已经约定，等闫志国放假了就举行婚礼。在唐山机场的一间简易教室里，两个身穿军装的年轻人在师长的见证下举行了一个简单的仪式。"那天，我买了些水果和瓜子，送给胜兰一个笔记本和一支笔，她也送给我一个笔记本和一支笔，我们互相祝愿在工作中好好学习。"闫志国回忆道。

一场地震让两人遭遇晴天霹雳

正当两人沉浸在对幸福生活的美好向往中时，震惊全国的唐山大地震让闫志国和张胜兰遭遇晴天霹雳。

1976年7月27日晚，天气炎热。临睡前，闫志国看见鱼蹦出了鱼缸，他没有多想就将鱼放回了缸里，没想到这却是地震前的征兆。凌晨时分，闫志国从熟睡中惊醒，下意识地坐起来，听到房屋摇晃、砖石掉落的声音，他一边用力顶着背后的墙壁，一边大声呼喊妻子的名字。这时，侧面的一堵墙"轰隆"一声砸在了张胜兰身上。

1984年5月，闫志国在河北遵化部队内部机厂塔台工作留影

混乱之中，家门被堵死。不得已，闫志国只能和妻妹一起将张胜兰从窗户抬了出来。看着躺在地上一动不动的妻子，闫志国心如刀绞。他不顾余震，带着高烧不退的妻子辗转于遵化医院、蓟县医院求医。所到之处满目疮痍，医生和病人都在临时搭建的帐篷里，无法进行手术治疗。震后第四天，闫志国把妻子送到了北京某空军医院。经诊断，张胜兰第五、六节颈椎粉碎性骨折，中枢神经严重损伤，造成高位截瘫。医生预测，3个月也许就是张胜兰生命的极限。

这个结果对闫志国犹如晴天霹雳，但他没有放弃，坚信只要坚持治疗，就有希望。为了延续妻子的生命，闫志国将对飞行技术的精益求精用在了对妻子康复的科学管理中。他每天给妻子擦脸翻身、喂水喂饭、处理排

淡泊名利　无私奉献

泄物……就这样，妻子先后突破了医生预测的3个月、6个月的生命极限。

40余载书写爱情宣言

在闫志国面前，一边是妻子终生瘫痪的现实，一边是持续了3年的爱情。是选择坚守，还是选择放弃，闫志国明白，结果可能会有天壤之别。有人劝他："你已经做了很多了，对得起张胜兰了，应该考虑开始新生活了。"张胜兰也曾流着眼泪对他说："志国，你还年轻，我不能再拖累你了，咱们分手吧。"但最终，闫志国选择兼顾家庭和事业。他说："很多人觉得我不容易，其实我的妻子更不容易，她离开了我，这辈子就没有任何指望了。我不能把自己的幸福建立在别人的痛苦之上，更何况她不是别人，是我的结发妻子。既然在一起，就要牵手走下去。"他对部队的同志们说："我闫志国这辈子，绝不会离开我的妻子，请大家不要再为我介绍对象了。"

就这样，闫志国把爱的力量发挥到了极致。工作中，他踏实肯干，认真努力，一直是部队里的尖子兵，1985年被评为特级飞行员。生活中，他用自己的坚毅、挚爱和温情，照

1984年4月，闫志国与爱人张胜兰在北海公园合影

顾着妻子，呵护着妻子的心灵。为了帮助妻子恢复身体机能，闫志国一遍遍为她按摩身体，扶着她拉吊环练力气，鼓励她向着康复目标努力。为了给妻子补充营养，闫志国想方设法给妻子买来水果、鸡蛋和肉。久卧在床的病人身体容易长褥疮，41年里，闫志国没有睡过一个安稳觉，每天夜里隔两三个小时，就要帮助妻子翻一次身。

为了让妻子更好地康复，他鼓励妻子练习写字。由于张胜兰右手无法张开，闫志国只能用绳子把笔绑在她的左手上，让她慢慢练习。1978年2月，在外地工作的闫志国意外地收到了妻子写来的一封信："志国，这是我写的第一封信，用左手写的……我一切都好，你安心工作。"读着信，闫志国泪流满面，他能想象出妻子为了写这封信付出了多少。擦干眼泪，闫志国拿出纸笔，给妻子写了回信。就这样，两人又像结婚前那样恢复了通信。多年积累下来，信件已有数百封。

20世纪80年代初，在当时《中国空军》杂志主编金为华的鼓励下，张胜兰以"蓝星"为笔名，投入长篇小说《忧愁河》的创作中，并在《中国空军》杂志上连载。闫志国说："这部小说就是咱们的孩子。"1987年，16.5万字的小说《忧愁河》终于出版了。张胜兰在书里写道："世上有多少条忧愁河，就有多少支欢乐的歌。"

张胜兰说，闫志国是自己的无价之宝，"我的精气神都是志国给的"。每逢阳光明媚的日子，闫志国都会和家人一起推着张胜兰去公园晒太阳。小说出版后，闫志国

2021年，闫志国参加台基厂社区值守

带着张胜兰去保定参加《忧愁河》的签送会。闫志国与家人抬着妻子登过长城，爬过香山，参观过十三陵。他还带着妻子去上海等地旅游，所到之处都留下了恩爱的合影。

闫志国家数十本厚厚的相册里，能看到他们41年的日常，有外出旅游的照片，有庆祝生日的照片，还有与亲朋好友聚会的照片……每一张照片里的张胜兰都面色红润，笑语嫣然。2017年8月，张胜兰带着幸福离开了陪伴自己40多年的闫志国。

有一首歌这样唱道："我爱你，是多么清楚、多么坚固的信仰；我爱你，是多么温暖、多么勇敢的力量……"在16000多个日日夜夜里，闫志国对妻子不离不弃、悉心呵护，谱写了一首动人的爱情之歌。

（执笔：杨晓夏　易艳）

傅贵江

拳拳赤子心　浓浓爱党情

　　傅贵江，男，汉族，河北人，1939年4月生，1964年8月参加工作，1966年11月加入中国共产党。北京亚东生物制药有限公司党支部书记、董事长。曾在国营738厂、国务院国防工业办公室、国防科工委、国防科学技术委员会工作，曾任中国通用办公自动化公司总经理、中国康华交通技术公司总裁。主持项目曾获国家科技进步二等奖。

　　2020年，新冠肺炎疫情暴发后，北京亚东生物制药有限公司党支部书记、董事长傅贵江迅速响应国家号召，将公司一个车间紧急改造成口罩生产车间，组织员工24小时不间断生产，有力地保障了昌平区的口罩供应。同时，他个人捐款1万元支持疫情防控。"我的一切都是党和国家给予的，在党和国家需要的时候，我愿意付出一切。"傅贵江说。

"没有共产党，就没有我的生命"

　　傅贵江出生在河北省安国县的一个革命家庭：父亲傅玉秀、大伯傅玉祥、表哥胡占仁等多位亲人在抗日战争中为国捐躯；叔父傅玉恒、舅父李洪科都是党的地下工作者。"记得儿时起，母亲就时常讲他们的英雄事迹。

淡泊名利　无私奉献

所以,'共产党员'这个词的含义自小就浸透在我的血液里了。"傅贵江说。傅贵江的母亲李春花也是位老党员,抗战期间任村党支部委员、妇救会主任。在抗日战争中,他们全家人几乎都战斗在第一线。那时傅贵江还小,母亲每次都抱着他参加地下党会议。母亲告诉他,为了安全,开会地点都选在坟地或是地洞内。开完会,大家小声齐唱抗战歌曲。

那时的日子过得艰苦,"糠菜半年粮"。傅贵江的父亲牺牲后,县里颁发了烈士证书,给他家发放了1000多斤小米做抚恤金,地下党还给他们送来救济款。新中国成立后,县政府民政科又给傅贵江家发放了优待粮。他读初中、高中和大学时,都享受了助学金。"如果没有党的关怀,我和母亲的生活难以想象,是党给了我们活下来的信心和力量,是党给了我们新的生命!"说到这里,傅贵江眼中闪着泪光。

上学时,傅贵江就下定决心,一定要认真学习,用自己的所学回报祖国。初小毕业,他以第一名的成绩考入高小;高小毕业,他又以优异成绩考入县立中学。

1952年,傅贵江不幸感染了肺结核。这种病在当时的治疗成本非常高。在烈士遗孤傅贵江生死攸关之际,党组织决定对他的治疗全部免费。"那时,新中国刚刚成立,百废待兴,组织为了挽救我的生命,真是不计成本!"傅贵江说。虽然过去快70年了,但他对当时的治疗细节还记得清清楚楚。当时的链霉素、青霉素都是进口药，价格昂贵。治疗中，傅贵江总共用了95支链霉素、45支青霉素。那时，傅贵江所在的安国县还没有X光设备，每次需要X光检查时，都要由医院安排医护人员带着他去省医院。就这样过了半年，他的病不但完全治好了，还长成了大个子。"真是党的恩情比天大呀！"说到这里，泪水从傅贵江的眼中夺眶而出。

矢志创新　科技报国

1958年7月，傅贵江以优异成绩考入清华大学自动控制系计算机专业，成为我国培养的第一代计算机专业的大学生。

"我记得毕业时，在北京工人体育场召开了全市应届毕业生大会，周恩来总理等领导出席了大会。"傅贵江说，"这是我们第一次近距离聆听党和国家领导人的教诲，心里觉得特别振奋。周总理和北京市领导彭真的讲话，给了我们巨大的鼓舞，激励着我们豪情满怀地走上建设祖国的疆场。"

1964年，傅贵江被分配到国营738厂。该厂是20世纪50年代国家156项重点工程之一，承担着国家计算机和交换机的两大生产任务。参加工作后，傅贵江的

1985年，傅贵江正在研发办公自动化系统

专业特长得到充分发挥。他怀着一腔报国热忱，进行了多项技术革新，主持了多项重点科研任务。

由于专业技术过硬，1978年，傅贵江被特招入伍，调任国务院国防工业办公室科研局参谋。在此期间，他主持的7760计算机系统工程项目解决了3台百万次进口计算机的使用问题，将我国计算机应用向前推进了一步。

1981年，傅贵江奉命赴沈阳军区传达落实中央领导批示，解决了计算机汉字化问题，推动了军队计算机的普及应用。

1984年，傅贵江被任命为国防科工委自动化办公室主任兼中国通用办公自动化公司总经理。他带领科研人员开发出8个应用系统和12个应用软件包，并研制了中国第一块汉卡，为办公自动化打下了基础。他们开发的第一套办公自动化系统在全国军用、民用系统被广泛推行。工作中，傅贵江还紧跟国际科技前沿和最新发展信息，翻译和出版了近200万字的计算机资料。1985年4月，傅贵江还被聘任为专用计算机专业组副组长。

退休再创业　老骥亦英雄

退休后，傅贵江还想为国家再做些贡献。他投身创业热潮，成立了北京亚东生物制药有限公司。经过30年发展，亚东公司已发展成为拥有多个生产基地、年纳税超千万元的集团公司。

1995年,傅贵江制订公司发展规划

傅贵江回忆说:"公司是靠艰苦奋斗拼出来的。药厂成立之初,一切从零开始,一切全靠自己。办公、存货只能租用边远地区的地下室,产品需要委托别的企业加工生产。无论冬夏,生产出的药品都得自己蹬着三轮车去送货。"说到这里,傅贵江用自己写的一首小诗表达了他创业报国的情怀:"退休再创业,拼命献余生。赤臂蹬三轮,汗雨洒京城。能为民效力,草根亦英雄。拳拳赤子心,浓浓报国情。"

2011年,傅贵江历时10年创作的长篇小说《忠勤世家》出版了。这本58万字的小说通过讲述一个普通家族数代人在不同历史时期的生活历程,展现了中华儿女高尚的道德情操、舍己为人的思想境界和艰苦奋斗的英雄气概。傅贵江说,这本书凝结了他多年的心血、积累和努力,虽然人物多为虚拟,但故事都是他经历过的。他说,创作这部小说,就是想告诉读者,忠勤是中华民族的灵魂和脊梁,是中华民族的精神长城。正因如此,中华民族才能战胜内忧外患,才能屹立于世界民族之林。

傅贵江深情地谈到了他的母亲:"我永远忘不了母亲临终时对我的嘱咐。她说:'儿子,你是党和政府养大

2021年4月，傅贵江在工作之余练习书法

的，你创立的公司理应属于国家。如果政府需要，白天要，白天交；晚上找你，晚上交，千万别过夜。成绩归功于党、归功于人民，财富属于国家。'这是母亲的遗训，也是我的家训。"

"我是党的儿子，一生都要为党工作。"傅贵江抱定了这样的信念。

（执笔：郑炎生　张可红　梁齐勇）

周大川
我把一生献给党

周大川，男，汉族，浙江人，1929年5月出生，1949年5月参军入伍，1950年4月加入中国共产党。副团职离休干部。历任战士、副班长和空军部队飞行员、机长等职。曾立三等功2次，被评为昌平区优秀共产党员、北京军休榜样。

2020年2月28日，一位满头银发的老人走进了昌平军休一所办公室，再次恳求为防疫工作捐款。虽然戴着口罩，但工作人员立马认出这是91岁的离休老党员周大川。工作人员知道，周大川一家平时生活非常俭朴，家里甚至没有一件像样的家具。周大川几次要求捐款，都被工作人员委婉地劝回了。

"生活低要求，做事不将就，始终将心思与精力用在事业上。"这是周大川的人生信条。聆听着他的人生故事，我们读懂了他的过往、他的初心。

"在革命队伍中上了人生进步的第一课"

初次见到周大川，是在一个阳光明媚的下午。周大川精神矍铄，和蔼亲切。仅听声音，很难相信他已是一

淡泊名利　无私奉献

1952年3月，周大川在原中国第一航空学校任学员时留影

位92周岁的高龄老人。一身上绿下蓝的八七式常服，告诉了我们他的身份——一名空军老兵。

"说起我参军，起初也只是因为家里人口多，找个出路啊！父亲在我10岁时就病故了，我上面有5个哥哥，全家7口人只能靠母亲干点农活维持生计，几乎天天饿肚子，一家人看不到出头之日。1949年5月，我们平阳县游击队正好在扩充力量，又听村里人说游击队是共产党的武装，所以我就决定报名参军了。"周大川说。

"当时，我在的队伍是浙南游击纵队第5支队独立大队1中队，后被编入温州第五军分区警备团二营机炮连。刚入队时，领导和同志们特别照顾我们这些新兵。部队教会我很多本领。我感受到了党组织的温暖，也明白了游击队为老百姓打仗的道理。可以说，我在革命队伍中上了人生进步的第一课。"周大川说。

由于平阳县刚刚解放，国民党军队的残余势力、地主恶霸拼凑的土匪团伙经常骚扰百姓，剿匪就成了部队的主要任务。"1950年，我们连队进山剿匪。当时背炮弹的队员因为负重行军，行动较缓，往往成为敌人袭击的目标。为了减少同志们的危险，好几次我抢着背上数倍于步枪重的炮弹。我笑着跟大家说自己'命硬'，'阎王'见了我都躲着走。"周大川说。

在执行景宁、丽水剿匪任务中，周大川因表现突出，分别在1949年和1950年荣立三等功。1950年4月，周大川光荣地加入了中国共产党。1951年3月，被任命为三十五军一〇四师三一二团二营机枪连副班长。

说起这段经历，周大川脸上充满了自豪的神情。他说，那个时候，一摸到军服上的"中国人民解放军"胸章，就感到无比光荣。"是部队给予了我温暖，是党造就了我的人生啊。"

25年安全飞行无事故

1950年6月，朝鲜战争爆发。当时中国空军刚刚成立，部队急需飞行员，于是开始从陆军中选拔。1951年9月，22岁的周大川凭借过硬的身体素质，被选拔到空军第一预科纵队三大队二十一中队当飞行学员。

1952年2月，周大川在空军第一航空学校开始学习飞行理论。他知道自己文化底子薄，就暗下决心：一定要刻苦学习，尽快提高文化水平。功夫不负有心人。靠着刻苦用功，周大川在历次理论考试中都得到满分。

理论满分是一方面，飞行实践是另一方面。10月，周大川开始学习飞行技术。"那会儿，我

1953年3月，周大川（左）与战友合影

的胆子还是小,心理素质不稳定,影响了实践操作。有的教官甚至说我不适合做飞行员。"周大川回忆道,"大队长看准了我是个好苗子。他一次次给我鼓劲,让我放下包袱,轻装上阵。受到鼓励后,我坚定了信心,最终通过了飞行技术考试。"1954年3月,周大川被分配到空军独立第三团三大队。这一飞,就是25年,直到1977年离开飞行岗位。

由于工作出色,周大川很快成为飞行保障任务的主力,多次执行重大任务:曾担任机长为党政军领导人做过飞行保障服务;1954年10月至1955年11月,参加中国人民志愿军抗美援朝赴朝大队,主飞"里-2"型活塞式双发运输机;停战后,作为机长,历时一年,承担接送"中立国监察委员会"成员任务。

25年里,周大川执行专机、救灾、军事运输等重要飞行任务,安全飞行5000小时,一直保持着安全飞行无事故的纪录。

"万无一失"的记录来自过硬的技能和周密细致的作风。担任机长后,他每次执行任务,都要召集机组人员,严格按照预先准备、飞行前准备、飞行实施和飞行后评议等进

2020年,周大川荣获中国人民志愿军抗美援朝出国作战70周年纪念章

行作业，决不漏掉一个程序。

2020年，周大川荣获"中国人民志愿军抗美援朝出国作战70周年纪念章"。

一份特殊的"还债声明"

1982年，周大川离职，在军休所休养。

周大川说："离休了，我怕思想落后，就经常读书、看报、收听新闻，让自己思想常新，跟上时代步伐，尽力为所里、为大家做一些微不足道的事情。"

周大川平时爱摆弄花草。他义务为军休所院里的月季花剪枝浇水，大家都称周大川为"绿色卫士"。

2019年5月，周大川担任军休一所党总支纪检委员和第4党支部书记。他工作兢兢业业、勤勤恳恳，认真做好老党员教育管理和监督工作，受到离退休干部党员的高度赞扬。不少军休干部高兴地说："老周是我们所称职的党支部书记！"

周大川和爱人吴宝珍勤俭持家，一直过着俭朴的生活，一张木板床用了35年都舍不得换。3个孩子受父母熏陶，平时也省吃俭用，从不乱花钱。

可是，在许多重要的时间节点，周大川却向社会奉献出满满的爱心。2008年汶川大地震发生后，周大川先是捐款1000元，后又上交"特殊党费"10000元。从2009年11月开始，他连续10多年定期向昌平区慈善协会捐款，累计捐赠5.31万元。

2020年年初新冠肺炎疫情发生后,周大川找到组织要求捐款。他掏出一个厚厚的信封,恳切地对工作人员说:"这是我和老伴为疫情防控工作尽的一点儿绵薄之力,请组织收下。"工作人员打开信封,细细一点,里面有3万元!周大川还从衣兜里掏出一份"还债声明"递给工作人员,上面写着:"我没有任何个人财产,是党、国家、人民'供养'了我71年。因此,我没有资格称'捐献',只能说是向党、国家、人民报了一点恩,还了一点点'债'而已。"落款是周大川、吴宝珍。

一笔笔捐款,见证了周大川对党和人民的赤子之心。

一辈子坚守初心,一辈子艰苦奋斗,是老共产党员周大川的人生追求,也是他一生的写照。

(执笔:张荣珍　梁齐勇)

马恩波
共产党员就要多做有益于人民的事

马恩波，男，汉族，河北人，1945年10月出生，1963年8月参军入伍，1966年11月加入中国共产党。原北京市果脯蜜饯公司永定门食品厂科室主任。曾在粮油机械厂和永定门食品厂果品公司工作。曾连续3年被评为五好战士，立三等功1次，设计制作的果酱生产加工流水线获北京市科技进步三等奖。

他是经历过枪林弹雨洗礼的勇士，也是在平凡岗位上创造出不平凡的"发明家"。76岁的马恩波用奋斗将全心全意为人民服务的宗旨刻印在自己的人生道路上。

"我既然活着，就要把事情做好"

1963年，马恩波从北京第25中毕业后，进入空军后勤部第8期卫生员教导队，1965年随部队到援越抗美前线。5年中，马恩波干什么都冲在前面，修洞库、挖水井、建厕所、劈柴、烧水，从不喊苦喊累。

越南北部原有的机场不能起降喷气式飞机，影响作战。在修建新机场和飞机洞库工程中，马恩波所在部队承担了推平45个小山头的任务。由于任务紧急，每人每

淡泊名利　无私奉献

1984年5月，马恩波（中）与日本同行交流

天要完成10立方米的挖掘任务。在正常情况下，一个普通工人每天最多能挖3立方米，战士们的劳动强度可想而知。

挖土任务艰巨，战地施工条件更是艰苦。战士们面临着疾病、毒虫、炎热、潮湿四大难关的考验。越南高温多雨，蚊蠓肆虐，毒蛇、蜈蚣随处可见。马恩波回忆说："劳动的时候，我把裤腿儿卷起来，用手一拍，满手的小黑虫和血。一次，连队杀一头猪，因为苍蝇太多，就在附近喷了杀虫剂，不到半小时就扫起半簸箕绿头苍蝇。"

在施工中，战士们还要随时防备敌军飞机的轰炸。有一天，敌机对部队驻地进行轰炸，马恩波所在的掩体被炸弹炸成一个大坑。幸运的是，马恩波躲过一劫。"我们当时随时都面临着生死考验，但是没有人胆怯退缩。我想，我既然活着，就要把事情做好，把自己的作用发挥到最大。"马恩波说。

"为战士们服务是我的任务"

马恩波的父亲是村里的第一名党员，也是村党支部书记。在马恩波的记忆里，父亲在家的时间很少，总是在为村子和村民的事忙个不停。父亲常常告诉马恩波，当干部就要全心全意为群众服务。马恩波说:"父亲在村里的威望很高,我从小就立志要成为像父亲那样的人。"

入伍后,马恩波第一时间向党组织递交了入党申请书。1966年11月,在援越抗美前线,他加入了中国共产党。"我举起右拳宣誓时的激动心情,直到现在还记忆犹新,我知道自己肩上的责任更重了。"回忆起入党的那一刻,马恩波的眼眶湿润了。

入党后的马恩波更有干劲了。战地环境湿热,容易滋生病菌病毒,战士受伤后如果得不到及时处理,会造成严重后果。在卫生员教导队学习过两年的马恩波义不容辞地当起了战地卫生员。完成每天的挖土任务后,他放下铁锹,拿起医疗包,奔走在有士兵营房的3个山头间巡诊。身上的衣服湿了干、干了又湿,脚上被磨出血泡、磨破皮,路上还可能随时面临生命危险,马恩波都坚持下来了。巡诊回来,他顾不上休息,又对食堂、水井、猪圈、厕所等地做消毒处理。连队里很多战友都说:"小马真是好样的,不愧是共产党员!"每当听到这样的评价,马恩波都会说:"我懂卫生护理知识,为战士们服务是我的任务,没什么值得说的。"

战地物资匮乏,战士们没有合适的接水容器。马恩波看在眼里,急在心里。正巧,连队司务长要回国采买物资,他拿出自己攒下的津贴,托司务长帮忙买回几个水龙头。马恩波把用过的大榨菜坛子洗净、打孔,接上水龙头,一个简易的盛水容器就做好了。战友们一拧开水龙头就能接到干净的水。马恩波说:"虽然这个小发明有些粗糙,花的钱也不多,但给战士们的生活提供了很大方便。只要我能做的,我都会尽心尽力去做,从未想过回报。"

"共产党员就要有不服输的劲儿"

在马恩波获得的众多荣誉中,北京市科技三等奖是他最看重的。这是他退伍后在永定门食品厂果品公司独立设计建成果酱加工流水线后获得的荣誉。马恩波说:"共产党员就要有不服输的劲儿。不管什么问题,遇到了就要想办法解决它。"

当时,马恩波在果品公司负责技术维修。他在工作中发现,由于当时果品削皮等都是手工劳动,所以工人手上有很多刀伤。他就琢磨着,能不能做一条自动或者半自动的果酱生产流水线,这样工人工作可以更加安全,果品生产也更加卫生。

不久,马恩波参加了单位组织的赴日本参观学习。日本企业中先进的技术设备、高效率的生产流水线、干净整洁的环境深深震撼了他,也更加坚定了他开展技术革新的想法。

1984年,马恩波在日本参观工厂车间

然而,技术革新对

于马恩波来说，并非易事。从提出想法到绘制图纸，从设计组装到施工生产，从试运行到正式投产使用，每一步都充满挑战。"共产党员向来是不怕困难的。在越南前线我连死都不怕，还怕这点困难吗？"凭着一股冲劲儿和拼劲儿，马恩波开始了他的发明创造之路。

设计遇到瓶颈，去图书馆查资料。制图无从下手，去图书馆查资料。"遇到不懂不会的问题，我就去图书馆查资料。我相信，看书学习一定能找到答案。"说到这儿，马恩波开心地笑了。

通过自学，马恩波不仅掌握了果酱生产的主要过程，还学会了机械制图、车工、钳工、电气焊接等技术，拿下了中级工程师职称。"我一有时间就去车间观察果酱的生产，有问题就向工人请教、向负责技术的同事请教，去图书馆向书本学习，总要把这个问题搞明白。"

经过一年多的反复修改和调试，果酱生产加工流水线建成了。从上果机、洗果机、削果机、煮果机再到灌装机，工人只要简单操作就能完成果酱制作。"马师傅，真是谢谢您，把我们的双手解放了出来，我们再也不用担心被刀削破手了。"工友们开心地向他道谢。马恩波说："能帮到工人们我更开心。"很快，这条流水线引得全国各地工厂纷纷前来参观学习。

马恩波说："我是从苦日子过来的，在抗战时期，为了填饱肚子，棉籽、树皮、地皮青衣我都吃过。现在条件好了，但节约的意识不能忘，节俭的习惯不能丢。不

2021年2月,马恩波与爱人合影

论我们国家发展到什么水平,不论人民生活改善到什么地步,艰苦奋斗、勤俭节约的思想永远不能丢。"在果品公司负责机械维修时,修旧利废是他的一个业余爱好。一个个被遗弃的零件经过马恩波的修理又被重新投入了使用。

在党55年,马恩波用奋斗和奉献书写着共产党员的初心。他说:"共产党员就要多做有益于人民的事,像老黄牛一样默默无闻、脚踏实地,生命不息,战斗不止。"

(执笔:石兰香 林苗苗)

宋怀茂
赤诚之心永不老

宋怀茂，男，汉族，北京人，1935年8月出生，1952年8月参加工作，1966年8月加入中国共产党。北京市原怀柔县民政局副处级调研员。曾在怀柔县黄花镇村任教，在渤海、沙峪、桥梓、三渡河等乡、公社工作。

耄耋之年的宋怀茂，最近正忙着整理红色画册，庆祝党的100周年生日。他小心翼翼地取出每一张图片，像端详自己的孩子一样，眼中充满了深情，充满了对党和国家的赤诚与热爱。宋怀茂兴奋地说，去年以来，他开始对红色画册进行完善，无论照片还是文字内容都增加不少，重新整理后的红色画册名字叫"庆祝建党百年华诞　弘扬建党辉煌伟业"。

"一寸丹心向日明，甘洒热血写春秋。"对党永怀赤诚之心，是宋怀茂人生的生动写照。

集中力量打胜仗

1952年，刚满17岁的宋怀茂积极响应党和国家的号召，成为一名人民教师，希望用自己的知识为社会主

淡泊名利　无私奉献

义事业培养更多人才。由于表现出色，1955年后，他先后在怀柔渤海、沙峪、桥梓、三渡河等乡、公社担任团总支书记、秘书、副主任等职务。经过多年基层锻炼和党组织的考验，1966年8月，宋怀茂光荣地加入了向往已久的中国共产党。

时至今日，宋怀茂依然清楚地记得当初入党时的激动心情。他说："面对党组织和同志们的信任，我暗下决心，不管组织上安排什么工作，我都要像树苗一样栽到哪儿，就在哪儿扎根，在哪儿开花结果，为人民服务。"

带领800余名民工修成边坑水库大坝，是宋怀茂这辈子最引以为豪的事。1973年秋末，时任沙峪公社副主任的宋怀茂接到了建设水库大坝的命令。"在那个物资匮乏、设备简陋的年代，要在山里修建水库大坝，其中的困难和艰苦可想而知。但是我必须完成这项任务，修建水库是一项利国利民的大事。"宋怀茂说。面对艰巨的任务，他没有丝毫犹豫和退缩，向组织做出了庄严的承诺："保证完成任务！"

公社向各村发出了建设水库的号召，得到各村村民的积极响应，迅速成立了一支由800余名民工组成的建设队伍。为顺利完成组织交给的任务，宋怀茂先是向大家做了"集中精力打胜建库这一仗"的总动员，又提出了"红旗是标，效果是本"的工作理念，组织5个民工连队开展"争红旗 抢先进"竞赛活动，激发了大家生产工作的积极性和主动性，工地上一片热闹繁忙景象。

作为修建水库总指挥，宋怀茂每日除了指挥施工，安排大家吃住，还亲自上阵，同其他民工一样在工地上劳动，铲沙子、装石子、推车子……工地到处都留下了他劳动的身影与汗水。

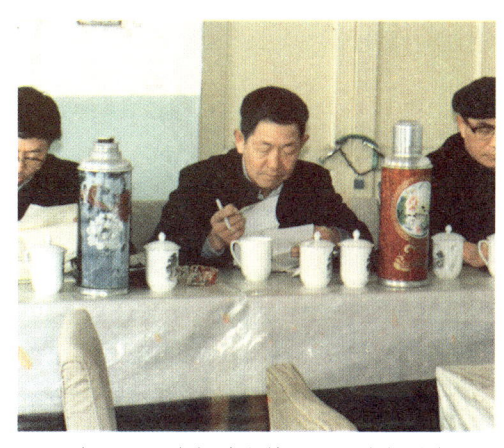

1975年2月，宋怀茂主持召开工作部署会

宋怀茂带领队伍用时一年修建了一条直达半山腰的长达6.5公里的山路，为后期建成水库大坝铺平了道路。1977年汛期前，长1120米、高38米的边坑水库大坝顺利完工。宋怀茂带领民工修筑的水库大坝因为质量高、进度快得到了上级领导的肯定，水库被确定为"农业学大寨"典型，并被市旅游办确定为怀柔县的第一个旅游点。

水库在建设期间接待了4拨外宾。新西兰、罗马尼亚、老挝的外宾以及驻华大使馆大使和家属先后来到工地参观。他们频频拿出相机拍照，伸出大拇指点赞，让宋怀茂和参与建设的民工们感到非常自豪和荣耀。

心系群众办实事

1982年，宋怀茂调到怀柔县民政局工作，他在这里一干就是13年。时隔30年，宋怀茂仍然清楚地记得1991年6月汤河口镇和长哨营满族乡两个乡镇遭受洪涝灾害的事情。

6月11日，两个乡镇遭受严重洪涝灾害。在县政府组织和其他部门共同参与下，时任县救灾办公室副主任的宋怀茂为查清灾情，带领同事用7天时间，走遍了所有的受灾村、险村和险户。

在实地查灾过程中，宋怀茂看到了触目惊心的景象：有的村民房子已被完全冲垮，道路也被冲毁；有的房子即使没有垮塌，也已经成为危房。

经过深入查访，宋怀茂和工作人员一致认为，遭受洪涝灾害严重的几个行政村和自然村生存条件恶劣，极容易再次遭受泥石流和洪涝灾害，易地搬迁安置迫在眉睫。

宋怀茂说："共产党员就是要为老百姓办实事。我们无论如何都要在天冷前完成受灾群众的搬迁安置工作。咱们累点苦点没关系，绝不能让村民们担忧挨冻！"

为此，在县政府的领导下，宋怀茂等人充分发挥救灾办的统筹协调作用，认真做好安置地点选择。经与汤河口镇和长哨营满族乡两个乡镇政府讨论，县里最终决定将5个行政村、4个自然村共256户1100口人搬迁到县城附近9个平原乡镇进行安置。

1989年10月，宋怀茂（右二）与来怀柔考察的广东省同行合影

宋怀茂和同志们日夜奋战，当年10月，所有受灾群众都住进了温暖的新家。老百姓们高兴地对宋怀茂说："感谢共产党，感谢爱民的好政府！"那一刻，宋怀茂的眼睛湿润了。

丹心如火映赤诚

在宋怀茂家的客厅里，一张张珍贵的领袖照片，一页页发黄的新闻简报，整齐地挂在墙上。其中，有宋怀茂40多年来收集的党和国家领导人出席重要活动的照片，有20世纪90年代翻拍的几乎所有开国元帅、大将、上将、中将和少将的照片，还有一本厚重的新闻简报集……

宋怀茂出生在战争年代，吃过苦，受过罪。他说："我今年86岁了，经历过旧社会的苦难生活，新中国成立后过上了以前根本不敢想的幸福生活，我真正感受到了中国共产党的伟大。新中国成立70多年来翻天覆地的变化，是共产党和几代领导人带领人民创造的，没有共产党就不会有现在的美好生活！"为此，宋怀茂从1976年就开始收集刊登着毛泽东等老一辈无产阶级革命家图片的报纸和简报。2012年10月，宋怀茂抑制不住心中的喜悦，在自家办起了以"崇拜感恩·喜迎十八大"为主题的红色图片展览，邀请亲朋好友和邻居前来参观，以这种特殊的方式表达自己的爱党爱国情怀。

自从宋怀茂办起红色图片展览以来，慕名到他家参

2014年1月，宋怀茂（右一）为参观人员讲解自己举办的红色收藏

观的中小学生、离退休干部和新闻记者络绎不绝。每当有人参观时，宋怀茂就为大家一一讲解照片的内容、拍摄时间、重要意义。如今，宋怀茂举办的红色图片展览为怀柔区中小学生、入党积极分子和社区居民接受红色教育提供了鲜活载体。

红色图片展览的成功举办，圆了宋怀茂的一个梦。但他没有止步，又通过一年多的努力，2015年7月，他收集整理出一本图文并茂的简略党史资料册。这本164页的资料册共收录了356幅珍贵的资料图片，被大家争相传阅。宋怀茂还将资料册分发给有需要的党员和群众。

初心不改心不老，丹心如火映赤诚。做红色收藏、办红色展览、写红色书籍，宋怀茂用这样的方式歌颂党，歌颂以毛泽东同志为主要代表的老一辈革命家的丰功伟绩。在建党100周年到来之际，他又着手丰富红色图片，已经收集建党百年各类图片近160张。他还以大事记的方式撰写了历次党代会的基本内容。宋怀茂说："虽然我退休了，但我会继续竭尽所能，让更多的人感受到党的伟大。"

（执笔：王君　宋明晏）

许 秀

红色人生　一路芬芳

许秀，男，汉族，浙江人，1931年9月出生，1949年3月参军入伍，1954年1月加入中国共产党。原北京建筑工程学院党委书记。曾任原北京钢铁学院团委书记、材料系党总支书记，北京冶金设备制造厂党委书记，北京市委教育工作部研究室主任。曾被评为北京市离退休干部先进个人、北京高校"学习之星"。

"我今年90岁了，我想为中华民族伟大复兴、为党的崇高理想的实现，奋斗到生命的最后一刻。"许秀爽朗的笑声和娓娓道来的讲述深深感染了我们。

在游击队中经受锤炼

1931年，许秀出生在上海江湾的一个普通家庭。他的父亲从事文学翻译工作，全家过着宁静的小康生活。这一年，九一八事变爆发，日本侵略者在上海江湾发难，打破了许秀家的宁静生活。许秀一家人被迫躲进法租界避难。回想起童年的经历，许秀激动地说："中国人在自己国土上，竟然要外国人来保护，这在我幼年的心里留下一道深深的伤痕。"

为了不当亡国奴，许秀一家逃到了浙江台州一个偏僻

淡泊名利　无私奉献

农村，靠着父亲在当地一所中学教书的微薄薪水度日。许秀母亲十分善良，虽然自己家里过的是"糠菜半年粮"的日子，但是她每餐还是留出一点吃的，送给上门要饭的穷苦人。母亲说："我们每个人少吃一口，兴许能救活一命。"多难的少年生活，母亲的言传身教，在许秀的幼小心灵里留下了爱国爱民的深情。

1947年，16岁的许秀还是半工半读的高中生，出于对国民党政府反动统治的不满，他投身到"反饥饿、反内战、反迫害"学生运动中。后来，地下党把这些学生转移到浙东游击区，许秀成为浙东游击纵队第4支队的一名年轻战士。

在游击队，许秀一边学习革命理论知识，一边参加游击战。战斗中常有同志牺牲，他们就开追悼会，唱安息曲，"安息吧，亲爱的同志，我们要踏着你们的血迹继续前进……"许秀所在的燎原训练班曾被国民党军队围困在新昌县"飞地"。当山民得知游击队缺少食盐时，利用赶集卖柴机会，把盐偷偷捎回来送给游击队。回忆起军民鱼水情，许秀感慨地说："国民党官兵进村是收捐税、征粮食、抢东西、抓壮丁、侮辱妇女。我们进村严格执行'三大纪律　八项注意'，帮助群众铲除恶霸势力，组织生产救灾，所以游击区的老百姓支持我们，年轻人踊跃参加游击队。"

1949年，游击队所在的台州地区得到了解放，但仍有残余的国民党武装势力盘踞在农村。许秀响应党的号召，下乡参加剿匪斗争。他担任临海县尤溪乡乡长。该乡与当时尚未解放的大陈岛隔海相望，受到匪徒不断骚扰。在一年多的剿匪斗争中，先后有20多名村干部、民兵及家属被杀害甚至活埋，与许秀同从游击队去剿匪的两位战友也牺牲了。许秀也多次与死神擦肩而过。他们乡政府两次遭到土匪包围，许秀晚上休息时，总把驳壳枪子弹上膛放在枕边，还把4个手榴弹捆在一起，露出引线放在身边。一旦情况紧急，他就准备与敌人同归于尽。

经过一年多的反复斗争，到1951年冬季，当地完成了土改，也终于完成剿匪反霸任务。就在那年年末，许秀第一次提出入党申请。

抗洪抢险激励为人民服务的斗志

1952年，许秀被抽调到上海高级机械职业学校学习。1953年8月结业后，他被分配到天津拖拉机制造学校任教，兼任校团委副书记。

此时的许秀，怀着对加入中国共产党的美好向往，再一次提出入党申请。1954年1月31日，他被批准为预备党员。许秀清楚地记得那个激动时刻，他说："党

1987年7月，许秀（左一）到学校军训基地慰问参训师生和教官

组织批准我入党的那一天,在学校一间小小的会议室里,面向鲜红的党旗,我举起右拳,庄严宣誓,志愿加入中国共产党,为共产主义事业奋斗终身。"

这一年,正赶上天津遭遇特大洪水,海河水位不断上涨,漫过堤坝。许秀所在的学校离大红桥不远,市防汛指挥部给学校下达了一段约200米长的河堤防护任务。学校派许秀担任由100多名师生组成的抗洪突击队队长。他每天组织大家装填沙袋,运到河堤上加高加固河堤。时逢盛夏,暴雨不断,个个成了泥人。大家肚子饿了,抓起学校送来的馒头夹咸菜就吃;困得不行了,就地坐下打个盹儿。突击队奋战了50多个昼夜,圆满完成了抗洪抢险任务,突击队受到上级表扬,许秀被评为"天津市防汛模范"。1955年1月,许秀按期转正,成为一名正式党员。1956年,他响应党的号召,考取了北京钢铁学院冶金系,从此在高校工作多年,直至1992年在北京建筑工程学院党委书记岗位上离休。

给青年人讲好革命故事

离休后,许秀身体力行做好社会工作。他说:"我刚离休,就有一所民办大学聘请我去担任领导工作,待遇优厚。说白了,就是要利用我的人脉办一些难办和不能办的事。我谢绝了。党和人民已经给了我优厚的待遇,我应该多做一点对社会有益的义务性工作。"

许秀接受北京市高等教育研究所的聘请,担任兼职研究员，并参加了《北京市高等教育志》编撰工作。他还受聘担任市老干部局工作监督员、老干部理论学习研讨班成员、《北京老干部》

2011年6月，许秀在"坚定信念跟党走"座谈会上作主题发言

杂志特约评刊员等工作。2001年，他当选为学校离休干部党支部书记，连任三届（10年）。其间他带领支部获得"全国离退休干部先进党支部"称号。

80岁后，许秀投身基层党建和志愿服务工作，把活动重点放到居住的街道社区，担任了社区党员课堂教员、社区居民调解委员会理事。他和另外两名老党员发起成立的"社区读书社"，8年来坚持开展活动，被朝阳区评为"老党员志愿者先锋队"，许秀被东湖街道工委评为"最美东湖志愿者"。党的十八大以来，许秀先后在机关、社区、企业、大中小学宣讲近百次。他每天坚持政治理论学习，撰写读书笔记800多篇（段），文章近百篇。在庆祝中华人民共和国成立70周年之际，在北京市老干部局"初心讲堂"和冬奥会志愿者党员活动日，他结合自身经历宣讲革命传统故事10多次。2020年，新冠肺炎疫情期间，许秀在《中国老年》《北京老干部》等刊物发表近10篇文章，还参加了北京人民广播电台、北京

2013年，许秀被评为北京高校"学习之星"

电视台的直播节目。

2021年2月18日，习近平总书记给上海市新四军历史研究会的百岁老战士们回信，向他们致以诚挚问候和美好祝福，并鼓励大家发挥政治优势，利用庆祝我们党成立百年的契机，给青年人讲好革命故事，宣传优良革命传统。学习之后，许秀深受鼓舞，他说："我们离休干部要担负起这一光荣的历史责任，讲好中国共产党的故事，不辜负习近平总书记的殷切期望。"

采访结束，我们恋恋不舍地告别了许秀。他凝视着我们离去，眼中充满对年轻一代的深切期望。

（执笔：张莉　秦岭　班松梅）

王佩英
共产党员走到哪里都是一束光

王佩英，女，汉族，北京人，1952年4月出生，1969年8月参加工作，1971年3月加入中国共产党。北京嘉捷源技术开发有限公司（嘉捷集团）创始股东、人力资源总监，嘉捷科技园党委副书记，嘉捷集团党支部书记，高级工程师。曾获北京市科技进步三等奖，被评为大兴区、北京经济技术开发区优秀共产党员，北京市社会领域优秀党务工作者。

"共产党员集聚起来就是一团火，散开来就是满天星，走到哪里都是一束光，照亮前程，点燃人心。"这是王佩英在培训和演讲中经常说的一句话，这也是她本人的真实写照。

为企业立根铸魂

"我是负责人力资源工作的，从一开始就注重企业文化和党建的深度结合。经过20多年的发展，嘉捷集团形成四大业务板块，包括军工、物联网、生物医药和科技园区建设与服务，在北京经济技术开发区（以下简称经开区）建有3个工业园区。我们现有2000多名员工，同时企业里的党员队伍也在不断壮大。嘉捷实现了企业发展强、党建强双赢。"王佩英颇为自豪地说。

淡泊名利　无私奉献

见过王佩英的人，都会对她干劲十足、精神饱满的状态留下深刻印象。王佩英说，自己打小就这样，如果从根上挖，那就是上好人生第一课，树立正确的人生观。

王佩英出生在新中国成立初期，从小接受爱国、爱党教育，品学兼优。她曾作为少先队员代表参加在人民大会堂举行的少先队成立15周年大会，受到中央首长和北京市领导的接见。在观看大型音乐舞蹈史诗《东方红》后，王佩英心情激动得久久不能平复。她坦言，那时候自己就坚定信念，要成为一名共产党员。

1971年3月，正在黑龙江生产建设兵团工作的王佩英光荣地加入中国共产党。

2000年，王佩英放弃稳定的工作，开始创业。创业之初，她就向大家提出，虽然我们是民营企业，但一定要成立党支部。她说："我们刚刚创业，要用党的优良传统和作风为公司立根铸魂。"当时，企业的4位创始人都是共产党员，大家一致通过了这个提议。很快，上级党组织批准他们成立了党支部。

那时候，建立党组织的民营企业凤毛麟角。一名员工应聘时激动地对王佩英说："我是党员，没想到一个初创的民营企业建立了党支部。我终于找到组织了！"

敢打硬仗，能打胜仗

公司要长远发展，一定要用公司的愿景和文化吸引、凝聚人才。王佩英提出，嘉捷的价值观是"用最好的产品回报社会，为自己和家人创造幸福"。创业初期，公司办公楼一进门的墙上，就张贴着这句话。

嘉捷公司的愿景、价值观和企业文化氛围吸引了大批志同道合的精英加入。

2016年6月，王佩英给职工讲授企业文化课程

清华EMBA毕业、在大企业做过总经理的李彬，到嘉捷应聘后感慨地说，一进嘉捷的门就感受到了公司的与众不同。与王佩英交谈后，他说，虽然薪酬不如预期，但他依然愿意加入这个有情怀的团队，共同发展。加入嘉捷公司后，李彬成为党支部培养发展的第一批党员。如今，李彬是嘉捷恒信能源技术公司董事长、总经理，还是党支部书记，更是嘉捷集团军品产业的领军人物。他带领的团队中90%以上干部都是共产党员。这个团队敢打硬仗、能打胜仗，是第一批为国防主战场提供产品的民营企业之一。

"公司发展的愿景是打造百年基业，报效祖国！"王佩英说，"这不是一句口号，要实现这个愿景，我们的方法是把党的工作和企业文化深度结合。"创业初期，每周三下班后，王佩英都要组织全员培训。她在课堂上不仅带头讲党课和企业文化，还发动和组织干部讲管理、沟通、执行力、职业技能等课程。在王佩英的推动下，

淡泊名利　无私奉献

正风、正气、正能量在嘉捷公司持续扩大。

"嘉捷公司的党组织和党员在企业发展的关键时刻发挥了重要作用。"王佩英说。在企业发展资金遇到瓶颈时，是党员高翔带头将自己刚卖掉房子的钱全额交给公司使用，在他的带动下，员工们积极为公司筹集资金，共同帮助公司渡过难关；公司决定南下开拓业务，是党员带头攻坚克难打出一片新天地；军品项目需要研发技术人员去外地进行设备联调，是几名党员主动站出来，带头离家，几个月连续作战，圆满完成任务。有困难找党员，有问题找组织，有困惑找王佩英，在嘉捷公司形成共识，明确的愿景和良好的文化氛围使得团队形成了凝聚力和战斗力。

嘉捷学堂聚红心

多年来，王佩英在党建和企业文化的深度结合上不断探索，积极开拓创新。

2013年12月，嘉捷企业汇党总支成立，这是经开区成立的第一家园区级党组织。党总支要为科技园95%以上的企业提供服务。王佩英说："没有经验可以借鉴，我们就自己探索创新。我们创办了嘉捷学堂，运用市场化运营模式，组织各种培训、沙龙活动，吸引园区企业业主、广大职工前来学习提高，活动地点就选在我们的党员活动室。"在集团的支持下，从策划活动，到邀请授课教师、布置会场，王佩英事无巨细带头做好每项工作。

就这样，一课接着一课，嘉捷学堂越办越红火。王佩英欣喜地看到，园区内越来越多的企业愿意开展党建工作。嘉捷学堂也逐渐成为企业员工成长的助推器和党建工作的宣传阵地。

2021年4月，王佩英在其创办的嘉捷学堂留影

几年来，嘉捷学堂组织管理培训、技能培训、专题研讨、沙龙讲座、大型峰会论坛等300余场，党建大讲堂、党史讲座、国内外形势宣讲200余场。专家、学者的精彩授课，得到企业员工们的热烈欢迎。园区内建党支部的企业越来越多。园区提交入党申请书的人越来越多，更可喜的是园区企业的高管们纷纷递交了入党申请书。嘉捷学堂创办的公众号、"马哲读书会"和《红色星火》期刊也赢得了企业和员工的好评。

在嘉捷学堂发展中，王佩英有了新的想法：在经开区人力资源这个领域发挥更大的作用，把自己近30年人力资源工作的经验和党建工作的心得分享给大家。

在王佩英和同事的努力下，2020年8月，"北京经济技术开发区人力资源经理协会"被经开区社会事业局批准，上报北京市民政局备案后，正式成立了。王佩英被推选为首任协会会长，嘉捷学堂任秘书长单位。10月，王佩英在经开区人力资源经理峰会上发表演讲。她深度

2018年6月,王佩英(左三)参加开发区企业党委活动

剖析了人力资源工作的本质和使命,生动介绍了嘉捷集团立根铸魂的发展历程,她的演讲成为峰会的热点之一。王佩英表示,协会将与会员单位一起努力,共同书写经开区人力资源工作的新篇章。

在党50年,奋斗半世纪。王佩英说:"为党和国家做贡献是我终身奋斗目标和使命。我时刻牢记自己是一名共产党员,永远铭记我的誓言。这就是我不断前进的内驱动力!"

(执笔:李军辉 张蕾磊)

陈素卿
做一块闪光的"砖"

陈素卿，女，汉族，北京人，1939年11月出生，1958年5月参加工作，1960年3月加入中国共产党。北京市原密云县副食品公司退休干部。曾在密云县城关镇供销社、石匣公社、高岭公社、商业服务公司等单位工作。曾被评为北京市"群众心目中的好党员"、"身边雷锋·最美北京人"、北京市社会领域优秀共产党员。

每周四上午，陈素卿都会准时出现在密云区果园新里北区，和老姐妹们一起在社区值守巡逻。遇到街坊邻居，她都会自然而然地说上一句："有什么困难，随时来找我。"

每次出门巡逻前，陈素卿必做的一件事就是郑重地佩戴上党员徽章。她说："我只是一名普通党员，没做过什么轰轰烈烈的大事。入党61年来，我始终牢记党员身份，认真做好每一件事，积极帮助身边每一个有困难的人。"

"党圆了我的读书梦"

陈素卿是地地道道的密云人，出生在密云古北口一个贫困家庭。因生活所迫，大姐做了童养媳，三姐送了

淡泊名利 无私奉献

人，剩下她和二姐相依为命，吃顿饱饭成了陈素卿当时最大的愿望。说起这段经历时，她潸然泪下。

1948年11月，古北口刚刚解放，败退的国民党军队仍不时打枪放炮进行破坏，村里常能听到枪炮声。那时，陈素卿觉得二姐神神秘秘的，经常半夜才回家。后来才知道，二姐是共产党员，在农会秘密开展工作。二姐也鼓励陈素卿走出家门，多参加农会组织的活动。"二姐支持我参加农会组织的儿童团。她带领妇女开会的时候，我就组织小伙伴们站岗放哨。"陈素卿说。

陈素卿从小渴望读书，但她的父母受传统观念束缚，认为女孩子早晚都得嫁人，上学没用，陈素卿只好一直留在家里干农活。"感谢党解放了古北口，我才有机会上学。"陈素卿说。小学毕业后，父母仍旧反对陈素卿继续读书。在班主任和二姐夫的帮助下，陈素卿考取了密云二中，成为学校的第一批学生，学校还给她发放了助学金。陈素卿眼含泪水说："是共产党圆了我的读书梦。我从小在内心深处就一直感激党、敬爱党、拥护党。"

初中毕业后，陈素卿回到古北口，在小学做代课老师，后被推荐到密云县城关镇供销社工作。因为

1960年，陈素卿（前排左三）参加密云城关中心商店女子篮球队时留影

工作积极主动，供销社经理杨述堂和沈长鸿两人向组织推荐陈素卿去北京财贸干校参加培训，并介绍她加入党组织。"我在财贸干校学习了统计专业知识，也学习了党的基本知识，我对党的认识更深了，天天盼着能成为一名共产党员。"

1960年3月3日是陈素卿入党的日子，她一辈子都记得当时的情景："我站在党旗前，庄严地举起右拳进行宣誓，心情特别激动，眼泪也不由自主地流了出来。那一刻，我就下定决心，要一心一意一辈子跟党走，党叫干啥就干啥。"

"把'为人民服务'这5个字刻在脑子里"

从1958年5月参加工作，到1993年3月正式退休，陈素卿在城关镇供销社、石匣公社、高岭公社、高岭供销社、商业服务公司、副食品公司等单位都干过。陈素卿笑着说："我换了好几个单位，都是组织上决定的。对工作调动，我就一个原则：听党的话，组织安排我去哪我就去哪，从不考虑个人得失，不带个人情绪。"

1984年，陈素卿被抽调到密云县城关派出所户籍科负责户籍信息整理、第一代居民身份证制作工作。第一代居民身份证是15位编码，上面包括姓名、性别、民族、出生日期、住址等多项信息，所有信息都需要分类查对核实。"那时候，不像现在技术这么发达，很多信息都得靠手工书写登记。为了保证信息的准确性，每一个

1984年，陈素卿（左）与单位同事工作时留影

身份证我都逐一记录、反复核实。"

由于居民人数多、任务量大，为了保证按标准、按期限完成工作，陈素卿主动加班加点干。当时，丈夫还在大庆油田工作，家里子女也多，陈素卿就家里、单位两头跑，从没因为个人的事耽误工作。"我感觉我们那个年代的很多人都把'为人民服务'这5个字刻在脑子里，都认为工作最要紧，不管组织交给什么样的任务，只想着好好完成、尽快完成，从不叫苦叫累，觉得这是应当的事。"

陈素卿后来被抽调参加商业部门史志资料的收集整理工作，一干又是近两年。"我是革命一块砖，哪里需要往哪搬。"在陈素卿身上，可以清晰地看到"一块砖"精神：服从组织安排，听从单位指挥，在革命工作需要的地方闪光。

"我不能辜负群众对党员的信任"

退休后，陈素卿没闲着，总琢磨着找点事做。她说："我是党员，就是不上班了，也不能在家待着，应该为社区、为群众做点什么。"陈素卿找到居委会，表达了自己的心愿。从退休的那个月起，她就担任了楼门长，至今已有近30年时间。

楼门长干的事儿都比较琐碎，却和居民生活息息相关。比如出楼门板报、到居民家里发通知、了解各家各户情况等。在陈素卿看来，干好这些事没啥技巧，就是细心、真心加耐心。"这么多年了，居民对我比较信赖，油盐酱醋、家长里短的事情都来找我。只要是我能办到的，我都尽力而为帮着解决，实在解决不了的，就帮大家伙儿向居委会反映，做好沟通协调工作。"

果园新里北区是老旧小区，居民对小区环境不满意，经常抱怨路面坑洼不平、卫生脏乱差。"我知道解决这些问题有难度，但拖的时间长了，大家的怨气会越积越大。作为一名共产党员，应该迎难而上，尽心尽力地为群众办好事、办实事。"陈素卿说。她一方面耐心细致地做居民的思想工作，劝导大家理性反映问题；另一方面，在每次社区召开议事会时，她都会提出这些问题和解决建议，甚至天天往社区党组织书记、居委会主任办公室跑，反复沟通，争取支持。"经过几番周折，污水主次管道都更换一新，小区路面铺齐了，环境整洁了，居民对我的工作也更加认可了。"

陈素卿退休近30年，在社区义务服务近30年。其中做得最多，也让她最骄傲的，是这么多年来一直坚持帮助社区内的孤寡老人。陈素卿先后帮助过13位老人，隔三差五就到老人家里探望，给他们理发、买菜买药、量血压、打扫卫生，陪他们聊天，过年过节还送些生活

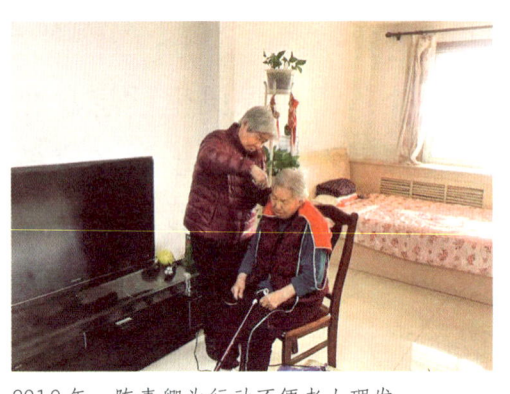
2019年，陈素卿为行动不便老人理发

用品。91岁的独居老人张奇超是陈素卿长期照顾的对象。每当遇到困难，老人首先想到找陈素卿解决。有一次，她家卫生间管道堵了，陈素卿接到电话马上赶来，想了很多办法效果都不好，她干脆直接跪在地上用手去淘堵塞的杂物。半个多小时后，管道终于疏通了，陈素卿的膝盖因为跪的时间太长，已经不能伸直。干活的时候，陈素卿根本没有考虑到自己也是快80岁的老人了。

"群众找我解决问题，是对我、对党员的信任，我不能辜负了这份信任呀。"陈素卿告诉我们，自己受党教育多年，轮换过多个岗位，但是总觉得自己做得还不够。她说："我不仅要一直坚持对党忠诚，坚定不移跟党走，还要竭尽所能帮助群众，做一块闪光的'砖'。"

（执笔：任征　王喆　孙括航）

田玉生

我要替牺牲的战友继续为党奉献

田玉生，男，汉族，河北人，1927年10月出生，1947年6月参军入伍，1948年6月加入中国共产党。原北京市磷肥公司副经理。曾任班长、排长、连长、作战参谋。曾立三等功4次。获解放奖章、和平鸽纪念章、中国人民志愿军抗美援朝出国作战70周年纪念章。

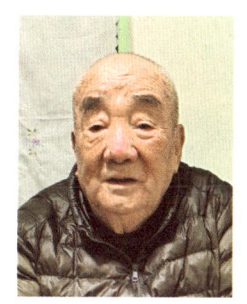

74年前，他是晋察冀野战军的突击队员，机智顽强，英勇善战，屡立战功；70年前，他保家卫国，除夕夜跨过鸭绿江，带领尖刀连将尖刀直插敌人"心脏"，在铁原阻击战中身负重伤，仍拼死坚守阵地96小时……

2021年春天的这次采访，打开了93岁离休干部田玉生尘封已久的记忆。老人的讲述把我们带回到那段热血澎湃的峥嵘岁月，让我们看到了这位老战士矢志不渝为党奉献的闪亮初心。

"只要跟着共产党，我就浑身是胆"

1947年6月，19岁的田玉生参了军，成为晋察冀野战军第三纵队八旅二十四团二连的一名战士。

在田玉生的记忆里，自己参加的第一场战役——保

淡泊名利　无私奉献

北战役,一打就是12天。1947年6月25日,为策应解放军在东北战场的作战,晋察冀野战军向国民党军队发起进攻。到7月6日,野战军拔除了田村铺至北河店间铁路沿线的国民党军队各据点,歼敌8200余人。战斗中,子弹从田玉生身边呼啸而过,炮声、爆炸声震荡着这个年轻人的心,他第一次感受到为了新中国奋勇冲锋的澎湃激情。讲起战斗经历,田玉生说:"只要跟着共产党,我就浑身是胆!"

此后的战役中,田玉生一次次冲锋在前。1948年3月,张家口化稍营攻城战打响了。城东门刚被炸开,作为突击队员的田玉生就冲上去,和战友们死死拖住敌人,掩护主力部队进攻,一举歼敌一个团。"战斗接近尾声时我才发现,自己满脸是血,原来是弹片把我的头皮削掉了一块……"田玉生指着自己的头说。

在战争的磨砺与洗礼中,一年时间,田玉生已成长为一名坚定的共产主义战士。1948年6月,他成为一名光荣的共产党员。

田玉生随部队转战各地,夺取了一次次胜利:急奔百余公里,蹚过刺骨的桑干河,在新保安战役中消灭国民党王牌军第三十五军;冒着枪林弹雨,攻下敌人500多个碉堡,取得太原战役的胜利;

1960年,田玉生在部队留影

越峻岭涉黄河，在兰州战役中打败曾经不可一世的马家军……

"伤疤是我一生的荣耀"

谈起抗美援朝战争，田玉生激动地说："当年我跨过鸭绿江的时候，就抱着保家卫国的誓死决心，战场上我从来就没怕过。"1951年2月，时任解放军第六十三军一八八师五六四团一连连长的田玉生，在除夕之夜踏上了抗美援朝的征程。

部队到达朝鲜临津江附近时，面对敌军设防坚固的临津江防线，作为尖刀连连长的田玉生，趁夜色带着通信员潜入临津江，摸清敌情，制订了周密的渡江方案。4月22日晚，战役打响，田玉生带领尖刀连率先冲锋，快速过江，为后续部队开辟登陆场。仅用了十几分钟，一八八师已全线突破临津江，敌人沿江防线迅速瓦解。

敌军节节败退，志愿军乘胜追击，一路打前锋的田玉生已连续作战一个多月。这天，部队行至禾也山，美军在山上布下一个连的兵力，封锁了交通要道。田玉生奉命拔掉这颗"钉子"。面对枪炮精良、武装到牙齿的美军，他决定智取。晚上，他率领队伍兵分两路，一路从正面佯攻，主力则绕至山后，将"尖刀"插入敌人背后，顺利拿下了禾也山。

正当疲惫至极的志愿军准备休整时，敌军开始反扑，6个师悄悄逼近。第二天上午，田玉生带领连队登上无名山，火力阻截敌人，掩护大部队。激战良久后，田玉生得知大部队已安全撤离，刚松了一口气，准备撤离，不料一颗炮弹飞来，他被震得昏了过去。

醒来时，田玉生发现敌军大部队已渡过北汉江，正在夜色中行进。除了身边仅剩的40多名战士，漫山遍野全是敌人。他暗地观察，雨季敌人都披着斗篷，他便让战士们把从禾也山缴获的敌军斗篷穿在身上，巧妙地与敌人擦肩而过，安全撤离。

当田玉生他们追上大部队时，志愿军第一八九师正在铁原修筑工事。此时，敌军4个师已逼近铁原，企图切断志愿军回撤之路。第六十三军临危受命阻击敌人，坚守铁原。

"那一仗打得太苦了！"提起铁原阻击战，田玉生感叹道。5月30日凌晨，隆隆炮声震碎了铁原的宁静。敌人一个小时内向志愿军阵地倾泻了4000多吨炮弹。

6月4日拂晓，田玉生所在的第一八八师奉命坚守阵地。当时，敌军向志愿军阵地疯狂进攻。在猛烈的炮击声中，敌军黑压压的钢盔一片又一片，像蝗虫一样向志愿军阵地卷来。激战中，二连连长不幸阵亡，田玉生同时指挥两个连，打退敌人数次进攻。

突然，田玉生感到一股热流从腹部涌出，他低头一看，原来腹部被弹片划开了一条十几厘米长的口子，鲜血汩汩地冒出来。他撕下一块布往伤口上一缠，继续指挥战斗。就这样，他和战友们拼死坚守了96个小时。任务完成时，田玉生所在的阵地只剩下12人。

身负重伤的田玉生被送往后方治疗。伤愈后他再次回到朝鲜战场，直至战争胜利后回国。回首往事，田

1986年1月，田玉生（右二）赴大兴磷肥厂参观调研

玉生说："伤疤是我一生的荣耀。但我从来不觉得自己是英雄，真正的英雄是那些长眠在战场上的战友。我活着，就是要替牺牲的战友继续为党奉献。"

"军人就得一切行动听指挥"

"父亲是军人出身，一切服从组织安排，党让干什么就干什么，党让去哪里就去哪里。我印象最深的就是，随着父亲工作调动，我上学期间换了5个学校。"田玉生的大女儿田素军说。

1976年，田玉生转业到北京市磷肥公司，负责磷肥等物资采购。虽然转业到地方，可田玉生依然是军人作风，工作为重、服从安排，从不讲条件。当时，南方的磷肥质量好，他需要经常出差去采购，无暇照顾家里。直到田玉生离休，儿女们才有机会经常和父亲聊聊天。一次，田素军问父亲："您那么能打仗，为啥去搞后勤？"田玉生回答："军人就得一切行动听指挥。"

艰苦朴素是军人本色，也是田玉生的生活写照。他

2021年4月,田玉生向记者讲述参加战斗的情景

不但自己如此,也这样要求儿女。孩子们穿的棉袄,里子都是用一片片碎布拼接的,姐姐穿小了,再给弟弟妹妹穿。田素军记得,她上初中时,学校离家有段距离,同学们都坐车上学。可是,父亲却对她说:"你是军人的孩子,得发扬艰苦朴素的精神,走路上学吧,还能锻炼身体!"

对子女严格要求,对有困难的人,田玉生却总是慷慨解囊。那时,他经常用自己的工资接济困难的乡亲。谁家房子漏水了,他出钱找人修;谁家孩子上不起学,他捐助学费。这么多年,田玉生帮了多少人,他自己也记不清了。90岁生日那天,前来祝寿的人挤满了老人的家……

(执笔:苏秋芳 谭梦)

代明武
做永不生锈的螺丝钉

代明武,男,汉族,河南人,1938年10月出生,1959年1月参军入伍,1961年3月加入中国共产党。曾任原炮兵三十四师政治部运输场排长、后勤部装备科副科长、后勤部修理所汽车修理技师、副所长、运输科科长(副团职)。曾立二等功1次、三等功3次。

2021年初春的一天,在平谷区金海社区举办的庆祝中国共产党成立100周年活动中,83岁的代明武朗诵了一首自己创作的诗歌,抒发对党的深情:"党啊,伟大的党,一百年的沧桑,一百年的辉煌。党啊,伟大的党,你是中华民族的救星,你是神州大地的太阳。你是改革开放的灯塔,你是社会主义的领航。永远跟党走,忠诚于党,做一颗永不生锈的螺丝钉!"

代明武退伍不褪色,退休不退志,至今仍在发挥着自己的光和热。

勤学苦练多面手

1959年12月,代明武一入伍就被分配到位于河北三河的解放军某汽车运输连,从事汽车维修工作。

淡泊名利 无私奉献

刚从农村走出来的代明武，连普通汽车都没见过几次，更别说各种军车了。一双拿锄头的手，拿起图纸就头晕，经常拆下零件不知怎么装回去，没少挨批评。他一度怀疑自己不适合修车，但转念一想，路是自己选的，兵是自己当的，哪能半途而废呢？

白天，他像尾巴一样追着技术好的老前辈，走哪问哪；晚上，别人休息时，他借着微弱的灯光独自琢磨。很快，代明武的修车技术有了很大提高，也逐渐爱上了修车。他还总结出了一套口诀——"一听二看三估摸"：一辆车从面前驶过，就能大概听出哪里出了问题；看一眼有异响的地方，就知道应该怎么修；检查后告知司机修好需要的时间，绝不超时。不少人发现，别人修完的车常常布满灰尘和脚印，但代明武修完的车总是干干净净的。代明武还自学了自行车、钟表、电器等其他修理技能。战友们都称他为"多面手"。

除了修理故障汽车外，代明武还经常给汽车体检。有人不愿意配合，觉得定期检查耽误时间。代明武认为，车就像人一样，不能等到病了才治，他说："为咱国家和党办事不能怕麻烦，更不能偷懒！"

有人劝他，汽车有了毛病可以慢慢修，这样大家都能多休息一会儿。面对这番"好意"，代明武说："有句话叫'参军入伍跟党走，敬业奉献报党恩'，我是一名军人，又是共产党员，必须按时完成组织交给我的任务。干工作就得一根筋，要用心不能用心眼。要不我就是给咱党、给咱当兵的抹黑哩。"

见义勇为活雷锋

1965年年初，代明武所在部队在河北兴隆县的一条河上修铁桥。此时已是天寒地冻，为了方便架设桥墩，部队把河面冰层破开一大片，露出深不见底的河水。1月6日这天，一名男子骑自行车从修桥工地路过，不慎滑落水中。他不会游泳，在水里拼命挣扎。代明武看见了飞奔过去，跳入冰冷刺骨的河里，把手伸给对方。落水男子一把抓住代明武胳膊不放，把代明武拖入深水中。代明武挣脱后，又从背后抓住对方衣服，使劲把他拽到浅水处。

1965年，代明武（前排左三）和战友们在天安门广场合影留念

这时，代明武的棉裤里灌满了冰水，整个人冻得直打哆嗦。见附近陆续有人赶来救援，代明武喘了几口气，又跳入水中捞起落水男子的钱包。就在代明武准备第三次跳入水中时，有人拉住他说："大冷天的，你不要命啦？"代明武扭身又跳下水，捞起了自行车。"我当然知道命重要。可是在那个年代，自行车是家里的大件，车没了，日子不好过。"代明武说。

代明武三次下水救人捞物的英雄行为，被传为佳话。兴隆县有关部门给代明武所在部队送去一面锦旗，《北京

1978年，代明武在部队时留影

晚报》还做了专题报道。

改革开放初期，汽车产业蓬勃发展，汽车修理成为热门行业。因为汽车修理技术过硬，代明武在当地颇有知名度。1985年退休时，很多汽车修理厂邀请他去上班。代明武选择了离家近且待遇优厚的一家。他对老伴说："以后让你过好日子。"

一天，某部队崔政委找到代明武，告诉他某军械部希望找个技术老兵开展"传帮带"，他就推荐了有经验、技术又好的代明武。

代明武爽快地答应了。崔政委知道他的脾气，但也提醒他回去好好做家人的思想工作。回到家，代明武把这件事告诉了老伴，说："组织上需要我，我还能说什么？就得往前冲。"老伴明白代明武的心思。她说："都听你的，谁叫你是党的人呢！"

代明武来到军械部后，什么活都干，什么活都干得好，一干就是14年。

1999年，代明武正式办理退休手续，结束了长达27年的军旅生涯。但没过几年，老伴就因积劳成疾患了癌症。老伴弥留之际，代明武流着泪说："老伴啊，这辈子苦了你了。你是我的大英雄，下辈子我再好好陪你！"

社区服务热心人

别看代明武今年都80多岁了，他可是社区活跃分子。平日里，扫雪铲冰、疫情防控、桶前值守等都能见着他。他还是社区居民代表，经常参加居委会组织的活动，负责社区老年活动站，从开门关门到打扫卫生，全都亲自干。

老李长期在外地工作，退休后总是一个人闷在家里，很少主动跟周围人打交道。家里人劝他出去溜达溜达，找人聊聊。老李说："人不熟，和谁聊？"他也不擅长娱乐活动，别人下棋、唱歌，他远远地瞧着。时间长了，老李就变得有些孤僻。家人担心他的心理状况，只好求助于社区服务站。

代明武知道后，老远就跟老李打招呼，邀请他来服务站坐坐，教他下象棋，给他讲部队故事。老李终于有点变化了。有一次，代明武帮服务站修理柜子门，路过的老李见状，把螺丝刀抢过来，边修边数落："老代，你不是腿疼嘛，自己都'修理'不好还修门？赶紧坐那儿歇着吧。"见老李肯主动开玩笑，代明武觉得自己这段时间的努力没白费。

老李逐渐熟悉了社区里的人，也常常跟着一起参加志愿活动，整个人都开朗了。代明武乐呵呵地说："把开心的不开心的事儿都聊出来，开心的一起笑，不开心的彼此劝劝，说开了比憋着强。一个小区住着，就得像

2020年10月，代明武桶前值守

一家人，你高兴我也高兴。"代明武编了一个顺口溜，常念给大家听："有事只管说，别想那么多。对了咱共勉，不对当没说，别往心上搁！"

代明武还担任"社区矫正工作志愿者"和"滨河街道党风廉政监督员"，热心社区服务工作。

前几年，代明武的名字上了北京市人民政府军队离休退休干部安置办公室出版的《功臣名录》，他赶紧把这本名录藏在书柜角落，对儿女说："要歌颂党，少显摆自己。"

（执笔：山星脉　王静宇　王新伟）

武翠英
点绿荒山的"铁娘子"

武翠英，女，汉族，北京人，1941年4月出生，1961年9月参加工作，1965年12月加入中国共产党。北京市密云水库管理处退休干部。曾任北京市密云水库林场溪翁庄苗圃育苗员、班长、副主任，园林所林业队副队长、园林所党支部书记。曾被评为北京市农林系统劳动模范、密云水库管理处优秀共产党员。

碧波荡漾，绿树成荫，当我们置身于密云水库绿水青山环抱的壮美景色时，就领略到了"绿水青山就是金山银山"的要义所在。一代代密云水库人像爱护自己的眼睛一样守护着被习近平总书记称为"无价之宝"的密云水库，武翠英就是这个群体的优秀代表。一提起她，密云水库管理处的老同志们没有不知道的，都称赞她是点绿密云水库荒山的"铁娘子"。

为绿荒山育幼苗

出生在密云的武翠英，年少时就被华北地区第一大水利工程——密云水库所震撼，所吸引。她立下志愿：要到密云水库去工作。1961年9月，武翠英从农校毕业后来到密云水库，在这里扎下了根。1965年12月，武翠英因表现优异，光荣入党。她更觉得自己有使不完的劲儿，在生活、工作中不怕苦、不叫累，处处带头，一干就是一辈子。

由于长期开垦、人为活动的破坏和自然灾害，密云水库四周群山光秃秃的，每逢刮风就沙尘弥漫。当地流传着一段顺口溜："荒山野岭树木少，乱石交错只有草，兔不拉屎鸟难见，狂风裹土四处飘。"为了保护密云水库，党和国家要求造林绿化荒山，改善库区环境。这些要求激励着每一个密云水库人。武翠英暗下决心：一定要把水库四周的荒山点绿。

起初，武翠英被分配到溪翁庄苗圃工作，主要任务就是育树苗。这个活儿看起来轻松，实则费心费力。武翠英说："育树苗就像咱们拉扯孩子一样，必须全身心地投入，因为这是个技术含量非常高的活儿。从耕翻平整土地、选择种子秧苗，到间苗修枝、浇水施肥、耪地除草，每个环节都不能疏忽。拿耪地来说，一蹲就是一天，甚至连续几天，那腰酸腿疼的滋味，是难以想象的。"每天到了收工的时候，武翠英的腰好像折了一样直不起来，双腿像灌铅似的挪不动窝儿。

1989年4月，武翠英（左）与同事在密云水库管理处张家坟水文站参观时留影

春季育苗、秋雨季造林、冬季积肥是林业工作的时间表，在那个主要靠人力为主的年代，武翠英把自己当成一个男劳力。"林场的活儿我会干、要干、必须干。"耪地的锄头，她总是拿最大的，铆足劲儿冲在前面，她说："我膀大腰圆，就适合耪地。"大家都知道她在带头给大家鼓劲儿。捡粪的筐，她也总是背最大的。武翠英清楚地记得，1963年，苗圃每亩育苗40万株，为了确保成活率，需要提供足够的肥料。那时候还没有化肥，需要大家满山遍野、走村串巷去捡粪。有一次捡粪时，有个老乡说她："大姑娘家家的，满世界找着捡粪，也不怕人家笑话，亏你还是吃'皇粮'的，怎么还干这个？"

捡粪还是个又苦又脏的活儿，一个冬天下来，手都生了冻疮。风干的牛粪、马粪还好捡，也不怎么脏，可碰到湿的猪粪，那可是又稀又臭，装到粪筐里顺着缝隙往下淌。武翠英不嫌脏不嫌臭，她说："我是土生土长的农村人，干过这活儿，这些粪可都是宝贝呢！"

翻山越岭种树忙

从密云水库林场溪翁庄苗圃育苗员、班长，到园林所林业队副队长，再到园林所党支部书记，在每个岗位上，武翠英都是巾帼不让须眉，每项工作都抓得响当当。她像上满发条的时钟，一刻不停地运转着，为密云水库绿化事业奉献着。

水库周边群山，海拔高低起伏，不用说当时没有大

2003年，武翠英在密云水库大坝留影

机械作业，就是有车拉树苗，有挖掘机挖坑，山上也没有道路可通行，只能靠人背肩扛。林业工人早上开工没有时间，天一亮能看见树苗了就开工，天黑看不见树苗才收工回家，晚上还要参加场里组织的学习。武翠英早期和爱人两地分居，孩子往往要拜托同事帮着照顾。孩子5岁那一年，出现了尿血的症状，附近的医院治不了。同事和她一起把孩子送到了她爱人所在部队的医院住院治疗。当时正值秋季造林的最佳时机，武翠英把孩子放在医院，连夜赶回场里，带领大家投入到造林工作中。没想到，第二天，她爱人也要因公出差，孩子只能由一名战士照顾。

虽然心里惦念着孩子，但武翠英每天还是披星戴月、早出晚归，移苗，背苗，栽苗……背起10多斤重带着土坨的树苗，走上几里甚至十几里山路。一路上，她不知摔了多少个跟头，双手、胳膊、脸上、脚脖子，被酸枣树刺划得白一道红一道的。出汗后一浸，钻心地疼，脸上的汗水混着泪水流。孩子病愈出院后，看着孩子那消瘦的小脸、眼里含着的委屈，坚强的武翠英哭了，她觉得自己太对不起孩子了，抱着孩子久久不愿放下。

耪地、育苗不分男女，时刻干在前面的武翠英似乎忘了自己女人的性别。3年中，武翠英因为繁重的体力劳动3次流产。医生警告她，再这样下去，以后要孩子就困难了。同事们心疼她，劝她不要再拼命了。武翠英一直想要个闺女，但这个心愿没能实现。每当看到遍山青翠，她也很宽慰："满山遍野的林木就像自己的孩子。每当我看到一捆捆树苗被运往山上的时候，就像看见自己的孩子背着书包去上学那么高兴！"

1965年，溪翁庄苗圃油松苗亩产达到了40万株，并且成活率高、质量好，被评为北京市农林系统先进单位，武翠英也被评为北京市农林系统劳动模范。

守护青山一辈子

无论作为育苗员，还是作为班长、队长、党支部书记，武翠英都有着铁一般的担当和自律。在同事们眼里，她还是亲切暖心的武大姐。

教育家叶圣陶的孙子叶三午是一名知识青年，"上山下乡"时来到造林队。1965年，在往山上运送树苗的过程中，叶三午不慎从山上滚落下来，脊柱严重受伤以致失去劳动能力。武翠英一直关心他，一次次为他送去组织的温暖。病休职工王师傅因高烧并发哮喘，武翠英时不时上门为他拆洗被褥、看望照顾，直到他去世。离休干部老牛的子女不在身边，武翠英就主动上门陪他聊天儿，帮他打扫卫生……她说："密云水库管理处就是家，

2021年，武翠英给青年团员讲述老一辈造林史

造林工人不易，我们的这个队伍一人也不能掉队，多为他们想、多为他们办实事，我心里才踏实。"

武翠英心里放不下密云水库周围群山里郁郁葱葱的山林。林业人最怕的是山火，而她一直把这些从一粒种子，到一棵幼苗，再到青山上茁壮生长的苍松翠柏当作自己的孩子，最担心这些林木有闪失，就像怕自己的孩子受到伤害一样。每年的清明节是林业人最紧张的日子。在职的时候，武翠英都带头上山，带领大家分组去看守坟头，劝阻上坟烧纸的人员。退休后，为了发挥余热，她成为老党员先锋队的一员，义务宣传保水护水、护林防火。在关心教育下一代、治安巡逻、防疫执勤、垃圾分类、助困帮扶、调解矛盾的现场，都活跃着武翠英的身影。"我要守着密云水库一辈子，要护着林木一辈子！"武翠英说。

（执笔：师凤艳　舒媛　王晓方）

卢书芹
跟党走的信念已经生了根

卢书芹，女，汉族，北京人，1932年2月出生，1946年7月加入中国共产党。北京市顺义区赵全营镇西小营村村民。新中国成立前，曾任原顺义县赵全营乡北郎中村妇救会主任、西小营村妇救会主任。2015年获得北京市妇女联合会颁发的"巾帼英雄老妇救会主任为了民族解放投身抗敌"锦旗。

春寒料峭之际，我们见到了89岁高龄的卢书芹。她身体硬朗、慈祥和蔼，走起路来腰杆挺直。交谈中，卢书芹反复提到，"日本被打败了，开心！共产党打败国民党，开心！"激动之情溢于言表，老人仿佛回到了青春岁月。

"入党就意味着要先进、要牺牲"

1946年，年仅14岁的卢书芹参加了村妇女救国会（以下简称"妇救会"），是年龄最小的成员。"那时候也不懂得多少大道理，就知道我们刚打败日本，很开心。听说参加妇救会就能帮助共产党打败国民党，彻底赢得革命胜利，我们的国家就会彻底解放，我就参加了。"卢书芹说。

淡泊名利　无私奉献

妇救会的工作很多，既有传递消息，也有为部队送粮送药，成夜缝补衣裳、赶制军鞋更是家常便饭。妇救会安排的工作，卢书芹做起来干劲十足。她说，那时候每天和姐妹们想的都是怎么能干得更快更好，怎么提高为部队送粮送药、送衣送鞋的速度。

每当接到上级通知，说要给前线准备物资，卢书芹和姐妹们就不分昼夜地忙活起来。冬天夜长，天寒地冻，她们在煤油灯下缝制军鞋，手都冻僵了。昏暗的灯光中，她们唱起了"妇女加入姊妹会，不怕辛苦和受累……"的歌谣，相互鼓励。卢书芹说，那时候没有一个人叫苦叫累。

为了确保粮食、药物、衣物能够及时送到部队，卢书芹和姐妹们常常后半夜出发，和部队接应物资的同志做好秘密对接工作。那时危险随时都有可能降临，但她们从来没有害怕过。"我们就想着，在前线的战士们更危险。"卢书芹说，那个时候做这些工作是保密的，她也从来没告诉家人。

卢书芹的儿子、儿媳告诉我们，老人就是这样的性格，做事儿只想着对集体利益有没有好处，从来不想自己，一辈子没变过，直到现在还是

2015年8月，卢书芹获北京市妇女联合会颁发的"巾帼英雄老妇救会主任为了民族解放投身抗敌"锦旗

这样。在卢书芹心里，跟党走的信念已经生了根。

卢书芹于1946年7月1日正式加入了中国共产党，成为一名光荣的共产党员。听到这个消息，卢书芹当时非常激动。她说："那时候党员太少了。入党就意味着要先进、要起到模范带头作用。"

"交党费是我为党尽绵薄之力的纽带"

"不怕你们笑话我，我最怕的事儿就是自己的党费断了。"卢书芹说，"我一辈子就是个普通农民，一直都是党组织培养我，我这辈子无以为报。交党费是我为党尽绵薄之力的纽带，千万不能断了。"

自己是党员这件事儿，卢书芹当时没有告诉她的爱人。那时候穷，家里的钱就是有数的那么多，一家老小生活很艰苦。卢书芹定期从家里拿钱交党费，爱人也时常问起花钱的事。每逢这时，卢书芹都想出各种理由向爱人解释。"我的纪律性很强。我已经是共产党员了，就要做到严格保守党的秘密。我入党这件事，对最亲的人也不能说。"卢书芹说。

那时候，党员活动也是秘密的。党员们经常夜里在村边一个废弃的炮楼里开党小组会。卢书芹在活动中学到了很多知识。她回忆说，为了让村里的妇女姐妹们学习知识，她常常鼓励她们参加村里组织的学习。"我当时觉得每天都有用不完的劲儿。哪怕是很累了，也感觉自己还能再干点儿，好像有什么东西一直推着自己往前走。现在想想,这应该就是信仰的力量吧。"卢书芹说,"在我心里,共产党就是让人进步的党,我作为共产党员,特别是妇女党员,不仅不能拖了组织的后腿,还要更好地展现出我们女党员的风采,才能回报国家和组织的信任与培养。"

如今岁数大了,卢书芹对交党费的事更是牵挂。她小儿子在村委会上班,怕自己忘了交党费,她就让小儿子每个月替她交党费,交完后一定要告诉自己。她还再三叮嘱小儿子,只要党组织开展学习活动,一定要及时告诉自己。"隔一段时间不听听上级党组织的精神,我就觉得少了点什么。"卢书芹说。

当党员就得有奉献精神

卢书芹有6个儿女,家务繁重,可这丝毫没有影响她的工作。当时生产队分6个小队,她是5队队长,她队里的人数是最多的,有好几百人。每天天不亮她就起床,带着大家下地劳动。中午吃完饭,休息一小会儿,接着干,一直干到太阳落山。

新中国刚刚成立时,村里人的旧思想还很严重,妇女们大门不出二门不迈。为了动员妇女参加生产劳动,卢书芹挨家挨户做工作。在她的说服劝导下,村里适龄妇女基本都参加了生产劳动。

为了给姐妹们加油鼓气,卢书芹每次劳动都走在前面,和男劳力比着干。分配任务时,她主动挑选离家最远的农田,从没有叫过苦、喊过累。村里人都知道,卢书芹思想觉悟高,劳动从不斤斤计较。当时农业机械化程度低,卢书芹脏活、累活带头干。施肥、推土,用小推车送粪,自

2019年5月,卢书芹给家里的党员分享学习心得

己的活儿干完了,她就去帮助组里劳动能力弱的人一起干。她说,当党员就得有奉献精神,要顾全大局,什么事儿都得走到前头。

卢书芹是有名的"农活小能手",什么活儿都能干,干什么成什么。不管啥任务,只要卢书芹接过来,每次都是只会提前,不会拖后。在一次村里组织的劳动竞赛中,她半天就干完了全天的任务,还帮助组员一起干,获得了第一,赢得了一朵大红花。

卢书芹干活干净利索,把生产队的农田当成自己的家,每天劳动完,她都带头清理田地上的垃圾。村里人称赞说,卢书芹干完活,地里就像她家一样干净整齐。

卢书芹儿子告诉我们,老人常说,这一辈子做党员,无怨无悔。每当遇到工作中的难事儿,她总是第一个说"让我来,让我上",从来没有犹豫,没有动摇。卢书芹是一家人的榜样和精神支柱,她用自己的言传身教润物无声地熏陶着6个孩子的成长,在村里留下了

"乐善好施，与人为善"的口碑。

20世纪六七十年代，农民收入很低，家家生活都不富裕。卢书芹家里人口多，日子更是过得紧巴巴的。可她还是想方设法节

2021年4月，卢书芹（中）和家人在农家院中合影

省出一些粮食，送给村里生活困难的老人。直到大家的日子都好起来，她也没有改变这个习惯。儿女长大后走上了不同的工作岗位，他们都有同样的品质：安心扎根基层工作，热情帮助身边人。

（执笔：周华杰　闫正宇）

张凤臣
用洪亮的声音坚持服务村民

张凤臣，男，汉族，北京人，1931年2月出生，1947年1月参军入伍，1947年10月加入中国共产党。北京市顺义区北小营镇榆林村村民。曾在榆林村村委会担任保管员、广播员。曾在中南军区第四野战军立大功1次，获抗美援朝纪念章、中国人民解放军东北军区艰苦奋斗奖章。

张凤臣家住顺义区北小营镇榆林村。作为一名新中国成立前入党的老党员，他经历过战争年代的枪林弹雨，亲历了共和国的诞生成长，也见证了新世纪国家和民族的繁荣昌盛。

交谈中，90高龄的张凤臣精气神儿十足，一字一顿地对我们说："我入党，是为了革命、为了进步，入党就是对党、对国家有一份责任和义务了。不怕艰苦、顾全大局、公而忘私、勇于奉献，这是党多年的教导，我永远也不会忘。"

不管时代如何变化，不管组织把自己放在什么工作岗位上，党性的光彩，在张凤臣这位老党员身上从未暗淡。

淡泊名利　无私奉献

战火淬炼英雄胆

"16岁那年,邻村正在征兵。我个头高、身强力壮,没和家人打招呼,自己就跑去报了名。"时至今日,张凤臣依然记得当年报名参军的情景。

张凤臣参加过解放战争和抗美援朝战争,尽管战争的硝烟已经散尽,但在他心中,那些壮怀激烈的岁月是他一生难以磨灭的印记。

1947年1月,张凤臣参加了中国人民解放军。入伍后,他参加了部队的各种训练。训练中,他吃苦耐劳、严守纪律,积极向党组织靠拢。同年10月,就加入了中国共产党。

不久,张凤臣跟随部队来到河北蓟县,在构筑阻击阵地中,他埋头苦干。战斗打响后,面对敌人的疯狂进攻,他毫不畏惧、冲锋在前。经过几天激战,他所在的部队打败了国民党守军13万人,大获全胜,解放了蓟县。

1949年春,张凤臣随部队南下。1950年,部队接到任务,与其他几支野战军一起进军湖北,肃清残余的土匪武装。在追击残匪的急行军途中,身为副班长的张凤臣对战友们十分爱护。谁的体力不支了,他就主动上前帮助背东西、担油桶;作战间隙,他安排别的同志抓紧时间休息,自己跑前跑后给大家烧水做饭。在剿匪战斗中,面对顽敌,张凤臣敢打敢冲、作战勇猛,和战友们在短时间内就干净彻底地消灭了敌人。

1950年2月,张凤臣因在战斗中表现突出,被部队授予奖章及证书,记功1次。

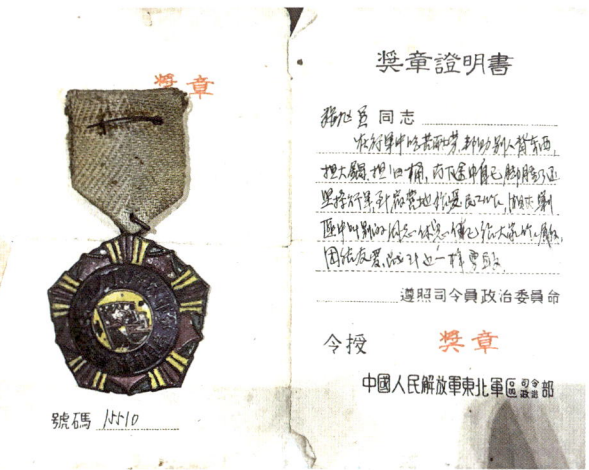

1950年2月,张凤臣记大功的奖章及证书

1952年9月,张凤臣随部队跨过鸭绿江,参加抗美援朝最后一战。他回忆说:"抗美援朝战争打得很残酷,美军的飞机就像老鹰一样在头顶上盘旋,但我们不怕,用机枪猛打,想把美军的飞机打下来。朝鲜战场上气温极低,条件艰苦,我们渴了就抓一把雪吃,饿了有什么吃什么,有的战友脚冻伤了,肿得无法脱鞋,只能把棉鞋剪开。当时牺牲了太多的战友……"谈及牺牲的战友,张凤臣眼含热泪,几度哽咽。

战场上的枪林弹雨淬炼出张凤臣和那一代革命军人深厚的爱国情怀和英雄主义情结。

爱岗尽责60载

1954年10月,张凤臣复员。在通县土桥砖厂工作两年后,他回到家乡。"社员们见我忠厚可靠、办事公道,是大伙信得过的人,一致推选我担任村生产队的保

1997年，张凤臣在村委会担任保管员时留影

管员。"张凤臣说。保管员管物、管粮又管钱，手里拿着生产队仓库的一串钥匙，他觉得这份"管家"的担子特别重。

张凤臣喜欢干体力活。为了当好称职的保管员，他下了不少苦功夫。当时，生产队的农具在仓库随地摆放，显得格外零乱。于是，张凤臣搭起架子，将农具分类摆放、有序排列，并详细记录在册，为社员们领取农具节省了很多时间，也方便管理。张凤臣说："保管员官不大、责不小，既然当了保管员，就要对生产队负责、对社员负责。"

1983年，张凤臣接手榆林村广播站工作。从简易的广播机到专业的广播室，从分散的广播喇叭到集中的播放设备，在村广播站发展的每个阶段，张凤臣都认真学习设备使用知识，做好广播工作。

2003年，在抗击"非典"疫情中，村级广播成为农村传达上级工作要求、布置防控工作、普及科学卫生知识的重要途径。张凤臣每天早上8点雷打不动地坐在村广播室，为大家讲解"非典"防疫知识，提醒村民做好自我防护，同时安慰村民们不必恐慌……"非典"疫情持续了多少天,他就坚持播报了多少天。

2008年8月8日晚8点整,北京奥运会隆重开幕。作为奥运会水上赛事的举办地,榆林村的村民们无比骄傲和自豪,大家对奥运会信息的关注热情也空前高涨。8月的每天中午11点,张凤臣准时来到广播站,为村民们广播奥运会最新消息和服务保障奥运赛事的出行提示。"榆林村广播站现在开始广播,首先报告奥运会最新消息……最后,提醒大家伙,为保证奥运会的顺利进行,外出务必绕开奥运会水上场馆、左堤路,咱们齐心协力保障奥运会水上赛事顺利进行。"张凤臣的村广播站让村民们无论是在田间劳作,还是居家休憩,都能及时了解到奥运会赛事最新消息和出行提示信息。小小广播站,起到了为奥运会水上赛事顺利进行营造和谐稳定周边环境的重要作用。榆林村广播站也因此在2008年北京奥运会宣传中受到区里的表扬。

张凤臣担任广播员期间,榆林村无论大人孩子,都熟悉他那纯朴厚实的声音。这个声音每天准时响起,宣传国家政策法规,通知各项活动。天干物燥时,提醒村民预防火灾、安全第一;春种秋收时,播报天气信息。这个声音洪亮有力,陪伴着榆林村村民走过了

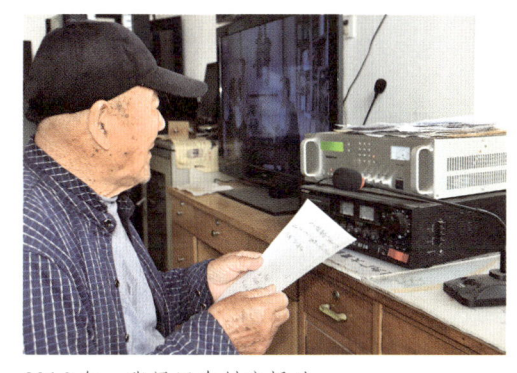

2010年,张凤臣在村广播站

近30个年头。张凤臣在小小的广播室里，用声音传递对党、对国家、对乡亲们的真情。

83岁时，张凤臣才因腿脚不便，从广播站退休。回到家后，他依旧坚持每天读书看报，学习新政策、新思想、新知识，还经常给乡亲们讲报上的时事要闻。而今，张凤臣入党73年了，仍然坚持参加组织生活。他说，这是传承党的光荣传统，坚守自己的入党初心。村党支部书记说："张凤臣同志就是基层党员身边一本生动的红色教材，激励着全村党员干部时刻牢记全心全意为人民服务的宗旨。"

（执笔：薛蒙　谭丁）

郁仁存
医德就是永怀为人民服务之心

郁仁存，男，汉族，江西人，1934年8月出生，1955年8月参加工作，1957年1月加入中国共产党。首都医科大学附属北京中医医院肿瘤中心名誉主任、主任医师、教授、博士生导师。曾任北京市第七届人大代表，政协北京市第六、七、八届委员会委员。曾获中华医药贡献奖、北京中医药薪火传承贡献奖，被评为中国杰出卫生人才、首都国医名师。

2021年初春，北京中医医院内，玉兰绽放，馨香芬芳。上午八点半，郁仁存准时来到诊室，胸前佩戴的党员徽章熠熠生辉。郁仁存从事中西医结合肿瘤专业60余年，学验俱丰，是国内著名的中医和中西医结合肿瘤专家，也是我国中医肿瘤病学科及中西医结合肿瘤学科的奠基人和带头人之一。刚接受了咽喉囊肿的手术治疗的他，用沙哑的嗓音向我们讲述了自己不忘初心跟党走的故事。

"想到自己是党员，就知道该怎么做"

"我的命是中医救的！"之所以走上学医道路，还要追溯到郁仁存儿时的经历。他从小体弱，3岁时在江西乡下感染了伤寒，病情很严重。家里请了当地一名老中

淡泊名利　无私奉献

医，经过一个多月医治，郁仁存身体康复了。

1949年南昌刚解放，郁仁存报考了江西医学院。考入医学院后，他加入了中国新民主主义青年团。刚刚入团的青年们对加入中国共产党有着深深的向往。郁仁存至今仍然记得，当时共青团小组拍过一张合影，同学们在照片上郑重写下了"争取做一名共产党员"这句话。

1955年8月，郁仁存毕业后被分配到电力工业部下属基建部门医疗单位任内科医师。在那里，他继续积极靠拢党组织，在1957年1月光荣加入了党组织。

"入党时的心情，真是无比激动！"郁仁存回忆往事，依然很感慨，"当时我就对自己说：入党意味着工作和事业的崭新开始，要做一名合格的共产党员，一辈子跟着党走。这几十年走来，我始终牢记入党初心，不论碰到什么磨难或是抉择，想到自己是一名党员，就知道该怎么去做；无论把我放在哪个岗位，都不讲条件。"

"学好中医就是完成党交给我的任务"

郁仁存原本学的是西医，是什么原因让他走上了中西医结合的道路呢？

1959年年初，北京市举办第一届西医离职学习中医班，由北京地区各单位抽调选派西医医师参加学习，从小深受中医影响的郁仁存自愿申请参加。当时毛主席对中医药事业作出重要指示：中国医药学是一个伟大的宝库，应当努力发掘、整理提高。郁仁存备受鼓舞："我把学好中医当作是党交给自己的任务去努力完成。"就这样，他从一名西医医师转变为中医学生。

1989年8月，郁仁存在美国国立卫生研究院进行学术交流

从1959年3月到1961年12月，在这段宝贵的学习经历中，郁仁存被中医文化深深吸引，从此把中医当作毕生事业。1961年年底，郁仁存从"西学中"班毕业后，服从分配来到了北京中医医院，后担任大内科的副主任兼瘤肾研究室主任，从事中西医结合临床和研究工作。1968年，卫生部召开全国肿瘤工作会议，要求各省市医院建立肿瘤科，开展肿瘤防治工作。郁仁存作为北京代表参加了会议。回到医院后，他在医院支持下牵头创建肿瘤科。北京中医医院成为全国首批成立肿瘤科的医院。

肿瘤科成立以后，郁仁存发现很多肿瘤患者都在接受西医治疗。虽然现代医学的手术、放射治疗及化学药物治疗对消除癌灶、抑制肿瘤均有肯定疗效，但毒副作用很大。郁仁存认为，这正是中医辨证施治的用武之地。他带领中医肿瘤团队针对当时放疗、化疗中最常见的血象下降、免疫功能下降等表现，研制了"升血汤"，并开展临床研究。经过中西医有机结合治疗，减轻了患

2000年5月，郁仁存（右二）为患者诊治

者放疗、化疗的痛苦，提高了治疗效果，恶性肿瘤的中西医结合治疗成为我国肿瘤治疗的一大特色。

1971年开始，郁仁存受北京市政府的派遣，定期在301医院（解放军总医院）会诊，一直到1983年。这13年，是郁仁存在中西医结合肿瘤诊疗之路上成长的关键时期。他积累了中医理论与西医诊疗相结合的经验，中西医肿瘤诊治水平有了全方位的提高，对他的学术观点和思想的形成有很大影响，为后来撰写《中医肿瘤学》积累了丰富的经验。

从1980年开始，郁仁存用5年时间撰写了《中医肿瘤学》。这5年，他夜以继日，每天下班回到家里就开始写作。书稿完成后，郁仁存的身体呈"慢性疲劳"状态。回想这段经历，郁仁存笑着说："当时就是想通过这本书为中医药治疗肿瘤病做点贡献，所以每天拿起笔都觉得充满干劲儿！"

《中医肿瘤学》出版后，成为中医肿瘤学教科书，被北京市中医管理局评为基础类科研一等奖，被国家中医药管理局评为基础类科研三等奖。2008年，郁仁存又出版了专著《郁仁存中西医结合肿瘤病学》，获中华中医药学会奖。

"让中医药走向世界"

中医药是中华文明瑰宝，郁仁存立志将中医药发扬光大。1983年，49岁的郁仁存走进专业院校学习英语口语，为出国交流打基础。郁仁存笑称："当时我硬着头皮和一群20岁的学生一起学英语，真是既痛苦又有趣！"

1984年和1988年，郁仁存两次受邀参加日本东洋医学会第八回、第十回学术大会，在会上作了《中西医结合治疗肿瘤》专题报告，获得了热烈反响。1989年8月，他参加了在波多黎各举办的美国生药学会第三十届生药学学术年会，应邀在大会上作了《中医药作为免疫调节剂在肿瘤治疗中的应用和研究进展》的专题报告。此后，他多次参加亚太地区肿瘤学术会议，在会上介绍中医药治疗肿瘤的进展。

1989年11月，郁仁存应邀赴新加坡为时任中华总商会会长会诊。患者患淋巴瘤，接受化疗后，白细胞降至800个/毫米^{3}且无法回升。详细诊察病人后，郁仁存对症施治，3剂中药后，白细胞上升至3000个/毫米^3；7剂中药后，白细胞升至5600个/毫米^3，治疗效果显著。

在新加坡期间，还有一位肾肿瘤部分切除的患者在术后引流管出血，分泌物增多，西医要再次开刀手术。参加会诊的郁仁存提出，用中药汤剂加用云南白药进行治疗。3天后，患者伤口止血，分泌物减少，一周后拔除了引流管。良好的疗效，让中医和中医药在海外得到了越来越多的关注和赞誉。

这些年,郁仁存聚焦专业、孜孜以求,带领北京中医医院肿瘤科团队承担多项国家级、省部级科研课题,获卫生部、

2014年,郁仁存(前排右一)荣获第二届"首都国医名师"

国家中医药管理局、北京市科委及市卫生局(市中医局)各级科技进步和科研成果奖20多项。他满怀激情地说:"步入新时代,赶上了中医药大发展的大好机会,我们要遵循中医药发展规律,传承精华、守正创新,推进中医药产业化、现代化,让中医药更好地走向世界……"

岁月变迁,郁仁存初心如一:"医德就是怀揣为人民服务之心,用毕生所学,用最精专的医术解除患者的痛苦。"

(执笔:肖爽 丁兆丹)

陈德斌

举起地铁人精神家园一盏灯

陈德斌，男，汉族，天津人，1944年9月出生，1965年8月参军入伍，1968年1月加入中国共产党。北京地铁通号段（现北京市地铁运营有限公司通信信号分公司）党委宣传部原正科级干事。曾任北京地铁公司机电段宣传部部长、地铁昌平培训中心教务科科长。曾被评为北京市优秀思想政治工作者。

1965年7月1日，新中国第一条地铁——北京地铁一期工程正式破土动工。这条贯穿北京东西的地铁就是今天的北京地铁1号线。

这条地铁，也贯穿了陈德斌近40年的工作生涯。自1965年开始，他曾不分寒暑昼夜，挥铁锹抡大锤，和战友们完成五棵松、万寿路、玉泉路、苹果园、52号车站及区间混凝土浇灌成洞的任务；他曾与同事们下班组调研、到党支部座谈，把课堂设到了车间、队所。在北京地铁发展历程中，陈德斌将思想政治工作作为举旗引路的一盏灯，为北京地铁人精神家园建设做出了自己的贡献。

参与修建新中国第一条地铁

1965年12月，新兵训练结束后，陈德斌被分配到铁道兵某团的一个施工连队，开始参加地铁1号线的土方开挖工程。

开工初期，施工条件差，陈德斌和战友们全凭大锤铁锹施工，用铁锹为车厢铲装渣土。每天高强度的繁重体力劳动，他们个个争先，没有人叫苦叫累。直到挖土机、翻斗车等机械设备投入使用，劳动强度才有所缓解。

1965年，陈德斌入伍留念

提起冬天战严寒、夏天战酷暑，陈德斌有说不完的故事。冬天的晚上，12点下夜班后大家一起在工棚吃饭，外面狂风裹着沙土呼啸而过，每喝一口稀饭，碗边就留下一圈土印。夏天酷暑难耐，地下施工条件更是艰苦。由于施工场地只有六七十厘米的宽度，大家累了只能靠着墙坐下歇一会儿。换岗的时候，全身都是湿漉漉的，每次脱下雨靴都能倒出水。

1966年夏天的一个深夜，突降暴雨，玉泉路站附近为了给战士们遮阳搭建的毡布架子上，雨水越积越多，越来越重，陈德斌和战友们冒着风雨奉命紧急排水。身材矮小的他奋力爬到架子顶，只听架子被毡布的积水压得乱响，他稳住心神、细心操作，终于排除了隐患。

"年轻的时候吃苦受累，为地铁建设流下自己的汗水，这是一个永远的纪念。"陈德斌笑着说。

陈德斌和战友们一起，先后完成了五棵松、万寿路等车站及部分区间的混凝土浇灌成洞任务。参与施工过程中，陈德斌一直利用工余时间从事写作。之后，他担任了连队文书，专职写作。5年中，他认真学习，思想进步很快。

1970年6月中旬，陈德斌参加北京地铁管理处学习毛主席著作积极分子代表大会，接受了为北京站站长董剑泉、宣武门行车值班员朱宝航等先进人物撰写事迹材料的任务。这些先进人物克服困难、艰苦工作的生动事迹，点亮了陈德斌心中的灯，他认定要把这些先进人物作为自己一生的学习榜样。

1971年3月，陈德斌脱下穿了6年的军装，转业到北京地铁总公司，从事宣传思想工作，也开启了他忘我工作、引路育人的"点灯"之路。

思想教育要不等不靠

1971年至1992年，陈德斌担任北京地铁公司机电段宣传部部长。1992年至1995年，担任地铁昌平培训中心教务科长。"工作中，不时看到有人吊儿郎当、工作懈怠，有人上班扎堆侃大山。怎么才能通过思想教育解决这些问题呢？我心里很着急。"陈德斌说。他和宣传部的同事们讨论后决定，教育工作不能光等、光看，要主动出击，从点点滴滴做起。

陈德斌和同事们下到班组搞座谈、下到支部搞调研，与工作不上心的职工挨个谈心谈话。交流中，他每次都会先询问职工有什么困难："最近学习、工作怎么样？有没有遇到什么困难？为什么工作情绪不高？"

在调查研究和谈心谈话的基础上，陈德斌等人将职工的表现、班组的工作情况、党员中存在的问题等汇总整理，挨个分析，并制定了开展思想教育和业务培训的课程内容。"当时我提出，要找到解决问题的办法，就要开展精准培训教育，这样才能抓准细节，抓住要害，对症下药。"陈德斌说。

机电段点多线长、工种繁杂、人员高度分散，陈德斌就和同事们将课堂搬到车间、队所，将员工分成甲、乙、丙3班，实行"三班倒"授课。虽然每节内容他们要反复讲3次，但这样做解决了职工往返路途远的问题，也方便大家集中学习。

这种送学上门的教育培训，解决了职工思想教育和业务学习的需要，吸引了职工参加，让大家从过去的"要我学"变成了"我要学"，也培养了一批工作骨干和干部。"单位里很多领导干部都参加过我们的培训。他们本身十分优秀，我们的培训也为他们的成长起到了促进作用。"陈德斌底气十足地说。在这个过程中，

1988年，陈德斌在机电段党委宣传部工作时留影

他们逐步摸索出了16字经验："以人为本，服务基层，方便职工，见缝插针。"

为了提高教育培训实效，陈德斌和同事们采取与收入挂钩、公布排名等方式，定期组织检查考核。"我们把考勤情况都记录下来，考试有成绩，年终也有考评。这些制度都是各个队所统一开会研究出来的，也按照统一标准实行。职工们都口服心服。"陈德斌说。

让文字直抵人心

自1971年从事宣传思想工作至今，陈德斌的笔一直没有放下。

有一次，修配所获得了北京市先进集体称号，需要交一份事迹材料。当他们把写好的材料交给北京地铁总公司工会时，因为不符合要求被打了回来。所长揣着稿子找到正在吃饭的陈德斌，苦着脸说："下午两点之前材料必须报上去，拜托您帮我们修改一下这个先进事迹材料。"

陈德斌二话没说，立刻改稿，让宣传部的另一位同志配合，他前面改，另一位在后面誊写。下午一点半，稿子顺利完成。

这种急活，对陈德斌来说是家常便饭。

在全国开展第一个质量月活动时，陈德斌每3天写1期政工简报。为了保证按时完成任务，他和同事每天马不停蹄到各处采访，晚上回来后加班加点写。曾经有

1996年，陈德斌在地铁通号段办公室写稿

人向他请教把材料写得生动形象的秘诀，陈德斌说："无论写什么，我都要到实地采访，看过了、听过了才能有真情实感，才能有生动故事，这样写出的文字才能直抵人心。"

在撰写稿件、编写简报中，陈德斌积累了大量的素材和工作体会。他把对基层的观察思考和基层实践经验写出来，让更多人看到。根据基层党组织开展党员教育工作的实践，他撰写了《从资产阶级自由化的影响看党员思想变化和表现》《年轻干部不愿干政工的几点思考与挑战》两篇论文，全面梳理了职工思想变化的原因和问题，并提出了改进建议和方法，为企业有效开展思想政治工作提供了借鉴。

退休后，陈德斌在社区党委委员的岗位上工作了10年，从事的还是他热爱的宣传思想工作。"我要继续发挥思想政治工作优势和自己的特长，为新时代社区宣传思想工作再出一把力，再添一把柴。"陈德斌说。

（执笔人：宋莹　唐田）

党员就要有党员的样子

张文宗

张文宗，男，汉族，北京人，1944年7月出生，1969年5月参加工作，1969年9月加入中国共产党。北京市原延庆县人大常委会党组副书记、副主任。曾任延庆县委办副主任，县委常委、组织部部长、纪委书记等职务。曾被评为北京市优秀思想政治工作者、北京市离退休干部先进个人。

提起张文宗，延庆区不少人都认识他。有人回忆他在工作岗位上兢兢业业为民服务的事迹，有人讲述他退休后仍不忘发光发热的行为。见到张文宗后，我们把这些评价讲给他。张文宗眯着眼睛认真听。当听到"真是个共产党员"的评价时，张文宗猛地点点头，大手一挥，说："有这句话，我值了！党员就要有党员的样子。"

这个干部像农民

1975年3月，张文宗在康庄公社工作。他积极响应"干部包村"号召，到康庄公社所属的农村开展包村帮扶工作。包村期间，张文宗与村民们同住、同吃、同劳动，只有周六晚上才回家。张文宗先后包了7个村，一干就是8年。

淡泊名利　无私奉献

张文宗当时是公社级干部，上级要求县级干部每年要有100天与村民一起劳动，公社级干部200天，村级干部300天，所以他平均每个星期都要干3~5天农活。晴天一身汗，雨天一身泥。张文宗穿着旧衣服，高挽着裤腿，脚上的旧胶鞋沾满泥土，和村民们一起平地、播种、锄草、收割，他被晒得黝黑，手上全是老茧。有的村民打趣说："您哪像个干部啊，比我们还像农民呢。"

当然，张文宗也有和村民们不一样的地方。每天劳动结束后，村民们都会赶紧回家吃晚饭、早早休息，而他仿佛有用不完的精力。为帮助基层党组织加强党的建设，张文宗利用晚上时间，召开各种会议，研究工作，组织党员们学习。除非特殊情况，每周两次的支委会、每月一次的党课成为他农忙之余雷打不动的安排。

驻村干部的主要任务就是助力农村发展。一歇下来，张文宗就喜欢找村民们拉家常。几个人坐在炕头上，一边抽着卷烟一边聊，谁家遇到什么困难了，村民们有什么建议，张文宗都记在心上。

村民们最关心的事情就是提高粮食产量、增加收入。这也是压在张文宗心上的一块大石头。边聊天边思考，张文宗找到了突破口。他发现，村民们虽然世代务农，但主要凭借祖辈传下来的经验，欠缺农业科技知识，所以粮食产量一直上不去。张文宗找到县农业部门求助。为请到合适的专家，十几公里的乡村小路，他骑着一辆旧自行车往返了好几趟。终于，专家来到村里，手把手地教村民们如何科学育种、合理施肥。张文宗不光操心技术的事,遇到种子、化肥等农资短缺的时候,他就一家企业一家企业地跑,帮着联系货源。他妻子抱怨说:"咱家的地,也没见你这么上心。"在张文宗带领下,粮食产量上去了,村民们的日子有了起色。大家都说:"老张帮了我们大忙。不愧是党员,比我们庄稼汉强!"

这个领导有点"傻"

1979年,已升任康庄公社革委会副主任的张文宗到康庄公社西桑园包村。在他的带领下,西桑园村当年的粮食亩产比上年增长112斤,是全公社干部所包村中增幅最大的。为奖励他们,延庆县委决定给康庄公社一个工资调级的名额。公社党委开会研究,大家一致认为张文宗的贡献最大,这个奖励应该给他。张文宗连连摆手说:"这个奖励应该给其他同志。我只是做了分内工作,跟其他同志比起来,贡献还不够突出。"当时,张文宗是行政25级,月工资35元。根据奖励政策,可以调到24级,月工资40元。无论从荣誉还是从收入角度,这个奖励都非常吸引人。而得到大家一致推举的张文宗却坚决不要。有人听说后,说张文宗傻,吃亏了。他呵

1995年,张文宗在延庆县人大常委会工作期间留影

呵一笑："啥叫吃亏？如果这是吃亏的话，那共产党员就要当这样的'傻子'。"

了解张文宗的人都知道，这样的"傻事"他还干了不少。单位每年组织义务献血，张文宗知道自己的血型稀有，年年都要献。路上遇到不认识的人有难事，他也要帮一把。不仅搭时间，有时还要搭钱。1982年，张文宗已是康庄公社管委会主任。4月的一天清晨，他骑车到苗家堡了解春耕情况。只见有5个人正在地头忙乎着，毛驴、犁杖都已准备好，就差开沟播种了。张文宗走到放种子的水桶旁，发现种子大得出奇，便问："这么大的种子，是假种吧？"一个庄稼汉答话："去年我种了4亩多'掖丹2号'，大丰收，这是我专门挑出来的玉米种。"张文宗一听，立刻掏出仅有的20块钱，交给一个男孩："骑我自行车，快去公社种子站买30斤'掖丹2号'，钱不够我回去补，快！"望着一脸迷惑的众人，张文宗道明缘由，"掖丹2号"是杂交种，只能种一代。种杂交二代肯定减产，得买新种子。

采访张文宗时，我们也觉得他"傻"。关于1979年西桑园村亩产增幅，由于时间久远，他记不清楚是120斤还是112斤。本就相差无几，可为了弄准确，快80岁的张文宗专门到延庆区统计局核查。那天，刮着八九级大风。我们把这个细节讲给同事们听，大家都非常敬佩。

这个党员闲不住

退休之前,张文宗一直很忙,没有时间照顾家里,妻子扛起了家里的大事小情。张文宗很愧疚,总是对妻子说:"等我退休后,家里的活都交给我干。"哪知道,退休后的张文宗还是没有闲下来,参加宣讲、书法协会的活动,党组织有需要他都义不容辞。望着操劳了一辈子的妻子,张文宗只能一再道歉:"组织信任我,我怎么能推辞呢!"

在党的群众路线教育实践活动中,延庆县老干部局成立了"五老宣讲团",邀请张文宗做离退休干部宣讲员,张文宗一口答应。他拿出工作时的干劲儿,全身心投入到宣讲中。为了写出接地气的宣讲稿,张文宗连续几天把自己关在书房里,学习、查阅了大量资料。他捧着习近平总书记的讲话认真读,拿来《北京老干部》杂志作参考,终于写出了《工作条件虽然艰苦、联系群众更加紧密》的讲稿。宣讲现场,张文宗从他在基层的工作经历讲起,声情并茂地讲述一名基层干部在工作和生活条件十分艰苦的情况下该如何坚持党员本色。会场鸦雀无声,听众们与张文宗重温着那段闪光岁月,共

2008年9月,张文宗参加延庆老干部才艺展示活动

2017年，张文宗到延庆一中开展"红色传承 助力成长"主题宣讲

同体会着党员的无私和奉献。宣讲完毕，在听众雷鸣般的掌声中，张文宗心潮澎湃、眼角湿润。

张文宗成了宣讲团的"台柱子"。几年下来，他深入机关、企事业单位、乡镇、街道、社区开展宣讲近百场。俗话说："台上一分钟，台下十年功。"从确定宣讲主题、撰写宣讲稿，到反复排练，一场四十几分钟的宣讲，张文宗往往要忙活好多天。因年事已高，张文宗的身体有些吃不消。大家都劝他"悠着点"，张文宗说："悠着点干事，那还像个共产党员吗？"

"关键时刻冲得上去、危难关头豁得出来，才是真正的共产党人。"酷爱书法的张文宗把习近平总书记这句话写在宣纸上。明媚的阳光照在上面，格外耀眼。

（执笔：魏晔玲　李新雪　刘思洋）

顾长和

燃烧人生　奉献必荣

顾长和，男，汉族，黑龙江人，1935年6月出生，1962年8月参加工作，1966年3月加入中国共产党。北京市监狱（戒毒）管理局新河教育矫治所退休干部。曾任原黑龙江兵团四师参谋，牡丹江国营农场管理局公交处副处长、工业处处长，双河农场副场长，北京团河农场干部。

"我把最美好的年华献给了北大荒的开垦建设事业，一干就是30多年，无怨无悔。燃烧的人生苦中有甜，我以奉献为荣。"86岁的顾长和说。

"把小事做好就是大事业"

顾长和1962年从北京航空学院（北京航空航天大学前身）毕业，服从组织安排，奔赴黑土地屯垦戍边。他被分配到黑龙江兴凯湖劳改农场密山机械厂。该厂有800多名工人，98%是劳改刑满释放就业人员。全厂22名干部中只有两人是初中文化，其余都是小学文化或文盲。顾长和到厂后，全厂的技术和管理责任就落在了他的肩上。

20世纪70年代，上级给工厂下达了1500支半自动

淡泊名利　无私奉献

步枪的生产任务，只提供了一支样枪，要求18个月完成任务。任务急、要求高，军令如山，全厂总动员，顾长和担起了生产管理的重任。

机匣是枪支制造中最复杂的部件，工艺标准要求高。为了保质保量完成任务，顾长和带领工人组成技术攻关组，全力以赴制造样板。由于没有固定的量具标准，需要技术人员在现场随时指导。顾长和把年幼的3个孩子交给爱人，自己把铺盖搬到工厂车间，在车、铣、刨、磨、钻的机器设备前悉心指导，与工人们一起昼夜奋战。

在抢时间完成任务的同时，顾长和还要做好管理工人的工作。一开始，厂长考虑到厂里的工人中刑满释放就业人员较多，打算给顾长和单独安排一间办公室，但顾长和婉拒了。他说："谢谢厂长关心，我有信心和工人们一起完成好任务。"顾长和把办公室设在了车间绘图室，与工人们朝夕相处。他们一起奋战了3个月，终于生产出5支样品枪，拿到练靶场上试射，全部质量合格。最终，工厂提前20天完成了生产任务。由于顾长和在完成这次任务中表现优异，黑龙江省政府给予他记大功一次，以资鼓励。顾长和说："把平凡工作做好就是不平凡，把小事做好就是大事业。"

当好战地"小喇叭"

兵团四师师部位于密山县连珠山镇，20世纪70年代，边境局势紧张，师党委决定举全师之力在师部背后的山上修筑作战掩体。作为一名共产党员，顾长和积极报名参战。工程从晚秋动工，掘土机开路，人工配合。在零下20摄氏度的寒冬里，在"一不怕苦，二不怕死"口号的激励下，顾长和挥起铁锹、抡起铁镐，冲在劳动第一线。

这期间，顾长和还担任通讯宣传工作，同时担任各种宣传总结材料的写作任务。白天，顾长和一面忙着劳动，一面当好战地"小喇叭"，向大家宣传修筑掩体的重要性，使大家增强紧迫感，鼓起了克服困难、积极劳动的热情。顾长和把在劳动一线发现的好人好事及时撰写成宣传稿，大力宣传。"那时候，我写了很多表扬稿，比如，党员干部带头克服困难完成任务，支边青年轻伤不下火线，普通群众不怕苦、不怕累，等等，极大鼓舞了大家的士气。"顾长和说。晚上，大家都休息了，顾长和仍然在办公室挑灯奋战，整理文稿。3个月里，他共记录整理了约两万字的宣传材料，撰写出11篇新闻稿件，投给《黑龙江日报》等报刊，多篇稿件被采用刊发。

"我写下的每一篇作品都是一面镜子"

"屯垦戍边这段经历给我留下了一辈子受用不尽的精神财富。我越来越认识到，不管任务有多艰巨、困难有多大，都要迎难而上，始终坚持深入实践的精神，它是把自己的理想变成现实的必由之路。"顾长和说。

此后，顾长和不论是在四师工业办当参谋，还是在牡丹江国营农场管理局当处长，一直始终保持着一个工作习惯，就是每年总要抽出三四个月的时间，深入场矿搞调研。顾长和在17年的机关工作中，每年写出的调研材料约11万字，每年全局性"工业学大庆"的大会总结报告文稿近百页，还有单位的讲话稿，等等，也都出自他的手笔。基层单位报来的各种先进典型材料，他也要逐字逐句修改审订。10多年中，他累计撰写文章达百万字。

20世纪80年代，国家农牧渔业部举办全国工业厂长培训班，连续三年邀请顾长和为培训班授课，主讲全面质量管理等内容。顾长和之所以能够担此大任，源于他多年的工作探索积累。在牡丹江国营农场管理局公交处任科长、副处长期间，他按照上级要求，在局属13个国营农场的107个工厂中，大力推行全面质量管理。他通过办厂长培训班、召开经验交流会等形式，使全面质量管理在基层迅速铺开，取得了提质、降耗、增利的明显成效。牡丹江国营农场管理局也因此成为佳木斯农场总局下属各管理局中的领跑者。顾长和作为多家报刊的通讯员，经常撰写工厂开展全面质

1985年，顾长和的记功证书

量管理方面的经验文章。这些稿件在报刊发表后，扩大了牡丹江国营农场管理局的影响。当时，管理局被称为"工业学大庆"的领头雁。由于顾长和的工作出色、成绩显著，黑龙江省政府再次给他记了一次大功。

如今，顾长和退休在家，每天都静坐在书房，用相伴多年的紫砂壶泡上一壶绿茶，开始他多年酷爱的"爬格子"。

2005年以来，顾长和先后担任北京市新河劳教所离退休干部第二党支部书记、北京市新河教育矫治所离退休干部党总支副书记。十几年里，他先后创作了400余首诗歌、歌谣等，并将部分作品抄写在社区黑板报上。《邻里歌》《治家良言》《文明礼貌七字歌》等20多首作品受到了社区居民的好评。

作为社区党委的一名党建宣传员，顾长和一直保持着阅读党报党刊的习惯。他在认真学习党的理论和路线、方针、政策的基础上，精心准备专题宣讲材料，多次为团河苑社区、首座御园社区的党员上党课，讲述革命传统。2019年，84岁高龄的顾长和走进了文化部大楼，为30多位在京的离退休干部上了一堂题为"以党建工作为引领，充分发

2016年，顾长和参加主题帮教活动

淡泊名利　无私奉献

2019年，顾长和退休后参加社区志愿服务

挥老党员先锋模范作用"的党课。他围绕抓理论学习、抓支部建设、抓平台载体3个方面，与大家分享了如何发挥老党员先锋模范作用的认识和体会。党课结束后，离退休干部反响热烈。老同志纷纷表示，党课让他们产生了强烈的共鸣，作为离退休干部要力所能及地为党和人民的事业增添更多的正能量。那一年，顾长和还为市民政局、市安全局的离退休干部和在职人员讲过党课。为了准备党课材料，他翻阅大量书籍，写出万字读书笔记。他结合10多年的党建工作经验，用实例说话，党课获得离退休干部及在职人员的一致好评。

"农民把时间留给土地，收获的是粮食；我把经历变成文字，收获的是快乐。我写下的每一篇作品都是一面镜子，让我检视自己、反思自己，不断超越自己。"顾长和说。

（执笔：金蔓　李爽）

薛荫棠
第一身份是共产党员

薛荫棠，男，汉族，北京人，1934年6月出生，1947年4月参加工作，1949年10月加入中国共产党。原北京市司法局监察处处长。曾获"人民功臣"奖章，被评为北京市法院系统先进工作者、北京市优秀纪检干部、北京市监察系统先进工作者。

他是一名老兵，曾参加中国人民解放战争和抗美援朝战争；他是一名政法干部，参与了众多大案要案审理工作；他是一名公益律师，为弱势群体义务提供法律服务。他，就是党龄与共和国同龄的薛荫棠。

在薛荫棠看来，无论是士兵、政法干部，还是公益律师，都不是自己的第一身份。"我的第一身份，是一名共产党员。我的一切行动，都是为了践行入党时的誓言——为共产主义事业奋斗终身。"老人的话语格外坚定。

"漂泊的孩子找到了家"

1947年4月，13岁的薛荫棠正在读初中。受战争影响，学校要迁到山西太原。因为铁路已被毁坏，老师们带着200多名中学生徒步向太原行进。

淡泊名利 无私奉献

途中，他们遇到了八路军晋察冀野战军第四纵队。看到斗志昂扬、军纪严明的八路军，薛荫棠受到了深深的震撼。他和其他60余名中学生心生向往，商定一起报名参军。经过逐一谈话，他们加入了八路军。部队把这60余名中学生当宝贝，送到八路军晋察冀野战军第四纵队干部随营学校，接受军政训练。

解放区的一切，对薛荫棠来说都是新鲜的。"刚到解放区时，有些事情我看不太明白，"薛荫棠说，"当时，我们听说部队里的炊事班战士是共产党员，都觉得很惊讶。伙夫也能当共产党员？"疑问之下，少年薛荫棠心里产生了进一步了解共产党的想法。

除了日常的军事训练课程，薛荫棠最喜欢上的是政治课。在课堂上，他对中国共产党有了更深一层的理解。政治课主讲人李蕴生原是燕京大学学生，知识面广、语言幽默。他为大家讲解毛泽东同志的《中国革命与中国共产党》，让年少的薛荫棠听得如痴如醉。老师们讲述的优秀共产党员的事迹，更深深印在薛荫棠的脑海里。他内心深处第一次萌发了成为一名共产党员的念头。

当时，部队里党组织、党员并不公开。薛荫棠只好把入党的想法埋在心里，化为动力。经过8个多月的训练学习，薛荫棠军、政科目均成绩优异。在毕业实习中，薛荫棠参加了石门（石家庄）战役。攻打野鸡坨时，他抓获了国民党九十二军的一名机枪手，并缴获一挺轻机枪；打平凉时，他又抓获了一名国民党一二八军的中校。"小鬼不错啊！第一次上阵，也不害怕，还能有缴获。"指导员的话，让薛荫棠开心极了，他觉得自己离党组织又近了一步。

1949年10月，经过层层考察，在战火纷飞的行军路上，薛荫棠光荣入党。"对我来说，入了党，就像漂泊的孩子找到了家。"薛荫棠说。

"我是共产党员，我要冲在最前面"

薛荫棠家中有一组珍贵的抗美援朝纪念章，它们记录着属于薛荫棠的红色记忆。在朝鲜战场上，那些刻骨铭心的战斗，那些勇敢坚毅的战友，仿佛重现在老人眼前。

1951年，薛荫棠跟随中国人民志愿军第十九兵团六十四军一九二师赴朝作战。第五次战役是敌我攻守转换的关键一战，战斗异常激烈。薛荫棠参加的就是这场战役。

薛荫棠印象最深的是，突破临津江时，与敌人反复争夺阵地的情景。那时，敌军凭借猛烈的炮火攻入我军阵地，战友们拿起步枪、端起刺刀，喊着"人在阵地在"的口号，一次次奋力击退敌人。激战两天两夜，他们全靠

1952年，薛荫棠参加抗美援朝战争时留影

"一把炒面一把雪"应付着饥渴和寒冷。

"战斗打得非常惨烈,但想得最多的,就是我是共产党员,我要冲在最前面。我已经做好了随时牺牲的准备。"薛荫棠哽咽着说,"前面的战士倒下了,后面的战士立即冲上去和敌人搏斗。很多战友牺牲了,其中既有我的亲人,也有和我一起参军的同学。"

最终,他们克服敌我力量悬殊、弹药补给困难、身体逼近生理极限等挑战,坚持到了主力部队前来增援。"面对强大残暴的侵略者,我们没有退缩。中国人民志愿军让世界知道了,一支有信仰的军队是战无不胜的。"薛荫棠说。

"回报党,是我毕生的心愿"

抗美援朝战争胜利后,薛荫棠成为一名飞行员,后因伤转业,考入北京政法学院(中国政法大学前身)法律系。在司法系统工作期间,他办了一系列大案要案,直到1994年离休。

1953年,薛荫棠成为一名飞行员时留影

离休没有成为薛荫棠为党工作的休止符。看到群众日益增长的法律需求,他萌发了利用法律专长为社会和谐稳定贡献余热的愿望。"我是一名共产党员,回报党、报效养育我的祖国和人民，是我毕生的心愿。"他这样说。2003年年底，薛荫棠与人合作组建了北京市万律泽律师事务所，走上了公益法律服务之路。

做公益就意味着奉献，需要实干和坚持。2007年，在一起历时3年的马拉松式诉讼案中，薛荫棠为古稀老人打赢官司却分文不收代理费的事迹被传为佳话。

事情是这样的，一位姓封的老人老伴过世，3个儿子各有住房。当得知父亲居住地即将拆迁的消息后，3个儿子撬开父亲房门，把老人赶了出去。老人住在一间阴暗的地下室，生活全靠朋友接济。

走投无路的老人听说有个公益律师水平高，便慕名找到薛荫棠寻求帮助。了解案情后，薛荫棠代理了老人的居住权纠纷、物权纠纷、债务纠纷3起案件。尽管每起案件都经历了一审二审，但薛荫棠实现了"六战六捷"。

如果按照当时的收费标准，这个案件需要支付近30万元律师费，但薛荫棠分文未取。不仅如此，每次老人来律所办事，薛荫棠都请他吃饭，临走还会给他一些零用钱作为车费。

案件圆满结束，薛荫棠与老人的故事还在继续。薛荫棠了解到，老人多年前曾蒙冤入狱，被无罪释放后，原单位却迟迟没有给他恢复工作。老人到了退休年龄，单位又拖着不给办退休手续。再后来，原单位撤销，老人成了既无养老金又无医保的特困户。

这一次，薛荫棠由公益律师变身为公益办事员，多

2016年，薛荫棠进社区开展义务法律宣讲

次为老人写申报材料，一趟趟到相关部门为他奔走，补办退休和医保手续。经过不懈努力，2010年秋天，老人的退休和医保手续获批，终于过上了有保障的晚年生活。

在街道办事处开展义务法律咨询；为弱势群体代理案件；每月到残联坐班，为特殊群体提供免费咨询服务……这些公益活动，薛荫棠已经坚持了15年。

曾有人问薛荫棠，常年投身公益法律服务，影响做专职律师的收入，亏不亏？"我有离休费，生活上没有压力。能为社会做点有用的事儿，是每一个党员的责任。入了党，就是一辈子的事儿。"

（执笔：陈宁　吴大泉）

后　记

《光荣在党50年 北京百名党员风采录》一书由北京市委组织部牵头策划，北京市党的建设研究会联合北京市委老干部局、北京市委前线杂志社组织编写。

在书稿编写、出版过程中，北京市各区委组织部、开发区工委组织人事部，市委宣传部、市委政法委、市委教育工委、市直机关工委、市委农工委、市国资委、市卫生健康委等组织、干部（人事）、离退休干部部门以及党员所在单位，积极推荐访谈对象、组织开展访谈、提供丰富基础材料。市委前线杂志社记者参与采访和材料的编辑加工，每篇书稿的具体执笔人都已在文稿中体现。王大广、高晓飞、尤文虎、陈龙等同志参与审稿。邓春富、闫正宇、谭梦、方丹敏进行了统稿。李明洪、梁朱红、李茹、李斌、赵锦、孙超承担联络、协调和编务工作。5月中旬，北京市党的建设研究会组织市委前线杂志社、市委老干部局、各区各系统相关工作人员集中进行了审改稿件工作。北京出版集团主题分公司的编辑为本书的出版付出了辛勤努力。

由于时间有限，加之各种局限，书中难免存在疏漏和不当之处，敬请广大读者提出宝贵意见。

本书编写组
2021年6月